JN434799

티보가家 사람들

3

로제 마르탱 뒤 가르

티보가 사람들

아름다운 계절
La belle saison

정지영 옮김

민음사

일러두기

· 이 책은 갈리마르 출판사에서 펴낸 Bibliothèque de la Pléiade판의 로제 마르탱 뒤 가르 전집 I, II(1955)에 실린 *Les Thibault*를 번역한 것이다.
·「티보가 사람들」은 총 여덟 작품으로 이루어진 대하소설이다. 이 책『티보가 사람들—아름다운 계절』은 그중 세 번째 작품이다.
· 주는 모두 옮긴이의 주이다.

차례

아름다운 계절

1 자크의 고등사범학교 합격/앙투안과 자크의 대화/입학 공고/자크, 다니엘과 바탱쿠르와 함께 귀가 7

2 파크멜에서의 저녁/다니엘이 자크에게 파크멜을 소개하다/저녁 식사. 쥐쥐 아줌마, 폴, 돌로레스 부인과 고아, 다니엘과 리네트. 자크, 황급히 자리를 뜨다/다니엘, 뤼드비그손에게 리네트를 빼앗다 41

3 샬르 씨, 앙투안을 찾다/데데트의 사고/수술/라셸 82

4 샬르 씨, 경찰서에 가다/앙투안, 라셸과 점심 식사를 하러 식당에 가다 125

5 자크, 메종 라피트에 도착/지젤과의 오후/티보 씨, 두 아들에게 호적 변경 의사를 알리다/앙투안과 자크, 저녁 식사 뒤에 퐁타냉 부인을 방문하다: 니콜과 그녀의 약혼자 149

6 자크, 제니에게 바탱쿠르의 결혼식 이야기를 하다 183

7 제롬, 암스테르담에서 아내 퐁타냉 부인을 부르다 198

8 자크와 제니: 숲에서의 산책. 벽에서의 키스 223

9 어느 일요일, 라셸의 방에서: 사진 254

10 제롬, 메종 라피트에 오다/어머니에게 하는 제니의 고백 275

11 앙투안과 라셸, 영화관에서: 아프리카에 관한 영화/파크멜에서의 저녁 290

12 제롬, 리네트를 다시 찾다 316

13 앙투안과 라셸, 게라로지에르 묘지 답사 **338**
14 라셸의 출발/르 아브르에서의 마지막 날/
항구에서의 이별 **367**

작품 해설 **387**

티보가 사람들

1부 회색 노트
2부 소년원
3부 아름다운 계절
4부 진찰
5부 라 소렐리나
6부 아버지의 죽음
7부 1914년 여름(3권)
8부 에필로그

부록 회상

1

두 형제는 뤽상부르 공원의 철책을 따라 걷고 있었다. 상원의사당 시계탑이 이제 막 다섯시 삼십분 종을 쳤다.

"흥분하고 있군." 조금 전부터 자크의 빨라진 걸음 때문에 피로해진 앙투안이 말했다. "왜 이리 무덥지! 소나기가 올 모양이야."

자크는 걸음을 늦추고 관자놀이를 꽉 죄고 있는 모자를 벗었다.

"흥분하고 있다고? 아니, 천만에. 그 반대야. 내 말 못 믿겠어? 차분한 내 자신에 놀랄 정도야. 지난 이틀 동안 난 얼마나 깊은 잠을 잤는지 몰라. 아침에는 기진맥진해졌을 정도야. 아무렇지 않아, 정말이야. 형이 일부러 오지 않아도 괜찮았을 텐데…. 형은 할 일이 얼마나 많아! 더구나 다니엘이 와주다고 했으니까 말이야. 그래, 알겠어? 그 애는 오늘 아침에 카부르*에서 일부러 돌아왔어. 조금 전에 전화로 발표 시간을 물었어. 아, 이런 일엔 정말 고마운 일이지 뭐야…. 바탱쿠르도 올 테고. 나 혼자 가는 게 아니라니까." 그는 시계를 꺼냈다. "이제 앞으로 삼십 분이면…."

* 프랑스 칼바도스주의 도시.

'저 애는 몹시 흥분하고 있군.' 앙투안은 생각했다. '나도 조금은 흥분되는군. 하지만 파브리가 자크는 합격했다고 확인해주었으니까.' 앙투안은 자신의 경우가 늘 그랬듯이 실패할 수도 있다는 생각을 떨쳐버렸다. 그는 동생 쪽으로 온정이 넘치는 눈길을 흘긋 보내고 나서 입을 다문 채 흥얼거렸다. '**내 마음속에… 내 마음속에**… 허어, 오늘 아침에 귀여운 올가가 노래하던 이 곡조가 계속 뇌리를 떠나지 않는군. 아마 이건 뒤 파르크*의 곡일 거야. 그런데 그 애가 7호실 환자에게 천침淺鍼을 놓으라고 블랭에게 이르는 것을 잊지 말아야 할 텐데. **내 마음속에 나-나-나**….'

'만일에 내가 합격한다면' 하고 자크는 생각했다. '내가 정말로, 정말로 행복해질 수 있을까? 아마 그들만큼은 아닐 거야.' 그는 형과 아버지를 생각했다.

"그런데 말이야" 하고 자크는 뭔가 생각나는 것이 있는 듯 말했다. "내가 지난번에 메종 라피트에서 저녁 식사를 하던 때 일을 기억해? 마침 구술 시험을 끝낸 뒤라 신경이 몹시 날카로웠어. 그때 식탁에서 아버지가 짐짓 나에게 말씀하신 거 말이야. '만일에 네가 합격하지 못하면 우리는 널 어떻게 해야 하지?'"

그는 입을 다물었다. 또 다른 생각이 떠올랐기 때문이다. '오늘 저녁 난 퍽 흥분하고 있군.' 그는 생각했다. 그는 미소를 지었다. 그리고 형의 팔짱을 끼었다.

"아냐, 형. 그게 이상하다는 게 아냐. 그다음 날의 일이야. 바로 그 저녁 식사가 있던 다음 날에… 이 이야긴 꼭 형한테 해야겠어…. 내게 할 일이 없었기 때문에 아버지가 나에게 아버

* 프랑스 작곡가로, 많은 샹송을 작곡했다.

지 대신 크레스펭 씨 장례식에 가라고 하셨어. 생각나? 거기서 아주 이상한 일이 일어났어. 나는 시간보다 일찍 도착했어. 비가 오고 있었지. 나는 성당 안으로 들어갔어. 나는 오전을 망쳤다는 생각으로 몹시 신경이 곤두서 있었어. 하지만 들어봐, 내가 이야기하려는 것은 그것 때문이 아니야…. 그래, 나는 들어갔어. 사람이 없는 빈 줄에 가서 앉았지. 그때 신부 한 사람이 내 옆에 와서 앉았어. 성당 의자는 대부분 비어 있었어. 그런데 그 신부가 내 옆에 바짝 붙어 앉는 거야. 아주 젊었어. 신학생이었나 봐. 수염도 단정히 깎았고, 독특한 냄새, 물치약 냄새가 났어. 그런데 지독히 새까만 장갑을 끼고 있었고, 특히 그 우산, 젖은 개의 역한 냄새가 나는 검은 손잡이가 달린 커다란 우산을 가지고 있었어. 웃지 마, 형. 더 들어봐. 그래서 나는 그 신부 생각 이외에는 아무것도 할 수가 없었어. 그는 기도서에 코를 박고는 입을 실룩거리며 미사를 따라가고 있었어. 좋아, 좋아. 그런데 거양성체擧揚聖體 때 자기 앞에 있는 기도대를 쓰지 않고—그랬다면 이해할 수 있는 일이지—땅바닥에 무릎을 꿇고 타일 위에 엎드리는 것이 아니겠어. 반대로 나는 서 있었어. 그러자 몸을 일으키며 그 사람이 날 봤어. 우린 시선이 부딪쳤지. 글쎄 내 태도에서 뭔가 도전적인 걸 보았나 보지? 눈꺼풀 밑에 있는 눈동자를 이리 굴리고 저리 굴리고 있는 그의 얼굴에서 못마땅하다는 듯한 비난의 빛을 얼핏 보았어—허세를 부리는 것 같으면서 무엇인가 짜증나게 하는 것 말이야! 그래서…. 무슨 생각에서 그랬을까? 아직도 난 모르겠어. 나는 호주머니에서 명함을 한 장 꺼내 가로로 몇 자 갈겨써서 그 사람에게 내밀었어." (그건 사실이 아니었다. 단지 그 순간에 자크는 자기가 그럴 수도 있을 거라고 상상했을 뿐이다. 왜 거짓말을 하는 것일까?) "그 사람은 얼굴을 쳐들었어. 주저하고 있더군. 나는… 그래… 나는 그 사람 손에 명함을 쥐여주어야 했어! 그 사람이 그걸 힐끗 쳐다보았어. 몹시 놀라 나를 바라보았어. 그러더니 자기 모자를 팔 밑에 끼고 조용히 우산을 쥐고는 자리를 떠났어…. 그래… 마치 마귀에 홀린 사람을 본 듯이 말이야. 그리고 나도 더 이상 참을 수가 없었어. 무척 화가 났었지. 장례식이 끝나기도 전에 그곳을 떠났어."

"그런데… 명함에 뭐라고 썼니?"

"아, 그거, 명함 말이야! 바보 같은 얘기야. 지금은 다시 말하기도 쑥스러워. 이렇게 썼어. **나는 신을 믿지 않아!** 느낌표를 찍었어! 밑줄도 그었고! 명함에 말이야! 바보 같은 얘기지! **나는 신을 믿지 않아!**" 그의 두 눈이 휘둥그레지더니 한 곳을 뚫어지게 바라보았다. "우선 말이야, 인간이 그런 것을 단언할 수 있을까?" 그는 잠시 말을 중단하고 옷차림이 흠잡을 데 없이 말쑥하고, 상복을 차려입은 사나이가 메디시스 사거리를 건너가고 있는 것을 눈으로 좇고 있었다. "그건 어처구니없는 짓이었어." 하고 말하는 자크의 목소리는 마지못해 괴로운 고백을 하는 것처럼 평정을 잃고 있었다. "형, 조금 전에 내가 무슨 생각을 한 줄 알아? 만약 형이 죽는다면 나도 저기 가는 사람처럼 잘 어울리는 검은 옷을 한 벌 입을 텐데 하는 생각을 했어. 심지어 한순간 형이 죽기를 바라기까지 했어. 애타게 말이야…. 내가 정신 병원에 가고야 말 거라고 생각하지 않아?"

앙투안은 어깨를 으쓱했다.

"그런 일이 있어서는 안 되겠지만" 하며 자크가 다시 말했다.

"극도로 미쳐 있는 나 자신을 분석해보고 싶은 생각도 들어. 내 말 좀 들어봐. 나는 전에 머리가 아주 좋은 사나이가 미쳐버리고 만다는 이야기를 쓰려고 생각했었어. 그 사나이의 모든 행동이 비정상적일 거야. 그런데도 그 사나이는 자기가 면밀히 생각한 뒤에만 행동을 하고, 자기 생각으로는 엄격한 논리에 의거해서 행동하는 것이지. 이해할 수 있겠어? 나는 그 사나이의 지능 한가운데에 들어가서…."

앙투안은 입을 다물고 있었다. 그것은 그가 즐겨 취하는 태도 중의 하나이며 완전히 몸에 밴 것이 되었다. 그러나 그의 이런 침묵은 사람의 마음을 지극히 편안하게 해주는 데가 있어서 상대의 생각은 그 때문에 마비되기는커녕 오히려 고무되곤 했던 것이다.

"아, 내게 공부할 시간이 있다면, 이것저것 해볼 시간만 있었으면." 하며 자크가 한탄했다. "언제나 시험, 시험뿐이니. 그런데 나는 벌써 스무 살인데, 이건 끔찍한 일이야!"

'요오드팅크를 발랐는데도 뾰루지가 또 생겼단 말이야.' 그는 목 뒤로 손을 가져가며 생각했다. 칼라가 스칠 때마다 종기가 난 곳을 지극했던 것이다.

"저 말이야, 형." 그는 말을 계속했다. "형은 스무 살 때 이미 어린애가 아니었지? 나는 다 생각나. 그런데 나는 조금도 변하지 않았어. 사실, 지금이나 십 년 전이나 똑같다고 생각돼. 안 그래?"

"그렇지는 않다."

'저 아이의 말은 사실이다.' 앙투안은 생각했다. '이 연속성의 의식, 아니 오히려 이 의식의 연속…. 한 노인이 '나는 예전에 말뚝박기 놀이를 몹시 즐겼지'라고 말한 적이 있다. 그런데 똑같은 발이고 똑같은 손이고 똑같은 사람임에는 변함이 없다. 나도 같다. 코트레에 있을 때 복통 때문에 겁이 났던 그날 밤의 일. 게다가 나는 내 방에서 나갈 용기조차 없었다. 저 사람이 바로 그분이에요, 티보 박사님… 우리 병원장님…훌륭한 분이시지요…'라고 그는 마치 병원의 인턴이 자기를 보고 말하듯 흉내를 내며 만족스럽게 덧붙였다.

"내 말이 귀찮지?" 자크가 물었다. 그는 모자를 벗은 다음 이마의 땀을 닦았다.

"왜?"

"다 알아. 형은 내 말에 별로 대답도 하지 않고 있어. 열이 있는 환자가 지껄이는 것을 듣고 있는 태도야."

"전혀 그렇지 않아."

'만일 귀를 세척했는데도 그 애의 열이 내리지 않는다면…' 하고 앙투안은 그날 아침 입원한 꼬마의 괴로워하던 얼굴을 상기하며 생각했다. **'내 마음속에… 내 마음속에 나-나-나….'**

"형은 내가 신경질적이라고 생각해왔어." 자크가 이야기를 계속했다. "다시 말하지만 그건 잘못된 생각이야. 자, 형. 솔직히 말하지만 어떤 때는… 그래! 나는 어떤 때는 낙방했으면 할 때도 있어!"

"그건 왜?"

"도망가기 위해서!"

"도망가? 무엇으로부터?"

"모든 것으로부터! 톱니바퀴와 같은 인간관계로부터 말이야! 형으로부터, 그들로부터, 모두로부터 말이야!"

앙투안은 '헛소리를 하는구나'라고 말하려 했으나 하지 않았다. 물론 그렇게 생각하고 있었다. 그는 자크를 향해 몸을 돌렸다. 그리고 그를 유심히 바라보았다.

"배수진을 치는 거야." 자크는 계속해서 말했다. "떠나는 거야! 아, 그래, 떠나는 거야. 혼자서 떠나는 거야. 아무 데로라도! 그곳에 가면 편안해질지도 몰라. 공부도 할 테고." 그는 자기가 떠나지 않으리라는 것을 알고 있었다. 그렇기 때문에 더욱 열을 내어 자기 꿈에 매달리고 있었다. 그는 입을 다물었다. 그러나 바로 이어서 괴로운 듯한 미소를 띠며 말을 계속했다.

"그리고 그곳에 가면, 그래, 아마도, 하지만 그곳에 가야만 비로소 나는 그들을 용서하게 될 거야."

앙투안은 걸음을 멈추었다.

"너는 아직도 그 일을 생각하고 있니?"

"뭘 말이야?"

"네가 그들을 용서한다고 말하지 않았니? 누굴? 뭘 용서한단 말이니? 소년원 말이니?"

자크는 살기를 띤 눈으로 형을 흘긋 바라보더니 어깨를 으쓱해 보였다. 그리고 다시 걷기 시작했다. 물론 크루이에서 보낸 일들이었다. 하지만 설명해보았자 무슨 소용이 있겠는가? 그것은 앙투안이 이해할 수 없는 일이었다.

그런데 용서한다는 생각은 무엇과 연결된 것일까? 자크 자신도 정확히 알지 못했다. 그럼에도 불구하고 그는 용서하든가, 아니면 반대로 그의 원한을 배가시킨다는 두 가지 생각에 끊임없이 부대끼고 있었다. 받아들이고, 동조하고, 다른 톱니바퀴들 사이에서 자기 또한 하나의 톱니바퀴가 되든가 아니면 반대로 자기 내부에서 부글거리는 파괴력을 부추겨서 온갖 앙심을 품고…. 그는 그것을 정확하게 표현할 수 없었다. 기존 생활, 도덕, 가족, 사회에 대해서 덤벼드는 것이다! 어린 시절부터 쌓인 원한, 인정받지 못한 존재였다는 막연한 감정, 어느 정도 존경받을 수 있었을 몸인데도 끊임없이 온 세상 사람들로부터 인정받지 못했다는 그런 감정이었다. 그렇다, 만일 도망갈 수만 있었다면 남들 때문에 가질 수 없다고 원망했던 이 내적인 균형을 마침내 찾아낼 수 있었으리라!

"그곳에서 나는 공부를 할 거야." 그는 거듭 말했다.

"그곳이 어딘데?"

"아, 이것 봐, 형은 어디냐고 묻고 있군! 형은 이해할 수 없어! 형은 항상 남들과 마음이 맞는다고 생각해왔지. 형은 늘 형이 가는 길을 좋아해왔어."

그는 갑자기 지금까지와는 다른 각도에서 형을 생각해보았다. 그가 보기에 형은 자신에 만족하고 있고 열심히 사는 사람이었다. 활동력, 그건 그렇다 치고. 그런데 형의 지능은? 그건 동물학자의 지능이다! 너무 실증적이어서 과학적인 연구에서 포만감을 느끼는 그런 지능! 활동이라는 관념 위에 하나의 철학을 세워놓고 그것으로 만족하고 있는 지능! 그리고—더욱 끔찍한 일은—모든 것의 그 숨겨져 있는 가치를, 한마디로 말해서 그 참된 의미와 우주의 아름다움이라고 할 수 있는 것을 언제나 없애버리고 마는 지능!

"난 형하고 달라." 그는 열을 올리며 말했다. 그는 조용히 혼자 걷기 위해 형에게서 벗어나 길가로 갔다.

'여기에서는 숨이 막힐 지경이야.' 자크는 생각했다. '그들이 나에게 시키는 모든 것들은 가증스럽고, 죽기보다 싫은 것들이야! 내 선생들! 내 친구들! 그들이 심취한 것들, 그들이 좋아하는 책들! 현대의 작가들! 아, 이 세상에서 단 한 사람이라도 내가 누군지를, 내가 뭘 하고 싶어 하는지를 짐작이라도 할 수 있다면! 아니야, 아무도 짐작 못 해. 다니엘조차 몰라.' 그의 격한 마음이 누그러졌다. 앙투안이 그에게 무어라 대답했지만 자크는 듣지 못했다. '지금까지 쓰여진 모든 것을 잊을 것.' 하고 자크는 막연히 생각했다. '궤도를 벗어날 것! 본래의 자신을 직시할 것. 그리고 모든 것을 말할 것! 아직까지 어느 누구도 모든 것을 말할 용기를 가지지 못했다. 결국은 누군가가 그 일을 해야 한다. 그건 나다!'

무더운 날씨 때문에 수플로가街를 올라가기가 힘들었다. 두 사람은 걸음을 늦추었다. 앙투안은 계속 말을 하고 있었지만 자크는 여전히 침묵을 지키고 있었다. 자크는 느낀 바가 있었다. 그래서 속으로 미소 지었다. '사실, 나는 이제까지 한 번도 형과 무엇을 진지하게 토론할 기회가 없었어. 내가 반항하며 화를 내든지, 아니면 형이 질서 정연하게 늘어놓는 이론 앞에 잠자코 있든지, 둘 중의 하나였지. 지금처럼 일종의 이중성격을 띠고 말이야. 내가 아무 말 않는 것은 동의하는 것이라고 형은 생각하고 있거든. 그런데 그건 사실이 아니야. 사실과는 거리가 멀지! 나는 내 생각에 집착하고 있어. 남들이 내 생각은 뒤죽박죽이라고 생각하거나 말거나 나는 상관하지 않아. 내 생각이 가치 있다고 확신하니까. 다만 그 가치를 드러낼 수 있느냐가 문제이다. 언젠가는 그것을 해보일 테다! 토론이란 항상 있을 수 있다. 형은 그저 앞으로 나가기만 할 뿐이지. 내가 생각하는 것에도 근거 있는 그 무엇이 있다는 것을 인정하려 들지 않아. 어쨌든 나는 너무 외롭다!' 또다시 떠나고 싶다는 욕망이 강렬해졌다. '즉시 모든 것으로부터 떠난다면, 아, 얼마나 신나는 일일까…. **떠나버린 방들이여! 출발의 경이驚異여!*** 그는 다시 미소를 지었다. 그리고 비웃는 듯한 시선으로 형을 바라보며 다음과 같이 읊었다.

"가족이여, 나는 당신들을 증오하노라! 울타리에 갇힌 집이여, 닫힌 문이여…."

"그건 누구의 말이니?"

"나타나엘이여, 너는 지나가며 바라보리라. 그러나 어디에도 머물지 않으리라…."

"누구 거야?"

"아" 하고 자크는 미소를 거두고 갑자기 걸음을 재촉하며 말했다. "모든 일의 원인이 되었던 책의 어느 구절이야! 이 책에서 다니엘이 모든 구실을 찾아냈는데…. 아니, 그 정도가 아니야. 그…애의 냉소주의 예찬을 발견했던 것이야! 이제 그 애는 모조리 다 외워서 알고 있는 책이야. 그리고 내가… 아니야" 하며 그는 떨리는 목소리로 덧붙였다. "아니야, 내가 그 책을 싫어한다고는 말할 수 없어. 하지만 이봐, 형, 그걸 읽는 동안엔 무엇인가 하고 싶어 손이 근질근질하도록 만드는 그런 책이야. 그래서 나는 절대로 그 책과 단둘이 마주하고 싶지 않았어. 그만큼 내겐 겁나는 그런 책이야!" 그는 자신도 모르게 신이 나서 계속했다. **"떠나버린 방들이여! 출발의 경이여!"** 그러고 나서

* 앙드레 지드, 『지상의 양식』의 한 구절.

그는 입을 다물었다. 그러더니 갑자기 어조를 바꾸어 재빨리 쉰 목소리로 말했다. "떠나야지!라고 말하지만 이젠 너무 늦었어. 사실 이젠 떠날 수가 없게 되었어."

앙투안이 대꾸했다.

"너는 남들이 '망명해버려야지!'라고 말하듯이 늘 '떠나야지'라는 말을 하고 있구나. 물론 망명이라면 간단한 일이 아니겠지. 그러나 여행이라면 어려울 게 뭐 있겠니? 네가 합격만 한다면 아버지도 이번 여름 여행을 지극히 당연하다고 여기실 거야."

자크는 고개를 가로저었다.

"너무 늦었어."

무슨 의미에서 하는 얘기일까?

"그렇다고 너는 이번 두 달 동안의 휴가를 메종 라피트에서 아버지와 유모 사이에서 보내지는 않겠지?"

"그럴 거야."

자크는 애매한 몸짓을 해 보였다. 그러고 나서 마침 두 사람이 팡테옹 광장을 지나서 위름가街로 접어들자 자크는 에콜 노르말* 앞에 모여 있는 군중을 손가락으로 가리켰다. 그의 표정이 어두워졌다.

'별난 성격이야' 하고 앙투안은 생각했다. 어떤 때는 관대하게, 또 어떤 때는 무의식적인 우월감을 가지고 그는 자주 그런 생각을 했다. 앙투안은 성격상 엉뚱한 일들을 몹시 싫어했지만 자크 편에서 끊임없이 그를 난처하게 만들곤 했다. 그럴 때

* 파리의 고등사범학교.

마다 그는 항상 동생을 이해하려고 애썼다. 동생이 내뱉곤 하는 앞뒤가 안 맞는 이야기를 들을 때면 앙투안의 활발한 두뇌는 쉬지 않고 지적인 운동을 하곤 했는데, 이것은 앙투안에게는 흥밋거리가 되기도 할 뿐만 아니라 동생의 성격을 좀 더 깊이 알 수 있는 길이라고 생각하기도 했다. 사실 앙투안이 어떤 심리적인 고찰의 정점에 이르렀다고 믿으면 이번에는 자크 편에서 새로운 의견을 내놓아서 지금까지 자신이 쌓아 올린 생각을 송두리째 뒤엎어야 했던 일이 한두 번이 아니었다. 그러면 그는 새로 시작해야 했고, 거의 언제나 지난번에 내렸던 결론과 정반대되는 방향으로 가야만 했다. 그래서 앙투안의 경우, 동생과의 모든 대화란 계속 모순되는 임기응변으로 이루어져서 항상 최후의 이야기가 결정적인 것이라고 생각했다.

형제는 보기만 해도 마음이 섬뜩해지는 고등사범학교 정문 앞에 이르렀다. 앙투안이 자크 쪽으로 몸을 돌려서 날카로운 시선으로 바라보았다. '밑바닥까지 캐보면' 하고 그는 생각했다. '이 녀석은 자기가 생각하는 것보다 가정생활에 더 많은 애착을 느낀다는 것을 알 수 있어.'

교문은 열려 있었다. 그리고 교정은 사람들로 붐볐다.

현관 입구에서 다니엘 드 퐁타냉이 금발의 젊은 청년과 이야기를 나누고 있었다. '다니엘이 먼저 우리 쪽을 바라본다면, 난 합격이다.' 하고 자크는 생각했다. 그러나 앙투안이 부르는 소리에 다니엘과 바탱쿠르가 동시에 몸을 돌렸다.

"흥분되지 않니?" 다니엘이 물었다.

"조금도 그렇지 않아."

'만일 다니엘이 제니의 이름을 말하면 나는 합격이다.' 하고 자크는 생각했다.

"명단이 붙기 전 십오 분만큼 초조한 시간도 없지." 앙투안이 말했다.

"그렇게 생각하세요?" 다니엘이 미소를 지으며 반문했다. 다니엘은 장난삼아 자주 앙투안이 하는 말에 일부러 반대하곤 했다. 그리고 앙투안을 '선생'이라 부르면서 나이에 어울리지 않게 점잔 빼는 태도를 재미있어 했다. "기다림 속에는 항상 약간의 쾌락이 있지요."

앙투안은 어깨를 으쓱했다.

"너도 들었지?" 그가 동생에게 물었다. "나는 말이다" 하며 말을 이었다. "이미 이런 종류의 '기다림'을 열네댓 번도 더 겪었지만 절대로 익숙해질 수가 없었어. 더구나 이런 때 초연한 척하는 녀석들이란 항상 보잘것없는 녀석들, 약하디약한 녀석들이라는 사실을 나는 잘 알아."

"모든 사람들이 초조함을 즐길 줄 아는 건 아니지요." 하고 다니엘이 말을 이었다. 그의 시선은 의사 선생을 바라볼 때는 짓궂었으나 자크 쪽으로 돌리며 즉각 다정해지곤 했다.

앙투안이 자신의 생각을 고집하며 이야기를 계속했다.

"이건 농담이 아니야." 앙투안이 말했다. "강한 자들은 불확실한 상태에서는 답답해하지. 참다운 용기란 태연히 사태를 기다리는 게 아니라, 되도록 빨리 그것을 체험하기 위해 뛰어가서 과감히 맞서 그것을 감수하는 거야. 자크, 그렇게 생각하지 않니?"

"아니, 나는 오히려 다니엘 쪽이야." 아무 이야기도 듣고 있지 않던 자크가 대답했다. 그리고 다니엘이 계속 앙투안과 이야기하자 자크는 자기도 속이고 있다는 것을 의식하면서 넌지시 대화에 끼어들어 물어보았다. "너희 어머니와 동생은 여전히 메종 라피트에 계시니?"

다니엘은 그 말을 듣지 못했다. 자크는 '낙방이구나'라고 끈질기게 생각하면서도, 한편 자기가 얼마나 확고부동하게 성공을 확신하고 있었는지를 깨달았다. '아버지도 만족하시겠지.' 그는 미리 미소를 지었다. 그 미소를 바탱쿠르에게 보냈다.

"와줘서 고마워, 시몽."

시몽은 다니엘의 친구인 자크에게 품고 있는 열렬한 찬탄의 감정을 감추지 못하고 다정한 눈길로 그를 바라보았다. 그런데 자크는 이런 시몽을 대할 때마다 몸 둘 바를 몰랐던 것이다. 왜냐하면 자크는 그에게 같은 정도로 응해줄 수가 없었기 때문이다.

바로 그때 시끄럽던 교정이 갑자기 조용해졌다. 아래층의 어느 유리창 안쪽에 네모난 흰 종이 한 장이 방금 나붙은 것이다. 자크는 웅성거리는 인파에 휩쓸려 보도에서 벗어나 그 운명의 종이 앞으로 이끌려가는 것을 어렴풋이 느꼈다.

그의 귀가 윙윙 울렸다. 앙투안의 목소리가 들렸다.

"합격이다! 삼등이야."

한순간 그 소리가 그의 귓전에 메아리쳤다. 그 목소리는 뜨거웠고 생기가 넘쳤다. 그러나 멋쩍은 듯이 고개를 돌리면서 형의 환한 얼굴을 보고서야 비로소 그는 그 말의 뜻을 이해할 수 있었다. 그때 그는 힘없는 손으로 모자를 벗었다. 이마에는 땀이 흐르고 있었다. 이미 다니엘과 바탱쿠르는 인파를 헤치며 그가 있는 쪽으로 오고 있었다. 다니엘이 그를 바라보았다. 자크도 다니엘이 오는 것을 멍하니 바라보고 있었다. 다니엘의 윗입술은 위로 치켜져서 치아를 드러냈지만 그의 얼굴에서는 조금도 미소를 짓고자 하는 기색을 찾아볼 수 없었다.

사람들의 웅성거리는 소리가 교정을 가득 메웠다. 주위는 다시 활기를 되찾았다. 자크는 숨을 깊이 들이마셨다. 그의 온몸에 다시 피가 돌기 시작했다. 갑자기 그는 올가미, 아니 함정에 걸려든 것 같은 느낌이 들었다. 그래서 '당했구나'라고 생각했다. 동시에 여러 가지 생각이 떠올랐다. 그는 문득 그리스어 구술 시험 때 실수했던 바로 그 순간의 일이 떠올랐다. 녹색 양탄자, 그리고 뿔을 깎은 부스러기처럼 부서진 손톱으로 코에로프*란 글자를 세게 누르고 있던 교수의 손가락이 눈앞에 떠올랐다.

"누가 일등이야?"

그는 바탱쿠르가 불러주는 이름을 듣고 있지 않았다. '만약 내가 은신처, 성전… 집을 지키는 사람들…만 알았었더라면 일등이었을 텐데….' 그리고 몇 번이고 거듭해서 그런 어처구니없는 오역을 하게 만든 사고의 맥락을 재구성해보려고 안간힘을 써보았다.

"이봐요, 의사 선생, 만족한 표정을 지으세요." 하고 다니엘이 앙투안의 어깨를 치며 말하자 드디어 앙투안이 미소를 지었다. 앙투안이 기뻐하는 모습에는 거의 언제나 어색함이 수반되었다. 왜냐하면 근엄한 그의 태도는 기쁨을 발산하고자 하는 모든 욕구를 거부하고 있었기 때문이다. 반대로 다니엘은 스스럼없

* 고대 그리스에서 죽은 사람에게 제물을 바치는 여자를 말한다.

이 기쁨을 나타내는 성격이었다. 거의 육감적이라고 말할 수도 있을 그런 기쁨을 드러내며 다니엘은 자기 친구들과 주위 사람들, 특히 거기에 온 여인들을 바라보았다. 그 여인들은 수험생들의 어머니나 누이들로서 그 순간에는 하찮은 말이나 하찮은 행동에도 전혀 수줍어하지 않고 애정을 드러내는 것이었다.

앙투안은 시계를 꺼내 본 뒤에 자크에게로 몸을 돌렸다.

"자, 아직도 여기에 볼일이 있어?"

자크는 소스라쳤다.

"내가? 아니." 그는 시무룩한 표정을 지으며 대답했다. 무의식중에—아마도 명단이 나붙은 바로 그 순간이었을 것이다—일주일 전부터 그의 얼굴을 일그러져 보이게 했던 입술이 터졌다. 그는 아문 자국이 또다시 터졌음을 알아차렸다.

"그럼, 가자." 앙투안이 말했다. "나는 저녁 식사 전에 왕진 갈 곳이 한 군데 더 있어." 그들이 교정을 빠져나오고 있을 때 소식을 들으려고 달려오던 파브리를 만났다. 그는 의기양양해했다.

"그것 봐! 국어 작문이 아주 좋았다는 말을 분명히 들었다니까."

일 년 전 사범학교를 졸업한 파브리는 시골 발령을 피하려고 생 루이 고교에서 임시교사 대리직을 맡고 있었다. 그는 자유로운 낮 시간에는 학과를 복습시켰는데, 그렇게 함으로써 밤에 파리에서의 생활을 해나갈 수가 있었다. 그는 교사직을 경멸하면서 신문 기자가 되기를 꿈꾸고 있었다. 그래서 남몰래 정치 쪽으로 마음을 쓰고 있었다.

자크는 파브리가 그리스어 시험관과 아주 잘 아는 사이라는 것이 생각났다. 다시 한번 그의 눈앞에 녹색 양탄자와 그 손가락이 떠올랐다. 그는 창피해서 얼굴이 붉어지는 것을 느꼈다. 아직도 자기가 합격했다는 것을 실감하지 못했다. 어떠한 해방감도 느낄 수가 없었다. 다만 일종의 피로감만 느꼈다. 그러다가 갑자기 자기가 오역했던 일이나, 목 뒤의 뾰루지를 생각할 때마다 갑자기 화가 치밀곤 했다.

다니엘과 바탱쿠르가 즐겁게 자크의 팔을 잡고 경쾌한 걸음걸이로 팡테옹 건물 쪽으로 그를 이끌고 갔다. 앙투안은 파브리와 함께 뒤따라갔다.

"내 자명종 시계는 컵 위에 수평으로 올려놓은 접시에서 여섯시 삼십분에 울리거든." 파브리가 유쾌하게 웃으며 큰 소리로 설명했다. "그러면 나는 투덜거리며 한쪽 눈을 뜨고는 불을 켜지. 그런 다음 시곗바늘을 일곱시에 맞춰놓고 그 폭탄을 가슴에 안고 다시 잠드는 거야. 이윽고 온 집 안뿐 아니라 온 동네가 흔들리는 대지진이 일어난단 말이야. 화가 나지만 나는 굴복하지 않아. 나는 오 분까지, 그리고 십 분까지 하다가 십오 분까지만 하고 생각해. 그 십오 분에서 이 분이 지나게 되면 아예 이십 분까지로 작정하거든. 어쨌든 우수리 없는 숫자를 기다려야 하니까. 마침내 침대에서 나와. 세 개의 의자에 모든 것이 갖추어져 있어. 그건 마치 소방대원이 옷 입는 것과 같아. 일곱시 이십팔분이면 나는 거리에 나가 있지. 물론 이제까지 아침을 먹는다든가 세수할 시간이 있었던 적은 한 번도 없었어. 지하철까지 가는 데 사 분이 걸려. 여덟시 정각에 나는 교단에 올라가 주입식 교육을 시작하는 거야. 몇 시에 끝나는 줄 너도 알 거야. 나는 또 목욕도 해야 하고, 저녁도 먹고, 친구도 만나야 한단 말씀이야. 그러니까 언제 내가 공부하겠느냐 말이야?"

앙투안은 건성으로 듣고 있었다. 그의 눈은 택시를 찾고 있었다.

"자크" 하고 그가 말했다. "저녁은 나하고 먹을 테지?"

"자크는 우리와 같이 먹어요." 다니엘이 반대했다.

"아니야, 아니야." 자크가 큰 소리로 말했다. "오늘 저녁엔 형이랑 먹겠어." 그는 언짢게 생각하면서 말했다. '날 좀 가만두지 않을 건가? 우선 나는 뾰루지에 요오드를 다시 발라야 하는데.'

"우리 모두 함께 먹자." 파브리가 제안했다.

"어디에서?"

"아무 데서나. 파크멜은 어때?"

자크가 반대했다.

"아냐. 오늘 저녁은 싫어. 나는 피곤해."

"시시한 소리 마." 다니엘이 팔을 자크 팔 밑에 끼면서 중얼거렸다. "의사 선생, 우린 파크멜에 있을 테니까 나중에 그리로 오세요."

앙투안은 택시를 잡았다. 몸을 돌리더니 잠시 망설이면서 이렇게 물었다.

"파크멜은 어떤 곳인데?"

"형이 상상하고 있는 곳과는 전혀 다른 데야." 파브리가 아무렇게나 대답했다.

앙투안이 다니엘에게 눈으로 물었다.

"파크멜이요?" 하며 다니엘이 대답했다. "뭐라고 한마디로 말하긴 어려워요. 안 그래, 바탱쿠르? 아무튼 전통적인 술집과는 아주 다른 곳이에요. 가족적인 하숙집 같다고나 할까. 바가 있긴 하지만 다섯시에서 여덟시까지에요. 하지만 여덟시엔 뜨내기손님은 다 돌아가고 단골손님만 남지요. 식탁을 모아놓고 식탁보를 깔고 파크멜 주인아줌마를 중심으로 둘러앉아 저녁을 먹는 거예요. 오케스트라도 좋고, 여자들도 예쁘고. 뭐 더 필요한 거 있으세요? 자, 약속하신 거죠? 파크멜에서 만나는 거지요?"

앙투안은 저녁에는 거의 외출하지 않았다. 그의 하루는 고된 일과였다. 그래서 병원의 의사 시험을 준비하기 위해서는 저녁 시간이 필요했던 것이다. 그런데 오늘은 혈액학을 공부할 마음이 별로 내키지 않았다. 내일은 일요일이다. 월요일에 공부하지. 이렇게 해서 그는 이따금 토요일을 미리 예정해두었던 즐거움을 위해 보내기도 했던 것이다. 파크멜 얘기를 들으니까 솔깃해졌다. 아름다운 여자들….

"꼭 가야 한다면 가지." 그는 아주 초연한 투로 말했다. "그런데 거기가 어디지?"

"몽시니가街예요. 여덟시 삼십분까지 기다리겠어요."

"그보다 훨씬 일찍 갈 수 있을 거야." 하고 택시 문을 쾅 닫으며 앙투안이 소리쳤다.

자크는 반대하지 않았다. 형의 동의가 자기 입장을 바꾸어놓았다. 게다가 그는 항상 다니엘의 변덕에 양보함으로써 남모르는 기쁨을 느끼고 있었다.

"걸어서 갈까?" 바탱쿠르가 물었다.

"나는 지하철을 타고 가겠어." 파브리가 턱을 만지며 말했다. "옷만 갈아입고 곧 그리로 갈게."

소나기를 머금은 후텁지근한 공기가 칠월 말의 파리 시가를 짓누르고 있었다. 저녁때가 되자 공기는 불투명한 회색으로 흐려져서 안개인지 먼지인지 분간할 수가 없었다.

파크멜에 가려면 삼십 분 정도 걸어가야만 했다.

바탱쿠르가 자크 옆으로 왔다.

"드디어 전도유망해졌군." 하고 말하는 그의 말투에서는 빈정거리는 기색은 조금도 찾아볼 수 없었다.

자크가 신경질적인 몸짓을 하자 다니엘이 미소를 지었다. 바탱쿠르가 자기보다 다섯 살이나 위였지만 다니엘은 그를 어린애처럼 생각했다. 그래서 그는 자크를 짜증 나게 하는 바로 그 한없는 순박함 때문에 그를 용납할 수 있었다. 언제인가 그들이 재미로 바탱쿠르에게 뭘 낭송해 달라고 부탁했던 일이 생각났다. 그러자 바탱쿠르는 벽난로 앞으로 나가서 이렇게 시작했었다.

> 오, 코르시카인이여! 오, 납작한 머리카락이여! 프랑스는 얼마나 아름다웠던가
> 메시도르*의 태양 아래에서!

그는 세 번째 구절에서부터 폭소를 자아내게 한다는 사실을 조금도 눈치채지 못했다.

그 시절에 아버지가 연대장으로 있던 북쪽의 어느 도시에서 파리에 갓 도착했던 시몽 드 바탱쿠르는 단추가 일렬로 달린

* 수확의 달로 공화력의 10월, 태양력으로는 6월 20일부터 7월 19일까지를 말한다.

검은 윗도리를 입고 있었는데, 그 옷은 파리에서 신학 강의를 들을 때 예의 바르게 보이기 위해서 일부러 맞춘 옷이었다. 당시 이 미래의 목사는 퐁타냉 부인의 집에 꽤 자주 드나들고 있었다. 퐁타냉 부인은 바탱쿠르 연대장 부인의 어린 시절 친구였기에 그 아이를 집에 오도록 하는 것을 자기 임무처럼 여겼었다.

“아무리 생각해도 나는 자네들의 라틴 구역이 끔찍해.” 하고 그때 예전 신학도가 말했었다. 그는 요즈음에는 에트왈 구역에 살고 있으며, 밝은색 상하의를 입고 있었다. 그리고 그가 계획하고 있는 무모한 결혼 때문에 부모와 사이가 틀어져 있었으며, 다니엘이 취직시켜 준 뤼드비그손 출판사에서 사백 프랑의 월급을 받고 최신의 판화들을 정리하며 나날을 보내고 있었다.

자크는 고개를 들어 주위를 둘러보았다. 바구니를 앞에 놓고 쭈그리고 앉아 장미꽃을 파는 늙은 노파에게 시선이 갔다. 그는 앙투안과 지나올 때도 이미 이 노파를 보았지만 그때는 불안감으로 눈이 어두워져 있었기 때문에 아무리 애써도 거기에 신경을 쓸 여유가 없었다. 그리고 수플로가街를 걸어 올라가던 때를 상기하면서 그는 몸에 익숙한 어떤 물건, 늘 몸에 지니고 다니던 반지를 잃었을 때 느끼는 것처럼 갑자기 허전함을 느꼈다. 몇 주일 전부터 그의 머리를 떠나지 않았던 불안감, 바로 한 시간 전까지만 하더라도 한 발 내디딜 때마다 그의 가슴을 죄던 불안감은 사라져버렸지만 다른 한편으로는 거의 고통스럽게 여길 정도의 공허감을 그에게 안겨다주었다. 성적 발표 뒤 처음으로 그는 자기가 합격했다는 사실을 실감했다. 그러나 그건 마치 높은 곳에서 떨어졌을 때처럼 얼떨떨하고 무엇에 얻어

맞은 듯한 느낌이었다.

"너는 해수욕을 하긴 했었니?" 하고 바탱쿠르가 다니엘에게 물었다.

자크가 고개를 돌렸다.

"사실 말이야" 하며 말하는 자크의 눈길이 부드러워졌다. "네가 나 때문에 일부러 돌아왔다니! 거기선 재미있었어?"

"내가 상상했던 것 이상이었지!" 다니엘이 대답했다.

자크는 씁쓸하게 웃었다.

"여전하구나."

둘이 나눈 시선 속에는 예전에 나누었던 숱한 논쟁들이 계속되고 있었다.

자크는 다니엘에게 일종의 엄숙한 우정을 쏟고 있었다. 다니엘이 그에게 보여주는 다정한 우정과는 아주 다른 성질의 것이었다. "너는 너 자신에게보다도 훨씬 많은 요구를 내게 하고 있어." 때때로 다니엘이 그에게 말하곤 했었다. "너는 내가 영위하는 삶을 편들어준 적이 한 번도 없어."—"없지" 하고 자크가 대답했었다. "나는 네 삶을 그대로 인정하고 있어. 하지만 내가 인정할 수 없는 건 네가 삶에 대해 취하는 태도야."

이것은 아주 오래전부터 시작된 논쟁의 주제였다.

다니엘은 바슐리에*가 되자마자 평범한 길은 절대로 밟지 않겠다고 다짐했었다. 늘 집에 없는 그의 아버지는 한 번도 그에게 관심을 가진 적이 없었다. 그의 어머니는 아들이 자기 인생을 자유롭게 선택하도록 내버려두었다. 그리고 무엇이든 꼭

* 대학 입학 자격시험 합격자를 말한다.

하고자 하는 뜻이라면 존중할 줄 알았으며, 자기 아이들 문제라든가, 일반적으로 장래의 일 같은 것이 문제가 될 때는 신비로운 신념을 바탕으로 하고 있었다. 무엇보다도 자기 아들이 자유롭기를 바랐고, 가족의 경제를 돕기 위해서 몇 푼 벌어야 한다는 의무감을 느끼지 않기를 바랐다. 그러나 다니엘은 이런 생각을 하고 있었다. 그는 이 년간 계속하여 어머니를 돕지 못한다는 사실에 남몰래 괴로워하고 있었다. 그리고 이러한 의무감과 다른 한편으로는 그를 압박하고 있는 더욱 급박한 다른 여러 가지 필요한 것을 잘 조화시킬 수 있는 기회를 엿보고 있었다. 이런 여러 가지 걱정거리가 복잡하게 얽혀 있다는 사실을 자크 자신도 간파하지 못하고 있었다. 다니엘이 그림 공부를 하는 데 있어서 거의 자포자기라고까지 할 수 있는 방식, 누구에게 사사하는 것도 아니고, 오직 자신의 본능 아니 그보다는 오히려 일시적인 기분에만 의지해서, 실제로 그림 그리는 일은 거의 안 하고, 작품 구상도 그보다 조금 더하는 정도이며, 경우에 따라서는 하루 종일 모델과 함께 틀어박혀서 스케치장의 반을 채우는가 하면, 그 뒤 몇 주일은 화필에 손도 대지 않는 그런 방식을 보아서는 그가 자기 자신 그리고 장래에 대해서 품고 있는 화려한 생각 따위를 도저히 짐작할 수 없었기 때문이다. 그는 모든 자만심을 떨쳐버린 숙연한 긍지를 갖고 있었다. 그는 숙명적인 법칙의 진전에 의해 자신 속에 있는 훌륭한 능력이 자기 나름대로의 표현 방식을 찾게 될 날을 기다리고 있었다. 그는 자기 운명이 최상급의 예술가가 되는 것임을 확신하고 있었다. 언제, 어떤 길을 통해서 정상에 다다를 수 있을 것인가? 그는 그것을 몰랐다. 그리고 마치 그런 일을 생각하지 않는 듯이 행동했고, 인생에 몸을 내맡겨야 한다고 공언하곤 했었다. 사실 그는 삶에 자신을 내맡기곤 했었다. 그런 뒤에 후회가 뒤따르지 않는 것은 아니었다. 그러나 어머니의 교훈을 불안스럽게나마 따른 것은 잠시뿐이었고, 그 교훈은 한 번도 그를 내리막길에서 단단히 잡아주지 못했다. '지난 이 년 동안 가장 마음고생이 심했을 때도' 언젠가 그는 자크에게 편지를 썼었다. (당시 그는 열여덟 살이었다.) '맹세하건대 나는 한 번도 나 자신을 부끄럽게 여긴 적은 없었다. 오히려 나의 그런 경향에 대해 걱정하며 회의적으로 생각하는 순간에도 사실상 나 자신에 대해 분개했다기보다는, 오히려 다시 생활이 정상을 되찾자마자 나의 순진한 자기 부정과 자기 억제를 회상하면서 훨씬 더 분개했었다.'

다니엘이 이런 편지를 쓴 지 얼마 안 되었을 때 그들이 나중에 '열차간의 사나이'라고 부른 그 사람과 교외선 열차에서 같이 여행을 했다. 물론 그 사나이로서는 이러한 잠깐 동안의 만남이 두 젊은이의 청춘기에 어느 정도 영향을 주게 되었는지 알 길이 없었다.

그날 다니엘은 시월의 아름다운 오후를 베르사유 공원의 나무 그늘에서 보내고 난 뒤 돌아오는 길이었다. 그는 기차가 막 떠나려는 순간에 뛰어올라 탔다. 그가 자리 잡은 맞은편에는 나이 든 사나이가 자리 잡고 있었는데, 우연히도 아주 낯선 사람은 아니었다. 그날 낮에 대* 트리아농 궁전 숲속에서 그와 마주쳤는데, 다니엘은 그 사나이를 눈여겨 관찰했다. 기차에서 그 사나이를 한가로이 더 살필 수가 있게 되어 얼마나 기뻤는지 모른다. 가까이에서 보니 그 여행자는 훨씬 젊어 보였다. 백

발이긴 했지만 오십 줄에 들어섰을까 말까 했다. 타원형 얼굴에는 희고 짧은 턱수염이 정성스레 다듬어져 있는 것이 인상적이었으며, 균형 잡힌 얼굴 모습은 온화함을 돋보이게 했다. 얼굴빛이며, 태도며, 두 손이며, 옷의 재단이며 밝은 옷감이며, 흔하지 않은 빛깔의 넥타이, 특히 열정적이며 생기가 넘치는 푸른 시선을 모든 주위 사물에 던지는 모습은 청년 같아 보였다. 그가 익숙한 손놀림으로 책장을 넘기는 책의 겉장은 안내서처럼 얇은 종이로 되어 있었고 제목은 쓰여 있지 않았다. 그는 쉬렌과 생 클루 정거장 사이에서 일어서서 복도로 나가 몸을 기울여, 석양이 황금빛으로 물들이고 있는 파리 시가지의 파노라마를 바라보았다. 그러고 나서 그는 다니엘이 앉아 있는 쪽의 유리문에 등을 기대 섰다. 다니엘의 얼굴 높이께에 다만 유리 한 장의 두께밖에 떨어지지 않은 곳에서 불가사의한 책을 들고 있던 사나이의 두 손이 보였다. 가냘프고 핏기 없으며 동시에 신경질적인 그 손. 그것은 어떤 정신적인 것에 집착하고 있다는 느낌을 불러일으키는 손이었다. 그 두 손이 움직이자 책이 펼쳐졌다. 다니엘은 유리창에 짓눌린 듯한 페이지에서 시 몇 구절을 읽을 수 있었다.

> 나타나엘이여, 네게 열정을 가르쳐주리라…
> 심장이 고동치며 자유분방한 생활…
> 나타나엘이여, 평온함보다는 차라리 비장한 삶을…*

* 앙드레 지드, 『지상의 양식』의 한 구절.

책의 위치가 바뀌었다. 다니엘은 그 페이지 맨 위에 쓰여 있는 제목을 읽을 수가 있었다. **지상의 양식.**

그는 호기심에 끌려서 그날로 몇몇 책방을 둘러보았다. 책방에서는 그 책에 관해 아무것도 몰랐다. 열차간의 사나이는 자신의 비밀을 끝내 간직하고 말 것인가? '**평온함보다는**' 하고 다니엘은 되뇌어보았다. '**차라리 비장한 삶을**…' 다음 날 아침에 그는 오데옹가街로 달려가서 진열대 아래에서 모든 서적 목록을 일일이 들춰보았다. 그리고 몇 시간 뒤에 그 책을 구해서 호주머니에 넣고 집으로 돌아와 방 안에 틀어박혔다.

그는 단숨에 책을 다 읽었다. 오후가 다 지나갔다. 저녁때쯤에 그는 외출했다. 이와 같은 정열을, 이처럼 찬란한 흥분을 느껴보기는 처음이었다. 그는 정복자처럼 곧장 앞으로 성큼성큼 걸어갔다. 밤이 되었다. 그는 강변을 쭉 따라서 걸었다. 집에서 퍽이나 멀리 떨어진 곳까지 왔다. 그는 크루아상 빵 한 개로 저녁을 때우고 집으로 돌아왔다. 책이 책상 위에서 기다리고 있었다. 다니엘은 방 안에서 서성거렸다. 그에게는 더 이상 책을 펼칠 용기가 나지 않았다. 자리에 누웠으나 잠이 오지 않았다. 그래서 생각을 바꾼 그는 외투를 몸에 걸쳤다. 그러고는 천천히 처음부터 다시 읽기 시작했다. 지금이야말로 엄숙한 때이며, 그의 마음의 가장 깊은 곳에서 어떤 일, 곧 신비한 발아發芽가 완성되고 있는 시기라는 것을 똑똑히 느꼈다. 새벽에 다시 한번 마지막 페이지까지 읽고 나서 그는 새로운 눈으로 삶을 보게 되었음을 느꼈다.

나는 대담하게 모든 사물 위에 내 손을 뻗쳤으며, 내 욕망의 대상 하나하나를 차지할 권리가 있다고 느꼈다…

욕망에는 이익이 있고, 욕망의 만족에도 이익이 있다. 욕망이란 만족됨으로써 더 커지는 까닭에.

그는 교육에 의해서 길들여진 도덕적인 평가의 괴벽을 단번에 떨쳐버렸음을 알게 되었다. '잘못'이란 말의 의미가 달라졌다.

행위의 선악은 생각하지 말고 행동해야 한다. 그것이 선인지 악인지 개의치 말고 사랑하라…

그때까지는 자신의 의사에 역행해서만 몸을 맡겼던 감정들이 갑자기 자유로워졌고, 흔쾌히 최고의 위치를 차지하게 되었다. 그가 어렸을 때부터 확고하다고 믿었던 가치 체계가 그날 밤 몇 시간 사이에 뒤집혔다. 그다음 날은 마치 세례를 받은 다음 날과 같은 느낌이었다. 그가 그때까지 의심할 여지가 없는 것이라고 생각해왔던 모든 것을 하나씩 거부해 감에 따라 그때까지 그의 마음을 갈기갈기 찢고 있던 힘들 사이에서 놀라운 마음의 평정이 생겨났던 것이다.

다니엘은 이 발견에 관해 누구에게도 말하지 않았다. 다만 자크에게만, 그것도 오랜 뒤에 알려주었을 뿐이다. 이것은 그들 우정에서 몇 가지 비밀 가운데 하나였다. 그들은 그 책을 거의 종교적인 신비처럼 생각하고 있었다. 그리고 그 책에 관해서 이야기할 때는 암시적인 용어만을 썼다. 그러나 다니엘의 노력에도 불구하고, 자크는 집요하게 이 열성의 전염을 피했다. 자크는 너무나도 취하게 하는 이 샘물로 자신의 갈증을 풀기를 거부하며, 자신에 대해 반항하고 자신을 더욱 강하게 하려 하며 어떠한 전염도 받아들이지 않으려고 노력하는 것 같았다. 그러나 그는 다니엘이 그 책에서 자기의 **식이 요법**을, 양식을 발견했다는 것을 잘 알고 있었다. 그리고 자크의 저항 속에는 부러움과 절망이 섞여 있었다.

"너는 자연계의 불가사의 속에 뤼드비그손도 넣니?" 하고 바탱쿠르가 말했다.

"뤼드비그손이란 사람은…" 하고 다니엘이 설명했다.

자크는 어깨를 으쓱해 보였다. 그리고 두 친구가 자기보다 몇 발 앞서가도록 걸음을 늦추었다.

다니엘은 바로 얼마 전에 그 뤼드비그손의 집에 몇 번 초대되어 갔었다. 유럽의 수도마다 사무실을 가지고 있는 뤼드비그손은 유럽에서 가장 뻔뻔스러운 예술품 거래자 중의 한 사람으로 알려져 있었다. 그의 존재는 오래전부터 이 두 친구 사이에 불화의 원인이었다. 자크는 다니엘이 가까이에서건 멀리에서건 아무리 그 일이 먹고살기 위해서라고 해도 이 상인의 사업에 협력하고 있다는 사실에 절대로 동의할 수 없었다. 그러나 자크나 다른 그 어느 누구도, 정말로 다니엘의 마음을 끄는 모험으로부터 단 한 번이라도 그의 관심을 돌려놓았다고 자랑할 수 있는 사람은 아무도 없었다. 다니엘의 흥미를 열정적으로 끌고 있는 것은 뤼드비그손이 훌륭한 지능의 소유자라는 점, 불면이 습관이 될 정도로 쉴 줄 모르는 활동성과, 사치스러움에 대한 멸시, 어느 면에서 모험과 성공에만 취해 있는 이 부자가 품고 있는 돈에 대한 경멸, 바람에 흔들리며 연기가 나지만 불타고 있는 횃불을 연상시켜 주는 이 수완가의 능력이었다. 그리고 다니엘이 무슨 짓이든 서슴지 않고 하는 이 사람을 위해 일할 것에 동의한 것은 필요에 의해서보다는 호기심 때문이었다.

자크는 다니엘과 뤼드비그손이 최초로 대결했던 날의 일을 상기했다. 별개의 두 종족, 별개의 두 사회가 만난 것이었다. 바로 그날 아침에 자크는 다니엘이 몇몇 가난한 친구들과 함께 쓰고 있던 아틀리에에 들렀었다. 뤼드비그손은 노크도 없이 들어와서 다니엘의 호통에 미소로 대답했다. 그리고 서두도 없이, 자신이 누군지 소개도 없이, 의자에 앉지도 않고, 고전극의 배우가 하인에게 돈을 던져주는 그런 태도로 주머니에서 지갑을 꺼내며 '여기 계신 분 중 퐁타냉이란 분'에게 이날부터 삼년 동안 고정급 육백 프랑을 지급하겠는데, 그 조건은 뤼드비그손 화랑의 주인이며 뤼드비그손 예술 회사의 사장인 본인 뤼드비그손이 그 기간 동안에 다니엘이 그릴 모든 그림들, 다니엘이 날짜를 쓰고 사인할 모든 그림들의 유일한 소유주가 된다는 것이었다. 별로 그림을 많이 그리지 않았고 단 한 번도 전시회에 출품한 적이 없으며, 스케치 한 장 팔아본 적도 없는 다니엘로서는 어떻게 뤼드비그손이 그러한 제의를 할 만큼 자신의 재능에 대해 호의적인 판단을 할 수 있었는지 도저히 납득할 수가 없었다. 더구나 자신이 그림을 제작할 때면 전적인 독립성이 지켜지기를 원했던 그가 아니었는가. 만일 그가 그 거래에 동의한다면 적어도 매달 약속된 금액만큼의 그림을 뤼드비그손에게 건네주어야만 돈을 받을 수 있으리라는 것을 잘 알고 있었다. 그러나 다니엘은 어떠한 속박도 받지 않고 즐거움으로 그린다는 것을 원칙으로 삼고 있었다. 그래서 그는 냉담하지만 정중하게 뤼드비그손에게 나가 달라고 청했으며, 어리둥절한 친구들 앞에서, 방문객에게 무슨 영문인지 알아차릴 시간도 주지 않은 채, 다니엘 자신이 재빨리 그를 층계참까지 물러가게 했다.

사건은 그 정도로 끝나지 않았다. 뤼드비그손은 다시 와서 좀 더 용의주도하게 행동했다. 결국 몇 달 뒤에는 이 예술품 매매자와 그 일에 호기심을 느낀 다니엘 사이에 진정한 사업 관계가 맺어졌다. 뤼드비그손은 조형 예술을 다루는 호화판 잡지를 3개 국어로 출판하고 있었다. 그는 다니엘에게 프랑스어판 기사를 선택하는 일을 주관해 달라고 부탁했다. (첫날부터 다니엘의 성격이 마음에 들었고, 또한 확실한 취미를 가진 것도 예사롭게 보지 않았다.) 그건 권태로운 일이 아니었다. 다니엘은 한가한 시간에 그 일을 했으며, 얼마 안 가서 실제로 그 잡지의 프랑스어판을 주관하게 되었다. 자신이 쓰는 돈을 계산하지 않고 물 쓰듯 쓰는 뤼드비그손은 되도록 고용인을 적게 쓰는 것을 원칙으로 삼았고, 그들을 선발하는 데도 세심한 주의를 기울였다. 그리고 일단 고용한 사람들에게는 폭넓게 그들 소신껏 일하도록 했으며, 그들의 노동의 대가는 충분히 보상해주었다. 다니엘이 요구하지 않았음에도 이내 영어판과 독어판의 주필들과 같은 급료를 받게 되었다. 다니엘도 먹고살아야 했고, 예술가로서의 자기 생활과는 명확히 다른 일을 택하고 싶어 했다. 게다가 뤼드비그손이 마련해준 개인전에 전시되었던 다니엘의 몇몇 그림을 벌써 수집가들이 찾게 되었다. 그는 이 그림 장사와의 관계에서 얻어낸 이익으로 어머니와 누이동생이 넉넉한 생활을 하는 데 기여했을 뿐 아니라 딱딱한 일에는 조금도 얽매이지 않았으며, 또한 그의 진정한 일을 하기에 필요한 여가를 충분히 가지면서 그가 좋아하는 편안한 생활을 할 수 있게 되었다.

생 제르맹가街의 횡단보도에서 자크는 두 친구를 만났다.

"…뭐라 말할 수 없는 놀라움이었어." 다니엘이 말했다. "거기서 뤼드비그손 부인을 만났다는 것은!"

"너의 뤼드비그손에게 어머니가 있으리라는 생각은 전혀 하지 못했었는데." 자크가 대화에 끼어들기 위해 말했다.

"나도 그랬어." 다니엘이 말을 계속했다. "끔찍한 어머니였어! 생각해 봐…. 스케치를 해야 할 거야. 내가 벌써 몇 장 그렸지만 실물을 보고 그린 건 아니야. 실물을 보고 그릴 수 없었다는 건 정말 유감이야. 서커스에 출연하기 위해 어릿광대들이 바람을 불어서 크게 불려놓은 미라를 상상해 봐! 이집트의 늙은 유태인 여자, 적어도 백 살은 되었을 테고, 지방질과 신경통으로 보기 흉한 몰골을 하고 있으며, 튀긴 양파 냄새를 풍기고, 미텐*을 끼고 있으며, 제복을 입은 하인들에게 반말을 하고, 자기 아들을 bambino**라고 부르며, 붉은 포도주에 적신 빵만으로 살고, 누구에게나 궐련을 내미는…."

"담배를 피워?" 바탱쿠르가 물었다.

"아냐, 코담배를 맡아. 뤼드비그손이 가슴에 걸어준, 왜 그랬는지 모르겠어, 큰 다이아몬드가 박힌 목걸이 위에 검은 담배가루가 잔뜩 떨어져 있어…." 그는 그때 막 생각난 표현에 재미있어하며 주춤했다. "…그건 마치 폐허에 아르곤 등을 켜놓은

* 부인용 벙어리 장갑.

** '아이', '꼬마'라는 뜻의 이탈리아어.

것 같았어!" 하고 다니엘이 덧붙였다.

자크는 미소를 지었다. 그는 다니엘의 말솜씨에 한없는 관용을 베풀고 있었다.

"그 사람은 그 구역질 나는 가족의 비밀을 폭로하면서까지 네게서 뭘 원하는 거야?"

"너 말 한번 잘했다. 그에겐 새로운 계획이 있어. 기막힌 거야."

"기막히겠지, 그 사람은 백만장자니까. 만일 그 사람이 가난했더라면 고작…"

다니엘이 말을 가로막았다.

"그만해 둬, 제발. 나는 그를 좋아해. 그리고 그의 계획은 바보 같은 게 아니야. 한 종류의 그림을 수집하는 거야. 판화 명인전. 그는 엄청난 비용을 들여 모사품 모음집을 출판하겠다고 약속했어…."

자크는 더 이상 그의 말을 듣고 있지 않았다. 그는 통증을 느꼈으며 동시에 우울했다. 왜 그럴까? 피곤해서? 그날의 격한 감정 때문에? 그렇게도 혼자 있고 싶었는데 오늘 저녁 질질 끌려다니게 된 것이 싫어서일까? 목 뒤가 옷깃에 스쳐 쓰라리기 때문일까?

바탱쿠르가 두 친구 사이에 끼어들었다.

바탱쿠르는 자기 결혼 때 두 친구에게 증인이 되어 달라고 청할 기회를 노리고 있었다. 그는 몇 달 전부터 그의 림프질적인 체질이 눈에 띄게 수척해질 만큼 대단한 열기를 가지고 그 일만 밤낮으로 생각하고 있었다. 마침내 시기가 왔다. 부모의 반대 때문에 법적으로 연기할 수밖에 없었던 시기가 끝났다. 그리고 바로 그날 아침에 결혼 날짜가 정해졌다. 두 주일 뒤면… 그 생각만 해도 그의 얼굴은 상기되었다. 그는 붉어진 얼굴을 감추려고 얼굴을 돌려 모자를 벗고 이마의 땀을 닦았다.

"움직이지 마." 다니엘이 소리쳤다. "믿을 수가 없어, 네 옆모습은 정말 염소 새끼와 비슷한데!" 과연 바탱쿠르는 입술까지 내려온 긴 코에, 활 모양으로 굽은 콧구멍, 동그란 눈, 그리고 그날 저녁에는 그의 관자놀이 위에 땀에 젖은 노끈 색깔의 머리카락 몇 가닥이 뾰족한 뿔 모양을 하고 있었다.

바탱쿠르는 씁쓸한 표정을 지으며 모자를 다시 썼다. 그리고 카루젤 광장 저 너머로 뽀얗게 먼지가 일고 있는 튀일리 공원 쪽으로 시선을 돌렸다.

'울고 있는 가련한 염소 새끼' 하고 다니엘은 생각했다. '도대체 누군들 저 애가 그런 정열을 가질 수 있으리라고 믿었겠는가? 그 여자를 위해서 자기의 모든 원칙을 버리고 가족들과도 틀어지다니… 과부에다가 열네 살이나 연상인 여자… 흠투성이의 과부… 육감적이긴 하지만 흠투성이인….' 그는 눈에 띄지 않게 미소를 지었다. 지난가을 어느 날 오후 시몽이 그에게 그 아름다운 과부를 소개해주겠다고 그렇게 고집을 피우던 일, 그다음 주일에 서로 만나게 되었던 일을 상기했다. 그 뒤에 그는 적어도 바탱쿠르가 그 미친 짓을 하지 못하게 하려고 온갖 술수를 다 썼었다. 그러나 다니엘은 맹목적인 욕망에 부딪쳤다. 그는 어떤 경우에나 정열을 존중했기 때문에 되도록 그 부인을 회피하며 멀리서 이 결혼 사건의 우여곡절을 지켜보는 것으로 만족했다.

"승리자치고는 너무 우울해 있는데." 하고 그 순간에 바탱쿠르가 말했다. 그는 다니엘에게 놀림받아 위축된 기분을 자크에게서 회복해보려 했다.

"넌 저 애가 차라리 낙방하기를 원하고 있었다는 것을 모르고 있니?" 하고 다니엘이 넌지시 말했다. 그는 자크가 자신을 바라보는 사려 깊은 눈길에 놀랐다. 그는 자크에게로 가까이 가서 그의 어깨에 손을 얹고는 미소를 지으며 이렇게 중얼거렸다. "**…왜냐하면 하나하나의 사물은 각기 제 나름대로의 가치를 지니고 있기 때문이다!**"

이것만으로도 자크에게는 다니엘이 종종 즐겨 인용하는 구절 전체를 떠올리게 하기에 충분했다.

"네가 꿈꾸었던 것과 같은 행복이 아니라고 해서 네 행복이 죽었다고 말한다면 불행할 것이다… 내일에의 꿈은 기쁨이다—그러나 내일의 기쁨 또한 또 다른 기쁨이다—그리고 다행스럽게도 자기가 꿈꾸었던 꿈과 닮은 것은 아무것도 없을 것이니, 하나하나의 사물은 각기 제 나름대로의 가치를 지니고 있기 때문이다."

자크는 미소를 지었다.

"담배 하나 줘." 그가 말했다. 다니엘을 즐겁게 해주기 위해 자크는 자기의 무기력한 상태에서 벗어나려고 애썼다. **내일에의 꿈은 기쁨이다**…. 그는 아직은 붙잡을 수 없지만 어떤 기쁨이 주위에 감돌고 있는 것을 실제로 느낀 것 같았다. 내일? 눈을 뜨고, 열린 창문을 통해 나뭇가지 위로 태양을 본다는 것! 내일이면, 메종 라피트, 그리고 그늘진 정원의 상쾌함!

2

오페라 구역의 인적 없는 거리에 간판도 없고 커튼이 드리워진 어떤 술집 앞에, 보도를 따라 세워놓은 몇 대의 자동차만이 눈길을 끌었다. 보이가 그들 앞의 회전문을 밀어주었다. 다니엘은 마치 자기 집에 온 것처럼 비켜서며 자크와 바탱쿠르를 먼저 들여보냈다.

다니엘이 나타나자 정중한 환영의 박수 소리가 그를 맞아주었다. 그곳에서 사람들은 그를 '예언자'라고 불렀다. 그리고 단골 중에서도 그의 이름을 아는 사람은 거의 없었다. 그날은 사람이 많지 않았다. 바 뒤쪽 움푹 들어간 곳에서 피아노 한 대, 바이올린 하나, 첼로 하나가 당시 유행하는 왈츠를 연주하고 있었다. 그곳에서부터 벽을 장식하는 나무 세공과 비슷한 금빛 그물이 늘어뜨려진 하얀 작은 층계가 나선형을 이루며 파크멜 부인의 중이층中二層으로 통하고 있었다. 식탁들은 회색 벨벳의 긴 의자 쪽으로 밀어붙여 놓았다. 그리고 성긴 레이스 커튼을 한결 부드럽게 만들고 있는 황혼빛을 받으며, 몇몇 커플이 자줏빛 양탄자 위에서 보스턴 왈츠를 추고 있었다. 천장에 붙어 있는 선풍기 날개들이 쉴 새 없이 웅웅 소리를 내고 있었다. 선풍기 바람에 샹들리에의 늘어진 유리 장식과 초록빛 종려나무 가지가 흔들거리는가 하면, 춤추는 쌍쌍의 주위로 모슬린 스카프 자락이 휘날리고 있었다.

언제나 새로운 장소의 분위기를 접하면 대번에 정신이 혼미해지는 자크는 다니엘에게 이끌려 식탁으로 갔다. 그곳에서는 연결되어 있는 두 개의 방이 보였다. 구석방에 앉아 있던 한 떼의 젊은 연인들에게 붙잡힌 바탱쿠르는 벌써 춤을 추고 있었다.

"너는 언제나 누가 귀를 잡고 끌고 와야만 하는구나." 다니엘이 말했다. "일단 왔으니까 이젠 즐길 수 있겠지. 이 작은 술집이 가족적이고 온화하다고 고백하시지?"

"칵테일 한 잔 시켜줘." 자크가 불쑥 말했다. "그것 말이야, 우유하고 까치밥나무 열매 시럽하고 레몬 껍질이 들어 있는 것 말이야."

술 시중은 흰옷을 입은 젊은 아가씨들이 했는데, 단골들은 그녀들에게 '간호사'라는 별명을 붙여주었다.

"내가 멀리서 단골 몇 명을 소개해줄까?" 하고 자리를 바꾸어 자크 옆자리로 온 다니엘이 물었다. "먼저, 저기, 푸른 옷을 입은 여자가 주인이야. '파크멜 아줌마'라고 부르지. 하지만 보다시피 아직 사랑할 만한 금발 여인이야. 암, 그렇지! 저녁 내내 저런 미소를 띠고 젊은 여자 손님들 사이를 왔다 갔다 한단다. 마치 자기 모델을 사열하고 있는 일류 디자이너 같지. 그녀에게 인사하는 구릿빛의 사내를 봐—아까 바탱쿠르와 춤추던 얼굴이 창백한 어린 여자애와 지금 이야기하고 있네—아냐, 좀 더 우리 쪽에 있는, 천사 같아 보이는 금발 여자애, 폴 말이야. 천사 같기는 하지만 약간 품행이 좋지 않은… 저 봐, 지금은 놀라운 독약을 마시고 있군. 저건 초록 큐라소*일 거야…. 아무튼 저 여자와 이야기하고 있는 사내, 서 있는 사람 말이야. 그가 니볼스키라는 화가야. 호인이고, 거짓말쟁이고, 사기꾼이고, 게

* 알코올에 오렌지 껍질을 이용해 조미한 달콤한 맛이 나는 술.

다가 삼총사처럼 기사도 정신이 넘치는 사내야. 약속 장소에 늦을 때마다 저 사람은 결투 때문이었다는 얘기를 하는데, 얘기하는 순간에 자신도 그 말을 믿어버려. 그리고 누구에게나 돈을 꾸지. 그는 늘 한 푼도 없는데, 재주는 있기 때문에 그림으로 지불해. 간단히 말하면, 무슨 생각을 했던 작자인지 알아? 여름이면 시골에 가서 오십 미터짜리 화폭에다 대로를 그리는 거야. 나무들도 있고, 마차도 있고, 자전거 타고 가는 사람들도 있고, 석양도 있는 진짜 대로를 말이야. 그러고 나서 겨울이면 빚쟁이들 머릿수와 빚진 액수에 따라, 그 그림을 토막 내서 빚을 갚는다는 거야. 자기가 러시아인이라고 주장하며, 몇천 명의 '노예'를 소유하고 있다고 거드름을 피우고 있어. 그래서 당연히 모두들 저 사람에게 러일전쟁 동안 몽마르트르에 남아 카페에서 애국자 노릇을 한다고 놀려주었지. 그랬더니 어떻게 했는지 알아? 떠났어. 일 년 내내 사라졌었어. 뤼순항 함락 후에 다시 나타났어. 전쟁 사진을 잔뜩 가지고 왔었지. 호주머니마다 가득 넣고 다녔어. 그리고 이렇게 말하곤 했어. '여기, 이 대포가 보이지요? 그리고 그 뒤에 이 큰 바위가 보이지요? 바위 뒤에 총 끝에 매단 칼끝이 조금 나온 게 보이지요? 자, 그게 바로 나입니다.' 그런데 저 사람은 그림도 여러 장 갖고 왔거든. 돌아온 뒤 이 년 동안은 모든 빚을 시칠리아의 풍경화로 갚았지…. 아니, 저 사람이 내가 자기 이야기 하는 걸 냄새 맡았군. 신이 났어. 으스대겠는데."

팔꿈치를 식탁에 기대고 앉은 자크는 아무 대답도 하지 않았다. 그런 순간에는 멍청한 표정이 되곤 했다. 입을 반쯤 벌리고, 멍한 눈으로 동물 같은 시선에 잠든 듯이 시무룩해 있었다. 그는 친구의 이야기를 들으며 니볼스키와 어린 폴 두 사람을 관찰하고 있었다. 그녀는 루즈를 들고 있었다. 입을 둥글게 벌리더니 루즈를 대고는 마치 구멍을 파는 것처럼 단번에 한 바퀴 돌려 발랐다. 화가는 그녀를 바라보면서 손가락으로 그녀의 지갑을 뱅뱅 돌리고 있었다. 그들 사이는—이것은 분명한 사실이었다—바에서 만난 친구 사이 이외에는 아무것도 아니었다. 그러나 그녀는 화가의 두 손을 만지기도 하고, 무릎을 건드리기도 하며, 넥타이를 바로잡아주기도 했다. 어느 순간에 그가 몸을 그녀 쪽으로 숙여서 무슨 얘기를 하자, 그녀는 그의 얼굴에 그녀의 핏기 없는 손을 대며 유쾌하게 그를 뒤로 밀쳤다…. 자크는 어찌할 바를 몰랐다.

그녀에게서 별로 떨어지지 않은 곳에 갈색 머리의 여인이 혼자서 긴 의자에 몸을 움츠리고 앉은 채, 마치 추운 듯이 검은 새틴 케이프를 둘러쓰고 폴이 눈치채지 않도록 그녀를 뚫어지게 쳐다보고 있었다.

이 모든 사람들을 자크는 끈질긴 시선으로 두루 살펴보고 있었다. 그는 관찰하고 있는 것일까, 아니면 무엇을 꾸며내고 있는 것일까? 그는 얼마 동안 그들을 바라보다가 그들에 대해 갑자기 복잡한 감정을 느끼게 되었다. 그렇다고 자기 시야에 들어오는 것을 분석하려고 애쓰지 않았다. 그렇게 하려 했더라도 자기의 직감을 말로 표현할 수 없었을 것이다. 이 광경에 마음을 온통 빼앗기고 있는 자크로서는 자기 자신을 분석하고 무엇이든 간에 기록해 둔다는 것은 쉬운 일이 아니었다. 그러나 이렇게 다른 사람들과 교제할 수 있다는 사실이—그 소통이 허망한 것이든 현실적인 것이든 간에—그에게는 그 무엇과도 비교할 수 없는 쾌락을 느끼게 해주었다.

“그리고 저 키 큰 여자, 바텐더와 이야기하고 있는 저 여자는 누구니?” 하고 자크가 물었다.

“푸른 옷을 입고 목걸이를 무릎까지 길게 늘어뜨린 여자 말이야?”

“그래. 저렇게 매정한 표정을 짓고 있다니!”

“그녀는 마리 조제프야. 꽤 예뻐. 황후의 이름이지. 저 여자의 진주 목걸이 얘기는 재미있어. 내 얘기 듣고 있는 거야?” 하고 다니엘이 미소를 지으며 이야기를 계속했다. “저 여자는 향수 제조업자의 아들인 레빌의 정부였어. 그런데 레빌의 법적 마누라는 은행가인 조스와 좋아하는 사이였지. 너 내 얘기 듣고 있어?”

“그럼, 다 듣고 있어.”

“네가 잠든 것 같아 보여서 그래…. 어느 날 무척 부자인 조스가 자기 애인인 레빌 부인한테 진주 목걸이를 주고 싶어 했어. 레빌이 눈치채지 않게 하려면 어떤 술책을 써야 할까? 조스는 머리가 나쁘지 않아. 그는 윤락 여성 갱생원을 위한 복권을 생각해냈던 거야. 그래서 레빌한테 이십 수*로 복권 열 장을 사게 한 다음에, 레빌 부인한테 주고 싶었던 목걸이를 당첨되게 만들었어. 그런데 거기서 모든 게 복잡하게 되어버렸어. 레빌이 조스한테 감사 편지를 썼는데, 추신에 그 복권 이야기는 레빌 부인한테 하지 말아 달라고, 자기 애인인 마리 조제프한테 그 진주 목걸이를 보냈다고 썼거든…. 조금만 더 기다려. 더욱

* 프랑스의 옛 화폐 단위. 1수는 5상팀에 해당한다.

재미있는 얘기는 그 뒤의 일이야…. 조스는 미칠 듯이 화가 났지. 그래서 머리에는 단 한 가지 생각, 자기 목걸이를 다시 찾겠다는 생각, 아니면 적어도 그 목걸이를 가지고 있는 여자를 차지한다는 생각뿐이었어. 그래서 석 달 뒤에 그는 레빌 부인을 차버리고 레빌로부터 마리 조제프를 가로챘어. 이렇게 해서 진주 목걸이를 가지지 않은 부인을 목걸이를 가진 애인과 교환한 것이지. 그러자 선량한 레빌은 자기가 그 목걸이값으로 이십 수밖엔 지불하지 않았다는 사실을 까맣게 잊고는 여기저기에 창녀들의 헤아릴 수 없이 비열한 짓거리에 대해서 독설을 퍼부었어! …안녕, 베르프." 다니엘이 이제 막 들어온 미남과 악수를 하며 말하자 벌써 바의 저쪽 끝에서 "살구!" 하고 외치며 그 미남을 불렀다. "서로 알고 있지?" 하고 그가 자크에게 물었다. 자크는 쌀쌀하게 베르프에게 손을 내밀었다. "잘 있었어요, 아름다운 분?" 하고 러시아 화가와 같이 있던 창백한 폴이 지나가자 다니엘이 그녀의 손에 키스하려고 몸을 숙이며 말했다. "내 친구 티보를 소개해도 되겠지요?" 자크는 이미 일어서 있었다. 젊은 여인은 그에게 병적인 시선을 보내더니 다니엘을 한참 쳐다보았다. 그녀는 무슨 말인가를 하려고 주춤하더니 그냥 지나갔다.

"너 여기 자주 오니?" 자크가 물었다.

"아니. 하긴 그렇다고 할 수 있겠지. 일주일에 몇 번 오니까. 습관이야. 하지만 나는 같은 장소, 같은 사람들에게 쉽사리 싫증을 느끼는 편이야. 흐르는 인생, 이런 것들을 느끼는 게 좋아…."

'나는 합격했다.' 별안간 자크는 생각했다. 그의 가슴이 부풀어 올랐다. 한 가지 생각이 그의 뇌리를 스쳐갔다.

"메종 라피트 전신국이 몇 시에 문을 닫는지 알아?"

"지금은 닫혔어. 하지만 오늘 저녁에 전보를 치면 네 아버지께서 내일 아침 일찍 받아보실 수 있을 거야."

자크가 보이를 불렀다.

"쓸 것 좀 주세요."

그는 몹시 흥분된 손으로 전보문을 써 갈기기 시작했다. 뒤늦게나마 서둘러 자신의 합격을 알리려고 하는 그 모습은 참으로 자크다웠다. 다니엘은 미소를 지으며 그의 어깨너머로 몸을 구부렸다. 그러나 그는 깜짝 놀라 몸을 다시 세웠다. 놀랐다기보다는 자신의 무의식적인 경솔함에 당황했다. 티보 씨의 주소 대신 다음과 같이 쓴 것을 읽을 수 있었다. **퐁타냉 부인, 포레가**街. **메종 라피트.**

단골인 노부인이 갈색 머리의 아름다운 소녀와 함께 식당으로 들어오자 모두들 호기심에 찼다. 소녀의 태도에 수줍음은 없었지만 조심스럽게 처신하는 모습이 이곳에 처음 왔다는 것을 짐작하게 했다.

"아니, 새 멤버군." 다니엘이 낮은 목소리로 말했다.

그 옆을 지나던 베르프가 미소 지었다.

"모르고 있었어요?" 하고 그가 물었다. "쥐쥐 아줌마가 신인을 소개한대요."

"저 소녀, 아주 멋진데." 하고 잠시 후 다니엘이 말했다.

자크가 돌아보았다. 사실 그녀는 매혹적이었다. 맑은 두 눈, 뽀얗게 분을 바른 두 뺨, 이곳 여자들과 전혀 다르게 보이는 태도. 그녀는 장식 하나 보석 하나 없이 연한 장밋빛의 한랭사로 만든 옷을 입고 있었다. 그녀 옆에서는 제일 젊은 여인들까지도 생기를 잃은 듯했다.

다니엘은 자크 옆에 있는 자기 자리에 와서 다시 앉았다.

"너는 쥐쥐 아줌마를 가까이에서 봐야 해." 그가 말했다. "나는 그녀를 잘 알고 있어. 유별난 인물이야. 이젠 일종의 사회적 지위를 누리고 있지. 꽤 멋진 아파트에 살고 있고, 정해진 날에 손님을 초대해. 파티를 베푸는 거지. 특히 사교계에 데뷔하는 여자들을 보호해주고 있어. 저 여자에게서 특별한 점은 절대로 누구의 첩이 되기를 싫어했다는 거야. 성실하고 착한 창부였고, 출세해보려는 생각은 해본 일이 없는 여자야. 삼십 년 동안 창녀 생활을 했는데, 마들렌 교회와 드루오가街 사이의 거리에서 손님을 끌었대. 그러나 자기 생활을 둘로 나누었어. 아침 아홉시에서 저녁 다섯시까지는 바르뱅 부인. 그리고 리세르가街의 중이층에서 하녀 하나를 데리고 중산층과 똑같은 걱정거리를 가지고 중산층의 생활을 했지. 가계부며, 주식 투자를 잘 지켜보기 위한 시세표며, 자질구레한 집안 걱정거리며, 친척 관계며, 바르뱅 가족의 조카들이며, 생일들, 게다가 일 년에 한 번씩은 크리스마스트리를 둘러싼 아이들 간식까지 베풀면서 말이야. 내 말에 지어낸 것은 하나도 없어. 그리고 다섯시에는 플란넬의 짧은 윗도리를 벗어버리고 멋진 양장을 하고는 매일 저녁, 날씨가 궂든 좋든 조금도 싫어하는 기색 없이 일하러 나가곤 했어. 그 시간이 되면 바르뱅 부인이 아니고 쥐쥐가 되는 거지. 항상 쾌활하고, 자기 일에 성실하며, 절대로 피곤을 모르고, 그 거리의 모든 가구 딸린 호텔에서 잘 알려진 인기 있는 쥐쥐

가 되는 거야."

자크는 쥐쥐 아줌마에게서 눈을 뗄 수가 없었다. 그녀는 시골 사제의 성실한 얼굴에다 정력적이고 웃음을 띠고 있으며, 또한 교활한 면도 엿보이는 그런 모습이었다. 그리고 온통 백발인 짧은 머리에 낚시꾼의 모자를 쓰고 있었다.

생각에 잠겨 있던 자크는 다니엘이 한 말을 되뇌었다.

"조금도 싫어하는 기색 없이…."

"물론이지." 다니엘이 응답했다. 그리고 자크 쪽으로 짓궂고 약간 도전적인 시선을 던지며 휘트먼의 시를 두 줄 중얼거렸다.

> "You prostitutes flaunting over the trottoirs or obscene in your rooms,
> Who am I that I should call you more obscene than myself?"*

다니엘은 자기가 자크의 결벽성을 자극했다는 것을 잘 알고 있었다. 그는 자크가 여러 달 동안을 꼬박—어쩌면 다니엘의 방종한 생활에 대한 반발심에서 그랬는지 모르지만—매우 여유를 가지고 나무랄 데 없이 청결한 생활에 만족하고 있는 것을 보고 화가 나서 일부러 그랬던 것이다. 다니엘은 자크의 그런 태도를 걱정할 정도로 고지식했다. 그는 지금보다 더 격렬

* 「가을의 실개천」 중의 한 구절.
"거리에서 으스대며 걷거나 방 안에서 음란한 너희 창녀들이여,
나보다 너희가 더 음란하다고 말해야 하는 나는 누구인가?"

해 보이던 자크의 성격이, 근래에 와서는 좀 무기력한 상태에 빠져 있는 것에 대해 자크 자신도 이따금 불안해한다는 사실을 알고 있었다. 이런 미묘한 문제가 단 한 번 그들 사이에 언급된 적이 있었다. 그것은 지난겨울 어느 날 저녁, 둘이 연극 구경을 갔다가 돌아오는 길에 대로에서 연인들의 무리 사이로 함께 걷게 되었을 때였다. 다니엘은 자크가 아주 무관심한 것에 놀랐었다. "하지만" 하고 자크는 대답했다. "나는 건강해. 징병 검사 때도 내가 가장 건강한 축에 낀다는 것을 알게 되었어…." 그런데 다니엘은 그 당시 그런 말을 하는 자크의 목소리에서 감지할 수 없는 불안이 감돌던 것이 생각났다.

다니엘은 멀리서 그들을 향해 몸을 돌리고 있는 파브리 때문에 그 생각을 중단했다. 파브리는 스스럼없이 보이지만 뭔가 일부러 꾸민 듯한 태도로 모자와 지팡이와 장갑을 옷을 맡아두는 여자에게 건네주었다. 그러고는 만면에 웃음을 띠며 자크에게 말을 걸어왔다.

"형님은 아직 안 왔나?"

파브리는 밤이 되면 항상 좀 높은 칼라, 그리고 빌려 입은 것 같아 보이는 새 옷을 입고 있었다. 그리고 금방 말끔하게 면도한 턱을 내밀곤 했는데, 그 과시하는 듯한 태도 때문에 베르프에게 '고등사범학교, 바빌론 정복을 위해 출전하다'라는 말을 듣곤 했다.

'나는 합격했다.' 자크는 생각했다. 그날 저녁에 그는 메종행 기차를 타기 위해서 인사도 없이 달아나고 싶은 욕망에 사로잡혔다. 그들을 만나러 오겠다고 약속했던 형, 이제 곧 도착할 형을 생각하니까 그는 무력해지는 것 같았다. '안 되지.' 하고 그는 생각했다. '하지만 내일 새벽에 떠날 거야.' 이 생각만으로도 벌써 그곳의 상쾌함이 온몸을 감싸는 것 같았다. 아침 태양이 한길의 이슬을 증발시키고 있었다…. 파크멜에 와 있다는 생각은 깡그리 잊어버렸다….

샹들리에의 모든 전깃불이 동시에 환하게 켜지자 자크는 무기력 상태에서 벗어났다. '나는 합격했다.' 그는 마치 현실과의 접촉을 강조하려는 듯 또다시 생각했다. 그는 눈으로 친구를 찾았다. 다니엘은 모퉁이에서 쥐쥐 아줌마와 낮은 목소리로 이야기를 나누고 있었다. 그는 흔들의자에 비스듬히 앉아 있었다. 열을 올리고 있는 그의 말솜씨는 우아하게 목을 세우고 있는 모습, 얼굴과 시선과 미소에서 풍기는 총명함, 반쯤 들고 있는 우아한 두 손을 더욱 돋보이게 해주었다. 두 손, 미소, 시선이 그의 입술만큼 많은 이야기를 하고 있었다. 자크는 그를 쳐다보는 데 지칠 줄을 몰랐다. '미남이로구나!' 하고 자크는 막연히 생각했다. '젊고 발랄한 청년이 현재의 순간에 전적으로 몰두할 수 있다는 것은 얼마나 멋진 일인가! 더구나 이처럼 자연스럽게! 저 애는 내가 자기를 보는 줄 모르고 있어. 그런 건 생각지도 않고 있어. 저 애는 어떠한 구속도 경계하지 않아. 자신을 누가 보는 줄 모르고 있는 어떤 사람을 훔쳐본다는 것, 자기 본연의 비밀스런 모습을 하고 있을 때 그 사람을 훔쳐본다는 것! 여러 사람이 있는 장소에서 자기를 둘러싼 모든 것을 다 잊어버릴 수 있는 그런 사람이 정말 있을 수 있을까? 저 애는 얘기에 온 정신을 쏟고 있다. 나는 한 번도 천진난만한 때가 없다. 나는 절대로 저렇게까지 나 자신을 내맡길 수가 없다. 아무도 안 보는 곳, 닫힌 방 안에서가 아니라면, 그뿐인가!' 그는 잠시 생각해보았다. '다니엘은 특별히 뭘 관찰하는 성격은 아니다. 그래서 저 애는 무엇을 보아도 나처럼 몰두하는 성격이 아니다. 저 애는 자기 자신으로 남아 있을 수가 있는 것이다.' 그는 다시 곰곰이 생각해보았다. '내 경우는 외부의 세계가 나를 통째로 삼켜버리지.' 하고 결론을 내리며 그는 일어섰다.

"아니야, 미남 예언자 씨, 고집해봐야 소용없어. 저 애는 네 것이 될 수 없어." 하고 바로 그 순간에 아줌마가 다니엘에게 말했다. 그러자 다니엘의 눈에 어찌나 험악한 표정이 깃들었는지 그녀는 웃음을 터뜨리며 이렇게 말했다. "이것 봐요! 앉아, 꼬마야. 곧 나아질 거야."

(이것은 다른 상투적인 문구와 함께 다음과 같이 "아가야, 내 마스코트가 되어주렴"이라든가 "그건 누구의 흥미도 끌 수 없단다"라든가 "그 모든 건 아무것도 아니란다, 건강만 하다면" 등등 계절에 따라 여러 가지로 바뀌어 쓰일 수 있는 판에 박힌 무의미한 문구의 하나로서, 단골손님들은 기회 있을 때마다 내막을 잘 알고 있다는 듯한 미소를 띠면서 서로 주고받곤 했던 것이다.)

"저 여자애를 어떻게 알게 됐어요?" 하고 다니엘이 끈질기게 그녀에게 물었다.

"아니라니까 그래. 저 애는 너를 위해 있는 아이가 아니라고 하잖아. 저 애는 특별한 애인 데다가 착해. 보배 같은 인물이야."

"어떻게 알게 됐는지나 알려줘요."

"저 애를 귀찮게 굴지 않을 거지?"

"물론이죠."

"그럼 얘기하지. 내가 늑막염을 앓을 때의 일이었어. 생각나? 저 애가 그걸 알고는 누구에게 아무것도 물어보지 않고 그저 왔었어. 그 당시에 내가 저 애를 잘 알지 못했다는 것을 명심해 둬. 그저 한두 번 내가 도와주었을 정도였지. (네게 말해두겠는데, 저 어린 게 벌써 큰 근심을 겪었어. 심각한 이야기지. 내가 알기론 저 애는 사교계에서 알려진 사내 하나를 사랑했었는데, 그 남자의 아이를 낳았어. 그런 일을 겪었다고 누가 믿겠어? 그런데 낳자마자 아이가 죽었대. 어찌나 상심했었던지 누가 애기 얘기만 하면 징징 울었다니까.) 아무튼 내가 늑막염을 앓았을 때 저 애가 간호사처럼 내 집에 와서 살았어. 여섯 주 이상이나 밤이고 낮이고 내 딸이었더라도 못 했을 만큼 훌륭히 간호해주었지. 저 애는 하루에 백 번이나 내게 흡각을 대주었어. 정말이야. 내 생명을 구해준 거지. 확실히 그래, 전혀 돈을 쓰지 않았으니까. 진주 같은 보물이라니까. 그래서 난 저 애의 고민을 해결해줘야겠다고 맹세했지. 나이가 어려서 사랑밖에는 아무것도 몰랐어. 나는 저 애를 손님한테 팔리게 해줄 수 있다고 생각해. 너도 알다시피, 팔린다는 것이 어떤 것인지를! (그걸 위해서 너도 나를 거들어주어야겠어. 어떻게 해야 할지는 나중에 설명해줄게.) 그래서 지난 석 달 동안 내가 저 애를 한시도 놔두지 않고 돌보고 있는 거야. 제일 먼저 저 애한테 알맞은 이름을 지어주어야 했어. 이름이 빅토린이었어. 빅토린 르 가드. 르 가드란 두 단어, 그건 그래도 괜찮지. 하지만 빅토린이라니, 미쳤지! 그래서 내가 이름을 지어주었어. 리네트라고. 괜찮지, 안 그래? 그리고 다른 모든 것을 그런 식으로 만들어놓은 거야. 콜랭이 저 애의 말투를 교정해주었어. 전에는 브르타뉴 사투리를 썼기 때문에 모두들 놀려댔었지. 이제는 약간 이국적이고 거친 영어 투의 악센트만 남았어. 매력적인 것만 말이야. 보름 만에 보스턴 왈츠를 출 줄 알게 되었어. 솜털처럼 몸이 가벼워. 게다가 저 애는 바보가 아니야. 노래도 곧잘 해. 정열적인 목소리를 가졌어. 천한 데가 전혀 없고. 나는 그걸 아주 좋아해. 마침내 모든 것이 다 갖추어졌어. 마침내 오늘 저녁이 진수식進水式이야. 이제는 저 애의 돛에 바람을 불어주는 것밖에는 더 이상 아무것도 필요한 게 없어. 아냐, 신중하게 행동해. 바로 그 점에서 네가 날 도와줄 수 있어. 나는 뤼드비그손에게 저 애 이야길 했어. 뤼드비그손은 베르타가 떠난 뒤로는 마치 춤추는 불꽃 같아. 오늘 저 애를 보러 이리로 오겠다고 약속했지. 단 한마디라도 좋으니까 저 애가 네 맘에 든다고 그이한테 말해줘. 그러면 홀딱 빠져버릴 거야. 뤼드비그손 같은 사람이 바로 저 애에게 필요한 사람이야, 알겠어? 저 애에게는 단지 한 가지 생각밖에는 없어. 자기 고향 브르타뉴로 돌아갈 수 있도록 약간의 돈을 만든다는 생각이지. 그게 그 애 취미인 걸 어쩌나! 브르타뉴 출신 여자들이란 모두 그렇다니까. 어시장의 보잘것없는 집 한 채, 부인네들이 쓰는 하얀 모자, 그리고 종교적인 행렬, 그게 브르타뉴지 뭐! 저 애는 꿈과 같은 큰 재산을 만들려는 생각은 없어. 그저 착실하게 남의 말을 들으면서 빨리 돈을 모으려는 것이지. 나는 정월이 지날 때까지는 저 애가 적어도 지폐 이십여 장은 저축하도록 해주고 싶어. 그리고 그것을 무엇에다 투자하도록 해줄까도 생각하고 있고. 그런데 돈 좀 벌 만한 방법이 없을까?"

"식사합시다!" 하고 사방에서 시끄럽게 소리들을 질렀다.

다니엘이 자크 옆으로 다시 왔다.

"형님은 아직 안 오셨니? 그래도 식탁에 가서 자리는 잡자."

이십여 명분의 식사가 준비되어 있는 긴 식탁 주위에서 사람들이 웅성거렸다. 다니엘은 마침 자크가 리네트 왼쪽에 앉도록 했다. 쥐쥐 아줌마는 한시도 리네트를 놓지 않으며 그녀의 오른쪽에 붙어 있었다. 그런데 모든 사람이 자리를 잡고 앉은 뒤 자크가 앉으려 하는 순간에 다니엘이 자크를 밀쳤다.

"나와 자리를 바꿔." 그러면서 지체 없이 자크의 팔을 억세게 밀치자 자크는 다니엘의 손가락이 자기 팔목을 파고드는 것을 느꼈다. 그래서 그는 소리를 지르지 않기 위해 꾹 참아야만 했다.

그러나 다니엘은 사과할 생각도 없었다.

"쥐쥐 아줌마" 하고 다니엘이 말했다. "내 옆 사람한테 날 소개시켜 주시는 것이 예의 바른 일 같은데요."

"아이고, 너구나!" 다니엘의 계략을 알아차린 노부인이 투덜댔다. 그러고 나서 식탁에 앉은 모든 사람들을 향해서 "여러분 모두에게 리네트 양을 소개합니다." 이어서 그녀는 위협적인 투로 이렇게 덧붙였다. "내가 보호해주고 있는 아이입니다."

"소개해줘요! 소개해줘요!" 여기저기에서 소리가 터져 나왔다.

"야단스럽게들 구네." 쥐쥐 아줌마가 한숨을 내쉬었다. 그녀는 내키지 않아 하며 일어서서 모자를 벗었다. 그리고 시중들고 있는 '간호사' 중의 한 명에게 모자를 휙 던졌다. "예언자" 하고 그녀는 다니엘을 가리키며 소개를 시작했다. "예쁜 녀석이지."

"안녕하세요." 리네트가 친절하게 인사했다. 다니엘은 그녀의 손을 잡고 거기에 키스를 했다.

"계속하세요!"

"그 애 친구, 나는 이름도 몰라" 하고 자크 쪽으로 팔을 내밀며 쥐쥐 아줌마가 계속했다.

"안녕하세요." 리네트가 말했다.

"그다음에는 폴, 실비아, 돌로레스 부인, 그리고 누군지 모를 아이. '기적을 낳는 아이' 살구라고 불리는 베르프, 가비, 라 구르드…"

"고맙습니다" 하고 냉소적인 목소리가 그녀의 말을 중단시켰다. "나는 우리 선조의 이름을 더 좋아하는데요. 파브리입니다, 아가씨. 당신의 열렬한 숭배자 중의 한 사람이지요."

"아가야, 내 마스코트가 되어주렴" 하고 어느 빈정거리는 목소리가 말했다.

"릴리와 아르모니카, 혹은 떼어놓을 수 없는 두 사람." 쥐쥐 아줌마는 남의 말은 듣지도 않고 계속했다. "대령님, 아름다운 모드, 내가 모를 신사 한 분, 그 옆에 내가 잘 알지만 이름을 잊은 두 부인, 빈자리, 또 하나 빈자리, 꼬마 바트라고 불리는 바탱쿠르, 마리 조제프와 그녀의 진주 목걸이, 파크멜 부인." 드디어 그녀는 몸을 숙여 인사를 하며 말했다. "끝으로 쥐쥐 아줌마입니다."

"안녕하세요, 선생님. 안녕하세요, 안녕하세요, 아가씨. 안녕하세요, 선생님. 안녕하세요." 리네트는 조금도 수줍어하지 않고 미소 지으면서 은방울 같은 목소리로 반복했다.

"저분은 리네트 양이라 부를 게 아니군요." 파브리가 말했다. "안녕하세요, 아가씨!"

"그것도 좋아요." 하고 리네트가 응수했다.

"안녕하세요, 아가씨를 위해서 박수 칩시다!"

그녀는 웃으며 자신을 위한 소란스러운 소리에 기분 좋아하는 것 같았다.

"자, 이제는 수프를 듭시다" 하고 파크멜 부인이 제안했다.

자크는 팔꿈치로 다니엘을 밀쳤다. 그리고 붉어진 자기의 손목을 보이며 물었다.

"아까는 뭣 때문에 그랬어?"

다니엘은 전혀 양심의 가책을 느끼지 않으며 재미있다는 눈초리로 자크를 보았다. 그 눈초리는 정열적이며 약간은 야성적이었다.

"I am he that aches with amorous love" 하고 다니엘이 낮은 목소리로 읊었다.

자크는 몸을 숙여서 마침 자기 쪽으로 고개를 돌린 리네트를 보았다. 자크와 그녀의 눈길이 마주쳤다. 그녀의 두 눈은 초록빛이었으며 굴처럼 신선하고 촉촉했다.

다니엘이 계속해서 영어 시구를 읊었다.

"Does the earth gravitate? Does not all matter, aching, attract all matter?"

"So the body of me, to all I meet, or know."*

자크는 눈살을 찌푸렸다. 다니엘이 정열의 폭발에 몸을 맡기면서 쾌락을 향해 돌진하는 것을 목격한 것은 이번이 처음이

* 휘트먼의 시.
"나는 연정에 가슴을 앓고 있는 사나이네. / 지구는 끌리고 있는가? 모든 사물은 고통 속에서 모든 사물을 끌고 있지 않은가? / 그렇듯 내 육신도 내가 아는 모든 것, 내가 만난 모든 것에 끌리고 있다."

아니었다. 물론 자크의 존재가 다니엘에게 방해물이 될 수는 없었다. 그리고 그런 일이 있을 때마다 무의식적으로 자크는 다니엘을 향한 우정이 움츠러드는 것을 느끼곤 했다. 그때 별것 아닌 우스운 사실이 그의 생각을 딴 곳으로 돌리게 했다. 그는 다니엘의 콧속에 아주 까만 코털이 잔뜩 있어서 가면의 콧구멍과 닮아 보인다는 사실을 알아차렸다. 그는 눈으로 예언자의 두 손을 찾아보았는데, 그 아름답고 긴 손등에도 같은 갈색의 털들이 덮여 있음을 보았다. '털보 사나이'라고 생각하며 자크는 웃음이 나오려는 것을 겨우 참았다.

그때 다니엘이 다시 몸을 숙였다. 그리고 마치 휘트먼의 시구 인용을 끝맺음하려는 듯 어조도 바꾸지 않으며 말했다.

"Fill up your neighbour's glass, my dear."*

"파크멜 부인, 오늘 저녁 메뉴는 읽을 가치조차 없군요." 식탁 반대편에서 누군가 장난기 섞인 불명확한 발음으로 말했다.

"파크멜 부인은 검은 별 두 개." 파브리가 말했다.

"모든 건 아무것도 아니지. 건강만 하다면야." 아름다운 금발의 파크멜 부인이 초연한 듯 대꾸했다.

자크의 옆에는 안색이 퍽 창백하고, 타락한 천사와 같은 느낌을 주는 폴이 앉아 있었다. 그 옆에는 말이 없고 한 숟가락 먹을 때마다 입술을 닦는 버릇이 있는 가슴이 엄청나게 큰 젊은 여인이 있었다. 그보다 더 멀리, 자크의 거의 맞은편에, 갈색의 구불구불한 머리카락이 이마를 덮고 있고, 쥐쥐 아줌마가 돌로레스 부인이라고 소개했던 여인 옆에 일고여덟 살 정도의, 검

* '친구여, 옆 사람 잔에 술을 따르렴'이라는 뜻의 영어.

은색 싸구려 옷을 입은 소녀이 앉아서 맑은 두 눈으로 참석자들의 행동 하나하나를 살피고 있었다. 아이의 얼굴은 때때로 미소로 환해지곤 했다.

"아가씨에겐 수프를 드리지 않았군요?" 자크가 옆자리 여인에게 물었다.

"나는 수프는 안 먹어요, 감사합니다."

그녀의 시선은 항상 밑을 보고 있었는데, 어쩌다 고개를 들 때는 언제나 다니엘 쪽을 보곤 했다. 그녀는 다니엘 옆에 앉으려고 무척 애썼다. 그런데 마지막 순간에 다니엘의 의자가 자크에게 주어지는 것을 보았다. 그 때문에 그녀는 자크를 원망하고 있었다. 여드름투성이에 목 뒤에는 뾰루지까지 난 녀석은 도대체 어디서 나타난 것일까? 그녀는 갈색 머리는 딱 질색이었다. 그런데 저 색깔은 적갈색이다. 저 털투성이 이마, 앞으로 나온 귀, 저 턱 모양만 보아도 영락없는 깡패상이다.

"아니, 얘야, 냅킨을 매지 않고 뭘 하고 있니?" 돌로레스 부인이 큰 소리로 말하며 꼬마 목에 원뿔 모양의 냅킨을 잘 매주려고 아이를 흔들었다. 냅킨 주름으로 아이 얼굴은 반 이상 감추어졌다.

"여자가 나이를 고백할 때는" 하고 마리 조제프와 이야기를 나누고 있던 파브리가 큰 소리로 말했다. "더 이상 나이를 감출 필요가 없을 정도로 늙어버렸을 때지요. 내 말은 그녀가 콩세르바투아르 학교에 입학했을 때 이미 나이가 꽉 찼었단 말입니다. 바로 사십오 년 전 일이었어요. 여동생의 호적 등본을 제출했었으니까 두 살 어리게 등록했던 거지요. 그러니까…."

"그건 누구의 흥미도 끌 수 없어!" 하고 쥐쥐 아줌마가 큰 소리로 꾸짖었다.

“파브리는 파리에서 중력의 가속도는 구 미터 팔십 센티라는 사실을 먼저 상기시키지 않고서는 어떤 대화에도 가담할 수 없는 그런 호인 중의 하나지요.” 전에 국립 공업고등학교 입학시험을 준비한 적이 있는 베르프가 말했다. 실외 운동을 즐겨 피부가 탄 데다가 주근깨투성이여서 사람들은 그에게 살구라는 별명을 붙여주었다. 물결치는 양어깨에, 광대뼈가 툭 튀어나왔고, 입술이 두툼하고 멋있는 사나이였다. 낮 동안에 운동을 해서 다져진 그의 온몸 근육의 원기가 그의 푸른 두 눈과 윤기 나는 두 뺨에서 넘치고 있었다.

“아무도 그 사람이 어떻게 죽었는지 모르고 있어요.” 누군가가 말했다.

“그 사람이 어떻게 살았는지는 알고 있니?” 비웃는 듯한 목소리가 대꾸했다.

“자, 빨리 먹어” 하고 돌로레스 부인이 꼬마 아이에게 말했다. “디저트가 나올 걸 알지. 빨리 먹지 않으면 넌 디저트 못 먹어.”

“왜?” 꼬마가 반짝이는 눈을 그녀 쪽으로 돌리며 물었다.

“내가 못 먹는다면 못 먹는 거야. 내 말 들어. 빨리 먹어.” 그녀는 자크의 시선을 알아차리고 그에게 이해할 수도 있지 않느냐는 투의 미소를 보냈다. “얘는 까다로운 아이예요.” 그녀가 말을 계속했다. “자기가 모르는 건 뭐든지 무서워한답니다. 너는 이제 비둘기 스튜를 먹을 거다! 물론 이 아이는 비둘기 요리보다는 호배춧국을 더 자주 먹었지요! 너무 응석받이로 자랐어요. 다른 외아들이나 외동딸이 그렇듯이 항상 귀염만 받고 어리광만 부려왔지요. 특히나 애 엄마가 그렇게 오랫동안 앓아 누워 있었기 때문에! 그래요, 그래요." 그녀는 아이의 짧게 깎은 동그란 머리통을 만졌다. "응석받이. 무척 버릇이 없어요. 하지만 이 아줌마하고는 더 이상 그렇지 않을 거다. 이 신사께서는 계집애들처럼 고수머리를 기르겠다지 않겠어요? 아 이젠 어리광이며 응석 따위는 다 끝장이 났다. 자, 먹어라. 저기 선생님께서 널 보고 계신다. 어서 먹어." 자기 말을 누군가가 듣고 있다는 데에 으쓱해하며 그녀는 또다시 자크와 폴을 향해 미소를 보냈다. "얘는 고아예요." 그녀는 만족스러워하는 어조로 말했다. "이번 주에 엄마를 잃었지요. 내 오빠 한 분과 결혼했던 여자였어요. 로렌 지방의 고향에서 가슴앓이로 죽었어요. 가엾은 것." 그녀는 덧붙여 말했다. "내가 돌보겠다고 나섰으니 그래도 이 아이는 운이 좋은 편이지요, 부모의 어느 쪽에도 맡을 사람이 아무도 없답니다. 나밖에는 아무도 없어요. 아무튼 걱정거리가 되는 셈이지요."

어린애는 먹기를 중단했다. 그리고 아주머니를 쳐다보았다. 무슨 말인지 이해하고 있는 것일까?

어린아이가 이상한 목소리로 물었다.

"엄마가 죽었어?"

"네가 상관할 일이 아니다. 어서 먹어라."

"이젠 먹고 싶지 않아."

"이것 보세요, 이런 애라니까요!" 하며 돌로레스 부인이 말을 계속했다. "그래 그렇단다. 네 엄마가 죽었어. 자 이젠, 말 좀 듣고, 먹으렴. 안 먹으면 아이스크림 안 준다."

그 순간에 폴이 고개를 돌렸다. 그녀의 시선과 잠시 마주친 자크는 자신도 느끼고 있는 어색함을 폴의 시선에서 읽은 듯했다. 그녀의 목은 길고 불안정했으며 뺨보다도 더욱 창백했다. 그 가냘픈 모습은 보는 이로 하여금 동정심을 느끼도록 만들었다. 자크는 그 목, 솜털이 약간 난 섬세한 피부를 바라보고 있었다. 그리고 입술에 감미로운 감촉을 느꼈다. 그는 무슨 말인가 하려 했으나 아무 말도 생각해내지 못하고 미소를 지었다. 그녀는 몰래 자크를 살펴보았다. 이제는 자크가 덜 추하게 생각되었다. 그러나 갑작스레 가슴을 찌르는 듯한 아픔을 느끼며 그녀의 얼굴은 아주 창백해졌다. 그녀는 두 손을 식탁 가장자리에 놓고는 고개를 뒤로 젖히고 의식을 잃지 않으려고 혀를 깨물었다.

자크가 그녀를 보았다. 그녀는 그곳 식탁보 위에 죽으려고 날아든 새 같은 모습을 하고 있었다. 자크가 작은 소리로 물었다.

"무슨 일이세요?"

그녀의 반쯤 감은 눈꺼풀 속에서 두 눈의 흰자위가 뒤집히는 모습을 그는 보았다. 그녀는 안간힘을 다했다. 그리고 꼼짝도 않으며 중얼거렸다.

"아무 말씀 마세요."

그는 목이 메어 누구를 부르려고 해도 부를 수가 없었다. 더구나 아무도 그들을 주목하고 있지 않았다. 그는 폴의 두 손을 쳐다보았다. 꼼짝 않고 있는 손가락들이 마치 작은 초 동강처럼 투명했으며, 어찌나 창백했던지 손톱이 자줏빛 점처럼 보였다.

"내 자명종 시계는 여섯시 삼십분이면 잔 위에 올려놓은 접시에서 울린답니다…." 파브리가 기분이 좋아 자기 옆에 앉은 여인에게 신이 나서 목청을 돋우어 설명했다.

약간 혈색이 돌게 된 폴이 두 눈을 다시 떴다. 그녀는 고개를 돌려서 잠자코 있어준 자크에게 감사를 표하려고 어렴풋한 미소를 지었다.

"다 끝났어요." 그녀가 낮은 소리로 말했다. "발작처럼 일어나요, 심장을 찌르는 듯이 아프지요." 그러고 나서 그녀는 아직도 경련이 사라지지 않은 입술 끝으로 우울하게 덧붙였다. "앉아라, 꼬마야. 곧 나아질 거다."

그는 이 여자를 두 팔에 안고 이 더러운 곳에서 멀리 데려가고 싶은 욕구를 느꼈다. 그는 이 여자를 위해 자신을 다 바쳐 병을 고쳐주고 싶었다. 아, 그의 도움을 바라고 있는 모든 사람들, 아니 그것을 아무 조건 없이 받아들이리라고 여겼던 사람들에게 얼마나 애정을 느꼈던가!

그는 다니엘에게 이 환상적인 계획을 막 털어놓으려던 참이었다. 그러나 다니엘은 자크 따위는 거의 거들떠보지도 않았다.

다니엘은 리네트를 가운데 두고 쥐쥐 아줌마와 이야기하고 있었다. 그것은 옆에 앉은 리네트 쪽으로 몸을 돌려, 그녀의 체온을 좀 더 가까이 느낄 수 있기 위한 구실이었다. 식사가 시작되었을 때부터 그는 일부러 리네트에게 이야기하는 것을 피하고 있었지만, 그가 그녀 생각만 하고 있었음이 역력했다. 그녀는 여러 차례 자기를 주시하고 있는 그의 시선을 알아차렸다. 왜 그런지는 알 수 없지만 그녀는 그 시선을 느낄 때마다 흐뭇하게 여겨지기는커녕 오히려 마음속에서 뭔가 멀어져가는 감정을 강하게 느꼈다. 그래서 남성적인 이 모습에 마음이 끌리기도 했지만 또 한편으로는 역겨운 생각도 들었다.

꽤 신랄한 논쟁이 테이블 다른 끝에서 활기를 띠었다.

"잘난 체하는군!" 하고 '살구'가 파브리에게 소리쳤다.

상대는 그것을 시인했다.

"그래요, 나도 종종 그렇게 생각해요."

"생각이 너무 짧으신 것 같네요."

여기저기에서 웃음소리가 터졌다. 베르프 쪽이 우세했다.

"이것 봐, 파브리." 일부러 어조를 높이며 그가 말했다. "실례가 안 된다면 한마디만 하지. 자네, 지금 여자들에 관해서 한 이야기는 마치… 여자들과는 전혀 말해본 적이 없는 사람 같아!"

다니엘이 웃고 있는 파브리를 바라보았다. 그리고 마치 논쟁이 리네트 때문에 일어나기나 한 것처럼, 고등사범학교 출신의 시선이 그녀 쪽으로 향하고 있다는 느낌이 들었다. 대담하고 음탕한 시선. 이것은 파브리에 대해 품고 있던 다니엘의 반감을 더욱 가중시켰다. 그는 파브리의 신용을 실추시킬 수 있을 그에 관한 일화를 몇 가지 알고 있었다. 그 이야기를 리네트 앞에서 하고 싶다는 강렬한 욕구가 일었다. 다니엘은 이런 종류의 유혹에 저항해본 적이 한 번도 없었다. 그는 이야기가 두 여인에게만 들리도록 목소리를 낮추었다. 그리고 이야기 속에 리네트를 제3의 인물로 끌어넣을 수 있도록 쥐쥐 아줌마 쪽으로 몸을 숙이고는 지나가는 이야기처럼 이렇게 물었다.

"저, 파브리와 간통한 여인의 이야기를 아세요?"

"몰라." 노부인은 귀가 솔깃해져서 큰 소리로 말했다. "들어보자고. 그런데 담배나 한 대 줘. 오늘 저녁 식사는 끝이 없네."

"어느 화창한 날, 그 여자가 파브리의 정부 노릇을 한 지는 오래되었어요, 가방을 들고 그의 집에 나타났더랍니다. '이젠 남편하고는 지긋지긋해. 나는 너와 살고 싶어. 그리고…' —'아니, 남편은 어떻게 하고?'—'남편이라고? 나는 남편에게 이렇게 편지를 쓰고 왔어. 사랑하는… 외젠, 나는 인생의 전환기에 놓여 있어요. 또한… 나는 사랑하는 사람에게 나의 애정을 쏟을 필요와 권리를 가지고 있어요. 또한…나는 그 사람을 찾았어요. 그래서 당신 곁을 떠납니다.'"

"설마 진심은 아니었겠지…!"

"그건 그 여자의 문제였어요. 이야길 더 들어보세요. 우리 파브리가 기겁을 했더랍니다. 품 안에 떨어진 여자, 더욱 곤란한 것은 오래지 않아 이혼당하고 자유로운 몸이 되어 결혼을 요구해올지도 모를 여자…. 그때 '기발한 생각'이라고 할 만한 아이디어가 떠올랐던 겁니다. 그는 그녀의 남편에게 편지를 썼어요. '선생님, 당신의 부인이 가정을 버린 것은 나에게 오기 위해서라는 것을 인정합니다. 이만 총총 파브리.'"

"멋지군요." 리네트가 중얼거렸다.

"그렇지도 못해요." 다니엘이 악의에 찬 미소를 띠며 대답했다.

"곧 아시겠지만 악당인 파브리는 그저 장래를 위해 선수를 쳤던 것뿐입니다. 그는 남편이 그 편지를 재판 때 증거물로 사용하리라는 것을 알고 있었지요. 그런데 법률은 간통으로 고소당한 두 당사자가 결혼하는 것을 절대로 금지하고 있답니다. '법률을 안다는 것은 편리하지'라고 이 이야기를 할 때면 그 사람은 덧붙여 말하곤 한답니다."

리네트는 잠시 생각해보더니 마침내 그 말의 뜻을 이해했다.

"어머나, 악랄해라!" 그녀가 소리쳤다.

그녀 쪽으로 고개를 숙이고 있던 다니엘은 그녀의 숨결을 자기 얼굴과 입술에서 느꼈다. 그는 오랫동안 숨을 들이마셨다. 그러면서 슬며시 거의 두 눈을 감았다.

"그 사람은 그 여자를 떠났나?" 노부인이 물었다.

다니엘은 대답하지 않았다. 리네트가 다니엘 쪽으로 눈길을 돌렸다. 그는 자기의 격렬한 욕망을 감추기가 너무 힘들어서 눈꺼풀을 반쯤 내리깔았다. 그녀는 아주 가까이에서 그의 매끄러운 살결과 입술 위에 접히는 끔찍한 주름과 팔딱팔딱 뛰는 속눈썹을 보았다. 그리고 마치 오래전부터 이런 얼굴에서 풍기는 허위의 비밀을 경험이라도 한 사람처럼 그녀의 마음속에서는 본능적으로 명백한 그 무엇이 갑자기 다니엘에 대해 분격했던 것이다.

"그러면 그 여자는 어찌 되었지?" 쥐쥐 아줌마가 물었다.

다니엘은 다시 냉정을 되찾았지만 그의 목소리는 가볍게 떨리고 있었다.

"들리는 소문으로는 그 여자는 자살했대요." 그가 말했다. "파브리는 그 여자가 폐병 환자였다고 우기고 있고요." 그는 애써 웃음을 지었다. 그리고 한 손을 이마로 가져갔다.

리네트는 자기 의자 등에 기댔다. 그리고 되도록 다니엘로부터 떨어지려고 꼿꼿이 앉아 있었다. 왜 그녀는 마음속에서 이런 혼란을 느끼는 것일까? 그건 이 얼굴, 이 미소, 이 시선 때문에 갑자기 느끼게 된 것이다. 이 미남의 모든 것이 그녀에게는 가증스러웠다. 그가 몸을 숙이는 모습이며, 그의 우아한 몸짓들이며, 특히 그의 손, 그의 길고 신경질적인 손…. 그녀는 알지도 못하는 사나이에 대해 이토록 강한 혐오감이 자기 자신 속에 준비되어 있다가 순간적으로 튀어나올 줄은 미처 생각지도 못했을 것이다.

"그렇다면 내가 바람둥이란 말이군요?" 마리 조제프가 모든 회식자들을 향하여 큰 소리로 말했다.

바탱쿠르가 순진하게 미소를 지으며 말했다.

"그게 내 잘못인가요? 요컨대 프랑스어에는 매우 곤란한 이런 행위, 곧 상대편의 마음에 들고자 하는 행위를 나타내기 위해 달리 적당한 말이 없는걸요…."

"이럴 수가!" 돌로레스 부인이 날카롭게 외쳤다.

모두 그쪽으로 고개를 돌렸다. 그러나 그것은 검은 윗도리에 아이스크림 한 숟가락을 이제 막 엎지른 아이에게 한 말이었다. 부인은 아이를 끌고 화장실로 갔다.

자크는 부인이 없는 틈을 타서 말했다.

"부인을 알고 계세요?" 폴에게 물었다. 그는 그녀 가까이에 있게 된 것을 흐뭇하게 여겼다.

"조금요." 그녀는 입을 다물어버리려고 했다. 그녀는 말이 많은 편은 아니었다. 게다가 그날은 우울하기까지 했다. 그러나 조금 전에 자크가 그녀에게 친절했던 것이 생각났다. "보다시피 그렇게 나쁜 여자는 아니에요" 하며 그녀는 이야기를 계속했다. "그리고 부자예요. 오랫동안 희곡을 쓰는 사람과 함께 살았어요. 그 뒤에 약사와 결혼했지요. 그런데 그 약사는 죽었어요. 아직도 몇몇 특허 조제를 알고 있기 때문에 굉장한 수입이 있답니다. 돌로레스 티눈 약이라고 아세요? 모르신다고요? 그녀에게 한번 물어보세요. 가방에 늘 견본을 가지고 다닌답니다. 깜짝 놀라실 거예요. 아주 개성이 강한 여자지요. 저 여자 집에는 사방에서 주워다 놓은 고양이가 한 타나 있답니다. 침실에는 커다란 수족관에 붕어들을 키우고 있고요. 동물을 아주 좋아하는 여자예요."

"그런데 아이들은 좋아하지 않는군요."

폴이 고개를 설레설레 흔들었다.

"그런 여자예요." 그녀가 결론을 내렸다.

그녀는 말을 할 때 힘들게 숨을 쉬었다. 자크는 그것을 눈치챘다. 그러나 자크는 둘만의 밀담을 좀 더 끌고 갈 방도를 생각하고 있었다. 그녀에게 심장병이 있다는 생각이 들자 그는 어리석게도 이런 말을 해버렸다.

"심장은 이성이 알지 못하는 심장만의 이유를 가지고 있다."*

그녀는 한동안 생각에 잠겨 있었다.

"이치에 맞지 않으면" 하고 그녀는 손가락으로 식탁 위를 피아노 치듯 두드리면서 수정해주었다. "그렇지 않으면 운이 맞지 않겠는데요."

그는 뭐니 뭐니 해도 그녀를 소유하고 싶었다. 그러나 그녀를 위해서 자기 일생을 바치고 싶은 생각은 별로 없었다. '누가 나에게 마음을 조금만 주어도 나는 금방 그 사람을 사랑하려고 드는구나.' 하고 그는 생각했다. 그는 이러한 자신을 처음으로 깨달으면서 산책했던 때를 상기했다. 지난여름 형의 친구들과 함께 비로플레 숲으로 산책을 갔던 일이 있었다. 그중에는 스웨덴에서 온 의대 여학생이 있었는데, 그녀가 자크의 팔에 기

* 파스칼, 『팡세』의 한 구절.

대고 자신의 어린 시절 이야기를 해주었다.

그러다가 형이 아직도 오지 않았다는 생각이 문득 떠올랐다. 아홉시 삼십분인데!

그러자 신경질적인 공포에 사로잡혀 다른 모든 일을 잊고 다니엘의 팔을 흔들었다.

"분명히 무슨 일이 일어났어!"

"무슨 일이라니?"

"형에게 말이야!"

마침 모두 식탁에서 일어서려는 참이었다. 자크는 이미 일어서 있었다. 다니엘은 일어서서 리네트로부터 멀어지지 않으려고 애쓰면서 자크를 달랬다.

"이것 봐, 미쳤어! 의사들이란… 환자 하나만 생겨도…."

그러나 자크는 이미 멀리 있었다. 곰곰이 생각할 마음의 여유도 없는 데다가 자신의 예감에 저항할 수도 없었던 자크는 현관으로 뛰어갔다. 아무에게도 인사말 한마디 없이, 폴은 까맣게 잊은 채 그는 밖으로 달려나갔다. '내가 형에게 불행을 불러온 것이다.' 그는 겁에 질려 계속 같은 생각을 했다. '내가… 내가… 메디시스 사거리에서 보았던 그 사나이처럼 검은 상하복을 입고 싶어서!…'

삼인조 악단이 막 왈츠를 연주하기 시작했다. 바의 홀에서는 벌써 몇몇 커플이 춤을 추고 있었다. 다니엘은 파브리가 형세를 살피듯이 턱을 쳐들고 눈을 깜박거리면서 리네트를 뚫어지게 바라보고 있다는 것을 알았다. 파브리를 앞질러 다니엘이 재빨리 청했다.

"보스턴 한 곡 추실까요?"

그녀는 다니엘이 다가오는 것을 보았다. 그리고 적의를 가지고 그를 관찰하고 있었다. 다니엘이 가볍게 몸을 숙여 경의를 표하도록 기다리고 있다가 그에게 대답했다.

"싫어요."

다니엘은 놀랐지만 아무렇지도 않은 척하면서 미소를 지었다.

"왜 싫습니까?" 하고 그녀의 말투를 흉내 내며 말했다. 그는 함께 추리라고 확신하고 있었기 때문에 "자 추실까요" 하면서 그녀 쪽으로 한 발 다가갔다. 그러나 좀 지나치게 자신만만한 제스처가 그녀를 끝내 발끈하게 했다.

"당신하고는 싫어요!" 하고 그녀는 힘주어 말했다.

"싫다고요?" 하고 되풀이하는 그의 검은 눈동자는 그녀를 무시하면서 이렇게 말하는 것 같았다. '내가 원하고 있단 말이야!'

그녀는 몸을 돌렸다. 가까이 오기를 주저하고 있는 파브리를 보자 마치 그가 벌써 같이 춤출 것을 권하기라도 한 듯이 그에게로 다가가서 아무 말 없이 춤을 추기 시작했다.

뤼드비그손이 막 도착했다. 스모킹*을 입고 머리에는 납작한 밀짚모자를 쓰고 바 근처에 선 채로 파크멜 부인과 마리 조제프와 함께 이야기를 나누고 있었다. 그는 마리 조제프의 목걸이를 허물없이 만지작거리고 있었다. 그러나 겉으로는 태연한 척하면서도 잠자는 듯한 그의 시선은 거북 같은 그의 눈꺼풀 아래로 미끄러지듯 빠져나가서, 마치 납을 입힌 지팡이로

* 남성용 약식 야회복을 말한다.

한 대 때리듯이 어떤 사물이나 어떤 사람 위를 덮치면서 방 안을 검열하고 있었다.

쥐쥐 아줌마는 리네트를 찾아서 쌍쌍이 춤추는 커플들 사이를 헤집고 다녔다. 마침내 리네트에게로 다가가서 그녀의 팔꿈치를 밀었다.

"빨리, 그리고 내가 말해준 대로만 해."

폴에 의해 방구석으로 끌려간 다니엘은 방심한 미소를 띤 채 그녀의 말을 듣고 있었다. 그는 쥐쥐 아줌마가 마리 조제프 그룹에 끼어들기 위해 자연스럽게 사람들로부터 떠나오는 것을 보았다. 한편 리네트는 춤을 중단하고 구석방의 뚝 떨어진 식탁에 앉으러 가고 있었다. 뤼드비그손과 쥐쥐 아줌마가 두 개의 방을 가로질러 곧 리네트에게로 갔다. 뤼드비그손은 특히 자신이 타인의 시선을 받고 있음을 느낄 때는 옛날풍의 마부처럼 상체를 꼿꼿이 세우고 걸었다. 그는 자기 엉덩이가 튀어나와서 빨리 걸을 때면 좌우로 뒤뚱거린다는 사실을 알고 있었으므로 걸음걸이를 조심했다. 리네트가 그에게 한 손을 내밀었다. 그는 손에 두꺼운 입술을 갖다 댔다. 그가 하는 몸짓에서 다니엘은 약간 움푹 파인 그의 두개골과, 그 위에 교묘하게 풀어 찰싹 붙은 검은 머리칼을 보았다. '어쨌든 몸짓은 속일 수가 없어.' 그는 생각했다. '근동 지방의 놈팡이 같은 모습에 짐꾼 같은 몸짓이 튀어나오거든. 그런데 터키의 총리대신 같은 태도도 있단 말이야.'

뤼드비그손은 전문가다운 눈길로 리네트를 평가하며 천천히 장갑을 벗었다. 그러고 나서 리네트 맞은편에 앉았다. 아줌마가 그의 맞은편에 자리 잡았다. 뤼드비그손이 아무것도 주문하지 않았는데도 벌써 마실 것 세 잔을 가지고 왔다. 그가 무엇을 마신다는 것은 잘 알려져 있었다. 그는 절대로 샴페인은 마시지 않았다. 이탈리아 아스티산 백포도주를 마셨는데, 그것도 거품이 일게 했거나 차게 한 것이 아니라 실내 온도와 같은 것을 마셨다. "미지근하게." 그는 말하곤 했다. "태양에 잘 익은 과일의 즙처럼."

다니엘은 폴과 헤어져서 담배를 한 대 피워 물고 바를 한 바퀴 돌면서 이 사람 저 사람과 악수를 했다. 그러고 나서 두 번째 방의 식탁 앞에 와서 앉았다. 뤼드비그손과 쥐쥐 아줌마의 등만이 보였다. 방 하나만큼 거리는 있었지만 리네트와 정면으로 앉았다. 아스티 포도주 잔을 앞에 두고 둘러앉아 생기 있는 대화가 오가고 있었다. 리네트는 뤼드비그손의 자상함에 미소를 던지고 있었다. 그녀 쪽으로 몸을 기울이고 있는 뤼드비그손이 그녀에게 유혹되었다는 것이 눈에 띄었으며, 그녀를 위해 지출을 아끼지 않았다. 다니엘이 그들을 살펴보고 있다는 것을 알아차린 그녀는 으스대며 자신의 기쁨을 드러냈다.

그 두 방을 연결하는 통로를 통해서 춤추는 쌍쌍들이 계속 지나가는 것이 보였다. 카운터 뒤에서 로런스*의 작품에 나오는 여자를 닮은, 뺨이 장미색인 작은 창녀 한 명이 하얀 작은 계단의 한 층계에 올라앉아 있었다. 양손에 계단 난간을 쥐고 한 발은 계단에 올려놓은 채 다른 한 발로는 박자를 맞추는가 하면, 얼굴을 치켜올리면서 이번 여름에 모두들 외워 알고 있는 노래의 괴상한 후렴을 오케스트라에 맞춰 째지는 소리로 부르

* 영국의 초상화가, 토머스 로런스.

고 있었다.

티멜루, 라멜루, 팡, 팡, 티멜라!

다니엘은 담배를 물고 팔꿈치를 식탁 위에 괴고 앉아서 리네트를 뚫어지게 바라보고 있었다. 그의 얼굴에서는 이미 미소를 찾아볼 수 없었다. 얼어붙은 표정에 입술을 꼭 다물고 있었다. '도대체 어디서 내가 저 얼굴을 보았지?' 하고 리네트는 스스로에게 물었다. 그녀는 지나치게 웃고 있었다. 그리고 다니엘의 시선과 마주치지 않으려고 신경 쓰는 것 같았다. 그럴수록 그녀는 점점 더 궁지에 몰리는 듯한 느낌이었다. 거울 앞에서 파닥거리는 종달새 모양으로 그녀의 주의는 점점 더 이 집요한 시선에 붙들리곤 했다. 베일을 씌운 듯한 시선, 그러면서도 멍청하지 않은 시선. 그 시선은 리네트를 훨씬 넘어 어느 지점에 정확하게 초점을 맞추고 있는 것 같았다. 날카롭고도 완강한 시선, 타는 듯하면서도 끄는 힘이 있는 시선. 그녀는 매번 용케 그 시선에서 벗어나기는 했으나 그럴 때마다 더욱더 노력을 해야만 했다.

갑자기 다니엘은 등 뒤에서 무엇인가가 꿈틀하는 것을 느꼈다. 그는 퍽 긴장되어 있었으므로 소스라쳐 놀라지 않을 수가 없었다. 그것은 긴 의자 위에 놓인 쿠션들 사이에서 돌로레스의 비단 오버에 싸여서 잠든 꼬마 고아였다. 입가에 손가락 하나를 대고 있었으며, 속눈썹 가장자리에는 채 마르지 않은 눈물이 아직 남아 있었다.

음악이 중단되었다. 바이올리니스트가 이 식탁 저 식탁으로

팁을 받으러 돌아다녔다. 그자가 다니엘에게로 왔을 때 다니엘은 냅킨 아래로 지폐 한 장을 슬쩍 넣으며 이렇게 속삭였다.

"다음 보스턴은 십오 분 동안 계속 연주해줘요." 흑갈색의 눈꺼풀이 알겠노라고 끔벅거렸다.

다니엘은 리네트가 자기를 살펴보고 있다는 것을 느꼈다. 그러자 고개를 다시 들어 그녀의 시선을 사로잡았다. 이제는 자기가 그 시선의 주인임을 알았다. 한두 번 장난으로 그는 그 시선을 자기가 소유하고 있는지를 시험해보기 위해 그 시선을 붙잡았다가 놓아주고는 하면서 쾌감을 느꼈다. 그 뒤에는 그 시선을 더 이상 놓아주지 않았다.

매우 흥분한 뤼드비그손은 더한층 친절을 베풀었다. 그러나 그에게 기울이고 있는 리네트의 관심은 점점 더 어색하고 초조해 보였다. 바이올린이 다시 왈츠를 연주하기 시작하자 그녀는 다니엘의 긴장된 얼굴이 경련을 일으키고 있는 것으로 보아, 결정적인 사건이 터지리라는 것을 알아차렸다. 과연 다니엘이 일어섰다. 아주 태연하게, 시선을 먹이로부터 떼지 않으며 방을 가로질러 곧장 그녀에게로 왔다. 그는 잠시 이런 생각을 했다. '뤼드비그손 회사에서의 내 위치를 건 한판 승부다.' 그 생각은 그의 욕망을 내리치는 회초리와 같았다. 그가 다가오는 것을 바라보고 있는 리네트의 시선에 뭔가 아주 이상한 빛이 감돌고 있어서, 뤼드비그손과 쥐쥐 아줌마가 동시에 뒤돌아보았다. 뤼드비그손은 다니엘이 자기에게 인사하러 온다고 생각하고는 그를 식탁에 맞이하려는 몸짓을 했다. 다니엘은 아예 그를 알아보는 척도 하지 않았다. 그는 고개를 숙이고 승낙과 공포감이 역력한 그녀의 푸른 두 눈을 응시했다. 그녀는 마지못해 일어섰다. 다니엘은 아무 말 없이 그녀를 품에 꽉 껴안고는 오케스트라가 있는 방으로 그녀와 함께 사라졌다.

뤼드비그손과 쥐쥐 아줌마는 두 사람의 하는 짓을 쳐다보며 한동안 꼼짝도 않고 그대로 있었다. 그러고 나서 서로 마주 쳐다보았다.

"뻔뻔스러운 녀석!" 하고 그녀가 중얼거렸다. 그녀의 이중 턱이 흥분과 노여움으로 떨리고 있었다.

뤼드비그손은 눈썹을 치켜뜨고는 아무 대답도 안 했다. 본래 창백한 그의 얼굴이라 더 이상 창백해질 여지가 없었다. 그는 자기 앞에 놓여 있는 술잔을 향해 손톱이 홍옥수紅玉髓처럼 시커먼 커다란 손을 내밀었다. 그리고 아스티 포도주 잔에 입술을 적셨다.

쥐쥐 아줌마는 막 달리기를 끝낸 사람처럼 숨을 헐떡이고 있었다.

"저 애송이, 이제는 당신 밑에서 일하지 못하겠지요, 내 짐작엔!" 하고 그녀는 복수심으로 불타는 여자처럼 냉혹한 웃음을 지으며 말했다.

그는 놀란 것 같았다.

"퐁타냉 씨 말인가요? 아니 왜요?"

그는 비속할 정도까지 자신을 낮추지는 않는 대귀족 같은 태도로 미소를 지었다. 그리고 조금도 흐트러지지 않은 모습으로 장갑을 꼈다. 어쩌면 이 사건에 그가 정말 재미를 느꼈던 것일까? 그는 지갑을 꺼내서 식탁 위에 지폐 한 장을 놓았다. 그리고 일어서며 쥐쥐 아줌마에게 예의 바르게 인사를 했다. 그러고 나서 사람들이 춤추고 있는 방으로 가 문지방에 멈추어 서서 그 한 쌍이 자기 앞을 지나가기를 기다렸다. 다니엘은 그의 잠든 듯한 시선과 마주쳤다. 그 시선에는 약간의 악의와 질투와 찬탄이 깃들어 있었다. 다니엘은 그가 긴 의자들을 따라 출구 쪽으로 나가 유리로 된 회전문 안으로 사라지는 것을 보았다. 그 문은 그를 밖으로 내보내기 위해 소란스럽게 그를 맞아들이는 것 같았다.

다니엘은 서두르지 않으며 보스턴 왈츠를 추고 있었다. 겉으로 보기에는 온몸이 움직이지 않는 것 같았고, 머리를 꼿꼿이 세운 채 뻣뻣하면서도 동시에 유연성을 곁들여 침착하게 발을 마룻바닥에서 떼지 않으며 발끝으로 추고 있었다. 자신도 모르게 춤에 도취되어버려 흥분한 탓인지 아니면 매료된 것인지도 의식하지 못하면서 상대의 미묘한 율동도 그대로 따라 하는 리네트는 춤이라고는 다니엘과 난생처음으로 추어보는 여자 같았다. 십 분쯤 지나자 춤을 추는 사람은 둘뿐이었다. 벌써부터 지친 다른 커플들이 그 두 사람 주위에 원을 이루고 있었다. 다시 오 분이 흘렀다. 두 사람은 여전히 왈츠를 추고 있었다. 마지막 후렴을 연주하고 나서 오케스트라는 슬며시 음악을 멈추었다.

두 사람은 마지막 음악이 끝날 때까지 춤을 추었다. 그녀는 그의 어깨 위에서 반은 정신을 잃고 있었다. 그는 근엄한 표정을 짓고는 때때로 타오르는 듯한 눈길을 그녀에게 보내려고 눈을 내리뜨곤 했는데, 이러한 시선이 원망에 가까운 감정과 욕정이 교차하는 가운데 그녀의 가슴을 설레게 했다.

박수갈채가 터져 나왔다.

다니엘은 뤼드비그손이 앉았던 식탁으로 리네트를 다시 데리고 와서 아주 자연스러운 태도로 빈자리에 앉아 네 번째 잔을 가져오게 하고는, 아스티 포도주를 따라서 유쾌하게 그 잔을 쥐쥐 아줌마를 향해 들어 건배한 다음 비웠다.

"푸아" 하며 그가 말했다. "무슨 시럽이 이래!"

리네트는 신경질적인 웃음을 터뜨렸다. 두 눈에는 눈물이 글썽거렸다.

쥐쥐 아줌마는 경탄해 마지않는 눈초리로 다니엘을 지그시 바라보았다. 그녀의 노여움은 사라졌다. 자리에서 일어나 어깨를 으쓱해 보이더니 야릇한 태도로 한숨을 내쉬었다.

"그 모든 건 아무것도 아니지. 건강만 하다면야."

삼십 분 뒤에 다니엘과 리네트는 함께 파크멜을 나왔다.

어느새 비가 왔다.

"자동차를 부를까요?" 보이가 물었다.

"우선 좀 걸어요." 리네트가 말했다. 다니엘은 그 목소리에서 어딘가 부드러운 어조를 알아볼 수 있었던 것을 기쁘게 생각했다.

소나기가 내린 뒤인데도 불구하고 또 한차례 비가 퍼부은 것처럼 무더웠다. 거리에는 사람의 그림자도 찾아볼 수 없는 데다가 가로등의 불빛마저 어두웠다. 두 사람은 비가 와서 번들거리는 보도 위를 조용히 걸어갔다.

보병 한 명이 두 여자의 허리를 껴안고 두 여자에게 걸음걸이를 바꾸게 하는 장난을 하며 그들과 마주쳐 지나갔다. "하나, 둘! 그게 아니야! 왼쪽 발로 뛰라고, 하나, 둘!" 그들의 웃음소리가 쥐 죽은 듯이 고요한 건물들 사이에서 오랫동안 울렸다.

그녀는 술집을 나올 때부터 다니엘이 자기 팔짱을 끼어줄 것을 기대했다. 그러나 다니엘은 그 기대감을 아주 만끽하며 그녀가 애를 태울 때까지 내버려두었다. 멀리서 번갯불이 번쩍이고 난 뒤에 리네트 쪽에서 마침내 다니엘에게 다가왔다.

"소나기가 지나가지 않았나 봐요. 곧 비가 올 것 같네요."

"그럼 시원해지겠는걸." 그는 상냥한 어조로 대답했다. 거기에는 여러 가지 뜻이 담겨 있었다. 신중을 기하는 다니엘에게 주눅이 들어 있던 그녀는 거기에서 미묘한 의미를 느낄 수 있었다. 그녀는 이렇게 말했다.

"저, 내가 어디선가 당신을 꼭 본 듯한 느낌이 드는데요."

그는 어둠 속에서 미소를 지었다. 기대했던 말만 그녀가 해주는 것이 고마웠다. 그녀가 정말로 자기를 만난 적이 있는 것으로 생각하리라고는 짐작조차 못 하고 있었다. 그래서 장난으로 '나도 그래요' 하고 대답할 뻔했다. 그랬더라면 둘은 가상의 이야기들을 지어냈을지도 모른다. 그러나 그는 자기가 침묵을 지킴으로써 그녀가 난처해하는 것을 보고 더욱 재미있어했다.

"왜 사람들이 당신을 예언자라고 부르지요?" 잠시 후 그녀가 말했다.

"왜냐하면 내 이름이 다니엘이니까요."

"다니엘 뭐예요?"

그는 주춤했다. 그는 아무리 하찮은 것이라도 자신을 드러내는 일은 좋아하지 않았다. 그러나 리네트의 호기심에는 전혀 교활한 데가 없었기 때문에 그녀에게 아무 이름이나 지어서 알려준다는 것에 가책을 느꼈다.

"다니엘 드 퐁타냉." 그가 말했다.

그녀는 아무 대답도 하지 않았지만 반사적으로 몸을 움찔했다. 그는 리네트가 비틀거리는 줄 알고 부축해주려고 했다. 그녀는 그를 피하기 위해 괜찮다는 몸짓을 했다. 그것을 본 다니엘은 그녀를 꼼짝 못 하게 하고 싶은 생각이 들었다. 그는 가까이 가서 그녀의 팔을 잡으려고 했다. 그녀는 옆으로 한 발 깡충 뛰어 그의 접촉을 피했다. 그리고 갑자기 방향을 바꾸어 옆길로 들어섰다. 그는 그녀가 장난을 친다고 생각하고 그녀의 장난에 장단을 맞추었다. 그러나 그녀는 정말로 그에게서 도망가는 것 같아 보였다. 그녀는 걸음을 재촉하며 걸었다. 그래서 다니엘은 뛰지 않고는 그녀와의 거리를 좁힐 수가 없었다. 그는 재미있어했다. 인적 없는 이 지역에서 빨리 걸어간다는 것이 그에게는 사냥 놀이 같아 보였다. 그러나 조금 지쳐 있는 데다가 모퉁이를 돌아서면 그들이 온 길로 다시 되돌아가게 될지 모르는 어두운 골목 안으로 그녀가 접어들려고 했기 때문에 그는 그녀를 멈추어 세워 세 번째로 그녀의 팔을 붙잡으려고 했다. 그녀는 또다시 그에게서 빠져나갔다.

"바보 같은 짓이오" 하고 짜증을 내며 그가 말했다. "이젠 그만둬요."

그녀는 어두운 골목을 찾아서, 마치 진정으로 그가 뒤쫓아오지 못하게 하려는 듯이 자꾸 보도를 바꾸며 더 빨리 달아났다. 갑자기 그녀는 뛰기 시작했다. 얼마 안 가서 그는 그녀를 붙잡을 수 있었다. 어느 집 문가에서 그녀의 앞을 가로막았다. 그때 그녀의 얼굴에서 거짓이 아닌 겁에 질린 표정을 보았다.

"무슨 일이오?"

그녀는 숨을 헐떡이며 얼빠진 듯한 시선으로 그를 보면서 습한 모퉁이에 움츠리고 있었다. 그는 잠시 생각해보았다. 그는 이해할 수는 없었지만 그녀의 내부에서 무엇인가 심각한 일이 일어났음을 잘 알 수 있었다. 그는 그녀를 끌어안으려 했다. 어찌나 겁에 질린 몸짓으로 피했던지 옷자락 어딘가가 찢어졌다.

"도대체 왜 그래요?" 그가 한 발 뒤로 물러서며 또다시 물었다. "내가 두렵습니까? 기분이 언짢아요?"

신경이 예민해져 떨고 있던 그녀는 한마디 말도 할 수 없었다. 그리고 계속 그를 보기만 했다.

그는 여전히 뭐가 뭔지 통 알 수 없었다. 측은한 생각이 들었다.

"내가 당신을 그냥 보내드렸으면 좋겠어요?" 그가 넌지시 물었다.

그녀가 그렇다고 고갯짓을 했다. 그는 자기가 우스꽝스러워졌다는 느낌이 들었다.

"정말입니까? 내가 가버렸으면 좋겠습니까?" 그는 마치 길 잃은 아이를 달래려고 애쓸 때처럼 한껏 다정스런 목소리로 다시 물었다.

"네!" 그녀는 거의 노골적으로 대답했다.

그녀가 연극을 하고 있지 않은 것은 분명했다.

그는 더 이상 고집부린다는 것이 참으로 점잖지 못한 일이라고 생각하면서, 대번에 그녀를 포기하고 신사처럼 행동하기로 결심했다.

"그렇다면 좋습니다." 그가 말했다. "하지만 나는 당신을 한밤중에 이 문간에 버려두고 갈 수는 없습니다! 조금 걸어 나가서 자동차를 잡읍시다. 그러고는 보내드릴게요…. 괜찮겠지요?"

두 사람은 아무 말 없이 가로등 불빛이 멀리 보이는 오페라가街 쪽으로 걷기 시작했다. 큰길로 나가기 훨씬 전에 손님을 찾아 돌아다니는 택시를 만났다. 그들의 손짓에 택시가 섰다. 리네트는 줄곧 아래를 보고 있었다. 다니엘이 차 문을 열었다. 발판에 한 발을 올려놓은 그녀는 결심한 바가 있는 듯 고개를 돌렸다. 그러고는 마치 그를 다시 한번 살펴보지 않을 수 없다는 듯이 그의 얼굴을 빤히 쳐다보았다. 그는 애써 미소를 지었다. 그리고 모자를 벗은 다음 친구와 작별하려는 태도를 취하려고 애썼다. 그가 자기와 동행하지 않는다는 것을 확신하자 그녀의 표정에서 긴장이 풀렸다. 그녀가 운전기사에게 주소를 알려주었다. 그러고 나서 다니엘 쪽으로 몸을 돌려 미안하다는 투로 속삭였다.

"미안해요, 오늘 저녁엔 저를 보내주셔야 해요, 다니엘 씨. 내일 해명해 드릴게요."

"그럼 내일 뵙지요." 하고 그가 몸을 숙여 인사하며 말했다. "그런데 어디에서요?"

"그렇군요, 어디에서 뵐까요?" 하며 그녀가 순진하게 그의 말을 되받았다. "괜찮으시다면 쥐쥐 아줌마 댁에서요. 그래요, 쥐쥐 아줌마 댁에서요. 세시에요."

"세시요."

그가 손을 내밀었다. 그녀도 손을 내밀었다. 그의 입술이 장갑 낀 그녀의 손끝에 닿았다.

택시가 출발했다.

그때 비로소 다니엘은 울화가 치밀어 옴을 느꼈다. 젊은 여인이 선명한 상체를 밖으로 내밀고 운전기사에게 차를 세우게 하는 것을 보았을 때 다니엘은 이미 마음을 가다듬은 뒤였다.

그는 단숨에 차의 문까지 뛰어갔다. 리네트는 벌써 문을 열어놓았다. 그녀가 자동차 시트 깊숙이 몸을 던지는 것이 보였다. 그녀는 어둠 속에서 두 눈을 크게 뜨고 있었다. 그는 알아차렸다. 그가 그녀 옆으로 몸을 던졌다. 그가 리네트를 팔에 안자 그녀가 그의 입술에 열렬히 입술을 갖다 댔다. 다니엘은 그녀가 마음이 약해졌거나 두려움 때문에 스스로를 포기하는 것이 아니고 자기 자신을 바치고 있다는 것을 분명히 느꼈다. 그녀는 흐느끼고 있었다. 어쩌면 절망 때문에. 그러면서 알아들을 수 없는 몇 마디를 중얼거렸다.

"나는… 나는…"

다니엘은 다음 말을 듣고는 아연실색했다.

"나는… 당신의… 아이를 갖고 싶어요!"

"저, 아까 그 주소로 갈까요?" 운전기사가 물었다.

3

앙투안은 자크와 자크의 친구들과 헤어지는 길로 '돌보아야 할 폐렴 환자'가 있는 파시가街로 갔었다. 그 뒤에 그곳에서 아버지 집이 있는 위니베르시테가街로 갔다. 그는 오 년 전부터 이 아파트의 아래층에서 동생과 함께 살고 있었다. 집으로 데려다주는 택시에서 담배를 피워 문 앙투안은 그 어린 환자의 병세가 정말 호전되어가고 있으며, 의사로서의 하루 일과도 끝났으니 더 이상 바랄 것이 없다는 생각을 했다.

'솔직히 말해서 어제저녁에는 그렇게 자신이 없었어. 일반적으로 가래가 그렇게 갑작스럽게 멎을 때에는… Pulsus bonus, urina bona, sed aeger moritur*… 심내막염만 피하면 된다… 그 애 어머니는 미인이더군… 파리 역시 오늘 저녁엔 아름다운 도시야….' 지나가는 길에 트로카데로**의 푸른 숲을 쳐다보다가 끝이 보이지 않는 좁은 길로 접어드는 한 쌍의 연인을 보려고 몸을 돌렸다. 에펠탑이며 다리 위의 석상들이며 센강이 온통 분홍색이었다. '**내 마음속에… 나-나-나**…' 자동차의 모터 소리가 그의 노래에 장단을 맞추고 있었다. '**내 마음속에… 잠들고 있다!**' 하며 갑자기 그는 생각했다. '그래, 그거다. **내 마음속에 잠들고 있다. 나-나-나**… 가사가 생각이 안 난다니, 신경질 나는데. 내 마음속에 잠들고 있는 게 뭘까? …**졸고 있는 돼지?**' 하고 생각하면서 그는 미소를 지었다. 그리고 또다시 파크멜에서의 저녁 시간이 재미있을 것 같다는 데 생각이 미쳤다. 어떤 연애 사건이라도 혹시? …그는 살아간다는 것이 즐겁게 여겨졌다. 그리고 잠재적인 욕망에 의해 이끌리고 있는 것처럼 느꼈다. 그는 담배를 던지고 다리를 꼬고는 숨을 깊이 들이마셨다. 차가 빨리 달리고 있어서 공기가 신선하게 느껴졌다. '블랭이 꼬마 환자에게 흡각 대주는 것을 잊지 말아야 할 텐데. 우리는 다른 의사의 도움 없이 그 가엾은 꼬마를 구해줄 거다. 르와유가 어떤 얼굴을 할는지 보고 싶은데. 그놈의 외과의사들이란! 인기

* '맥박 양호, 소변 양호, 그러나 환자는 죽어간다'라는 뜻의 라틴어.

** 프랑스 파리에 있는 프랑스 군대의 승리를 기념하는 광장.

가 있지만, 푸우! 곡예사들이지. 늙은 블랙 신부님 말씀이 옳아. 만일 내게 아들이 셋 있다면 머리가 가장 나쁜 애에겐 이렇게 말할 테다. "산파가 돼라." 운동 신경이 가장 발달된 아이에겐 "메스를 들어라." 하지만 셋 중 가장 똑똑한 아이에겐 "의사가 되어라. 많은 환자들을 돌봐줘라. 그리고 올바른 진단을 하도록 노력해라!"" 그는 다시금 기쁨으로 가슴이 뿌듯함을 느꼈다. 그것은 자신의 역량 가장 깊숙한 곳까지 스며드는 뿌듯함이었다. "난 내 길을 잘 선택했어" 하고 낮은 목소리로 중얼거렸다.

그는 아파트에 들어서자 자크의 방문이 열린 것을 보고 동생이 합격했다는 사실이 머리에 떠올랐다. 오 년 동안의 세심한 주의와 보살핌이 이루어놓은 성공이었다. '에콜가街에서 파브리를 만나 처음으로 자크에게 고등사범학교 시험을 치르도록 해야겠다고 생각했던 그날 저녁의 일이 생생하게 기억나는군. 몽즈 공원은 흰 눈에 덮여 있었지. 오늘보다는 좀 추운 날씨였고.' 하며 그는 한숨지었다. 그는 냉수욕의 상쾌함을 머릿속에 두고 있었다. 그래서 성급한 어린애처럼 옷을 사방으로 벗어던졌다.

샤워를 끝낸 그는 새로 태어난 기분이었다. 그리고 파크멜에 갈 생각을 하니 흥겨워서 휘파람이 저절로 나왔다. 그가 여자들이라고 부르는 존재들은 그의 생활 중에서 부차적인 위치밖에는 차지하지 못했던 것이다. 감상적인 사랑이란 그에게는 아무런 의미도 없었다. 그는 그저 손쉬운 교제로 만족하고 있었다. 그런 것이 더 '실용적'이기 때문에 그는 그것을 자랑으로 삼고 있었던 것이다. 하기는 특별한 저녁 회식을 제외하고는 그런 모든 것으로부터 자신을 곧잘 지켜온 셈이다. 그것은 계율이나 생리적 무감각 때문은 아니었다. 그것들 모두가 자신이 마음속에 정하고 있는 생활과는 다른 종류의 생활에 속하기 때문이었다. 그는 그런 것에 대한 집착을 나약한 것으로 생각하고 있었다. 그는 자기야말로 '강자'라고 믿고 있었다.

딩동! 초인종 소리가 났다. 얼핏 시계를 쳐다보았다. 필요하다면 파크멜에 자크 친구들을 만나러 가기 전에 환자 한 명쯤은 볼 시간이 있겠다.

"누구세요?" 그는 문을 향해 큰 소리로 물었다.

"저입니다, 앙투안 씨."

그는 샬르 씨의 목소리임을 알고 문을 열었다. 티보 씨가 메종 라피트에 머무는 동안에도 그의 비서는 위니베르시테가街의 집에서 일을 계속했다.

"아, 선생님이시군요." 샬르 씨가 기계적으로 말했다. 그러고 나서 팬츠 바람의 앙투안을 보자 거북스러워 고개를 돌리며 의문에 찬 표정으로 "웬일이시죠?" 하고 중얼거렸다. "아, 옷을 입는 중이시군요." 곧 덧붙여 말하며 마치 수수께끼라도 풀었다는 듯이 한 손가락을 들었다. "제가 방해되지 않았는지요?"

"이십오 분 안에 외출해야 합니다." 앙투안이 서둘러 알려주었다.

"그 정도면 충분하고도 남습니다. 여기 좀 봐주세요, 의사 선생님." 그는 모자를 내려놓고 안경을 벗더니 두 눈을 크게 떴다. "아무것도 안 보이십니까?"

"어디에요?"

"눈 속에요."

"어느 쪽이지요?"

"이쪽입니다."

"움직이지 마세요. 정말 아무것도 안 보입니다. 바람을 쐬어 생긴 충혈이 아닐까요?"

"아, 네, 분명합니다! 감사합니다. 아무 일도 아니지요. 바람을 쐬어 생긴 충혈이라면…. 창문 둘을 다 열어놓았었거든요." 그는 잔기침을 하고 나서 안경을 다시 썼다. "감사합니다. 이젠 안심입니다. 바람을 쐬어 생긴 충혈이군요. 자주 있는 일이지요. 별일은 아닙니다." 그는 짧게 웃은 뒤 덧붙여 말했다. "보십시오. 선생님을 오래 괴롭혀 드리지 않았지요." 그러나 다시 모자를 들지 않고 의자 가장자리에 슬며시 엉덩이를 대고 앉아서는 손수건을 꺼냈다. 그리고 이마의 땀을 닦았다.

"덥군요." 앙투안이 말했다.

"정말 덥습니다!" 짓궂게 눈살을 찌푸리며 샬르 씨가 대답했다. "정말 소나기라도 올 것 같은 날씨입니다. 여기저기 다녀야 할 사람들이 불쌍하게 여겨지는 날이지요. 처리해야 할 일이 있는 사람들 말이에요."

구두끈을 매고 있던 앙투안이 고개를 들었다.

"처리할 일이라니요?"

"안됐지요, 이 더위에! 사무실이나 경찰서에서는 숨이 턱턱 막힌답니다. 그러면 다음 날로 연기해버리지요." 그는 안됐다는 듯이 고개를 끄덕이며 결론을 내렸다.

앙투안은 고개를 쳐든 채로 있었다.

"참" 하며 샬르 씨가 말을 계속했다. "이 일에 대해서 오래전부터 한번 선생님께 여쭈어보고 싶었습니다. 양로원에 대해서 잘 알고 계시지요?"

"양로원이라고요?"

"네, 노인들을 위한 곳 말입니다. 불치병 환자들 말고요. 푸앵 뒤 주르에 있는 수용소 말입니다. 그곳이야말로 공기라면 더할 나위 없이 좋은 곳이지요. 그리고 참, 얘기가 나왔으니 말인데요, 앙투안 선생님, 한 가지 또 여쭈어보고 싶은 말이 있습니다. 혹시, 선생님께서는 백 수짜리 동전 하나를 주운 적이 없으신지요, 누군가가 잃어버린 걸 말입니다."

"잃어버린 거요? …호주머니에서요?"

"아니요… 공원 아니면 오가다가 말입니다."

앙투안은 손에 바지를 든 채 서서 샬르 씨를 바라보며 이런 생각을 했다. '이 사람과 같이 있다간 늘 바보가 되는 것 같단 말이야.' 그는 샬르 씨가 하는 말에 주의를 집중해보려고 애썼다. 그리고 신중하게 대답했다.

"당신의 질문을 잘 이해하지 못하겠군요."

"가령 물건들을 잃어버리는 사람들이 있다고 합시다. 그러면 그 물건을 줍는 사람도 있을 게 아니겠습니까?"

"물론이지요."

"어쩌다가 선생님께서 그 물건을 주웠다고 한다면 그걸 어떻게 하시겠습니까?"

"나라면 물건의 주인이 누군지 찾아볼 겁니다."

"그러세요? 하지만 거기에 아무도 없다면 어떻게 하시지요?"

"어디에요?"

"예를 들어 공원이나 거리에 말입니다."

"그렇다면 나는 그… 물건을 경찰서로 가지고 갈 겁니다."

샬르 씨는 입가에 살짝 미소를 띠었다.

"하지만 그게 현금이라면요? 허 허! 백 수짜리 동전이라면요? 그 사람들에게 갖다주었다간 그 물건이 어떻게 될는지 우린 너무 잘 알지요!"

"당신은 경찰이 그 돈을 가로챌 거라고 생각하시는 모양이지요?"

"물론이지요!"

"그렇지 않아요, 샬르 씨. 우선 거기에 가면 형식이 있고 서류를 작성해야 합니다. 이보세요, 언젠가 친구하고 마차를 타고 가다가 아주 예쁜, 상아로 된 빨간 딸랑이 장난감을 발견한 적이 있었답니다. 그런데 경찰에 갔더니 내 친구 이름, 내 이름, 마부의 이름, 친구와 내 주소, 마차 번호를 적었지요. 그리고 우리에게 신고서에 사인을 하게 하고 영수증을 주었답니다. 놀라셨지요? 그런데 일 년이 지난 뒤에 내 친구에게 통지가 왔어요. 그 딸랑이의 주인이 안 나타났으니 와서 가져가라고 말입니다."

"뭘 하게요?"

"그게 규칙입니다. 습득물의 주인이 나타나지 않을 경우에 습득한 지 일 년 하루가 지난 날부터는 법적으로 습득한 사람의 소유가 된답니다."

"일 년하고 하루라고요? 습득한 사람의 소유가 된다고요?"

"분명합니다."

샬르 씨가 어깨를 으쓱해 보였다.

"딸랑이라면 가능한 얘깁니다. 하지만 그게 지폐인 경우…

예를 들어서 오십 프랑짜리 지폐라면….”

“그래도 마찬가지입니다.”

“전 그렇게 생각하지 않습니다, 앙투안 선생님.”

“하지만 나는 확신하고 있습니다, 샬르 씨.”

의자에 올라앉은 회색 머리칼의 키가 작은 샬르 씨가 안경 너머로 앙투안을 뚫어지게 바라보았다. 그러고 나서 그는 시선을 돌리더니 손바닥을 입에 대고 기침을 했다. 그리고 이렇게 말했다.

“제가 선생님께 그걸 여쭈어본 것은 제 어머니 때문이었습니다.”

“어머님께서 돈을 주우셨나요?”

“뭐라고요?” 샬르 씨는 의자 위에서 안절부절못하며 말했다. 그의 얼굴이 빨개졌다. 잠시 그의 얼굴에는 아주 괴로워하는 듯한 동요의 빛이 감돌았다. 곧 그는 교활하게 미소를 지었다. “아닙니다, 저는 양로원 이야기를 한 겁니다.” 그러고 나서 앙투안이 윗도리를 걸치려고 하자 의자에서 뛰어내려 팔소매 끼는 것을 도왔다. “영불 해협*의 횡단이군요.” 하고 샬르 씨가 넌지시 말했다. 그러면서 앙투안 뒤에 서게 된 것을 이용하여 그의 귀에 대고 재빨리 속삭였다. “끔찍스러운 일은, 아시겠어요, 그 사람들이 구천 프랑을 요구하고 있다는 점입니다. 자질구레한 비용까지 합하면 만 프랑이지요. 만 프랑 선불이라고 인쇄되어 있습니다. 그 뒤에 그곳을 떠나려고 할 때면 어떻게 되지요?”

* 보통명사로 ‘소매’라는 뜻.

"떠난다고요?" 앙투안이 몸을 돌리며 말했다. 그리고 이 사람이 또 무슨 얘길 할지 몰라 당혹스런 느낌이 들었다.

"어머니가 그곳에 삼 주일도 못 계실 건 분명합니다! 그러니까 할 짓입니까? 이제 곧 일흔일곱이 되신답니다. 그리고 집에서 사신다 해도 만 프랑을 다 쓰실 수조차 없으리라는 게 분명합니다! 안 그렇습니까?"

"일흔일곱이라고요?" 하고 앙투안은 자기도 모르게 불길한 숫자를 염두에 두며 그의 말을 되받았다.

앙투안은 시간 따위는 잊어버리고 있었다. '어떤 사람에게 주의를 기울여보면' 하고 그는 생각했다. '곧 그 사람에게서 병을 발견하게 된단 말이야.' 의사로서의 직업적인 습관에도 불구하고, 그의 주의력은 자연스럽게 그 자신에게 집중되어 있어서 그 주의력을 다른 사람에게 돌릴 때면 그야말로 옮긴다는 기분이 들고는 했다. '이 멍청이도 확실히 환자다.' 그는 속으로 생각했다. '환자 샬르.' 그는 이 사나이를 알게 되었던 첫해의 일을 상기했다. 학교 부속 신부님들의 추천으로 티보 씨가 방학 동안 개인 교사로 샬르 씨를 데리고 왔었다. 그런 뒤 개학이 되었을 때 그 사람의 꼼꼼한 성격에 끌려서 티보 씨가 자신의 개인 비서로 채용했던 것이다. '내가 이 작은 사내를 거의 매일 본 지 십팔 년이나 되었건만 나는 그에 대해 아무것도 모르고 있군….'

"어머니는 훌륭한 여인입니다." 샬르 씨는 앙투안을 보지도 않고 이야기를 계속했다. "앙투안 씨, 우리 가족이 아무것도 아니라고 생각하시면 안 됩니다. 저야, 아마, 그럴 테지요. 하지만 어머니는 그렇지 않습니다. 어머니는 이런 보잘것없는 생활이 아니라 위대한 일생을 살도록 태어나신 분입니다. 하지만 생로크의 그분들이 늘 말씀하시듯이—그분들은 진정한 우리 친구들이랍니다. 사제님도 그러시고요. 사제님께서는 티보 씨의 존함을 익히 알고 계시지요—'각자 자기의 십자가를 지고 있다'라고 그분들은 말씀하시는데 그것은 정말입니다. 저는 제가 원하지 않아서 그런 것은 아닙니다. 그와 반대였지요. 제가 확신할 수만 있다면!… 만 프랑이야… 그 뒤에 제가 걱정 없이 살 수만 있다면야!…그러나 어머니는 그곳에 계시지 않으실 겁니다. 그런데 그 사람들이 제게 돈을 환불해주지 않을 겁니다. 그 사람들은 용의주도하니까요! 그 사람들은 들어갈 때 온갖 서류들, 수입 인지가 붙은 서류들, 규정에 맞는 계약서에 사인을 하게 만듭니다. 그건 마치 아까 말씀하신 경찰서에서처럼 말입니다. 단지, 그 사람들은, 그렇게 바보가 아니지요. 일 년 뒤에 연락을 해주지 않습니다. 아무것도 되돌려주지 않습니다. 한 푼도, 한 푼도, 한 푼도 안 줍니다." 하며 그는 빈정거리는 투로 말을 이었다. 그러더니 어조를 바꾸지 않으며 물었다. "친구분께서는 어떻게 하셨습니까? 그걸 찾으러 갔었습니까?"

"상아 딸랑이요? 안 갔을 겁니다."

샬르 씨는 생각에 잠긴 듯한 태도를 취했다.

"상아 딸랑이라면 그렇겠지요…. 하지만 지폐인 경우라면! 길거리에서 돈을 잃어버린 사람이면 누구나 파리의 모든 경찰서로 당장 달려갈 겁니다! 자기가 잃어버린 금액 이상을 신고하는 사람들이 틀림없이 있을 겁니다. 무슨 증거가 있겠습니까?" 앙투안은 아무 대답도 하지 않았다. 샬르 씨는 그를 집요하게 관찰하면서 빈정거리는 투로 되풀이했다. "무슨 증거가 있겠습니까? 말씀해보세요."

"무슨 증거라니요?" 앙투안은 역정을 내며 말했다. "모든 사태를 자세히 보고해야 되지요. 그 돈을 어떻게 잃어버렸는지, 지폐였는지 동전이었는지, 만일에…."

"오, 아닙니다. 그 말이 아닙니다!" 샬르 씨가 재빨리 앙투안의 말을 가로막았다. "그 사람들은 지폐였나 동전이었나를 묻지는 않을 겁니다! 자세한 상황이야 묻겠지요. 그건 인정합니다. 하지만 그건 묻지 않을 겁니다!" 그는 멍청한 모습을 하고 같은 말을 여러 번 되풀이했다. "그건 아닙니다…. 그건 아닙니다…."

앙투안이 시계를 쳐다보았다.

"뭐, 당신을 보내려고 그러는 것은 아닙니다만 나는 나가봐야겠습니다."

샬르 씨는 소스라치더니 바닥으로 슬며시 내려왔다.

"선생님, 진찰해주셔서 감사합니다. 집에 돌아가면 습포를 하겠습니다…. 귀 안에 솜을 약간 넣으면…. 아무렇지도 않게 되겠지요."

그 작은 사내가 초를 칠한 현관의 마룻바닥을 깡총깡총 뛰며 나가는 것을 보고 앙투안은 미소를 금할 수 없었다. 샬르 씨의 신발은 항상 삐그덕거렸다. 그것이 그가 살아가는 데 '커다란 고역' 중의 하나였다. 그는 구둣방이란 구둣방에는 모두 가서 문의해보았다. 그는 온갖 종류의 신발들, 목이 긴 것과 짧은 것, 갑피와 모든 종류를, 구두창도 가죽과 펠트와 고무로 된 모든 종류를 다 신어보았다. 발을 치료하는 의사와 상담도 했다. 마루에 초 칠하는 것을 임시직으로 하고 있는 사람의 충고에 따라 식당의 급사나 집안의 하인들을 위해서 특별히 제조된 '소리 안 나는 신'이라 불리는 고무신까지도 신어보았다. 그러나 모든 노력이 허사였다. 그래서 그는 발끝으로 걷는 습관을 가지게 되었던 것이다. 동그란 두 눈에 자그마한 머리통, 알파카 재킷 뒷자락을 펄럭이며 발끝으로 걷는 모습은 마치 날갯죽지의 털이 빠진 까치 같았다.

"아, 참, 잊고 있었군!" 하고 그가 문께에 다다랐을 때 말했다. "가게 문이 모두 닫혔지. 혹시 잔돈 있으신지요?"

"얼마나요?"

"천 프랑짜린데요."

"푸" 하고 앙투안이 서랍을 열었다.

"저는 이렇게 큰돈을 들고 다니는 것은 좋아하지 않는답니다." 샬르 씨가 말했다. "마침 선생님께서 잃어버린 돈에 관해 말씀하셔서 생각났는데… 백 프랑짜리 열 장으로 바꾸어주실 수 있을지요? 아니면 오십 프랑짜리 스무 장은요? 잔돈일수록 위험이 적지요. 이를테면 말입니다."

"없는데요, 오백 프랑짜리 두 장밖엔 없습니다." 서둘러 서랍을 다시 닫으며 앙투안이 말했다

"그래도 좋습니다." 샬르 씨가 가까이 오며 말했다. "그것만 해도 아주 다르지요." 그는 재킷 안주머니에서 꺼낸 지폐를 앙투안에게 내밀었다. 그리고 재빨리 지폐 두 장을 다시 안주머니에 넣는 순간 현관 초인종이 울렸다. 그 소리가 어찌나 요란했던지 두 사람은 깜짝 놀랐다. 아직 지폐를 채 감추지 못했던 샬르 씨가 중얼거렸다. "기다려요, 기다려요…."

그러나 자기 집 수위의 목소리임을 알아차린 그는 얼굴이 일

그러졌다. 수위는 두 주먹으로 문을 두드리며 날카롭게 소리쳤다.

"샬르 씨 이곳에 안 계신가요?"

앙투안이 뛰어가서 문을 열었다.

"여기 계신가요?" 수위가 헐떡거리며 외쳤다. "빨리요! 사고예요. 계집아이가 차에 치었어요."

그 말을 들은 샬르 씨는 비틀거렸다. 그가 쓰러지기 직전에 앙투안이 와서 그를 부축해 바닥에 눕히고 축축한 수건으로 얼굴을 문질러주었다. 가련한 늙은이는 다시 눈을 뜨고 일어서려 했다.

"아, 쥘 씨." 수위가 말했다. "빨리 갑시다. 자동차를 대기시켜 놓았어요."

"죽었습니까?" 앙투안은 그 어린애가 누군지 생각지도 않고 물었다.

"글쎄, 다섯 살도 안 된 애랍니다." 수위가 중얼거렸다.

앙투안은 이런 위급한 경우를 위해서 항상 준비해놓은 의료가방을 선반에서 꺼냈다. 그리고 자크에게 요오드팅크 병을 빌려주었던 일이 문득 떠올라 동생 방으로 뛰어가면서 수위에게 소리쳤다.

"어쨌든 저 사람을 데려가세요. 그리고 나를 기다려요. 나도 함께 갈 테니까."

샬르 가족이 살고 있는 알제가街의 집 앞 튀일리 공원 근처에 차가 멎을 때까지도 앙투안은 횡설수설하는 수위의 말로는 무슨 일이 났는지를 종잡을 수가 없었다. 매일 쥘 씨 마중을 나오는 작은 여자아이 이야기였다. 저녁이 되어도 쥘 씨가 오지 않자 리볼리가街를 건너가려고 했던 걸까? 짐을 실은 삼륜 오토바이가 아이를 치고는 아이 몸 위로 지나갔다는 것이다. 사람들이 모여 있어서 신문팔이 여인이 가보았다가 땋아 내린 머리 모양으로 그 애를 알아보고는 주소를 알려주었던 것이다. 사람들이 정신을 잃은 아이를 집으로 옮겨놓았다는 것이다.

자동차에 깊숙하게 몸을 푹 숙이고 앉아 있는 샤르 씨는 울고 있지는 않았다. 수위가 자세한 이야기를 할 때마다 흐느꼈으며, 주먹으로 입을 막으면서 소리 내지 않으려고 애쓰곤 했다.

문 앞에는 사람들이 모여 아직도 웅성거리고 있었다. 샤르 씨가 오자 사람들이 길을 비켜주었다. 앙투안과 수위가 그를 맨 꼭대기층까지 부축해서 데리고 올라가야 했다. 어느 복도의 맨 구석방의 문이 반쯤 열려 있었다. 샤르 씨가 비틀거리며 들어갔다. 수위는 앙투안이 지나가도록 비켜서면서 앙투안의 팔을 붙잡았다.

"내 아내가 바보는 아니지요. 근처 식당에서 저녁을 먹고 있는 의사를 데리러 갔답니다. 만나기나 했으면 좋겠는데요."

앙투안은 고개를 끄덕여 잘했다는 시늉을 하고는 샤르 씨를 뒤쫓아 올라갔다. 그들은 벽장에서 곰팡이 내가 나는 곁방 같은 곳을 지난 다음에 마루에 타일이 깔리고 천장이 낮은 어둠침침한 방 두 개를 지났다. 그 방은 마당 쪽으로 난 여러 개의 창문이 활짝 열려 있는데도 숨이 막힐 지경이었다. 앙투안은 마지막 방에서 거무튀튀한 식탁보를 씌운 둥근 식탁에 네 사람의 저녁이 준비되어 있는 것을 보았다. 샤르 씨가 어느 문을 열고 밝게 불이 켜진 방으로 들어서자마자 중얼거리며 쓰러졌다.

"데데트… 데데트…."

"쥘!" 하고 꾸짖는 듯한 소리가 날카롭게 들려왔다.

먼저 앙투안의 눈에 들어온 것은 장밋빛 실내복을 입은 여인이 두 손에 들고 있는 등잔뿐이었다. 여인의 갈색 머리카락, 이마, 가슴이 불빛에 환히 빛나고 있었다. 마침내 그 불빛이 비추고 있는 침대와 침대 위에 몸을 숙이고 있는 몇몇의 그림자가 눈에 들어왔다. 덧문을 통해서 들어오는 황혼빛이 등잔의 둥근 불빛 무리에 뒤섞여 있었다. 희미한 불빛에 잠겨 있는 그 방에서는 모든 것이 비현실적으로 보였다. 앙투안은 샬르 씨가 의자에 앉도록 거들어주고 나서 침대 쪽으로 다가갔다. 코안경을 끼고 아직 모자도 벗지 않은 한 젊은이가 몸을 구부리고 어린 환자의 피투성이 옷가지를 가위로 잘라내고 있었다. 베개에 눕혀진 아이의 얼굴은 엉겨 붙은 머리카락으로 뒤덮여 있었다. 한 늙은 여인이 무릎을 꿇고 의사를 도와주고 있었다.

"살아 있소?" 앙투안이 물었다.

의사가 몸을 돌려 그를 알아보고는 잠시 주저하더니 이마의 땀을 닦고 나서 마침내 자신 없는 어조로 대답했다.

"네…."

"샬르 씨를 부르러 왔을 때 내가 함께 있었소." 하고 앙투안이 설명했다. "내가 응급 치료에 필요한 것들을 가지고 왔소. 의사 티보입니다." 그는 낮은 목소리로 덧붙였다. "소아과 병원의 내과 과장이오."

그 의사는 일어섰다. 그는 앙투안에게 자리를 내주려고 몸을 움직였다.

"계속하세요, 계속해요." 앙투안이 한 발 뒤로 물러서며 즉시 말했다. "맥박은?"

"셀 수 없을 정도입니다." 말하면서 그는 하던 일을 서둘러 했다.

앙투안이 갈색 머리의 젊은 여인 쪽으로 눈길을 돌리자 그 근심스런 시선과 마주쳤다. 그는 그녀에게 이렇게 제안했다.

"최선의 방법은, 부인, 전화로 앰뷸런스를 불러서 당장 내 병원으로 데려가는 것입니다."

"안 돼." 누군가가 또렷한 목소리로 대답했다.

그제야 앙투안은 침대 머리에 서 있는 나이 든 여인을 알아보았다—아마도 할머니겠지—여인은 물처럼 맑은 농부의 눈동자로 그를 뚫어지게 바라보았다. 뾰족한 코에, 의지가 굳은 표정이 비곗덩어리 속에서 드러나 보였고, 목에는 몇 겹의 주름이 잡혀 있었다.

"우리 꼬락서니가 가난해 보인다는 것은 알고 있습니다." 하며 그 늙은 여인이 체념한 투의 목소리로 이야기를 계속했다. "하지만 우리는 자기 이불 속에서 죽는 편을 택한답니다. 데데트는 병원에 가지 않을 것입니다."

"무엇 때문에 그러십니까?" 하고 앙투안이 물었다.

그 여인은 목의 주름을 펴며 턱을 앞으로 내밀었다. 그리고 침울해 보이나 준엄한 어조로 간단히 말했다.

"그렇게 하는 것을 우리는 좋아하니까요!"

앙투안은 눈으로 젊은 여인을 찾았다. 그녀는 불빛을 받고 있는 자기 얼굴 위에 와서 앉으려고 달라붙는 파리를 쫓고 있었으며, 어떤 의견도 갖고 있는 것 같지 않았다. 그러자 앙투안은 샬르 씨의 의견을 묻기로 작정했다. 샬르 씨는 앙투안이 앉히려고 했던 의자 밑에 무릎을 꿇고 주저앉더니, 구부린 두 팔 속에 머리를 파묻고는 더 이상 아무 말도 듣지 않을뿐더러 아무것도 보지 않으려고 했다. 앙투안의 일거수일투족을 감시하고 있는 늙은 여인이 그의 의도를 눈치채고는 선수를 쳤다.

"안 그러냐, 쥘아?"

샤르 씨는 몸서리를 쳤다.

"네, 어머니."

그 여인은 만족한 표정을 띠었다. 그리고 어머니다운 목소리로 말을 이었다.

"거기 그러고 있지 말아라, 쥘아. 네 방에 가 있는 것이 좋을 거다."

샤르 씨는 창백한 얼굴을 들었다. 안경 너머로 두 눈이 춤을 추고 있었다. 그는 아무 반론도 제기하지 않고 일어서서 발끝으로 방을 나갔다.

앙투안은 입술을 깨물었다. 이야기할 기회를 엿보면서 그는 벌써 윗도리를 벗었다. 그리고 와이셔츠 소매를 팔꿈치 위로 걷어 올렸다. 그러고 나서 침대 머리에 와 무릎을 꿇었다. 그는 거의 언제나 무슨 생각이 떠오르면 그와 동시에 행동을 시작하곤 했다. 그만큼 그는 어떤 문제가 주어졌을 경우 그것을 오랫동안 차분히 검토하는 것이 아니라 되도록이면 빨리 결단을 내리고 싶어 하는 성격이었다. 그에게는 실수를 하지 않는 것보다는 신속하고 과감하게 뛰어드는 것이 더 중요했다. 사고한다는 것은 어떤 행위를 시작하는 단계에 지나지 않았다. 그것이 비록 이른 감이 있더라도.

의사와 그리고 떨고 있는 또 다른 늙은 여인의 도움을 받아 그는 어린 환자의 옷 벗기는 일을 끝냈다. 아이의 야윈 몸은 거의 회색일 정도로 창백했다. 삼륜 오토바이는 아주 난폭하게 어린아이를 깔고 지나간 것이 틀림없었다. 아이의 몸은 온통 반상 출혈로 뒤덮여 있었고, 둔부에서 무릎에 이르는 넓적다리에 검은 선이 비스듬히 그어져 있었다.

"오른쪽입니다." 의사가 정확히 말했다. 과연 오른쪽 다리가 꼬여 있었고 안쪽으로 비틀려 있었으며, 피투성이 다리는 형체를 몰라볼 정도여서 왼쪽보다 더 짧아 보였다.

"대퇴골 골절일까요?" 의사가 짐작으로 물어보았다.

앙투안은 아무 대답도 안 했다. 그는 곰곰이 생각해보았다. '이 아이는 심한 충격을 받았다. 분명히 다른 것이 있을 거다. 다른 것, 그게 뭘까?' 그는 슬개골을 만져보았다. 그리고 그의 손가락이 천천히 엉덩이 쪽으로 올라갔다. 그러자 갑자기 무릎에서 몇 센티미터 위에 있는 다리 안쪽의 눈에 띄지 않는 상처에서 피가 솟아올랐다.

"바로 그거야!" 앙투안이 말했다.

"대퇴부입니까?" 동료 의사가 큰 소리로 물었다.

앙투안은 황급히 일어섰다.

혼자서 결정을 내려야 한다는 사실이 그에게 힘을 북돋아 주었다. 그리고 다른 사람들 앞에서는 언제나 자신감으로 흥분하곤 했다. '외과 의사에게 보낼까?' 그가 자문했다. '아니다. 이 아이는 살아서 병원에 도착할 수 없을 것이다. 그러면, 누가? 내가? 안 될 게 뭔가? 그리고 다른 방법이 없지 않은가?'

"선생님께서 결합시켜 보시겠습니까?" 의사가 물었다. 의사는 앙투안이 아무 말도 않는 것에 화가 났다.

그러나 앙투안은 그의 질문에 개의치 않았다. '물론이다' 하고 그는 생각했다. '그리고 잠시도 지체할 시간이 없다. 어쩌면 벌써 너무 늦었을지도 모른다!' 그는 예리한 눈으로 주위를 살폈다. '결합시킨다. 뭘로? 어디 보자. 갈색 머리 여인은 허리띠가 없다. 커튼에는 끈이 없고. 신축성이 있는 헝겊은? 옳지, 내게 있다!' 어느새 그는 조끼를 벗고는 멜빵을 뜯어내 탁 소리를 내며 끊었다. 그러고 나서 다시 무릎을 꿇고 아이의 허벅지가 시작되는 곳을 꽉 묶어 지혈대를 대신했다.

"좋아요. 잠시 숨 좀 돌립시다." 그는 다시 일어서며 말했다. 양 뺨으로 땀이 흘러내렸다. 그는 모든 사람의 시선이 자기에게 집중되어 있음을 느꼈다. "당장 수술하지 않으면 이 아이는 생명을 잃습니다." 그가 짧게 힘주어 말했다. "해봅시다."

즉시 모든 사람들이 침대에서 물러섰다. 등잔을 들고 있는 여인도, 겁에 질린 젊은 의사까지도.

앙투안은 이를 악물었다. 그리고 불안하고 거친 그의 시선은 그 속으로 완전히 몰입되어 있는 것 같았다. '자' 하며 그는 생각했다. '냉정할 것. 수술대는? 들어올 때 보았던 둥근 식탁이 있다.'

"나를 비춰주시오." 그가 젊은 여인에게 소리쳤다. "그리고 당신, 이리로 오시오." 하고 동료 의사에게 말했다. 그러고는 재빨리 옆방으로 갔다. '좋아.' 그는 생각했다. '이게 수술실이다.' 그리고 단번에 식탁을 치운 다음 접시들을 한곳에 쌓아놓았다. '이게, 내 등잔을 놓을 곳이다.' 하고 그는 생각했다. 그는 마치 연병장에 나와 있는 장군이나 된 듯이 이 집을 마음대로 쓰고 있었다. '이젠 어린애 차례다.' 그는 방으로 돌아갔다. 의사와 젊은 여인은 그의 몸짓에 따라 그가 하라는 대로 했다. 그는 의사에게 아이를 가리켰다.

"내가 아이를 안겠소. 무겁지 않으니까. 당신은 다리를 받쳐 주시오."

아이의 허리 아래로 팔을 들이밀자 약한 신음 소리가 났다. 그는 아이를 식탁 위로 옮겨놓았다. 그러고 나서 갈색 머리 여인의 손에서 등잔을 빼앗아 갓을 떼어버렸다. 그리고 쌓아놓은 접시 위에 올려놓았다. '나는 멋진 녀석이다.' 자기 주위를 돌아보며 그는 잠시 생각했다. 등잔이 도가니처럼 환히 밝혀져 있었고, 불그스레한 어둠 속에서 젊은 여인의 빛나는 얼굴과 의사의 코안경이 드러나 보였다. 때때로 움찔거리는 작은 몸뚱이 위로 잔인한 불빛이 쏟아져 내렸다. 방 안은 소나기에 밀려들어 온 파리 떼로 가득했다. 앙투안은 더위와 불안 때문에 땀을 흘리고 있었다. '내가 끝낼 때까지 이 아이는 살아 있을 것인가?' 그는 자문해보았다. 그러나 알 수 없는 어떤 힘이 그에게 자신감을 불어넣어 주었다. 그가 이때처럼 자신에 차 있던 적은 없었다.

그는 자기의 의료 가방을 들고 클로로포름 병과 습포를 꺼내고 나서 그 가방을 의사에게 내밀었다.

"어디다가 이걸 놓고 여시오. 찬장 위에요. 재봉틀을 치우시오. 안에 있는 것을 모두 다 꺼내놓으시오."

그러고 나서 약병을 든 채 몸을 돌리는 순간 문지방의 어두운 그늘 속에 사람의 그림자가 있는 것이 보였다. 두 늙은 여인이 꼼짝 않고 서 있었던 것이다. 한 여인은 샬르 어머니였는데, 부엉이처럼 커다란 두 눈으로 뚫어지게 바라보고 있었다. 다른 여인은 두 손을 모아서 입을 누르고 있었다.

"가세요!" 그가 명령했다. 두 여인이 침대가 있던 방의 그늘 속으로 뒷걸음치는 것을 보자 그는 아파트의 다른 쪽을 가리키며 소리쳤다. "아니에요! …더 멀리. 이쪽으로!" 두 여인이 그의 말에 복종하며 말 한마디 하지 않고 방을 가로질러 사라졌다.

"당신은 말고!" 그는 두 여인을 따라가려는 갈색 머리 여인에게 짜증을 내며 소리 질렀다.

그녀가 홱 돌아섰다. 잠시 그는 그녀를 바라보았다. 약간 살이 찌긴 했으나 미모가 아름다웠다. 슬픔 때문인지 그 얼굴이 더욱 고상해 보였다. 냉정하고 성숙한 표정이 그의 마음에 들었다. 그는 본의 아니게 이런 생각을 했다. '가련한 여자! 그러나 나는 이 여자가 필요하다.'

"당신이 어머니요?" 그가 물었다. 여인이 고개를 가로저었다.

"아닙니다."

"아, 다행입니다." 이렇게 말하면서 그는 습포를 적셔 재빨리 펴서 아이의 코에 대주었다. "자, 이쪽에 와서 이것을 붙잡고 계십시오." 하고 말하며 그녀에게 약병을 건네주었다. "내가 신호를 하면 다시 약을 적셔 대주시오."

방 안에 클로로포름 냄새가 퍼졌다. 어린애가 신음 소리를 내다가 몇 번 깊은숨을 들이마시더니 잠잠해졌다.

마지막으로 다시 점검해보았다. 모든 것은 다 치워졌다. 남은 일은 전문적인 기술의 어려움뿐이었다. 결정적인 순간이 온 것이다. 앙투안의 불안은 마치 요술처럼 사라졌다. 그는 동료 의사가 찬장 위에 수건을 펴고 의료 가방에 있던 물건을 다 진열해놓은 곳으로 갔다. '어디 보자' 하며 그는 마치 잠시 휴식을 취하려는 듯이 중얼거렸다. '기구 상자, 좋아! 메스, 집기들, 가제 상자, 솜, 좋아! 알코올, 카페인, 요오드팅크. 모두 있다. 시작하자.' 그리고 또다시 의기가 충천함을 느꼈다. 행동의 즐거운 도취감. 무한한 자신감. 절정을 향해 뻗은 필요 불가결의 행동력. 그리고 무엇보다도 자신이 훌륭하게 성장했다고 느낄 때의 황홀감.

그는 고개를 들어 잠시 젊은 의사의 눈을 들여다보았다. 그는 이렇게 말하는 듯했다. '당신은 배짱이 있소. 쉬운 일은 아니오. 우리 둘이 해냅시다!'

상대는 꼼짝도 하지 않았다. 이제 그는 맹목적인 주의력을 가지고 앙투안의 모든 행동을 따르고 있었다. 그는 수술만이 살아날 유일한 길임을 잘 알고 있었다. 혼자였다면 그는 엄두도 못 냈을 것이다. 그러나 앙투안과 함께라면 모든 일이 가능해 보였다.

'애송이 동료지만 쓸모가 있군.' 앙투안은 생각했다. '나는 운이 좋다. 어디 보자. 손 씻는 대야. 까짓것! 무슨 소용이 있담? 이걸로도 충분해.' 그는 요오드팅크 병을 들어서 두 팔의 팔꿈치까지 발랐다.

"당신 차례요." 하고 동료 의사에게 요오드팅크 병을 내밀며 앙투안이 말했다. 상대는 코안경의 유리알을 열심히 닦고 있었다.

창문에서 날카로운 번개가 번쩍 비치더니 요란한 천둥소리가 뒤따라 들렸다.

'축하의 팡파르를 울리기엔 너무 이른데.' 앙투안은 생각했다. '아직 메스도 잡지 않았으니까. 저 여자는 태연하군. 이것으로 신경이 진정될 거고, 기분도 상쾌해지겠지. 이 방 온도는 삼십오 도가 될 게 분명하다.' 그는 습포를 집어서 수술 부위를 국한시키기 위해 다리 둘레에 펴놓았다.

그는 젊은 여인 쪽으로 눈길을 돌렸다.

"클로로포름 몇 방울을 떨구시오. 그만하면 충분합니다. 됐어요."

'저 여자는 전쟁터의 병사처럼 말을 잘 듣는군.' 그는 생각했다. '그런 여자들이란!' 그러고 나서 부어오른 작은 허벅지를 주의 깊게 바라보며 침을 삼켰다. 그리고 메스를 들었다.

"시작합시다."

그는 정확한 동작으로 절개를 시작했다.

"닦아내시오." 옆에서 몸을 기울이고 들여다보는 동료 의사에게 말했다. '지독히 말랐구나.' 그는 생각했다. '곧 환부를 찾아낼 수 있을 거다. 저런, 우리 데데트가 코를 골고 있구나. 좋아. 빨리하자. 이젠 견인기牽引器다.' "부탁합니다." 하고 그는 작은 소리로 말했다. 의사는 피가 묻은 솜을 놓아두고 견인기를 잡고서 환부를 벌렸다.

앙투안은 잠시 손을 멈추었다. '좋아.' 그는 중얼거렸다. '소식자消息子는? 여기 있다. 내전근관hunter's cannal 속이다. 전형적인 연결 케이스다. 다 잘되어가고 있다. 번쩍! 또 번개로군. 그리 먼 곳이 아닌 모양이다. 루브르 근처인가. 아니면 '생 로슈의 그분들'* 위에 떨어졌을지도 모르지….' 그는 자신이 매우 침착하다

* 생 로슈 지역에 사는 사람들을 일컫는다.

고 느꼈다. 이제는 더 이상 이 어린아이와 그리고 절박한 죽음에 대해서 불안을 느끼지 않았다. 그는 즐거운 듯이 '내전근관 속에서의 대퇴골 연결'을 생각하고 있었다.

'번쩍! 또 번개가 치는군. 비는 별로 오지 않으면서. 숨 막힐 정도로 무덥구나. 동맥은 골절 중심 부위에서 끊겨 있다. 뼈끝이 동맥을 끊어놓은 거다. 너무 쉬운 케이스다. 그러나 이 아이에겐 흘려도 될 만큼 피가 많지는 않았어….' 그는 흘긋 아이 쪽을 바라보았다. '음… 서두르자! 쉬운 경우이긴 해도 이런 경우로 죽는 수가 많아…. 핀셋, 좋아. 다른 핀셋. 번쩍! 이놈의 번갯불 못 참을 정돈데. 평범한 도구밖에 없는데…. 납작한 견사밖에 없으니 할 수 없지.' 그는 튜브를 깨 실패를 꺼낸 다음 핀셋으로 집어놓은 근처를 꿰맸다. '완벽하다. 목적은 달성한 셈이다. 이런 나이의 아이들에게는 부행副行의 혈액 순환만으로도 족하다. 나는 멋진 녀석이다. 내 천직을 어떻게 망칠 수 있다는 말인가? 나는 외과 의사, 훌륭한 외과 의사가 될 수 있는 모든 재질을 갖추고 있다….' 아무 말이 없는 가운데 멀어져가는 천둥소리 사이에서 견사 끝을 자르는 가위 소리만이 들렸다. 모든 것이 갖추어져 있다. 주의력, 침착성, 과감성, 능숙한 기술…. 별안간 그는 귀를 기울여보았다. 그러더니 얼굴이 창백해졌다.

"제기랄." 그는 낮은 목소리로 말했다.

아이는 이젠 숨을 쉬고 있지 않았다.

그는 거칠게 여인을 밀어제치고 환자의 얼굴을 덮고 있던 습포를 벗긴 다음 심장에 귀를 갖다 댔다. 의사와 여인은 앙투안에게 시선을 고정시킨 채 기다리고 있었다.

"그렇지! 아직은 숨을 쉬고 있어." 그는 중얼거렸다.

그는 아이의 손목을 잡았다. 그러나 맥박이 너무 빨라서 세기를 단념했다. "이거 참!" 하고 그는 탄식했다. 찌푸리고 있던 그의 얼굴이 더욱 일그러졌다. 돕고 있던 두 사람은 그의 시선이 그들을 향하고 있음을 느꼈다. 그러나 그는 그 두 사람을 보고 있지는 않았다.

그는 퉁명스런 어조로 지시했다.

"당신은 핀셋을 뽑아버리고 붕대를 감아주시오. 그리고 지혈대도 풀어버리고. 빨리요…. 당신은 뭐 쓸 것을 좀 주시오. 필요 없소. 내 수첩이 있으니까." 그는 몹시 흥분해서 솜뭉치를 가지고 손을 닦았다. "몇 시나 됐지? 아직 아홉시가 안 됐군. 약방은 열려 있어. 뛰어갔다 오시오."

여인은 그의 앞에 서 있었다. 가운의 앞섶을 여미는 듯한 아리송한 여인의 몸짓을 보자 그는 거의 벗다시피 한 그런 옷차림으로 밖에 나가기를 망설이고 있음을 알아챘다. 잠시 그는 머릿속에서 그 옷 속에 있는 풍만한 육체를 상상해보았다. 처방을 휘갈겨 쓰고 서명을 했다. "일 리터짜리 주사 앰풀 한 개입니다. 뛰어가세요, 부인, 뛰어가요!"

"저어, 만일에?" 그녀가 더듬거리며 말했다.

그는 그녀를 뚫어지게 바라보았다.

"만일 닫혀 있다면" 하고 그가 소리쳤다. "초인종을 누르세요. 그리고 열어줄 때까지 문을 두드리세요! 자 빨리!"

그녀는 황급히 나갔다. 앙투안은 고개를 숙여서 그녀가 뛰어가는 것을 확인한 다음 의사 쪽으로 몸을 돌렸다.

"혈청을 한번 해봅시다. 피하 주사는 말고요. 그건 이젠 소용이 없습니다. 정맥 주사로 해봅시다. 마지막 기회요." 그는 찬장 위에서 두 개의 작은 앰풀을 집어 들었다. "지혈대는 풀었지요? 좋습니다. 계속해서 장뇌액주사를 놓아주십시오. 그리고 카페인도 하나. 반만, 가엾은 것…. 하지만 빨리 서둘러주세요."

그는 다시 아이 옆으로 돌아가서 가냘픈 손목을 잡았다. 이미 아무것도 느낄 수 없었다. 점점 빨라지는 떨림만이 겨우 있을 뿐이었다. '이번에는' 하고 그는 생각했다. '솔직히 맥박은 셀 수가 없군.' 그 순간 마음이 약해지며 절망스럽게 느껴졌다.

"에이, 제기랄." 그는 말을 더듬었다. "다 순조롭게 진행되고 나서도 그것이 아무 소용없게 되다니!"

어린아이의 얼굴은 시시각각으로 더욱 핏기가 가셨다. 아이는 죽어가고 있었다. 앙투안은 반쯤 열린 입술 옆에서 거미줄보다도 더 가느다란 두 가닥의 머리카락이 간격을 두고 팔락거리는 것을 보았다. 아이는 여전히 숨을 쉬고 있었던 것이다.

'저 사람은 근시이면서도 과히 서툴지는 않군.' 그는 주사를 놓고 있는 의사를 주시하면서 생각했다. '하지만 우리는 이 아이를 구하지 못할 거야.' 그는 슬프다기보다는 오히려 분한 생각이 들었다. 그는 의사들의 특성인 무감각성을 지니고 있었다. 의사들에게는 타인의 고통이란 경험이나 이익이나 직업적인 흥미를 의미하며, 타인의 고통이나 죽음에 의해서만 자신을 풍부하게 만드는 것이다.

그 순간 문을 두드리는 소리가 난 것 같아서 그는 그 여인을 맞으려고 뛰어나갔다. 과연 그 여인이었다. 그녀는 비틀거리는 걸음으로 뛰어들어 오면서 숨차 하는 모습을 보이지 않으려고 애썼다. 앙투안은 그녀의 손에서 약봉지를 빼앗다시피 해서 집어 들었다.

"더운물." 앙투안은 그녀에게 미처 고맙다는 인사를 할 생각조차 못 하고 말했다.

"끓인 물 말입니까?"

"아니, 혈청을 미지근하게 만들 거요. 빨리요."

그가 꾸러미를 풀자마자 여인은 벌써 김이 나는 냄비를 가지고 왔다. 이번에는 그녀를 바라보지도 않고 중얼거렸다.

"좋아요, 아주 좋아요."

시간이 없었다. 단번에 그는 주사액이 든 앰풀 끝을 깨고 그 안에 고무 튜브를 끼웠다. 벽에 나무로 조각된 스위스제 기압계가 걸려 있었다. 그는 한 손으로 그것을 떼어내고 다른 손으로 그 못에 앰풀을 걸었다. 그러고 나서 더운물이 담긴 냄비를 들고 잠시 망설인 뒤 안에 고무 튜브를 넣고 감았다. '혈청이 튜브 안을 통과하면서 덥혀질 거다. 멋지군!' 그는 생각했다. 그는 동료 의사가 자기의 행동을 보고 있는지를 확인하려고 그쪽을 흘긋 보았다. 그런 다음 아이에게로 돌아와서 축 늘어진 팔을 쳐들어 요오드팅크를 바르고 메스로 핏줄을 가늠한 다음 소식자로 찔러보고 나서 혈관에 바늘을 꽂았다.

"들어가는군." 그가 소리쳤다. "맥을 짚어보시오. 나는 움직이지 못하니까."

완전한 침묵 속에 지루한 십 분이 지나갔다.

앙투안은 땀에 흠뻑 젖은 채 숨을 가쁘게 쉬며 눈꺼풀에 주름을 지으면서 기다리고 있었다. 그는 바늘에서 시선을 떼지 않았다.

마침내 그는 앰풀 쪽으로 눈을 들었다.

"얼마나 들어갔소?"

"거의 반 리터 정도 들어갔습니다."

"맥박은요?"

의사는 아무 대답 없이 고개를 가로저었다.

다시 똑같이 견디기 어려운 불안 속에서 오 분이 흘러갔다.

앙투안은 다시 앰풀을 쳐다보았다.

"얼마나 들어갔소?"

"삼분의 일 정도 남았습니다."

"맥박은요?"

의사는 머뭇거렸다.

"잘 모르겠습니다. 아마 약간… 약간 맥이 돌아오는 것 같은데요…."

"셀 수 있겠소?"

침묵.

"아니요."

'맥이 돌아오기만 한다면….' 앙투안은 생각했다. 그는 이 죽어가는 아이를 되살릴 수만 있다면 자기 생명의 십 년이라도 희생할 수 있을 것 같았다. '몇 살일까? 일곱 살쯤? 내가 이 아이의 목숨을 구해주다 하더라도 이런 빈민굴 속에 둔다면 십 년도 못 가서 결핵에 걸릴 것이다. 한데 구할 수는 있을까? 지금이 고비다. 위험한 고비다…. 제기랄. 그러나 나로서는 할 수 있는 일은 다했다! 혈청이 들어가고 있다. 그러나 이미 너무 늦었어…. 기다려보는 거다…. 그 밖에 아무런 방법이 없다. 더 이상 할 일이 아무것도 없다. 기다릴 뿐이다…. 이 여인은 정말 잘 도와주었어. 아름다운 여인이군. 어머니는 아니라고 했더라. 그럼 누굴까? 샬르는 이제까지 이런 사람들에 관해서 아무 이야기도 한 적이 없었어. 그의 딸은 아닌 모양이지? 뭐가 뭔지 모르겠군. 그리고 이 노파, 그 노파의 태도는…. 하지만 모두들 내가 하라는 대로 말은 잘 들었어. 갑자기 여기 있는 사람들이 나에게 보이는 존경심. 모두들 내가 누군지 알게 되었어. 정력가의 집안에서 태어난 나를!… 한데 어떻든 성공해야 할 텐데…. 성공할까? 아니야, 여기까지 데려오는 데 이미 너무 많은 피를 흘린 것 같아. 아무튼 현재로서는 나아지는 징후가 전혀 없다. 아, 제기랄!'

그는 아이의 창백해진 입술과 여전히 간격을 두고 팔락거리는 두 가닥의 금발을 바라보았다. 호흡이 전보다 조금 뚜렷해진 듯이 보였다. 잘못 생각한 것일까? 삼십 초쯤 지나갔다. 감지할 수 없을 정도로 미미한 숨결이 가슴을 부풀게 하고는 마치 남은 목숨을 사라지게 하려는 듯이 천천히 가슴을 빠져나갔다. 앙투안은 눈은 고정시킨 채 한순간 어찌할 바를 모르고 있었다. 아니다, 아이는 여전히 숨을 쉬고 있다. 기다려야 한다. 기다리고 또 기다려야 한다.

일 분 뒤에 또 다른 숨을, 이번에는 꽤 분명한 숨을 내쉬었다.

"얼마나 들어갔소?"

"앰풀은 거의 다 비었습니다."

"맥박은요? 맥박은 돌아왔습니까?"

"네."

앙투안은 안도의 한숨을 쉬었다.

"셀 수 있겠소?"

의사는 시계를 꺼내고 코안경을 고쳐 쓰고는 일 분 동안 입을 다물고 있다가 이렇게 말했다.

"백사십… 아마 백오십쯤 될 겁니다."

"없는 것보다 낫군." 앙투안은 내뱉듯이 말했다.

그는 온 힘을 다해서 자기도 모르게 밀려오는 커다란 안도감과 싸우고 있었다. 그러나 그것은 결코 꿈이 아니었다. 확실히 차도가 있었다. 호흡이 더욱 규칙적으로 되어가고 있었다. 그는 움직이지 않으려고 무진 애를 썼다. 그는 어린애처럼 휘파람을 불고 노래하고 싶은 생각이 들었다. '이건—아무것도—아닌—것보다는—낫다. 나-나-나' 하고 그는 아침부터 뇌리에서 떠나지 않고 있는 노래의 곡조에 붙여서 속으로 흥얼거렸다. '내 마음속에… 내 마음속에 잠들고 있다… 나-나-나… 뭐가 잠들고 있을까? 아, 이거다!' 하고 그는 문득 생각했다. '달빛이! 여름 달빛이!'

내 마음속에 달빛이 잠들고 있다.
아름다운 여—름 달—빛이…

그는 한순간 해방된 느낌을, 진정한 기쁨을 느꼈다. '이 아이는 살아났다' 하고 그는 생각했다. '이 어린아이는 살아나야 한다!'

'아름다운 여름 달빛이…'

"앰풀이 비었습니다." 의사가 말했다.

"잘됐습니다!"

그 순간 그가 눈을 떼지 않고 있던 아이가 몸을 약간 떨었다.

앙투안은 이제 마음이 놓이는 듯 젊은 여인 쪽으로 몸을 돌렸다. 그녀는 십오 분 전부터 찬장에 기댄 채 눈썹 하나 까딱하지 않고 있었다.

"자, 부인." 그는 무뚝뚝한 어조로 말했다. "주무시는 겁니까? 탕파湯婆는 어떻게 됐지요?" 어리둥절해하는 그녀의 모습에 그는 미소를 지을 뻔했다. "물론 부인, 말할 필요도 없지요! 이 아이의 발을 덥히기 위한 뜨거운 물주머니 말입니다!"

그녀의 눈 속 깊은 곳에서 잠시 즐거운 빛이 감돌더니 이내 사라졌다.

그때 앙투안은 몇 배의 조심성과 애정을 가지고 몸을 굽혀 바늘을 뽑은 뒤, 손가락 끝으로 그 작은 상처 위에 습포를 덮었다. 그런 뒤에 아직도 맥없이 축 늘어진 손을 들어 맥을 짚어보았다.

"아무튼 장뇌액 앰풀을 한 병 더 놓아주십시오. 우리는 최선을 다했습니다." 그는 마음속으로 이렇게 덧붙였다. '희망을 가져본다 해도 놀랄 일은 아니겠지….' 새삼스럽게 어떤 힘, 경쾌한 힘이 그의 사기를 북돋아주었다.

벌써 여인이 더운물을 넣은 주머니를 두 손으로 들고 다시 나타났다. 그녀는 주춤했다. 그러나 앙투안이 아무 말도 하지 않자 아이의 발치로 다가갔다.

"그렇게 해서는 안 돼요, 부인." 앙투안은 아까처럼 퉁명스러우면서도 쾌활한 어조로 말했다. "아이가 데고 말 거요! 이리 줘요. 뜨거운 물주머니를 싸는 법까지 가르쳐줘야 하다니!" 이번에는 미소를 띠면서 방바닥에 널려 있는 둥글게 접어진 냅킨을 주워 그 고리를 빼어 찬장 위에 놓고 냅킨에 탕파를 싸서 아이의 두 발밑에 대주었다. 여인은 그의 얼굴을 갑자기 젊어 보이게 하는 청순한 미소에 놀라 그를 바라보았다.

"이 아이는… 살아날까요?" 하고 여인이 용기를 내어 물었다.

그는 아직도 그렇다고 대답할 수가 없었다.

"한 시간 뒤에 대답해드리겠습니다." 그가 투덜거리듯 말했다. 그녀는 그의 말의 뜻을 정확히 이해했다. 그녀는 감탄으로 가득 찬 시선으로 대담하게 그를 빤히 바라보았다.

'이 아름다운 여인은 도대체 여기서 뭘 하는 걸까?' 하고 앙투안은 세 번째로 자문해보았다. 그러고 나서 문 쪽을 가리키며 물었다.

"다른 사람들은요?"

그녀는 눈에 띄지 않게 미소 지었다.

"기다리고 있습니다."

"가서 그분들을 좀 안심시키십시오. 잠자리에 들라고 이르세요. 그리고 부인도 가서 쉬세요."

"아, 저야 뭐…." 그녀는 물러가며 중얼거렸다.

"아이를 침대로 옮깁시다." 앙투안이 의사에게 제의했다. "아까처럼 다리를 부축해주십시오. 베개를 치우고 머리를 낮게 해야 합니다. 그런 다음에 도구를 설치해보도록 합시다…. 그 수건을 이리 주세요. 그리고 끈도. 즉석 견인 장치를 만들어 봅시다. 끈을 침대 쇠막대기 사이로 넣어주십시오. 철제 침대란 퍽 편리하군요. 이제는 무게 나가는 추가 필요합니다. 아무거라도 좋아요! 이 화분. 안 되겠군. 저기 더 좋은 게 있군. 저 다리미. 여기엔 필요한 모든 게 다 있군요. 네, 바로 그거예요.

이리 주세요. 자! 완벽하게 설치하는 것은 내일 두고 합시다. 우선은 이 정도로 견인 노릇하는 데는 충분하니까요…. 안 그렇습니까?"

의사는 아무 대답도 안 했다. 라자로가 관 속에서 일어났을 때 구세주를 바라보았던 마르타의 시선과 같은 눈으로 앙투안을 뚫어지게 바라보았다. 그의 양 입술은 약간 벌어져 있었다. 그는 간신히 더듬거리며 말했다.

"제가… 기구들을 챙겨도 되겠습니까?" 수줍은 듯한 이 목소리에 뭔가 봉사하고 싶고 헌신하고 싶다는 커다란 욕구가 메아리치고 있어서 앙투안은 지도자와 같은 흐뭇함을 느꼈다. 방에는 두 사람뿐이었다. 그는 의사 쪽으로 다가서서 그의 두 눈을 뚫어지게 바라보았다.

"당신은 훌륭하오."

그 말에 상대는 숨이 막히는 것 같았다. 젊은 의사보다 더 계면쩍어진 앙투안은 그에게 대답할 틈을 주지 않았다.

"자, 이젠 집으로 돌아가십시오. 늦었으니까. 여기에 두 사람이 다 있을 필요는 없소." 머뭇거리다가 또 이렇게 말했다. "이 아이는 살아났다고 말할 수 있을 것 같소. 내 생각이지만. 혹시 무슨 일이 있을지도 모르니까 여기에서 밤을 지새겠습니다. 양해해주신다면" 하며 앙투안이 이야기를 계속했다. "이 아이가 당신의 환자라는 것을 알고 있기에 하는 말입니다. 물론 그렇습니다. 나야 증상이 뚜렷했기 때문에 긴급히 뛰어들었던 게 아닙니까? 아무튼 내일 환자를 당신에게 돌려드리겠습니다. 안심하고요. 당신은 훌륭한 의사니까요." 이렇게 말하며 그는 의사를 문까지 배웅했다. "정오께 와서 봐주시겠습니까?" 하며 그가 덧붙여 말했다. "나는 병원 일이 끝난 뒤에 들르겠습니다. 치료 방법에 관해 상의해봅시다."

"메트르,* 저는… 저는 정말 감격해 마지않습니다…."

앙투안이 '메트르'라고 인사받기는 이번이 처음이었다. 그는 마음속으로 이 말이 풍기는 향기를 만끽했다. 그리고 무의식적으로 젊은이에게 두 손을 내밀었다. 그러나 이내 제정신이 들었다.

"나는 메트르가 아닙니다" 하고 그는 목소리를 바꾸어 말했다. "생도입니다, 견습생이지요. 그냥 단순한 견습생입니다. 당신처럼. 다른 사람들처럼. 모든 사람들처럼. 시도해보고, 시험적인 노력을 해보고…. 할 수 있는 것을 하는 겁니다. 그것만으로도 상당한 일이지요."

앙투안은 초조한 마음으로 젊은 의사가 어서 가주었으면 했다. 혼자 있을 수 있기 위해서인가? 그런데 젊은 여인이 돌아오는 발소리를 들었을 때 그의 얼굴에는 생기가 돌았다.

"가서 주무시지 않으시겠습니까, 부인?"

"아니요, 의사 선생님."

그는 더 이상 강요하지 않았다.

아이가 신음을 했다. 딸꾹질을 하더니 가래를 뱉었다.

"좋아, 데데트야!" 하고 그가 말했다. "아주 좋아!" 그는 맥을 짚어보았다. "백이십. 점점 좋아지는군." 그는 미소도 짓지 않고 여인을 바라보았다. "이젠 정말 염려할 것 없다고 생각합니다."

* 대가(大家)를 부르는 호칭.

그녀는 아무 말도 하지 않았다. 앙투안은 그녀가 자신을 신뢰하고 있음을 느꼈다. 그는 이야기를 하고 싶기는 했으나 막상 어떻게 시작해야 할지 몰랐다.

"당신은 아까 아주 훌륭했습니다" 하고 그는 이야기를 시작했다. 그리고 어색해지면 언제나 하는 식으로 단도직입적으로 물었다. "이 집과는 어떤 사이십니까?"

"저요? 무관한 사이예요. 이웃일 뿐이에요. 친구 사이도 아니고요. 저는 육층에 살고 있어요…."

"그렇다면 이 아이의 어머니는요? 뭐가 뭔지 통 모르겠군요."

"아이 어머니는 죽었다나 봐요. 알린 할멈의 여동생이었습니다."

"알린 할멈?"

"하녀 말입니다."

"손을 떨던 그 노파 말입니까?"

"그렇습니다."

"그렇다면 이 아이는 샬르 씨의 친척이 아니군요?"

"그렇죠. 알린 할멈이 이곳에서 키우고 있는 조카예요. 모든 비용은 물론 샬르 씨가 부담하고 있지요."

두 사람은 서로를 향해 몸을 약간 숙인 채 낮은 목소리로 말하고 있었다. 그래서 앙투안은 아주 가까이서 여인의 입술, 두 뺨, 건강미가 넘치는 육체를 볼 수 있었다. 그녀의 육체는 피로 때문에 한층 매력적으로 보였다. 그는 자신의 본능을 이겨내지 못하고 나른해져 있는 동시에 흥분해 있는 것 같기도 했다.

아이가 잠결에 몸을 뒤척이기 시작했다. 둘이 침대 쪽으로 다가갔다. 아이는 두 눈을 반쯤 떴다가 다시 감았다.

“불빛이 너무 환한가 봐요.” 여인이 말하며 등잔을 들어서 멀리 갖다놓았다. 그리고 그녀는 아이의 머리맡으로 되돌아와 이마에 송글송글 솟은 땀을 닦아주었다. 그녀가 몸을 숙였을 때 그녀에게서 눈을 떼지 않고 있던 앙투안은 몸이 오싹해 옴을 느꼈다. 음영에 따라 가운을 통해 마치 자기 앞에서 옷을 벗은 것처럼 정확한 육체의 곡선이 어지럽게 그의 눈에 들어왔던 것이다. 그는 숨을 죽였다. 눈 속에 타는 듯한 감각을 느끼며, 역광 속에서 그녀가 숨을 쉬는 데 따라 그녀의 젖무덤이 부드럽게 오르락내리락하는 모습을 보고 있었다. 갑자기 얼어붙은 듯한 앙투안의 두 손이 꽉 쥐어졌다. 앙투안으로서는 이렇게 갑작스럽게 미칠 듯이 한 여자를 탐내보기는 처음 있는 일이었다.

“라셀 아가씨…” 하고 누군가가 속삭이듯 말했다.

그녀는 몸을 일으켰다.

“알린 할멈이 아이 곁에 와보고 싶대요.” 그녀는 미소를 지으며 할멈을 위해 중재하는 것 같았다. 그렇지만 앙투안으로서는 제삼자가 오는 것이 못마땅했다. 그렇다고 오지 말라고 할 수는 없었다.

“이름이 라센이신가요?” 그가 더듬으며 말했다. “네, 네. 들어오라고 하세요.”

그는 노파가 침대 옆에 가서 무릎을 꿇는 모습을 보자 곧장 열린 창문께로 갔다. 관자놀이가 윙윙 울리고 있었다. 밖에서는 바람 한 점 들어오지 않았다. 지붕들 너머 저 먼 곳에서 때때로 번쩍하는 번갯불이 하늘을 창백한 빛으로 만들곤 했다. 그제야 비로소 자기가 피로해 있다는 것을 알아차렸다. 그는 서너 시간을 계속 서 있었던 것이다. 어디 앉을 의자가 없을까 찾아보았다. 두 창문 사이 방바닥에 깔아놓은 두 개의 아기 침대용 매트리스가 등 없는 긴 의자 노릇을 하고 있었다. 이것이 틀림없는 데데트의 잠자리이고, 이 방은 알린 할멈의 방이었다. 그는 그 누추한 침대 위에 털썩 주저앉아서 벽에 등을 기댔다. 또다시 아무 저항감 없이 자기의 욕망에 몸을 내맡겼다. 투명한 가운을 통해 비치는 유방의 선과 그것이 팔딱거리는 모습을 다시 한번 보았으면! 그러나 라셀은 이제 불빛을 받고 있지 않았다.

“어린애가 다리를 움직이지 않았나요?” 그는 일어서지 않고 중얼거렸다. 그녀가 한 발 침대 가까이로 가자 그녀의 온몸이 실내복 안에서 물결쳤다.

“아니요.”

앙투안의 입술이 바짝 말라들었다. 그리고 그는 두 눈에서 무엇인가 여전히 타는 듯한 것을 느꼈다. 그는 어떻게 하면 라셀을 램프 앞으로 다가가게 할지 알지 못했다.

“아이 얼굴은 여전히 창백합니까?”

“아까보다는 좀 덜해요.”

“아이 머리를 똑바로 놔주십시오. 매트리스와 수평으로, 그리고 똑바로요….”

그러자 그녀는 불빛이 있는 곳으로 들어섰다. 그러나 등잔과 앙투안 사이를 잠시 지나갔을 뿐이었다. 그의 욕망을 다시 일으키는 데는 이 짧은 순간으로도 충분했다. 그는 두 눈을 감고 벽에 등을 한껏 기댈 수밖에 없었다. 이를 악문 채 그의 신비로운 환상 앞에 눈을 감고 그대로 꼼짝 않고 있었다. 여름에 풍기는 대도시의 악취, 매연과 가축 오물 냄새, 아스팔트 먼지 냄새 때문에 더욱 숨 막힐 지경이었다. 파리 떼가 총알처럼 전등갓에 와서 부딪치는가 하면 앙투안의 땀에 젖은 얼굴에도 끈질기게 달라붙었다. 때때로 교외의 하늘에서 치는 천둥소리가 들려왔다.

차츰 더위와 흥분과 과도한 고통이 그의 힘을 쇠잔시켰다. 그는 자신을 엄습하는 무기력 상태를 의식하지 못했다. 근육이 느슨해졌고 두 어깨는 힘없이 벽에 내맡겨졌다. 그는 잠이 들었다.

앙투안은 이상한 흥분을 느끼며 잠에서 깼다. 반수 상태에서 깨어나지 못했으면서도 뭔가 유쾌한 느낌이 들었다. 그는 오랫동안 이런 혼미한 행복감에 잠겨 있었다. 그의 육체의 어느 부분으로, 그의 한계의 어느 지점으로 이런 포근한 행복감이 스며들어 오는지 알아차린 것은 한참 뒤 일이었다. 그의 한쪽 다리였다. 그 순간 누군가가 자기 옆에 와서 앉아 있었다는 사실, 그리고 자기 허벅지에 느껴지는 열기가 살아 있는 육체로부터 나온다는 사실을 알았다. 그리고 이 육체, 이 열기가 라셸로부터 나오고 있으며, 자기가 느끼고 있는 것은 사실상 육욕적인 쾌락이라는 것도 알게 되었다. 그 원인을 알게 된 뒤에 그 쾌락이 더욱 커졌다는 것도 알게 되었다. 그녀가 잠들며 그에게로 미끄러져 기대게 되었던 것 같았다. 그는 꼼짝도 하지 말아야겠다는 생각을 했다. 그의 정신은 완전히 깨어 있었다. 두 사람의 옷을 통해서 두 허벅지가 서로 닿는 부분은 한 뼘 정도 넓이였지만 그 순간 앙투안의 모든 감각은 그 지점에 집중되어 있었다. 그는 숨을 헐떡이며 꼼짝도 하지 않고 놀랄 만큼 명석한 정신 상태로 있었다. 이 두 체온의 혼합 속에서 그는 기나긴 입맞춤에서보다도 더 자극적인 쾌감을 맛보았던 것이다.

갑자기 라셸이 잠에서 깼다. 그녀는 두 팔을 쭉 뻗고는 서두르지 않으며 그에게서 몸을 떼고 일어섰다. 그는 그녀가 움직였기 때문에 잠이 깬 척했다. 그녀는 미소를 지으며 고백했다.

"잠이 들었나 봐요."

"나도 그랬습니다."

"날이 새요." 말하며 그녀는 손을 들어 머리매무새를 고쳤다.

앙투안은 자기 시계를 들여다보았다. 네시가 좀 못 되었다.

아이는 조용히 자고 있었다. 알린 할멈이 두 손을 모으고 기도드리는 것 같았다. 앙투안이 침대로 가서 이불을 들추어보았다. '피 한 방울도 안 나왔군. 경과가 좋다.' 눈으로는 라셸의 움직임을 놓치지 않으며 그는 아이의 손목을 잡고 맥을 짚어보았다. 백십이었다.

'저 여인의 다리는 뜨겁기도 했었지.' 그는 생각했다.

라셸은 못 세 개로 벽에 고정시켜 놓은 거울 조각에 비친 자신의 모습을 들여다보고는 웃었다. 흐트러진 갈색 머리털, 풀어 헤친 가슴, 드러내고 있는 탄탄한 두 팔, 서글서글하고 과감한 시선, 전혀 비웃는 느낌이 없는 시선은 혁명 소동을 피울 때의 여인상, 곧 바리케이드 위에 서 있는 '라 마르세예즈'를 연상케 했다.

"이만하면 예쁘지!" 하고 그녀는 입을 삐죽해 보이며 중얼거렸다. 그녀는 잠에서 깨어난 순간 자신의 피부와 젊음이 절정을 이룬다는 것을 잘 알고 있었다. 그녀 곁으로 다가와서 거울을 통해 그녀를 바라보는 앙투안의 표정에서 자기 생각이 분명히 맞았음을 읽을 수 있었다. 그녀는 이 사나이의 시선이 자기의 눈이 아니라 입술을 찾고 있음을 알아차렸다.

그러나 앙투안은 거울을 통해서 요오드팅크에 타버린 팔 위로 걷어 올린 옷소매이며, 구겨지고 피 묻은 와이셔츠이며, 자신의 모습을 바라보고 있었다.

"참, 파크멜에서 저녁 먹자고 나를 기다렸을 텐데!" 하고 그가 말했다.

라셀의 얼굴은 환한 미소로 빛났다.

"어머? 선생님도 파크멜에 가세요?"

그들의 두 눈은 미소를 머금고 있었다. 앙투안은 기뻐서 어쩔 줄을 몰랐다. 그가 겪은 여자들이란 거리의 여자들뿐이었다. 갑자기 라셀이 자기의 욕망에서 과히 멀리 있지 않다는 느낌이 들었다.

"저는 집에 내려가겠어요." 그녀가 말했다. 그리고 그 두 사람을 유심히 보고 있는 알린 할멈 쪽으로 몸을 돌리면서 이렇게 말했다. "제가 필요하거든 서슴지 말고 불러주세요."

그러고 나서 앙투안에게 작별 인사도 하지 않고 가운 앞섶을 여미고는 조용히 방을 떠났다.

여인이 방을 나가자마자 그도 그곳을 떠나고 싶은 생각이 들었다. '맑은 공기나 마시자.' 하고 그는 나란히 누워 있는 지붕들 위의 아침 하늘에 눈길을 보내며 생각했다. '그리고 집에 돌아가서 자크에게 설명해주고…. 병원에 들렀다가 다시 와봐야지. 몸도 좀 씻고 나면 몰골도 나아지겠지. 붕대 감는 일을 도와달라고 그 여인을 부를 수도 있지 않을까? 아니면 올라오는 길에

그 여인에게 경과를 알려준다? 하지만 나는 그녀가 혼자 사는지 어떤지조차 모르고 있지 않는가….'

자기가 돌아오기 전에 환자가 잠에서 깰 경우를 대비해서 그는 알린 할멈에게 몇 가지 주의 사항을 일러주었다. 떠나려는 순간에 한 가지 걱정이 떠올랐다. 샬르 씨는 어찌 되었을까?

"그의 방은 현관 쪽, 난로 곁에 있습니다." 하고 노파가 설명해주었다.

과연 난로 곁에는 판자로 된 문 하나가 있었는데 삼각형으로 넓어진 오솔길을 향해 열려 있었다. 방은 제일 구석 쪽의 층계 칸막이를 통해 들어오는 채광창의 빛으로 밝혀지고 있었다. 바로 그곳이었다. 샬르 씨는 옷을 입은 채 철제 침대에 누워 입을 벌리고 조용히 코를 골고 있었다.

'멍청이, 귀에다 솜을 잔뜩 틀어막은 모양이군!' 앙투안은 생각했다.

그는 혹시 그 사나이가 눈을 뜨지 않을까 하는 기대 속에 몇 분 동안 기다려보기로 결심했다. 사방 벽에는 신앙심을 나타내는 성화들이 색색의 마분지에 붙여져 있었다. 책장에는 책들이, 역시 종교 서적들이 한 줄로 나란히 꽂혀 있었고, 맨 위칸에는 빈 화장품 병들이 두 줄로 나란히 서 있는 가운데 지구본 하나가 놓여 있었다.

'환자 샬르….' 하고 앙투안은 생각했다. '나는 아무래도 환자광이야. 뭐 이런 것은 간단해. 의미 없는 얼굴, 바보 같은 생활을 알아볼 수 있지. 내가 더욱 열심히 보려고 애쓰면 애쓸수록 나는 형태를 변화시키고 확대시키는 버릇이 있단 말이야. 경계할 일이지. 아니 이건 마치 툴루즈의 하녀* 같은데…. 왜 그 둘을 비교하게 되었을까? 그녀의 고미다락방 또한 층계의 판자 틈을 통해 통풍되고 있기 때문이었을까? 아니다, 이 비누 냄새의 악취 때문이다…. 사고의 연상치고는 기이하군….' 그는 아직 미성년이었을 때 무슨 회의에 참석하는 아버지를 따라 여행하던 어느 날 밤, 여관의 고미다락방으로 찾아갔던 그 여관 하녀의 환상을 생생한 즐거움을 가지고 회상하고 있는 자신을 발견했다. 그 옛날 까칠까칠한 이불 속에서 그녀를 소유했듯이 이 순간에 다시 라셀의 포동포동한 육체를 안을 수만 있다면 그는 어떤 비싼 대가라도 치를 수 있을 것 같았다.

샬르 씨는 여전히 코를 골고 있었다. 앙투안은 기다리기를 포기하고 층계참 쪽으로 통하는 복도로 다시 나왔다.

내려오는 층계에 한 발 딛자마자 그는 라셀이 바로 아래층에 산다는 사실이 머리에 떠올랐다. 층계가 도는 지점에 이르자 그는 눈으로 문을 찾았다. 문은 닫혀 있지 않았다! 저 문이 그녀의 방문임에 틀림없다. 다른 문은 없으니까. 왜 열려 있는 것일까?

그는 잠시도 주저하지 않았다. 재빨리 그 층으로 내려갔다.

라셀은 현관에 있었다. 앙투안이 걸어오는 발자국 소리를 듣고 그녀는 혹시나 해서 몸을 돌렸다. 머리를 단정히 가꾼 그녀는 발랄해 보였다. 분홍빛 가운 대신 하얀 비단으로 된 기모노를 입고 있었다. 이 하얀 옷의 꼭대기에 있는 갈색 머리카락은 마치 촛대 끝에 있는 불꽃을 연상시켰다.

그는 이렇게 말했다.

* 프랑스 남쪽 지방 도시에서 올라온 하녀라는 뜻.

"안녕히 계십시오, 아가씨."

그녀는 문지방까지 나왔다.

"선생님, 가시기 전에 뭐 한잔 드시지 않으시겠어요? 이제 막 초콜릿을 타 놓았는데요."

"아닙니다. 내 꼴이 너무 더러워서요. 정말입니다. 안녕히 계십시오!"

앙투안은 그녀에게 손을 내밀었다. 그녀의 입가에는 살며시 미소가 감돌았다. 그러나 그녀는 반쯤 미소 지었으나 손을 내밀지는 않았다.

그가 다시 말했다.

"안녕히 계십시오!" 하지만 그녀가 계속 미소를 띠며 그가 내민 손을 잡지 않자 그가 덧붙여 말했다. "악수하고 싶지 않으십니까?"

앙투안은 그녀의 미소가 굳어지고 시선이 냉혹해지는 것을 보았다. 그녀가 손을 내밀었다. 그러나 그가 손을 잡을 시간을 주지 않았다. 앙투안을 힘껏 잡고 거친 몸짓으로 그를 현관 안으로 잡아끌고 나서 그의 뒤로 문을 닫았다. 두 사람은 서로 마주 보며 서 있었다. 그녀의 얼굴에서 미소가 가셨다. 그러나 입을 다물지는 않았다. 그는 그녀의 치아가 반짝이는 것을 보았다. 머리카락에서 나는 향기가 그를 감쌌다. 그는 적나라하게 드러났던 그녀의 유방, 뜨겁던 허벅지를 생각했다. 그는 거칠게 얼굴을 가까이 대고 자기 눈 옆에서 더욱 크게 뜨고 있는 라셸의 두 눈 속에 시선을 박았다. 그녀는 물러서지 않았다. 그가 한 팔로 그녀의 허리를 감자 나긋하게 휘어오는 것이 느껴졌다. 바로 그 순간 그녀가 앙투안의 입술에 자기 입술을 힘껏 댔다. 그러고 나서 애써 몸을 빼고 고개를 숙였다. 다시 미소 지으며 이렇게 중얼거렸다.

"이런 밤을 지내고 나면 흥분하게 되는군요…."

그는 열린 몇 개의 문을 통해서 집 안 구석에 분홍빛 비단이 덮여 있는 침대를 보았다. 때마침 떠오르는 아침 햇살에 먼 듯하면서 아주 가까이 있는 여인의 이 규방은 아침 햇볕을 받은 큰 꽃받침 같아 보였다.

4

바로 그날 아침 열한시 반쯤에 라셀이 샬르 씨 집 문을 두드렸다.

"들어오세요!" 날카로운 목소리가 외쳤다.

샬르 씨의 어머니는 식당의 열려 있는 창문 앞에 늘 앉던 자리에 앉아 있었다. 두 다리는 작은 의자 위에 올려놓고, 두 손은 언제나처럼 아무것도 하지 않은 채 상체를 꼿꼿이 세우고 있었다. "나는 아무 일도 안 하는 게 부끄러워." 때때로 그녀는 말하곤 했었다. "하지만 타인을 위해 더 이상 헌신할 수 없는 그런 나이가 있는 법이야."

"어린애는 좀 어떤가요?" 라셀이 물었다.

"잠을 깼어. 뭘 좀 마셨고. 그러고는 다시 잠들었지."

"쥘 씨는 안 계신가요?"

"없어, 외출했지." 샬르 씨의 어머니가 체념한 표정으로 어깨를 으쓱하며 대답했다.

라셀은 내심 실망했다.

노파가 서글프게 말을 계속했다.

"아침 내내 그 애는 모기처럼 굴었어. 아, 일요일에 사내가 있는 집안 구석은 지옥 같아. 이 사고를 겪고 나서 그 아이도 우리한테 잘해주리라고 믿어. 흥! 벌써 오늘 아침만 해도 그 아이는 다른 일을 생각하고 있었어. 무슨 생각을 했는지는 아무도 짐작 못 할 거야! 내가 오십 년 전부터 견디어온 그 코를 길게 뻗치는 표정을 하고 있었어. 대미사에 참석한다며 한 시간이나 일찍 집을 나갔지. 그게 자연스러운 일이라고 생각해? 그런데 아직도 안 돌아왔어. 참" 하면서 그녀는 입술을 야무지게 다물었다. "저기 오는군. 호랑이도 제 말 하면… 제발, 쥘아." 발끝으로 들어오는 아들을 향해 목을 내밀며 노파가 이야기를 계속했다. "그렇게 문을 쾅 닫지 좀 말아라. 그건 내 심장병 때문만은 아니란다. 이제는 데데트를 위해서야. 그 소리 때문에 죽을지도 모른다."

샬르 씨는 변명하려 하지 않았다. 그는 멍하니 근심스러운 빛을 띠고 있었다.

"와서 아이를 좀 보세요." 라셀이 그에게 말했다. 두 사람이 잠든 아이의 침대 곁에 서자마자 그녀가 물었다. "그 티보 선생님을 아신 지 오래되시나요?"

"뭐라고요?" 샬르가 되물었다. 그의 시선에는 놀란 듯한 표정이 감돌았다. 그러나 그는 알겠다는 표정으로 미소를 지으며 "뭐라고요?"라고 메아리처럼 다시 묻고는 입을 다물었다. 그러고 나서 뭔가 고백하기로 작정한 사람처럼 갑자기 그녀 쪽으로 몸을 돌렸다.

"글쎄요, 라셀 씨. 당신은 데데트를 위해서 정말 친절하셨어요. 당신께 뭘 좀 부탁하고 싶은데요. 이 모든 일 때문에 너무나 고통을 받아서 오늘 아침엔 내 정신이 아닌 것 같았어요. 솔직히 말해서 나는 그곳에 다시 가봐야 합니다. 그것도 당장에. 그런데 그 창구 앞에 혼자 또다시 나타난다는 일은… 너무나 굴욕적인 일입니다! 거절하지 말아주십시오." 하고 그가 애원했다. "그 일이 육 분 이상은 걸리지 않으리라는 것을, 라셀 씨, 내 명예를 걸고 맹세합니다."

그녀는 그가 무슨 말을 하는지 아무것도 이해하지 못하면서도 미소를 지으며 동의했다. 이 사나이의 우스꽝스러운 짓거리를 흥미 있게 들어줄 각오가 이미 되어 있는 데다가, 또한 둘만이 있는 것을 이용해서 앙투안에 관해 물어볼 것이 있었기 때문이다. 그러나 그리로 가는 도중 내내 그는 그녀의 질문에 귀를 기울이는 것 같지 않았다. 그리고 말문도 열려고 하지 않았다.

두 사람이 경찰서에 도착했을 때는 이미 정오가 훨씬 지난 뒤였다. 경찰서장은 막 자리를 뜬 뒤였다. 샬르 씨가 어찌할 바를 모르고 있으니까 계원 한 사람이 버럭 화를 냈다.

"내가 여기 있으니까 마찬가지란 말입니다. 무슨 일입니까?"

샬르 씨는 그 사람에게 겁에 질린 눈길을 보냈다. 그렇다고 뒤로 물러설 용기도 없었기 때문에 설명을 하기 시작했다.

"그건 내가 그 일에 대해 곰곰이 생각해봤었기 때문입니다. 내가 한 신고에 덧붙일 일이 있어서 왔습니다."

"무슨 신고입니까?"

"나는 오늘 아침에 들렀습니다. 저기 저 창구에서 이야길 했지요."

"이름은요? 내가 서류를 찾아오겠습니다."

흥미를 느낀 라셀이 다가섰다. 계원이 서류 한 장을 들고 곧 되돌아와서 상대편을 머리끝에서 발끝까지 훑어보았다.

"샤르? 쥘 오귀스트? 이게 당신입니까? 무슨 문제지요?"

"사실은 경찰서장께서 내가 어디에서 돈을 주웠는지 잘 이해하지 못하셨을까 봐 걱정되어 왔습니다."

"리볼리가街." 하고 계원이 서류를 쳐다보며 말했다.

샤르 씨는 마치 내기에서 이기기나 한 듯이 미소를 지어보였다.

"그것 보세요! 아니에요, 그게 아니란 말입니다. 나는 거기엘 가보았어요. 그 자리에요. 정직하게 말해서 적어둘 필요가 있는 자세한 점들이 다시 생각났답니다." 그는 손을 입에 대고 잔기침을 했다. 그러고 나서 이야기를 계속했다. "아무튼 나는 길거리에서 주웠다고는 확신할 수가 없습니다. 그보다는 튀일리 공원에서였습니다. 그래요. 나는 공원에 있었어요, 아시겠어요? 콩코르드 광장에서 루브르 쪽으로 가자면 신문 판매대가 있습니다. 그곳을 지나서 두 번째 돌벤치에 앉아 있었습니다. 나는 지팡이를 쥐고 거기에 앉아 있었습니다. 내가 왜 이런 상황을 자세히 이야기하는지 곧 아시게 될 겁니다. 어떤 신사하고 부인이 내 앞을 지나가는 것을 보았어요. 그 뒤로 아이 하나가 따라갔고요. 두 사람은 이야기를 하고 있었습니다. 내가 이런 생각을 했던 일도 생각납니다. '아이며, 또 다른 여러 가지를 보니까 저 두 사람은 가정을 이룰 줄 아는 사람들이구나….' 내가 모든 것을 다 이야기한다는 것을 아시겠지요. 그런데 아이가 내가 앉아 있는 벤치 앞을 지나가는 순간에 넘어졌습니다.

아이가 큰 소리를 냈습니다. 본래 어린아이들을 다루는 데 서투르기 때문에 나는 꼼짝도 안 했어요. 어머니가 서둘러 그리로 왔습니다. 그러고 나서 내 앞에서, 바로 내 발 앞에서—그건 내 잘못이 아니었습니다, 안 그렇습니까?—어머니가 아이 옆에 무릎을 꿇고 앉아서 아이의 얼굴을 닦아주려고 작은 부인용 가방에서 손수건인가 뭔가를 꺼냈습니다. 나는 그대로 앉아 있었습니다. 그런데" 하고 집게손가락을 들며 그가 말을 계속했다. "그 사람들이 떠난 뒤에 모래밭에서 지팡이를 이리저리 돌리며 장난치다가 갑자기 돈을 보게 되었던 것입니다. 나중에 모든 일들이 다 생각났습니다. 나는 남들이 항상 세심하다고 말하는 그런 사람입니다. 여기 이 아가씨가 증명해줄 수 있을 겁니다. 쉰두 살입니다만 남에게 욕먹을 짓은 결코 안 했습니다. 그만하면 괜찮지요. 그러니까 이제 와서 이러쿵저러쿵 이야기할 계제가 아니지요. 그래서 나는 아마도 그 부인과 그녀의 작은 손가방이 이 돈 문제와 관련이 있지 않을까 생각하게 되었습니다. 나는 정직하게 모든 것을 다 이야기하는 겁니다."

"그 사람들 뒤를 쫓아갈 수는 없으셨나요?" 하고 라셀이 물었다.

"그 사람들은 너무 멀리 가버린 뒤였습니다."

계원은 무엇인가를 쓰다 말고 고개를 들었다.

"그 사람들 모습에 무슨 특징이라도 있었는지 이야기해주실 수 없습니까?"

"남자에 관해서는 모르겠습니다. 부인은 머리카락 색이 짙었고요. 아마 한 서른은 되어 보였습니다. 아이는 작은 기관차를 하나 가지고 있었습니다. 네, 그 점에 관해서는 확실히 기억하고 있습니다. 작은 기관차였어요. 내가 작다고 말하는 것은 이만하다는 얘깁니다. 아이가 땅에 끌고 가고 있었어요. 다 잘 써놓으셨습니까?"

"걱정 마시오. 그뿐입니까?"

"네."

"감사합니다."

라셀은 이미 문께에 가 있었다. 샬르 씨는 그녀 뒤를 따르지 않고 창구 앞 카운터에 팔꿈치를 기댔다. 그리고 창구 쪽으로 고개를 숙였다.

"또 한 가지 미미한 특징이 있습니다." 그는 얼굴이 홍당무가 되어 작은 소리로 말했다. "오늘 아침에 돈을 신고할 때 작은 실수를 했던 것 같습니다. 네, 그래요." 그는 말을 멈추고 이마에 흐르는 땀을 닦았다. "내가 두 장의 지폐를 드린 게 아닌가 싶은데요. 안 그렇습니까? 오백 프랑짜리 두 장을요? 그래요, 이제는 확실히 알 수 있어요. 그건 내 잘못이었습니다. 내가 착각했던 거예요. 왜냐하면… 내가 주웠던 건… 그렇지 않았으니까요. 단 한 장의 지폐였습니다…. 천 프랑짜리 지폐 한 장이오. 아시겠습니까?" 그는 얼굴에 흐르는 땀을 다시 닦았다. "그 점도 적어놓으세요. 지금 생각났으니까요. 뭐 결과는 같겠지만."

"그건 같은 일이 아닙니다." 계원이 대답했다. "그건 아주 중요한 일입니다! 천 프랑짜리 지폐 한 장을 잃어버린 사람이 백 번 온다 해도 우리는 당신이 신고한 오백 프랑짜리 지폐 두 장을 주지는 않을 테니까요. 골칫거리가 하나 생겼군!" 계원은 불만스러운 시선으로 샬르 씨를 쏘아보았다. "신분증을 가지고 계십니까?"

샬르 씨가 여기저기 호주머니를 뒤졌다.

"없는데요."

"안 가지고 계시면 안 되겠는데요." 계원이 말했다. "유감스럽지만 나는 당신을 그대로 보내드릴 수가 없습니다. 경찰관 한 사람이 당신 집까지 따라가겠습니다. 당신 거주지의 수위가 당신의 이름과 주소가 가짜가 아닌지 확인해야 합니다."

샬르 씨는 모든 일에 무관심해진 것 같아 보였다. 그는 여전히 얼굴의 땀을 닦아냈지만 얼굴은 평온을 되찾은 듯 미소까지 띠고 있었다.

"좋을 대로 하십시오." 그가 공손하게 말했다.

라셀이 웃음을 터뜨렸다. 샬르 씨는 슬픔이 가득 찬 눈길을 그녀 쪽으로 들었다. 그러고 나서 생각해보더니 결심한 듯 그녀 쪽으로 한 발 다가가 약간 더듬거리며 말했다.

"라셀 씨, 때로는 존경받고 명예 있는 사람의 높은 모자 아래보다도 알려지지 않은 소박한 사람의 재킷 속에 더 고상한 마음이, 그래요, 고상하고 또한 더욱 정직한 마음이 있는 법입니다." 그의 얼굴 아랫부분이 떨리고 있었다. 그는 금세 자기가 열을 내어 한 말을 후회했다. "내가 그런 말을 한 것은, 라셀 양, 당신을 두고 한 말은 아닙니다. 경찰관님, 당신을 두고 한 말도 아니고요." 하고 덧붙이면서 그는 그때 막 들어온 경찰관을 조금도 수줍어하지 않고 바라보았다.

라셀은 샬르 씨와 경찰이 수위실에서 이야기하도록 두고 자기 아파트로 올라왔다.

층계참에서 앙투안이 그녀를 기다리고 있었다.

그녀는 거기서 그를 만나리라고는 생각지도 못했었다. 그를 보자 그녀는 강렬한 기쁨을 느끼며 잠시 시선을 떨구었다. 그러나 그녀의 얼굴에는 그 기쁨이 별로 나타나지 않았다.

"나는 초인종을 몇 번이나 눌렀어요. 절망에 빠져 있었지요." 하고 그가 말했다.

두 사람은 공감의 미소를 띠었다. 그리고 유쾌하게 서로를 바라보았다.

"오늘 아침에 무엇을 하실 겁니까?" 앙투안은 밝은색의 투피스에 꽃 달린 모자를 쓰고 있는 우아한 그녀의 모습을 보고 무척 기뻐하면서 물었다.

"오늘 아침이라고요? 벌써 한시가 지났는걸요. 그런데 나는 아직 점심도 먹지 못했어요."

"나도 안 먹었습니다." 갑자기 그는 결심이라도 한 듯이 말했다. "같이 점심 먹으러 가지 않으시겠어요? 그러실래요? 좋지요?" 자신의 욕망을 가장할 줄 모르는 탐욕스러운 어린애 같은 태도에 매혹되어 그녀는 미소를 지었다.

"그런다고 하세요!"

"그럼, 좋아요!"

"아" 하고 그가 말했다. 그의 가슴이 부풀어 올랐다.

그녀가 문을 열며 이야기를 계속했다.

"우리 가정부한테 알리고 그녀를 집으로 되돌려 보낼 시간만 있으면 돼요."

그는 잠시 현관 입구에 서 있었다. 그날 아침 그녀가 자기에게 다가왔을 때 느꼈던 감각을 다시 느꼈다. '얼마나 멋지게 입술을 주었던가.' 그는 생각했다. 그는 너무 감격스러워 벽에 주먹을 갖다 댔다.

벌써 라셀이 돌아왔다.

“자, 가요.” 하고 그녀는 말하면서 쾌락을 불러일으키는 듯한 동물적인 미소와 함께 덧붙였다. “배고파요!”

그는 어색하게 물어보았다.

“먼저 혼자 나가셨다가 나중에 길에서 만나는 편이 더 좋지 않을까요?”

그녀는 웃으며 몸을 돌렸다.

“나요? 나는 완전히 자유로운 몸이에요. 그리고 무슨 일이든지 숨기는 것이 없어요!”

두 사람은 리볼리가街를 걸어 올라갔다. 앙투안은 그녀가 걸음을 옮길 때마다 춤추는 듯 보조를 맞추어 자연스럽게 걷는 것을 다시 한번 눈여겨보았다.

“어디로 갈까요?” 그가 물었다.

“그냥, 저 집으로 들어가면 어떨까요? 시간이 너무 늦었어요!” 그녀는 들고 있던 작은 양산 끝으로 길모퉁이에 있는 그 동네 식당을 가리켰다.

식당이 중이층은 텅 비어 있었다. 작은 식탁들이 반원을 그리며 창문을 따라 한 줄로 늘어서 있었다. 그 위로는 회랑을 이루고 있었다. 창문들은 회랑 아래쪽을 향해 바닥까지 열려 있어서 천장이 낮은 방 안을 예상 밖으로 환하게 해주었다. 방 안은 언제나 햇볕이 들어오지 않기 때문에 서늘했다. 두 사람은 장난을 시작하려는 어린애와 같은 시선을 나누며 서로 마주 앉았다.

“나는 당신의 이름조차 모르고 있어요.” 하고 그가 갑자기 말했다.

"라셀 괴페르트. 스물여섯 살. 턱은 타원형. 코는 중간 높이…."

"그리고 치아는?"

"곧 보시게 될 거예요!" 하고 소리치며 그녀는 전채 요리로 나온 소시지에 덤벼들었다.

"조심해요. 마늘을 넣었을지도 모르니까."

"할 수 없지요." 그녀는 대답했다. "나는 아무거나 잘 먹어요."

괴페르트라… 아마 이 여인은 유태인일지도 모른다는 생각이 들자 앙투안 속에 남아 있던 약간의 교양이 자기도 모르게 눈을 떴다. 그것도 오늘의 이러한 모험을 자기가 혼자서 감당해야 한다는 기분, 이국취미라는 기분에 짜릿한 맛을 한층 더 돋우어주었다.

"아버지는 유태인이었어요." 그녀는 별로 허세 없이, 마치 앙투안의 생각을 짐작이나 한 듯이 말했다.

크림색 소매가 달린 옷을 입은 식당 여종업원이 메뉴를 들고 왔다.

"Mixed grill*?" 앙투안이 제안했다.

라셀의 얼굴은 아주 이상한 미소로 빛났다. 분명히 그것은 그녀가 억제하지 못하는 미소였다.

"왜 웃으십니까? 그 요리는 맛있어요. 온갖 맛있는 게 다 구워져 나온답니다. 콩팥이며, 베이컨이며, 소시지며, 송아지 갈

* 여러 가지를 구운 모듬 요리를 말한다.

비며…."

"…또한 물냉이와 부풀린 사과도 곁들여지지요." 여종업원이 앙투안의 설명에 덧붙여 말했다.

"알고 있어요, 좋아요." 그녀가 말했다. 그리고 겉으로 나타내지는 않았지만 수수께끼 같은 그녀의 시선에는 유쾌함이 반짝이고 있었다.

"뭘 마시겠어요?"

"맥주."

"나도. 찬 걸로."

앙투안은 그녀가 작은 생엉겅퀴 잎새를 씹어 먹는 모습을 바라보고 있었다.

"새콤한 거라면 나는 아무거나 다 좋아해요." 그녀가 고백했다.

"나도요."

그는 모든 면에서 그녀와 같고 싶었다. 그녀가 한마디 할 때마다 '나도 그래요!' 하고 소리치며 매번 그녀의 말을 중단시키고 싶은 것을 겨우 참았다. 그녀가 하는 모든 말, 그녀가 하는 모든 행동은 그가 기대했던 것과 일치했다. 그녀는 바로 그가 어느 여자이든 그렇게 입기를 바라는 그런 옷을 입고 있었다. 그녀는 오래된 호박 목걸이를 걸고 있었다. 투명하고 길쭉한 호박알들은 과일들을, 말라가Málaga의 커다란 포도알들을, 태양빛에 부푼 자두들을 생각나게 했다. 호박 목걸이 밑에 있는 피부는 우윳빛으로 육감적인 빛을 발하고 있었다. 앙투안은 그녀 앞에 있는 자신이 어떻게 해도 그 허기를 달랠 수 없는 잔뜩 굶주린 남자와 비슷한 것처럼 느껴졌다. '얼마나 멋있게 내게 입술을 주었던가….' 하고 다시 생각하자 심장에 피가 솟구치는 것을 느꼈다. 그런데 바로 그 여자가 여기, 자신 앞에, 똑같은 모습으로 있다…. 미소까지 띠면서!

거품이 넘치는 맥주 두 잔이 그들의 식탁에 놓였다. 두 사람 다 어서 맛보고 싶다는 똑같은 초조감을 느끼고 있었다. 앙투안은 라셀에게서 시선을 떼지 않은 채 그녀와 동시에 즐겁게 맥주를 마셨다. 톡 쏘면서 매끄러운 맥주 한 모금이 자신의 혀를 적시고 입속에서 미지근해짐을 느끼는 바로 그 순간, 라셀 역시 똑같이 차가운 맥주를 삼키고 있다는 것은 마치 다시 한 번 그들의 두 입이 합쳐지는 것과 같다고 그는 생각했다. 그런 생각에 잠시 정신이 팔려 있는 그의 귀에 다시 그녀의 목소리가 들려왔다.

"…그 여자들은 그 사람을 마치 하인처럼 대해요." 라셀이 말했다.

그는 정신이 번쩍 들었다.

"누구 말인가요? 여자들이라니요?"

"어머니와 하녀 말이에요." (그는 라셀이 샬르 집안 이야기를 하고 있음을 알아차렸다.) "어머니는 항상 자기 아들을 다데*라고 부른답니다!"

"그렇게 어울리지 않는 이름은 아니군요."

"그 사람이 집에 들어오기만 하면 어머니는 그를 못살게 군답니다. 아침이면 층계참에 나와서 온 집 안의 구두 흙을 터는 게 그 사람이에요. 꼬마 아이의 구두까지도요."

* '얼간이'란 뜻.

"샬르 씨가요?" 하고 재미있어하며 앙투안이 말했다. 그의 눈앞에는 티보 씨가 불러주는 말을 받아쓰고 있는 샬르 씨, 또는 티보 씨 대신 정신학회 멤버들을 접대하는 샬르 씨의 모습이 떠올랐다.

"그리고 두 노파는 그 사람을 벗겨 먹으려 하고 있어요! 그 사람이 외출하려 할 때 등의 먼지를 털어주는 척하며 주머니에서 돈을 훔쳐내기까지 한답니다. 작년에는 어머니가 아들의 사인을 흉내 내서 삼사천 프랑의 수표를 떼어 쓴 적도 있었어요. 우리들은 쥘 씨가 그 일로 병이 나려니 생각했었지요."

"그런데 그 사람은 어떻게 했나요?"

"하지만 다 지불했지요. 물론이에요. 여섯 달에 걸쳐서 조금씩. 자기 어머니를 고발할 수는 없었으니까요."

"우리는 매일 그 사람을 보고 있지만 그런 일은 꿈에도 생각하지 못했어요."

"그 집에는 한 번도 가본 적이 없었나요?"

"한 번도 없어요."

"지금 그 사람네 가구를 볼 것 같으면 가난한 사람들의 것만도 못하지요. 하지만 이 년 전만 하더라도 볼만했답니다. 타일 바닥에, 내장제와 붙박이장이 있는 그 아파트 안이 말이에요—아시겠어요?—마치 볼테르 시대처럼 꾸며져 있었답니다. 쪽매붙임으로 세공된 가구며, 가족의 초상화들이며, 오래된 은식기까지 있었어요."

"그런데 다 어떻게 되었나요?"

"그 두 노파가 슬그머니 몽땅 팔아버렸지요. 어느 날 저녁 쥘 씨가 퇴근해보니, 루이 16세 스타일의 책상이 사라져버렸더랍니다. 또 어느 날은 장식 융단과 안락의자들이 사라지고, 시계가 없어지고, 미세화들이 없어지고…. 그런 식이지요. 할아버지의 초상화까지 팔았답니다. 앞에 지도를 펼쳐놓고 팔 아래 삼각모를 끼고 군복을 입고 있는 멋진 호남의 초상이었지요."

"무관 귀족이었나요?"

"그 비슷했나 봐요. 라파예트* 장군 휘하에 미국에서 복무했었다더군요."

그는 그녀가 수다스럽기는 해도 꽤 조리 있게 이야기한다는 사실을 알아챘다. 세부적인 이야기도 특색 있게 할 줄 알았다. 명석한 여자였다. 특히 재치가 있고 사물을 관찰하고 기억하는 데 독특한 방법을 가지고 있었다. 그 점이 마음에 들었다.

"우리 집에서" 하며 그가 말했다. "한 번도 불평한 적이 없었어요."

"오, 저녁때 층계 밑에 숨어서 우는 걸 저는 여러 번 보았어요!"

"그건 믿지 못할 일인데!" 하고 앙투안은 외쳤다.

앙투안의 외치는 모습에 어찌나 활기찬 미소와 시선이 깃들었던지 라셀은 자기가 하던 이야기를 잊어버리고 이제는 앙투안만을 생각하게 되었다.

그가 물었다.

"그 사람들이 정말 그렇게 비참한 생활을 하고 있나요?"

"물론 그렇지 않아요! 모든 돈을 두 노파가 어딘가에 꽁꽁 감춰두고 있답니다. 그리고 두 노파에겐 부족한 게 아무것도

* 18세기 군인으로 정치가이자 후작이었다.

없어요. 분명해요. 단지 그 사람이 고무공이라도 사게 되면 두 노파가 난리를 떤답니다! 아! 그 건물에 사는 모든 사람들이 알고 있는 것들을 다 말할 수는 없어요!… 알린 할멈이… 짐작도 못 할 일이지요! …쥘 씨와 결혼하려고까지 했답니다! 웃지 마세요. 거의 그럴 뻔했었어요! 어머니와는 합의되었었지요. 다행히도 어느 날 그 두 노파가 다투었어요….”

“그런데 샬르 씨는 그걸 원했었나요?”

“오, 그분이야 데데트 때문에 동의하려고 했지요. 그분에게는 그 애가 전부니까요. 두 노파가 그 사람에게서 뭘 얻어내려 할 때면 항상 데데트를 알린 할멈의 고향인 사부아로 돌려보내겠다고 협박하곤 한답니다. 그러면 그 사람은 눈물을 흘리며 노파들이 원하는 모든 것을 다 들어주지요.”

그는 라셀이 하는 이야기는 거의 듣고 있지 않았다. 그는 자기가 키스했던 그 입이 움직이는 것을 쳐다보고 있었다. 선이 뚜렷하고 가운데가 도톰한 입, 입가가 홈을 판 자국처럼 섬세한 입, 가만히 있을 때면 입가가 약간 올라가서 반쯤 미소 짓다 만 듯하나, 비아냥거리는 표정은 전혀 없었고 평온하고 유쾌한 모습이었다.

그는 그 가련한 샬르에 관해서는 별로 관심이 없었다. 그래서 낮은 목소리로 이렇게 말했다.

“보시다시피 나는 행복한 사람입니다.” 그러고 나서 그는 얼굴을 붉혔다.

그녀는 웃음을 터뜨렸다. 전날 밤, 수술대 앞에서 이 사나이의 가치를 너무나도 잘 인식했던 뒤였으므로 라셀은 새삼스레 발견한 이 순진한 면이 몹시 마음에 들었다. 그 때문에 그에게 더 친근감을 느꼈다.

"언제부터요?" 그녀가 물었다.

그는 약간 거짓말을 했다.

"오늘 아침부터입니다."

하지만 그 말은 사실이기도 했다. 그는 라셀의 아파트를 나와 햇빛 쏟아지는 거리로 뛰쳐나올 때 느꼈던 기분을 상기해 보았다. 그는 그렇게 기분 좋다고 느껴본 적이 결코 없었다. 루아얄 다리 앞에서 혼잡하게 차가 밀리는 한가운데 들어가서도 놀랍게 냉정했었고, 자동차들 사이를 요리조리 빠져나가며 '난 무척 자신에 차 있다. 이 순간에 난 정말 내 능력을 손아귀에 쥐고 있다! 자유 의지를 거부하는 사람들도 있다니!' 하고 생각했던 일을 상기했다.

"내가 덜어드릴게요." 하고 그가 말했다. "이 구운 버섯 드시겠어요?"

"With pleasure."*

"영어를 할 줄 아십니까?"

"물론이에요. Si son vedute cose più straordinarie.**"

"이탈리아어도요? 그럼 독일어는?"

"Aber nicht sehr gut."***

그는 잠시 생각에 잠겼다.

"여행을 하셨나요?"

* '기꺼이'란 뜻의 영어.

** '그보다 더 이상한 것들도 보았었지요'라는 뜻의 이탈리아어.

*** '하지만 그렇게 잘하지는 못해요'라는 뜻의 독일어.

그녀는 웃음이 나오는 것을 참았다.

"조금요."

그는 그녀의 시선을 찾았다. 그만큼 그녀의 억양이 수수께끼 같았기 때문이다.

"내가 무슨 말을 하고 있었지요?" 하고 그가 말을 이었다.

말이 필요 없었다. 두 사람은 시선과 미소와 목소리와 하찮은 몸짓으로도 둘 사이에 끊임없는 교감이 이루어지고 있음을 느끼고 있었다.

그녀는 그를 바라보며 불쑥 말했다.

"당신은 어젯밤에 보았을 때와는 너무나 달라요…."

"바로 같은 사람이란 걸 맹세합니다." 앙투안은 아직도 요오드팅크로 노랗게 된 두 팔을 들며 말했다. "그러나 뼈를 발라낼 갈비가 한 대밖에 없을 때는 위대한 의사 구실을 할 수가 없지요."

"난 충분히 당신을 관찰할 시간이 있었다는 것을 아세요!"

"그래서요?"

그녀는 입을 다물었다.

"당신은 그런 경우를 처음 당해보셨습니까?" 하고 그가 물었다.

그녀는 앙투안을 바라보고는 즉시 대답하지 않았다. 그러더니 웃음을 터뜨렸다.

"나요?" 하고 말하는 그녀의 어조는 마치 '그런 건 많이 봤어요!'라고 말하는 것 같았다. 그러나 그녀는 곧 화제를 바꾸었다.

"매일 그런 식으로 수술하시나요?"

"결코 그렇지는 않습니다. 나는 외과 수술은 안 합니다. 내과 의사죠. 소아과 전문의랍니다."

"당신 같은 분이 왜 외과의를 안 하세요?"

"그건 내 사명이 아니라고 믿어야겠지요."

"아, 참 유감스럽군요!" 그녀는 한숨을 지으며 말했다.

잠시 침묵이 흘렀다. 그녀가 마지막으로 한 말이 그에게 우울한 여운을 남겼기 때문이다.

"흥, 내과의, 외과의…." 하고 그가 큰 소리로 말했다. "자기의 사명에 관해 사람들은 많은 오류를 범하지요. 모두들 항상 옳게 선택했다고 믿지요. 상황에 따라서…." (그녀는 그의 표정에서 지난밤에 어린애 머리맡에서 자기를 퍽이나 유혹했던 그 남성적 용모의 윤곽이 다시 떠오르는 것을 알아보았다.) "이미 저질러진 일을 다시 생각해본들 무슨 소용이 있겠습니까?" 하며 그는 이야기를 계속했다. "일단 선택한 길이, 앞으로 전진해나갈 수만 있다면, 항상 최선의 길인 것입니다!" 그러고는 갑자기 자기 앞에 앉아 있는 이 아름다운 여인을 생각했다. 몇 시간 동안 이미 그의 생활 속에 자리를 차지하게 된 이 여인을 생각하며 그는 문득 조바심을 느꼈다. '그래, 하지만, 내 일이, 내 성공이 방해받아서는 안 되지!'

그녀는 그의 이마를 스쳐가는 어두운 그림자를 알아보았다.

"당신은 끔찍스럽게 고집 센 분이시지요?"

그는 미소를 지었다.

"날 놀리시려는 건 아니겠지요? 오래전부터 나는 라틴어 격언을 하나 기억하고 있었어요. 나는 버티겠다! stabo! 그 글자를 내 편지지에 인쇄해 넣기도 했고, 내 책갈피에도 새겨 놓았어요….” 그는 시계를 매단 줄을 꺼냈다. “내가 아직도 들고 다니는 이 오래된 시계 장식에까지도 새겨 놓았답니다.”

그녀가 시곗줄 끝에 매달려 있는 보석을 잡았다.

“아주 예쁘군요.”

“정말입니까? 마음에 드세요?”

그녀는 그의 말뜻을 알아채고는 돌려주었다.

“아니에요.”

벌써 앙투안은 그 보석을 떼어 냈다.

“제발.”

“미쳤군요.”

“라셀… 기념으로….”

“무슨 기념?”

“모든 것의.”

그녀가 그의 말을 되받았다. “모든 것의?” 그녀는 계속 그를 정면으로 바라보면서 솔직한 웃음을 띠었다.

아, 그 순간에 그녀가 얼마나 그의 마음에 들었던가! 그 미소를, 거의 사내아이의 미소에 가까운 자유분방한 그 미소를 그는 얼마나 사랑했던가! 그녀는 그가 알았던 몸을 파는 여자들은 물론, 사교계에서나 휴가 때 호텔에서 우연히 만난 소녀들이나 젊은 여인들과도 달랐다. 그런 여자들은 거의 그의 마음을 끌지 못한 채 그를 위축시키기만 했던 것이다. 라셀은 그를 위축시키지 않았다. 그녀는 그와 같은 수준에 있었다. 그녀에게는 이교도적인 매력이 있었고, 자기 직업을 사랑하는 처녀들이 가지고 있는 그런 단순성도 약간 있었다. 그러나 그녀의 이런 매력에는 어떠한 모호함이나 천박성도 없었다. 그녀가 얼마나 그의 마음에 들던지! 그는 그녀에게서 그 누구와도 비교할 수 없는 파트너를 발견한 것이다. 뿐만 아니라 그의 생애 최초로 한 반려자를, 여자 친구를 구했다는 생각이 들었다.

그날 아침부터 그런 생각이 그의 뇌리를 떠나지 않았다. 그는 벌써 라셀이 한몫 끼여 있는 새로운 생활 설계를 여러 가지로 구상해보았다. 그러한 결정에 단 한 가지 부족했던 것은 그녀 자신의 동의뿐이었다. 그래서 그는 일종의 어린애 같은 초조함으로 그녀의 손을 잡고 이렇게 말하고 싶었다. '당신은 내가 기다리고 있던 그런 여인입니다. 이제는 오다가다 만나는 불장난은 집어치우고 싶소. 하지만 나는 불확실한 건 못 참겠소. 앞으로의 우리 관계를 결정합시다. 내 애인이 되어주십시오. 우리의 생활을 계획합시다.' 여러 차례 그는 자기를 사로잡고 있는 생각을 드러내 보기도 했고, 용기를 내어 장래를 약속하는 이야기를 해보기도 했다. 그럴 때마다 그녀는 전혀 이해하지 못한 척했다. 그러한 그녀의 태도에 무언가 말 못 할 사정이 있음을 알아차린 그는 자기 계획을 털어놓기가 조심스러웠다.

"여기 좋지 않아요?" 하면서 그녀는 성에로 뒤덮인 까치밥나무 열매 한 알을 씹었다. 그러자 그녀의 입술이 주홍빛으로 변했다.

"네. 기억해둘 만한 곳이군요. 파리에서는 뭐든지 찾을 수 있지요. 시골풍의 장소까지도요." 그는 빈 홀을 가리키며 덧붙였다. "그리고 누굴 만날 염려도 없고요."

"나와 같이 있는 것을 누가 본다면 불쾌하시겠지요?"

"이것 봐요! 그렇게 말한 건 당신 때문이었어요."

그녀는 어깨를 으쓱했다.

“나 때문이라고요?” 라셀은 이렇게 그가 궁금하게 여기는 것이 재미있었다. 그래서 이 이상 자진해서 어떤 변명을 하려고 생각하지도 않았다. 그러나 그가 어찌나 남모를 불안에 찬 시선으로 물어왔던지 마침내 다 털어놓고 말았다. “다시 말씀드리지만 난 그 누구에게도 내 생활에 대해 보고할 의무가 없는 사람이에요. 그럭저럭 먹고살 건 있으니 그걸로 난 만족해요. 난 자유로워요.”

일그러졌던 앙투안의 얼굴이 자연스럽게 활짝 펴졌다. 그녀는 자기가 한 말을 그는 ‘만일 네가 원한다면 난 네 거다’라고 해석하고 있다는 것을 알아차렸다. 상대가 다른 사람이었다면 그녀는 화가 났을 것이다. 그러나 그녀는 앙투안이 마음에 들었다. 그래서 그가 자기를 얼마나 잘못 생각하고 있는지에 신경을 쓰는 편보다는 자기를 원하고 있다는 것을 느끼는 것이 더 즐거웠다.

커피가 나왔다. 그녀는 아무 말 않고 곰곰이 생각해보았다. 자신도 이런 결합의 가능성을 염두에 두지 않았던 것은 아니다. 왜냐하면 조금 전에 ‘저 사람 수염은 깎게 해야지.’ 하고 생각하는 자신에게 스스로 놀랐었기 때문이다. 그러나 자신은 이 사나이를 전혀 모르고 있지 않은가. 오늘 이 사나이에게 느끼는 이런 기분을 자신은 예전에도 여러 남자에게서 느꼈었다. 저 남자가 잘못 생각해서도 안 되겠고, 지금처럼 저렇게 안심하고 또한 탐욕스럽게 자신을 계속 바라보아서도 안 되겠다….

“담배 드릴까요?”

“아니요, 내게 좀 더 순한 것이 있어요.”

앙투안이 그녀에게 성냥불을 당겨주었다. 그녀가 담배를 한 모금 내뿜자 그녀 앞이 연기로 가려졌다.

"고마워요."

분명히 처음부터 오해를 피한다는 것은 중요했다. 그녀는 자기가 어떤 위험도 겪고 있지 않다는 것을 잘 알고 있었기 때문에 그만큼 솔직할 수 있었다. 그녀는 찻잔을 좀 앞으로 밀어놓고 두 팔꿈치를 식탁보에 기대고는 손가락을 깍지 끼고 그 위에 턱을 올려놓았다. 연기 때문에 주름 잡힌 눈꺼풀이 완전히 그녀의 시선을 가렸다.

"말씀드리지만 나는 자유로워요." 그녀는 힘을 주어 말했다. "그렇다고 해서 남이 날 마음대로 할 수 있다는 말은 아니에요. 아시겠어요?"

그는 다시 심각한 표정을 지었다. 그녀는 말을 계속했다.

"실은 나는 이미 삶의 처절한 맛을 본 여자예요. 항상 내 자유를 가지고 있지 못했어요. 이 년 전에는 자유가 없었어요. 이제는 자유를 가지고 있어요. 난 내 자유에 집착하고 있어요." (그녀는 자신이 진심으로 말하고 있다고 생각했다.) "몹시 소중하게 생각하고 있어서, 무엇을 준다 해도 그것을 포기하지 않을 거예요. 아시겠어요?"

"네."

잠시 침묵이 흘렀다. 앙투안은 그녀를 관찰하고 있었다. 그녀는 그를 바라보지 않고 차를 스푼으로 저으며 약간 미소를 지었다.

"게다가, 분명히 말해두겠어요. 난 충실한 여자 친구, 아주 편한 애인 노릇을 할 성격이 못 되는 여자예요. 나는 내 모든 변덕을 다 부려보고 싶어 해요. 모조리. 그러기 위해서는 자유로워야 해요. 난 자유롭게 살고 싶어요. 아시겠어요?" 그러고 나서 그녀는 뜨거운 커피를 한 모금씩 마셨다.

앙투안은 잠시 절망에 빠졌다. 모든 것이 와르르 무너져 내렸다. 그러나 그녀는 아직 그의 앞에 그대로 있었다. 아무것도 잃은 것은 없었다. 그는 자기가 강렬하게 원했던 것을 포기할 줄을 몰랐다. 그는 실패란 것에 익숙하지 않았다. 아무튼 상황은 명백했다. 괜히 환상에 잡혀 있는 것보다는 잘된 일이다. 잘 알고 난 뒤에 행동하는 것이다. 단 한순간도 그녀가 혹시 자기에게서 빠져나간다든가, 결합하고자 하는 자신의 계획을 거부한다는 것은 있을 수 없는 일인 것 같았다. 그는 그런 사람이었다. 항상 목적에 이르리라는 것을 확신하고 있었다.

이제 필요한 것은 그녀를 더 잘 이해하고 아직도 그녀를 감싸고 있는 이 베일을 벗겨버리는 것이었다.

"이 년 전에는 자유롭지 못했다고요?" 심히 의아스럽다는 투로 그가 중얼거리듯 말했다. "지금은 정말로 완전히 자유로운가요?"

라셸은 마치 어린아이를 대하듯이 그를 바라보았다. 그녀의 시선에 아이로니컬한 표정이 깃들었다. 그녀는 '대답해 드리겠는데, 그건 내가 그러고 싶기 때문이에요'라고 말하는 것 같았다.

"그때 나와 함께 살고 있던 그 남자는 지금 이집트령 수단에 정착하고 있어요." 그녀가 말했다. "그 사람은 절대로 다시는 프랑스에 나타나지 않을 거예요." 그녀는 조용한 웃음으로 마지막 말을 마치고 시선을 돌렸다. 그러고 나서 갑자기 대화를 중단시켰다.

"가시지요." 하면서 그녀는 일어섰다.

밖에 나가자 그녀는 알제가街 쪽 길을 택해 걸었다. 앙투안은 말없이 그녀를 따라갔다. 그는 이제부터 어떻게 할 것인가를 스스로에게 자문했다. 이대로 그녀와 헤어지겠다는 결심을 할 수가 없었다.

그들이 아파트 건물 앞에 도착했을 때 라셀이 그를 도와주었다.

"데데트를 보러 올라가시겠어요?" 그녀가 말했다. 그리고 태연하게 덧붙여 말했다. "하지만 그냥 말해본 것뿐이에요. 혹시 바쁘지 않으신지요?"

사실 앙투안은 파시가街에 있는 어린 환자를 돌볼 것을 약속했었다. 그리고 또한 그날 아침 병원에서 원장 선생이 참고 문헌을 대조해 보아달라고 주었던 리포트의 교정쇄를 다시 읽어야 할 일도 있었다. 무엇보다도 그를 기다리고 있는 메종 라피트에 가서 저녁 식사를 하고 싶었다. 너무 늦지 않게 가서 자크와 이야기해야겠다는 생각도 단단히 했었다. 그러나 라셀을 따라갈 수 있다는 가능성이 엿보이자 그 모든 것이 연기처럼 사라져버렸다.

"난 하루 종일 시간이 있습니다." 하면서 그녀가 지나가도록 비켜섰다.

의무를 태만히 한다는 생각, 자기의 행동 방식에 혼란이 왔다는 생각도 잠시뿐이었다. 어쩔 수 없는 일이었다. (그는 거의 '잘됐지 뭐'라고 생각할 정도였다.)

두 사람은 아무 말이 없이 층계를 올라갔다.

집 앞에 도착하자 라셀은 열쇠를 꽂고 몸을 돌렸다. 그녀의 얼굴에서는 욕망의 빛이 번뜩이고 있었다. 교활함도 꾸밈도 없는 욕망. 자유롭고 즐거우며 저항할 수 없는 욕망.

5

파크멜에서부터 뛰어서 집에 돌아온 자크는 사고가 나서 사람들이 앙투안 선생을 찾으러 왔었다는 관리인의 이야기를 들었다. 그 순간에 그의 미신 같은 공포는 단번에 사라졌다. 그러나 그는 상복을 입고 싶다는 소원이 형의 죽음을 불러일으킬 수도 있었으리라고 믿었던 자신에게 화가 났다. 자신의 종기에 필요한 요오드팅크 병이 없어졌다는 사실이 마침내 그의 신경을 돋우었다. 언제나 그렇듯이 그는 뚜렷한 이유 없이 화가 난 상태에서 옷을 벗었다. 물론 이런 상태가 그에게는 부끄럽게 여겨졌던 만큼 더욱 견딜 수 없는 것이었다. 잠드는 데 오랜 시간이 걸렸다. 합격했다는 사실도 그에게는 아무런 기쁨을 가져다주지 못했다.

다음 날 아침에 앙투안은 현관 문간에서 자크를 만났다. 자크는 형을 만나지도 않고 메종 라피트로 떠나려고 하던 순간이었다. 앙투안은 몇 마디로 엊저녁에 있었던 일을 자크에게 알려주었다. 그러나 라셀에 관한 이야기는 한마디도 하지 않았다. 앙투안의 눈은 빛났으며 초췌한 얼굴에는 투사의 표정이 깃들어 있었다. 자크는 그 표정이 수술이 어려웠기 때문이라고 생각했다.

자크가 메종 라피트 역에서 나왔을 때 여기저기 성당에서 종이 울리고 있었다. 그에게는 서두를 일이 아무것도 없었다. 티보 씨도 마드무아젤 드 베즈도 지젤도 대미사에 빠진 적이 없으므로 별장으로 들어가기 전에 마을을 한 바퀴 돌아볼 여유가 있었다. 공원의 부드러운 나무 그늘이 산책하기에는 안성맞춤이었다. 거리에는 아무도 없었다. 그는 벤치에 앉았다. 귀에 들려오는 것이라고는 풀숲에서 속삭이는 벌레 소리, 또 머리 위의 나무에서 한 마리 한 마리 날아오르는 참새의 파닥이는 날개 소리뿐이었다. 그는 입가에 미소를 띠고, 별로 뚜렷이 생각하는 것도 없이, 거기에 그렇게 있는 것이 즐거워서 꼼짝 않고 앉아 있었다.

생 제르맹 앙 레의 숲에 인접한 옛 메종의 영지는 왕정복고 시대의 은행가 라피트의 손으로 매입된 것으로서 라피트는 공원으로 되어 있던 오백 헥타르의 땅을 분양하고 자기는 다만 성만 가졌던 것이다. 그러나 그 은행가는 구획 정리를 하면서도 자기 저택 둘레의 잘 가꾸어진 호화로운 경치는 그대로 두도록, 그리고 삼림의 벌채도 불가피한 경우에만 하도록 조치를 취했다. 그 사람 덕택에 메종은 옛날 영주의 거대한 공원으로 남아 있을 수 있었다. 수령이 이백 년을 헤아리는 보리수 가가 경계벽도 없이, 거의 녹음에 가려진 일군의 조그만 소유지 사이를 훤하게 뚫고 뻗어나가고 있었다.

티보 씨의 별장은 성의 동북쪽, 흰 나무 울타리가 쳐진 잔디 한가운데 있었다. 그곳은 항상 커다란 나무들로 그늘이 드리워진 곳으로 중앙에는 회양목을 둘러 심은 둥근 연못이 하나 있었다.

자크는 종종걸음으로 그곳을 향해 걸어갔다. 그리고 멀리 집이 보이기 시작했을 때, 입구 울타리에 기대서 있는 흰옷 입은 사람의 모습을 분간할 수 있었다. 지젤이 그가 오기를 기다리고 있었던 것이다. 역으로 가는 작은 길 쪽으로 몸을 돌리고 있었기에 그가 오는 것을 보지 못했다. 그러자 그는 반가운 마음에서 달리기 시작했다. 지젤은 그를 보고 두 팔을 흔들었다. 그러고는 곧 두 손을 나팔 모양으로 입에 대고 물었다.

"합격했어?"

이미 열여섯 살이 됐는데도 그녀는 유모의 허락 없이는 정원 밖으로 나오지 못했다.

자크는 그녀를 골려주려고 대답하지 않았다. 그러자 지젤은 이미 그의 시선에서 기쁜 소식을 알아채고는 어린아이처럼 바로 그 자리에서 깡충깡충 뛰었다. 그리고 그의 품에 뛰어들었다.

"자, 자, 미쳤구나!" 하고 자크가 늘 하는 투로 말했다. 지젤은 웃으면서 그의 품에서 벗어났다가 몸을 떨면서 다시 그에게 뛰어들었다. 그는 그녀의 밝은 미소와 눈물로 빛나는 두 눈을 보았다. 자크는 그런 그녀의 태도에 감동되어 고마운 마음을 금할 길이 없었다. 그리고 잠시 동안 그녀를 꼭 껴안아주었다.

지젤은 웃더니 목소리를 낮추어 말했다.

"내가 온갖 이야기를 다 꾸며서 아줌마한테 독송 미사에 가자고 졸랐어. 오빠가 열시에 올 거라고 생각했기 때문이야. 아버님은 아직 안 돌아오셨어. 들어와." 하면서 지젤은 그를 별장 쪽으로 이끌고 갔다.

키가 작달막한 유모가 현관 안에서 나타났다. 이제는 약간 등이 굽은 그녀는 총총걸음으로 다가왔다. 그러더니 감동해서 자꾸 고개를 흔들었다. 그녀는 돌계단 끝에 와서 멈추어 섰다. 자크가 자기 손이 닿는 곳까지 올라오자 유모는 인형극의 인형처럼 팔을 내밀었다. 그리고 키스해주려다 자칫 중심을 잃고 쓰러질 뻔했다.

"합격했니? 네가 합격했어?" 그녀는 끊임없이 무엇인가를 씹고 있는 것처럼 입을 우물거리면서 말했다.

"아야" 하며 자크가 명랑하게 소리쳤다. "조심하세요. 종기가 나서 아프니까."

"돌아서봐라. 맙소사!" 그리고 고등사범학교의 시험보다는 마치 이 종기가 더 알맞은 일이나 되는 것처럼 합격에 관한 질문을 재빨리 거두더니 그를 끌고 가서 뜨거운 물로 씻어내고 통증을 가라앉히기 위해서 기름 습포를 대주었다.

유모의 방에서 치료가 끝나갈 때쯤 울타리 쪽에서 초인종 소리가 났다. 티보 씨가 돌아온 것이다.

"자크 오빠가 합격했어요!" 지젤이 창밖으로 몸을 내밀며 소리 질렀다. 그러는 동안에 자크는 아버지를 맞으러 내려갔다.

"아, 너냐? 몇 등이었냐?" 티보 씨가 물었다. 뚜렷한 만족의 빛이 잠시 동안 그의 희읍스름한 얼굴에 드러나 보였다.

"삼등이었어요."

티보 씨의 칭찬하는 표정이 더욱 뚜렷해졌다. 그는 눈꺼풀을 쳐들지 않았으나 코 근육이 떨리고 있었다. 코안경이 떨어져서 끝에 매달렸다. 그는 아들에게 손을 내밀었다.

"좋아, 그만하면 나쁘진 않군." 그는 자크의 손을 자신의 부드러운 손가락 사이에 움켜잡으며 중얼거렸다. 그는 잠시 주춤하다가 짜증 난 표정으로 투덜댔다. "무척 덥군!" 그러고 나서 아들을 자기 쪽으로 끌어당겨 안아주었다. 자크의 심장이 뛰었다. 그는 아버지를 쳐다보고 싶었다. 그러나 티보 씨는 몸을 돌리더니 서둘러 돌계단을 올라가고 있었다. 그는 자기 서재로 가서 기도서를 책상에 놓고는 몇 걸음 걸었다. 그리고 손수건을 꺼내 천천히 얼굴을 닦았다.

이미 점심 준비가 되어 있었다.

지젤은 자크의 자리를 접시꽃 다발로 장식했다. 그것이 이 가정적인 식탁에 축제 분위기를 돋우어주었다. 그녀는 웃음을 참을 수가 없었다. 그만큼 기뻤던 것이다. 두 노인 사이에서 소녀로서의 생활은 극히 엄격한 것이었다. 그러나 그녀 자신 속에 생기를 간직하고 있었기 때문에 그런 것 때문에 괴로워하는 일은 전혀 없었다. 행복을 기다린다는 것, 그것이 이미 행복한 것이 아닐까?

티보 씨가 손을 비비면서 들어왔다.

"그런데" 하고 그는 냅킨을 펼쳐놓은 뒤에 식기 양쪽에 주먹을 올려놓고 나서 말했다. "이젠 그것으로 만족해서는 안 된다. 우리 집 사람들은 결고 바보가 아니다. 네가 삼등으로 입학했으니까 졸업 때는 열심히 해서 일등 못 할 이유는 없겠지!" 그는 한쪽 눈을 가늘게 떴다. 그리고 교활하게 수염을 쓰다듬었다. "진급할 때는 누구든 항상 일등 하는 사람이 있는 게 아니냐?"

자크는 애매한 미소로 아버지의 미소에 답했다. 이런 가족끼리의 식사 시간에 이처럼 자신의 생각을 위장하는 버릇이 어찌나 몸에 배었던지 그는 이제는 조금도 힘들이지 않고 그런 표정을 짓게 되었다. 어떤 때는 이런 습관이 자신이 비굴하기 때문이라고 후회할 때도 있었다.

"좋은 학교를 수석으로 졸업한다는 것은" 하며 티보 씨가 말을 계속했다. "형에게 물어봐라. 그건 네 일생을 따라다니는 거다. 그런 뒤에는 어디에 가든 존경받을 건 틀림없다. 형은 잘 있냐?"

"점심 식사 후에 온다고 했어요."

샬르 씨의 주변에 사고가 났었다는 이야기를 아버지에게 하려는 생각은 엄두도 못 냈다. 일종의 묵계처럼 티보 씨 주위에서는 모두들 입을 다물고 있었다. 그리고 아무리 하찮은 일이라도 섣불리 그의 귀에 들어가게 하는 그런 실수는 결코 저지르는 법이 없었다. 왜냐하면 막강하고 활력이 넘치는 그가 하찮은 소식에서 어떤 결론을 끄집어낼지 모르는 일이며, 또 편지를 보내든가 아니면 직접 방문하든가 해서 여하간 어떤 수단을 써서라도 사건에 뛰어들어 그것을 더 복잡하게 만들 수도 있기 때문이다.

"오늘 조간에서 우리의 협력자인 빌르보의 파산을 확인한 기사를 읽었소?" 하고 티보 씨는 유모가 생전 신문이라고는 펴보지도 않는다는 것을 잘 알면서도 물었다. 유모는 알고 있다는 표시로 고개를 끄덕여 대꾸했다. 티보 씨가 짧게 차가운 웃음을 웃었다. 그러고 나서 그는 입을 다물었다. 그리고 식사가 끝날 때까지 대화할 흥미를 잃은 듯이 보였다. 귀가 어두워져 감에 따라 그는 하루하루 더 고독해져갔다. 식사 시간 내내 씨름꾼의 위처럼 튼튼한 그의 위가 요구하는 대로 양껏 먹으면서 자신의 생각에 골똘해서 아무 말 없이 그대로 있는 일이 자주 있었다. 이런 순간에 사실 그는 뭔가 어려운 문제에 관해서 곰곰이 생각하곤 했다. 이런 무표정한 부동 자세는 먹이를 기다리고 있는 거미의 부동 자세와 같은 것이었다. 그는 이런저런 생각을 하는 동안 어떤 행정적 또는 사회적인 문제의 해답이 떠오르기를 기대하는 것이었다. 그는 늘 그런 식으로 일해왔다. 수동적이며 화석처럼 굳어진 표정으로, 두 눈은 반쯤 감은 채, 두뇌만이 활동하고 있었다. 이 위대한 사업가는 단 한 번도 노트를 한다든가 연설의 초안을 써본 적이 없었다. 모든 것이, 아주 작은 부분까지도, 그의 부동의 두뇌 속에서 틀림없이 짜이며 새겨지곤 했다.

그의 맞은편에 앉은 유모는 식사 시중에 신경을 쓰며 자그마한 두 손을 식탁보 위에서 마주 잡고 있었다. 아직 아름답게 남아 있는 두 손을 그녀는 (아무도 모를 거라고 생각하면서) 오이즙 화장품으로 손질했다. 그녀는 영양식이라고는 별로 취하는 것이 없었다. 디저트로 우유 한 잔과 비스킷 하나가 고작이었는데, 그 비스킷을 갉아먹는 것이었다. 생쥐 같은 치아가 아직 성했기 때문이다. 그녀는 항상 사람들이 너무 지나치게 먹는다고 생각하고 있었다. 그리고 조카딸의 식사를 꼼꼼히 감시하고 있었다. 그러나 그날 아침에는 자크를 위해서 자기 원칙을 저버렸다. 그리고 디저트가 끝날 무렵에 이런 제의까지 했다.

“자크, 내가 만든 새로운 잼을 맛보겠니?”

“맛은 최고, 소화는 완벽” 하고 자크는 지젤에게 윙크를 보내며 중얼거렸다. 이 오래된 농담은 두 사람에게 어떤 캐러멜 봉지와, 어렸을 때에 정신없이 웃던 일을 상기시켜 주었는데, 그들은 어린애처럼 눈물이 나올 정도로 웃었다.

티보 씨의 귀에는 아무것도 들리지 않았다. 그러나 그는 윗사람답게 호인다운 미소를 지었다.

"심술궂은 장난꾸러기" 하며 유모가 말을 이었다. "그것보다 얼마나 잘 만들어졌는지나 보렴!" 식기대 위에는 루비색의 젤리가 들어 있는 쉰 개 정도의 단지가 모슬린 천으로 덮여 있었다. 파리 떼가 그 위에 달라붙었으나 헛일이었다. 단지들은 럼주에 적신 종이 덮개로 닫히기만을 기다리고 있었다.

식당에 있는 두 개의 유리문이 꽃이 핀 나무 상자가 가득한 베란다를 향해 열려 있었다. 드리워진 발에 의해 햇빛은 마룻바닥까지 눈부신 빛줄기를 쏟고 있었다. 서양자두를 넣어놓은 정과 그릇 주위에서 말벌 한 마리가 붕붕거렸다. 온 집 안이 한낮의 햇빛을 받아 마치 말벌과 함께 윙윙대는 것 같았다. 자크는 훗날 자신이 고등사범학교에 입학했다는 사실에 일시적이나마 기쁨을 느꼈던 유일한 순간이 이 식사 때였다고 회상하게 될 것이다.

흥분되고 기쁘기는 해도 습관상 얌전히 앉아 있는 지젤은 이렇다 할 목적도 없이 뜻있는 시선을 자크와 주고받았다. 그리고 자크의 하찮은 말 한마디에서도 그녀는 기뻐서 어쩔 줄 몰랐다.

"저런, 지즈, 그 입 좀 봐!" 하고 유모가 떨리는 목소리로 말했다. 그녀는 지젤이 입을 크게 벌리고 두꺼운 입술을 보이는 것을 참지 못했다. 그리고 잘게 웨이브 진 검은 머리카락, 매부리코, 강렬한 색감이 도는 황금색 피부도 그녀의 마음에 거슬렸다. 그런 점들은 그녀가 원하는 것보다 훨씬 더 지젤의 어머니, 곧 베즈 사령관이 마다가스카르에 머물렀을 때 결혼했던 혼혈 여인의 모습을 상기시켜 주었던 것이다. 그래서 그녀는 기회가 있을 때마다 조카딸의 부계 쪽을 강조하는 것을 잊지 않았다. "내가 네 나이 때는" 하며 그녀가 미소 지으며 말을 이었다. "내 할머님께서는, 스코틀랜드 숄을 두르신 할머니 계시지 않니, 내가 입을 작게 벌리게 하려고 이 구절을 백 번 이상 되풀이하도록 했었지. '아가씨, 투르 지방의 말린 자두 작은 거 두 개 주세요.'*" 그렇게 말하며 유모는 수건을 길게 늘여 말벌을 잡으려고 애쓰고 있었는데, 놓칠 때마다 매번 웃음을 터뜨리곤 했다. 이 사랑스러운 늙은 여인은 우울함이 무엇인지를 모르는 성격이었다. 그녀의 파란 많은 인생에도 불구하고 그녀는 이 낭랑하고 전염성이 강한 밝은 미소를 잃지 않고 있었다. "그 할머님께서는" 하며 그녀는 이야기를 계속했다. "툴루즈에서 그 당시 장관이시던 빌렐 백작님과 춤을 추셨단다. 지금 살아 계셨다면 퍽이나 불행해하셨을 게야. 할머님께서는 입이 큰 것도 발이 큰 것도 몹시 싫어하셨으니까." 유모는 자기 발을 자랑스러워했다. 그녀의 발은 마치 갓난아이의 발 같았다. 그녀는 발가락이 다칠세라 끝이 네모난 헝겊 덧신을 항상 신고 있었다.

세시가 되자 모두 저녁 미사에 나가서 온 집 안이 텅 비었다.

혼자 남은 자크는 자기 방으로 올라갔다.

그의 방은 삼층에 있는 지붕 밑 방으로 넓고 시원했으며, 꽃무늬 벽지로 도배되어 있었다. 창문의 전망은 두 그루의 마로

* Baillez-nous, ma mie, deux tout petits pruneaux de Tours. 이 구절의 후반은 입을 작게 하지 않으면 발음이 되지 않는다.

니에 꼭대기로 막혀 있었지만 나무의 깃털 같은 잎새들은 보기에도 기분이 상쾌했다.

책상 위에는 아직도 이런저런 사전들과 언어학 개론이 흩어져 있었다. 그는 그 책들을 모두 벽장 속 깊숙이 던져 넣고 나서 다시 책상 앞에 앉았다.

'나는 도대체 아이인가, 아니면 어른인가?' 그는 느닷없이 자문해보았다. '다니엘… 그는 다르다. 나는… 나는 무엇일까, 나는?' 그에게는 자신이 하나의 세계를 이루고 있는 듯한 생각이 들었다. 모순으로 가득 찬 세계, 하나의 혼돈, 무한한 가능성을 지닌 하나의 혼돈. 깨끗이 치워놓은 마호가니 책상을 멍하니 바라보며 자기 자신 속의 무한한 세계를 생각하면서 미소 지었다. 왜 치웠던가? 분명히 계획이 부족했던 것은 아니었다. 몇 달 전부터 거의 매일같이 무엇인가를 시작해보려는 유혹을 뿌리치곤 했던 것이 몇 번인가? '합격만 하고 나면' 하고 되뇌곤 했었다. 그리고 지금 갑자기 자기 손이 닿는 곳에 펼쳐진 이 자유, 그런데 그에게는 더 이상 아무것도 이 자유를 활용해서 할 만한 가치 있는 일이 없는 것처럼 생각되었다. 그가 썼던 「두 청년 이야기」도, 「불꽃」도, 「당돌한 고백」조차도!

그는 책상을 떠나 몇 발자국 걸어서 책장으로 갔다. 언제든 자유로워지면 읽으려고 모아두었던 책들을 꽂아놓은 선반으로 가서 살펴보았다. 그중 몇 권은 작년부터 꽂아둔 것이었다. 마음속으로 어떤 책을 맨 처음 읽을까 찾아보았다. 그러나 입을 삐죽하고는 빈손으로 침대에 누워버렸다.

'책들은 지긋지긋하다. 이론도 지긋지긋하다. 말도 지긋지긋하다!' 하고 그는 생각했다. 'Words! Words! Words!'* 그는 무엇인지는 몰라도 잡히지 않는 쪽으로 팔을 뻗었다. 그랬더니 금방 눈물이 나올 것만 같았다. '나는 벌써… 살아갈 수 있을까?' 하고 가슴에 압박감을 느끼며 자문해보았다. 그리고 다시 생각했다. '나는 아직도 아이인가, 아니면 어른인가?'

강렬한 열망이 솟구쳐 올랐다. 그는 그 열망으로 압도당했다. 자기가 운명으로부터 무엇을 기대하고 있는지 도저히 말할 수 없을 것 같았다.

"살아가는 것이다." 하고 그는 되풀이했다. "행동하는 것이다."

그는 덧붙였다. "사랑하는 것이다." 그리고 눈을 감았다.

자크는 한 시간 뒤에 일어났다. 꿈을 꾼 것일까, 아니면 잠들었던 것일까? 고개를 움직이기가 힘들었다. 목덜미가 얼얼했다. 까닭 모를 권태와 과도한 힘으로 인한 의기소침이 그의 행동의 모든 가능성을 무기력하게 만들었으며, 그의 모든 생각을 어둡게 했다. 그는 눈을 들어 방 안을 이리저리 살펴보았다. 두 달을 여기 이 집 안에서 침체되어 지낼 것인가? 그러나 올해는 어떤 불가사이한 운명이 자기를 이곳에 묶어놓고 있으며 어디를 가더라도 더 지독한 괴로움이 그를 따라다닐 것 같은 느낌이 들었다.

그는 창가로 가서 팔꿈치를 기댔다. 어느새 그의 슬픔은 사라져버렸다. 마로니에의 낮은 가지들을 통해서 지젤의 밝은 옷자락이 펄럭거렸다. 그녀 곁에 있으면 자기가 젊다는 것, 자기가

* '말! 말! 말!' 셰익스피어의 『햄릿』에 나오는 대사.

살아간다는 것에 즉시 흥미를 되찾을 것 같은 느낌이 들었다.

그는 지젤을 놀려주려고 했다. 그러나 그녀는 귀를 기울이고 있었던지, 아니면 건성으로 읽는 척했던 것 같았다. 자기 뒤에서 들려오는 자크의 발소리를 알아차리고는 곧 고개를 돌렸다.

"약 오르지!"

"뭘 읽고 있니?"

그녀는 대답하려고 하지 않았다. 그리고 팔짱을 끼고 책을 가슴에 껴안았다. 그들은 돌연 장난삼아 실랑이를 벌였다.

"하나, 둘, 셋…."

그는 의자를 빼서 그녀를 풀밭에 나동그라지게 했다. 그래도 책을 놓지 않았다. 자크가 책을 빼앗기 위해서는 뜨겁고 유연한 이 육체와 한동안 실랑이를 해야 했다.

"『사보아르의 꼬마』 제1권이라. 체! 그래, 이런 책이 몇 권이나 있니?"

"세 권."

"잘했어. 재미있니?"

그녀는 웃었다.

"1권조차 끝낼 수가 없는걸."

"그럼 뭐 때문에 이런 걸 읽고 있니?"

"내가 고른 게 아니야."

(유모는 지즈에게 이런 종류의 책을 몇 권 읽히고 나서 '지즈는 독서를 좋아하지 않는다'라는 결론을 내렸었다.)

"내가 책을 빌려줄게." 자크는 말했다. 그는 지젤에게 반항과 불순종을 권하는 것을 즐겼다.

지젤은 그 말을 듣고 있는 것 같지 않았다.

"좀 더 있다가 가." 그녀는 잔디에 누우면서 애원했다. "자, 내 의자에 앉아. 아니면 여기 앉든지…."

자크는 그녀 옆에 드러누웠다. 두 사람이 있는 곳에서 오십 미터쯤 떨어진 곳에 상자에 심은 오렌지나무가 나란히 늘어서 있고, 모래로 된 보도의 한가운데 우뚝 서 있는 별장으로 햇볕이 뜨겁게 내리쬐고 있었다. 그러나 나무 그늘 아래에 있는 풀밭은 서늘했다.

"그래, 자크 오빠, 이젠 자유로워진 거야? 완전히 자유로운 거야?" 그녀는 일부러 거리낌 없는 표정을 지으며 그리고 입을 반쯤 벌리고 그를 향해 몸을 돌린 채로 있었다.

"뭐라고?"

"그래. 이제 앞으로 두 달 동안 자유로울 텐데 어디로 떠날 작정이냐고?"

"아무 데도 안 가."

"뭐라고? 그럼 얼마 동안은 우리와 함께 있을 거야?" 그녀는 귀여운 강아지 모양 동그랗고 반짝이는 두 눈을 그에게로 들며 말했다.

"그래. 10일엔 친구 결혼식 때문에 투렌에 갈 거야."

"그러고 나서는?"

"모르겠어." 하고 그는 고개를 돌렸다. "방학 내내 메종에 머물 생각이야."

"정말?" 자크의 시선을 붙잡으려고 몸을 숙이며 그녀가 중얼거렸다.

그는 지젤을 이토록 기쁘게 해준 것을 흐뭇해하며 미소 지었다. 그리고 두 달 동안, 이 순진하고 다정한 소녀, 자기가 마치 누이동생처럼, 아니 누이동생 이상으로 사랑하고 있는 이 소녀 옆에서 지낼 일을 생각하자 조금 전까지 느꼈던 불안감이 싹 가셨다. 자기가 돌아온 것이 이렇게도 이 소녀의 생활을 밝게 해주리라고는 생각지도 못했었다. 그는 이제까지 어느 누구도 자기의 존재를 원하지 않는다고 생각해왔다. 그런데 그렇지 않았음을 발견하자 너무도 고마운 생각이 들어 풀밭에 놓인 지젤의 손을 쓰다듬었다.

"피부가 부드럽구나, 지젤. 너도 오이 화장품을 바르니?"

지젤은 웃더니 자크에게로 미끄러지듯이 다가왔다. 이것을 본 자크는 그녀의 몸이 얼마나 유연한지를 알아차렸다. 그녀에게는 어린 동물에게서 찾아볼 수 있는 매우 자연스럽고 유쾌한 육감이 있었다. 그리고 목구멍으로 내는 그녀의 웃음은 그것이 어린애같이 깔깔대는 웃음을 연상케하지 않을 때는 사랑을 속삭이는 비둘기의 우는 소리를 듣는 듯한 느낌을 주었다. 그러나 이 포동포동한 육체 속에는 성스럽고 순수한 영혼이 깃들어 있었다. 이미 육체는 수많은 욕구로 몸부림치고 있었음에도 불구하고 그녀의 영혼은 그 욕구의 본질이 어떤 것인지 짐작조차 못 하고 있었다.

"아줌마는 아직도 내가 올해 테니스 시합에 나가는 것을 원하지 않으셔." 하고 그녀는 얼굴을 찡그리며 말했다. "오빤 클럽에 갈 거지?"

"아니, 안 가."

"자전거 산책은 할 거야?"

"글쎄, 그건 할지 모르지."

"어머나, 신나라!" 그녀가 외쳤다. 그녀의 시선은 언제나 무엇을 보고 깜짝 놀란 것 같은 그런 시선이었다. "글쎄, 아줌마는 오빠와 함께라면 외출을 허락해준다고 약속했어. 괜찮지?"

그는 잠시 그녀의 깊고 반짝거리는 눈동자를 들여다보았다.

"네 눈 참 예쁘구나, 지젤."

그는 그녀의 두 눈동자가 갑작스러운 마음의 동요 때문에 더욱 깊어지는 듯한 느낌이 들었다. 지젤은 미소 지으며 고개를 돌렸다. 그녀를 처음 볼 때 눈에 뜨이는, 뭔가 유쾌하고 웃는 것 같은 표정은 그녀의 눈빛이나 입가를 항상 그늘지게 하는 두 개의 보조개에서만 나타나는 것이 아니라 둥근 광대뼈에서도, 둥근 코끝에서도, 둥글고 개구쟁이 같은 턱끝에서도, 그리고 건강과 매력을 내뿜는 통통한 얼굴 전체에서도 나타나고 있었다.

그녀가 한 말에 그가 대답을 하지 않자 그녀는 겁이 났다.

"괜찮겠지, 응?"

"뭐 말이야?"

"작년 여름처럼 나를 숲이나 아니면 마를리로 데리고 가는 것 말이야."

그가 동의한다는 표시로 미소 짓자 지젤은 너무나 신이 난 나머지 온몸으로 달려들어 그를 껴안았다. 그런 뒤에 두 사람은 등을 땅에 댄 채 나란히 길게 누워서 눈으로는 무성하게 가지가 우거진 나무들의 녹음을 응시하고 있었다.

분수의 물소리, 광장의 연못 주위에서 우는 개구리 울음소리, 그리고 때때로 정원의 판자 울타리를 따라 그 근처를 걸어가는 산책객들의 목소리가 들려왔다. 끈적끈적한 꽃받침이 하루 종일 햇볕을 받았기 때문에 발산하는 피튜니아 냄새가 베란

다의 꽃상자에서 은은하게 풍겨 나와 무더운 공기 속에 떠돌고 있었다.

"자코,* 오빠 참 이상해. 언제나 무슨 생각에 잠겨 있어! 도대체 뭘 생각하는 거야?"

그는 한쪽 팔꿈치로 몸을 일으키고는 지젤의 얼굴을 바라보았다. 그리고 약간 축축하고 놀란 듯 반쯤 벌어진 지즈의 입술을 눈여겨보았다.

"나는 네가 예쁜 치아를 갖고 있다고 생각하던 참이야."

그녀는 얼굴을 붉히지는 않았으나 어깨를 으쓱해 보였다.

"아냐, 나는 심각하게 얘기하는 거야." 하고 그녀가 어린아이 같은 말투로 말했다.

그는 웃음을 터뜨렸다.

엷은 황갈색 빛을 받아 통통해 보이는 꿀벌 한 마리가 두 사람 주위를 날아다니고 있었다. 그것은 마치 양털 뭉치처럼 자크의 얼굴에 부딪치고 나서 탈곡기 소리를 내며 지면을 향하더니 잔디밭 구멍 속으로 날아들어 갔다.

"나는 또 저 꿀벌이 너를 닮았다는 생각도 해."

"나를?"

"응."

"왜?"

"이유는 모르겠어" 하고 다시 똑바로 누우며 그가 말했다. "너처럼 까무잡잡하고 동그랗거든. 그리고 그 소리는 네가 웃을 때 내는 소리랑 같아."

* 자크의 애칭.

진지한 어조로 한 이 말이 지젤을 깊은 생각 속에 빠뜨린 것 같았다.

두 사람 모두 아무 말도 안 했다. 황금빛을 띤 갈색의 잔디 위에 그림자가 비스듬히 길게 뻗어 있었다. 얼굴에 햇볕을 받고 있던 지젤은 강아지풀이 볼을 스치며 속눈썹을 뚫고 따갑게 눈을 찌르자 간지러운 나머지 다시금 웃음을 터뜨렸다.

울타리의 종소리가 앙투안의 도착을 알려주었을 때, 그리고 오솔길 저쪽에서 형의 모습을 보았을 때, 자크는 무슨 일을 하려는지를 미리 생각하고 있었던 것처럼 벌떡 일어나서 형에게로 달려갔다.

"오늘 밤에 다시 돌아갈 거야?"

"응. 열시 이십분 차로."

자크는 앙투안의 얼굴에서 피곤한 모습보다는 오히려 평소에는 볼 수 없던 거의 호전적인 표정으로 빛나고 있는 것에 시선이 끌렸다.

그는 목소리를 낮추어 말했다.

"형, 저녁 식사 뒤에 나와 퐁타냉 부인 댁에 가지 않을래?" 그는 형이 머뭇거리는 것을 눈치채자 그쪽을 보지 않고 재빨리 말했다. "내가 부인을 꼭 찾아뵈어야 할 일이 있어. 그런데 내일 혼자 가기는 너무 쑥스러울 것 같아."

"다니엘이 있지 않겠니?"

자크는 다니엘이 없다는 것을 확실히 알고 있었다.

"물론이지." 하고 그가 말했다.

두 사람은 티보 씨가 한 손에 신문을 펴 들고 응접실 안쪽에서 나타나는 것을 보자 입을 다물었다.

"아, 네가 왔구나." 티보 씨는 앙투안을 향해 큰 소리로 말했다. "네가 와주어서 반갑다." 그는 앙투안에게는 언제나 존경심을 가지고 말하곤 했다. "밖에 그대로 있거라. 나도 나갈 테니까."

"그럼 약속한 거야?" 하고 자크가 속삭이듯이 말했다. "저녁 식사 후에 산책한다는 구실을 댈까?"

티보 씨는 전에 다시는 퐁타냉 씨 집과는 상종해서는 안 된다고 일렀던 말을 그 뒤에는 한 번도 하지 않았다. 미리 조심하느라고 그 저주스러운 이름을 그의 앞에서는 아무도 입 밖에 내지 않았다. 이미 오래전부터 그의 명령이 파기되고 있다는 것을 그는 과연 모르고 있었을까? 아무도 장담할 수 없었다. 아버지로서의 자만심에 눈이 멀어 있었기 때문에 아마 자기가 이렇게도 빈번히 거역당하리라는 생각은 꿈에도 못 했을 것이다.

"자, 저 애는 합격했다!" 하고 무거운 걸음으로 돌층계를 내려오면서 티보 씨가 말했다. "이젠 드디어 장래 일로 걱정할 게 없어졌구나." 그는 덧붙여 말했다. "저녁 먹기 전에 잔디밭을 한 바퀴 돌아보자." 그러고는 예사롭지 않은 이 제안을 설명이나 하려는 듯이 이렇게 말을 꺼냈다. "내가 너희들 둘에게 할 말이 있다. 그보다 먼저" 하며 그는 앙투안에게 물었다. "너 석간 신문 읽었니? 빌르보의 파산에 대해 뭐라고들 썼더냐? 넌 못 보았니?"

"아버지가 관여하시는 노동조합 말씀인가요?"

"그렇다, 얘야. 완전한 도산이다. 당연히 추문도 있었고. 그리 오래가지는 못했어." 그는 기침 비슷한 마른 웃음을 짧게 웃었다.

'그녀는 얼마나 멋있게 내게 입술을 주었던가.' 하고 앙투안은 생각했다. 그는 그 식당과, 자기 앞에 앉아서 열린 창문을 통해 들어오는 빛에 의해, 마치 무대에라도 있는 것처럼 밑으로부터 조명을 받고 있던 라셀이 머리에 떠올랐다. 내가 mixed grill을 제안했을 때 그녀는 왜 그렇게 이상하게 웃었을까?

그는 아버지가 하는 말에 주의를 기울이려고 노력했다. 그런데 그는 아버지가 그 '도산'을 그렇게 쉽게 받아들이는 데 놀랐다. 왜냐하면 마지막 파업 뒤에 고용주 없이도 운영할 수 있다는 것을 증명하기 위해서 빌르보의 단추 제조 노동자들이 생산 협동 조합을 만들려고 했을 때, 협회에서 박애 정신에 입각하여 그들에게 자본을 대주었기 때문이다.

티보 씨는 벌써 장광설을 늘어놓기 시작했다.

"이것은 대의명분을 위한 낭비는 아니었다고 생각한다. 우리의 역할은 완벽할 수도 있었다. 우리는 노동 계급의 유토피아를 중요시했기 때문에 최초로 우리의 자본으로 노동자 계급을 도와주는 일을 했었다. 그런데 열여덟 달도 못 가서 도산하는 결과를 초래한 것이다. 그 상황하에서 노동자 대표들과 우리들 사이에 완벽한 중재인이 있었다는 점은 인정해야 할 것이다. 참, 너도 그 사람을 잘 알지." 하고 그는 걸음을 멈추고 자크 쪽으로 고개를 숙이며 덧붙였다. "네가 크루이에 있었을 때 원장으로 있던 펨므 씨 말이다."

자크는 아무 대답도 안 했다.

"그는 노동자 대표들의 편지로 그들 모두를 휘어잡고 있다. 우리에게 원조금을 요청하는 편지 말이다. 그래, 파업이 최악에 이르자 우리한테 온 편지다. 그러므로 이제 와서는 어느 누구도 꼼짝달싹 못 하게 된 것이다." 그러고는 만족한 듯 또다시 기침을 했다. "하지만 내가 너희들과 이야기하고 싶은 것은 그 일이 아니다." 그는 다시 걸으면서 이야기를 계속했다.

그는 무거운 발걸음으로 앞으로 걸어갔다. 곧 숨이 차자 모래 위에 두 발을 질질 끌며 상체는 앞으로 굽히고 두 손은 뒷짐을 졌다. 열린 재킷의 앞섶이 펄럭이고 있었다. 두 아들은 아무 말 없이 그의 옆에서 걷고 있었다. 자크는 어디서 읽었는지 기억할 수 없지만 이런 구절이 생각났다. '나란히 걸어가는 두 사람의 모습. 한 사람은 늙고 또 한 사람은 젊다. 그런데 두 사람이 서로 할 말을 찾지 못한다면 그들이 부자지간이라는 것을 알 수 있다.'

"실은" 하며 티보 씨가 말했다. "내가 너희들을 위해 세운 계획에 대해 너희들 의견을 듣고 싶다." 그의 목소리에는 전에 없었던 우울한 어조와 뭔가 진지함이 깃들어 있었다. "얘들아, 너희들도 내 나이가 되면 어쨌든 자기가 이루어놓은 것에 대해 자문하게 될 거다. 이런 문제에 대해 베카르 신부도 늘 말해왔지. 훌륭한 일을 위해서 기울인 모든 노력은 같은 목적에 도달하게 되고 가산된다는 사실을 나도 알고 있다. 그러나 한 개인이 일생 동안 기울인 모든 노력이 한 세대의 이름 없는 충적층 속에 잊혀질 수도 있다는 것을 생각한다는 건 고통스러운 일이 아니겠느냐? 아비로서 자기 아이들이 적어도 자신의 개인적인 추억을 간직하기를 원한다는 것은 정당한 일이 아니겠느냐? 적어도 본보기라는 의미에서만이라도 말이다." 그는 한숨을 내쉬었다. "솔직히 말해서 나는 나 자신보다는 너희들에 대해서 더 많은 생각을 해왔다. 내 아들로서 장래의 너희들에게 프랑스의 다른 티보 가문의 성을 쓰는 자들과 혼동되지 않는 것이 좋을 것이라고 생각했던 것이다. 우리 가문은 지난 두 세기 동안 정식으로 인정받은 평민 계급이지 않았느냐? 그것만 해도 상당한 거다. 내 입장으로는 내 능력껏 이 훌륭한 유산을 확대시켰다고 생각하고 있다. 그리고 이것이 나의 보상이 될 것인데, 사람들이 너희들의 출신을 정당하게 평가하기를 바랄 권리가 내게는 있다. 그리고 내 피를 받고 태어날 후손들한테 손상 없이 물려줄 수 있도록 너희들이 내 정식 이름을 간직하기를 원할 권리도 있고. 대사관 사무국도 이런 유의 요구를 예견했다. 그래서 나는 몇 달 전부터 너희들의 호적을 변경하는 데 필요한 모든 서류를 갖추어두었다. 며칠 안으로 너희들이 서명할 서류들이 도착할 거다. 그리고 내 생각으로는 개학할 때쯤에는—늦어도 크리스마스 때까지는—너희들은 단순히 하찮은 티보가 아닌 합법적인 권리를 가지게 될 거다. 그냥 티보가 아니라 가운데 연결선을 넣은 **오스카르 티보**가 되는 것이다. 닥터 **앙투안 오스카르-티보**." 그는 두 손을 마주 잡고 비볐다. "이것이 내가 너희들에게 해줄 말이다. 내게 감사할 것은 없다. 더 이상 이 이야기는 하지 말자. 저녁 먹으러 가자. 유모가 들어오라고 손짓하고 있구나." 그는 족장들이 하듯이 두 아들이 어깨에 한 팔씩 얹었다. "이런 구별이 앞으로 너희들이 살아가는 데 어떤 도움이라도 될 수 있다면 다행한 일이겠다. 얘들아, 양심적으로 말해서, 현세에 아무것도 요구한 적이 없었던 한 인간이 자신이 쌓아 올린 인망人望으로 후손한테 이익이 되도록 한다는 게 부당한 일이겠느냐?"

그의 목소리는 떨렸다. 티보 씨는 눈시울이 뜨거워짐을 감추기 위해서인지 갑자기 오솔길을 벗어나 걸음을 재촉하며 혼자서 풀밭의 흙덩어리 위를 비틀거리며 가로질러서 별장으로 돌아갔다. 앙투안과 자크는 아버지가 그토록 흥분한 모습을 한 번도 본 적이 없었던 것 같았다.

"희한한 생각도 다 하셨네!" 앙투안이 중얼거렸다. 그는 몹시 기뻐하고 있었다.

"그런 소리 마!" 자크가 말했다. 형이 더러운 손으로 자기의 마음을 건드리기라도 한 것 같은 느낌이 들었다. 자크는 항상 일종의 존경심을 가지고 아버지에 관해서 이야기했다. 그는 아버지를 비판하기를 피했다. 그의 통찰력이 어쩌다가 아버지에 대해 반감을 가지고 발동하는 일이 있어도—대개의 경우 그것은 자신이 그렇게 하려고 생각했기 때문은 아니었다—그는 그것을 괴로워했다. 그런데 오늘 저녁 그는 이름을 이렇게 후세에 남기려는 아버지의 욕구 속에서 무엇인가 불안한 것이 드러나는 것을 보고 가슴 아프게 생각했다. 자신은 겨우 스무 살의 몸이었지만 죽음을 생각할 때는 별안간 뭔가 아찔해지는 기분을 금할 길이 없었다.

'왜 내가 형을 이곳으로 데리고 왔을까?' 하고 자크는 그로부터 한 시간 뒤에 형과 함께 성에서 숲으로 이르는, 양쪽에 수령이 백 년이 넘는 보리수들이 늘어선 길을 걸으면서 스스로에게 물었다. 뒷덜미는 여전히 아팠다. 유모는 앙투안에게 자크의 종기를 진찰하도록 고집했다. 반창고를 붙이고 외출하는 것이 별로 내키지 않아 싫다고 항의했지만 앙투안은 메스로 째는 것이 좋겠다고 판단했다.

피곤하기는 하지만 그래도 말이 많은 앙투안은 라셀밖에는 아무 생각도 나지 않았다. 어제만 해도 앙투안은 이 시간에 그녀를 알지조차 못했었다. 그런데 이제는 그녀가 생활의 매순간을 사로잡고 있었던 것이다.

그의 흥분은 자크의 감정과는 대조적이었다. 평화스러운 한 나절을 보내고 난 자크에게는 무엇보다도 이 순간에 변화무쌍한 감정, 때로는 희망 비슷한 그런 감정이 퐁타냉가家 방문 직전에 이 오솔길에서 떠올랐다. 그는 앙투안과 나란히 걸었다. 자크는 자신에 대해 불만과 회의를 느꼈다. 그날 저녁 두 사람의 대화는 여느 때처럼 다정스러웠지만, 그는 형에 대해 어떤 본능적인 반감을 느끼고 있었다. 비록 그것을 나타내지는 않았으나 그로 인해 침묵의 벽 속에 자신을 가두고 있었다. 실제로 두 형제는 마치 두 적수가 두 사람의 위치 사이에 방어 시설을 쌓기 위해서 삽으로 흙을 파 던지는 것과 같이 서로에게 말이나 문구나 미소를 내던지는 것이었다. 그들은 각자 이런 술책에 속지 않고 있었다. 두 형제 사이의 우애가 몹시도 미묘했기 때문에 서로에게 어떤 중요한 변화도 감출 수가 없을 정도였다. 늦도록 피어 남아 있는 보리수꽃 향기를 찬양하며 내뱉는 앙투안의 히찮은 말 한마디가—그건 앙투안에게 라셸의 머리카락의 향기를 은밀히 상기시켜 주었다—아무것도 정확히 이야기해주지 않았음에도 불구하고 자크에게 고백을 털어놓은 것만큼이나 긴 이야기를 해준 것과 마찬가지가 되었다. 앙투안이 자신의 마음을 사로잡고 있는 생각을 떨쳐버리지 못하고 자크의 팔을 잡고 좀 더 빠른 걸음으로 동생을 끌고 가며 자기가 겪었던 이상한 밤샘에 관해서, 그리고 그 뒤에 일어났던 모든 것을 털어놓았을 때 자크는 별로 놀라지 않았다. 앙투안의 말투, 웃음, 어른 같은 태도, 형으로서의 일상적인 조심성과 대조를 이룰 정도의 너무 외설스러운 몇 가지 사실이 자크에게는 아주 새로운 불쾌감을 불러일으켰다. 자크는 아무렇지도 않은 척하면서 웃기도 했고 머리를 끄덕여 동의하는 표시도 했지만 속으로는 괴로웠다. 자기에게 이런 괴로움을 주는 형이 원망스러웠다. 그는 형 스스로가 자기에게 이러한 비난의 감정을 불러일으킨다는 것을 용서할 수가 없었다. 그리고 형이 열두 시간 전부터 체험한 이 도취 상태를 암시해주면 줄수록 자크는 거만한 저항감 속으로 도망쳤고, 내부에서 순수함에 대한 욕구가 더욱 커져감을 느꼈다. 앙투안이 자신이 겪은 그날 오후에 관해서 말하며 '사랑의 하루'라는 말을 서슴지 않고 썼을 때 자크는 어찌나 놀랐던지 그 감정을 억누를 수 없어 항변을 했다.

"아, 아니야, 형, 아니야! 사랑은 그런 것과는 다른 거야!"

앙투안은 가소롭다는 듯이 미소 지었다. 그렇지만 약간 놀란 그는 입을 다물어버렸다.

퐁타냉가家는 공원의 끝, 숲 근처에, 옛날 성곽의 돌담을 뒤로하고 서 있는 오래된 주택을 소유하고 있었다. 그 집은 퐁타냉 부인이 어머니에게서 상속받은 것이었다. 거의 드나드는 사람이 없기 때문에 언제나 풀이 무성하게 자라 있었고, 아카시아 나무가 길 양쪽에 죽 심어진 도로가 정원의 토담에 세워져 있는 조그만 문과 큰길 사이를 연결하고 있었다.

두 사람이 그 문을 들어설 무렵에는 땅거미가 지고 있었다. 초인종이 울렸다. 그러자 울타리 저쪽 끝, 벌써 몇 개의 창문에서 불빛이 새어 나오는 집 근처에서 제니의 강아지 퓌스가 짖는 소리가 들렸다. 식구들은 식사를 마치면 집 저편으로 나가곤 했다. 그곳은 두 그루의 플라타너스에 의해 그늘이 진 지면으로, 예전에 참호로 만들어진 해자垓字 위로 솟아 있었다. 멈추어 있는 커다란 자동차 한 대가 길을 가로막고 있었다. 두 형제는 차를 빙 돌아서 가야만 했다.

"손님이 왔나 봐." 자크가 중얼거렸다. 그리고 그는 갑자기 여기 온 것에 대한 후회에 사로잡혔다.

그러나 벌써 퐁타냉 부인이 그들을 맞으려고 앞으로 나오고 있었다.

"두 분일 거라고 짐작했어요!" 부인은 두 사람을 알아보자 큰 소리로 말했다. 부인은 양손을 벌리고 미소를 띠면서 기쁜 듯이 종종걸음으로 다가왔다. "오늘 아침에 다니엘이 친 전보를 받고 우리는 무척 기뻤어요!" (자크는 꼼짝 않고 있었다.) "하지만 자크가 합격하리라는 것을 나는 벌써부터 알고 있었지요." 부인은 자크를 바라보며 진지하게 이야기를 계속했다. "자크가 다니엘과 함께 왔던 그 유월의 일요일에 무슨 예감이 들었어요. 그리운 다니엘! 그 애도 무척 기뻐하고 흐뭇해했을 텐데! 제니도 무척 기뻐하고 있어요!"

"지금 다니엘은 여기에 없나요?" 앙투안이 물었다.

그들은 의자가 빙 둘러놓여 있는 곳으로 갔다. 유쾌하게 이야기를 나누는 소리가 들렸다. 자크는 여러 목소리 중에서 특별한 울림이 있는 한 목소리, 떨림이 있으나 낮은 목소리, 곧 제니의 목소리를 즉각 분별할 수 있었다. 제니는 사촌인 니콜과 사십대 남자 사이에 앉아 있었다. 앙투안이 놀라며 그 남자에게로 다가갔다. 그 남자는 넥케르 병원에서 그의 동료였던 젊은 외과 의사였다. 두 사람은 친밀하게 악수를 나누었다.

"두 분이 아시는 사이인가요?" 하고 퐁타냉 부인이 기뻐하며 소리쳤다. "앙투안 티보 씨와 자크는 다니엘의 친한 친구랍니다" 하고 부인이 에케 의사에게 설명했다. "이 두 분께 비밀 이야기를 해드려도 괜찮으시겠지요?" 그러고 나서 앙투안 쪽으로 몸을 돌리며 말했다. "내 귀여운 니콜은 그들의 약혼 사실을 내가 알려주는 것을 허락하겠죠, 안 그러니, 니콜? 아직은 공식적인 일은 아니랍니다. 하지만 보세요. 니콜은 벌써 아줌마 집에 약혼자를 데리고 온답니다. 두 사람을 보기만 해도 둘의 비밀을 금방 눈치챌 수 있지요!"

제니는 두 형제를 마중하러 나오지 않았다. 두 사람이 자기 앞까지 오자 비로소 그녀는 일어섰다. 그리고 두 사람과 쌀쌀하게 악수를 나누었다.

"니콜, 이리 와봐. 내 비둘기를 보여줄게." 모두 앉기도 전에 제니가 니콜에게 말했다. "새끼가 여덟 마리나 있는데…."

"…아직도 젖을 먹나요?" 하고 자크가 짓궂은 어조로 불쑥 말했다. 그러나 그것이 남의 비위를 거슬리게 하는 무례한 언사임을 즉시 깨닫고 그는 입을 다물었다.

제니는 못 들은 척했다.

"…이제 날기 시작해." 하고 제니가 말을 맺었다.

"하지만 이 시간에는 잠들었단다." 퐁타냉 부인이 제니를 붙잡아 두려고 말했다. "그래서 가보려는 거야, 엄마. 낮에는 새끼들 근처에도 못 가잖아. 펠릭스, 우리와 함께 가보시겠어요?" 앙투안과 이야기를 나누고 있던 에케 의사가 벌써 서둘러 소녀들 쪽으로 갔다.

"아주 멋진 결혼이에요." 두 약혼자가 멀어지자마자 퐁타냉 부인이 앙투안과 자크 쪽으로 몸을 기울이며 말했다. "내 가엾은 니콜에게는 재산이라곤 아무것도 없는데 벌써부터 어느 누구의 신세도 지지 않겠다는 생각이 확고하답니다. 그 애는 삼 년 전부터 간호사를 하면서 제 생활비를 벌었어요. 보세요, 그 애가 어떤 보상을 받게 되었는지를요! 에케 의사가 어느 환자의 머리맡에서 니콜을 만났지요. 그 애가 그렇게 똑똑하고, 헌신적이며, 삶을 대하는 태도에 그렇게도 용기가 넘쳐 있었으므로 니콜을 사랑하게 된 거예요. 그래서 이렇게 된 거랍니다! 정말 멋있지 않아요?"

고귀한 감정으로 충만해 있고 덕성이 넘치는 이 에피소드의 소설적인 면을 부인은 꾸밈없이 만끽하고 있었다. 그녀의 얼굴은 신념으로 빛났다. 부인은 특히 앙투안에게 말하고 있었는데, 어조에는 그 둘 사이에 변함없는 의견의 일치를 전제로 하는 듯한 다정함이 깃들어 있었다. 그녀는 특히 앙투안의 이마와 날카로운 그의 시선을 좋아했다. 그렇지만 자신이 앙투안보다 열여섯 살이나 더 먹었고, 어쩌면 그 나이 또래의 아들도 있을 수 있다는 생각은 꿈에도 하는 것 같지 않았다. 앙투안은 펠릭스 에케가 훌륭한 외과 의사이며 앞날이 창창한 젊은이라는 것을 확인해줌으로써 부인을 더욱 즐겁게 해주었다.

자크는 두 사람의 대화에 끼어들지 않았다. '아직도 젖을 먹나요!'라는 생각만 그는 분연히 하고 있었다. 그가 이곳에 도착한 이래로 모든 것이, 하다못해 퐁타냉 부인의 상냥한 수다까지도 그를 화나게 만들었다. 그는 퐁타냉 부인의 축하의 말을 끝까지 참을 수가 없었다. 그리고 자기의 성공을 부인이 어느 정도 높이 사주는 것 같아 부끄러워 고개를 돌렸다. 하지만 자기가 그 소식을 전보로 알려주지 않았던가. '그래도 제니만은 축하 따위의 말은 하지 않아 다행이군.' 하고 그는 생각했다. '제니는 내가 이번의 성공 이상의 가치를 지닌 인간이라는 사실을 알고 있을까? 아니다. 아주 무관심할 뿐이다. 내 우수성이라니… 아직도 젖을 먹나요라니! …바보 같으니! …도대체 그 애는 고등사범 학생이 뭔지 알고 있을까? 그 애에게 내 장래가 무슨 상관일까? 인사만 겨우 해주었지. 그런데 나는…. 한데 도대체 어쩌자고 나는 그런 바보 같은 말을 했을까?' 그의 얼굴이 달아올랐다. 그래서 다시 이를 악물었다. '나한테 인사를 하면서도 그 애는 계속 사촌의 말을 듣고 있었어. 그 애의 눈…. 이해할 수가 없단 말이야. 얼굴은 아직 어린애인데 그 눈은….' 목 뒤의 종기가 줄곧 날카로운 고통을 주면서 그의 기억을 상기시켜 주었다. 그는 종기보다도 유모, 지젤까지 모두가 달려들어 붙여준 반창고 때문에 더욱 괴로워하고 있었다! 모습이 얼마나 꼴사나울까….

앙투안은 자크에 대해서는 관심도 없이 미소 지으며 이야기하고 있었다.

"…도덕적인 견지에서 볼 때…" 하고 앙투안이 말했다.

'형은 떠들고 있어. 자기 생각밖에는 하지 않아….' 자크는 생각했다. 그러자 갑자기 사교에 능숙한 형의 부드러운 태도, 특히 조금 전에 외설스러운 이야기를 들려주고 나서 그런 '도덕적 견지'라는 형의 말이 용서할 수 없는 위선처럼 그의 마음을 상하게 했다. 아, 형제가 이처럼 다르다니! 자크는 금세 극단으로 치달았다. 그리고 형과 자기 사이에 아무런 공통점도 발견하지 못했다. 그렇다. 머지않아 둘은 헤어지게 될 것이다. 그것은 운명이다. 둘의 힘은 양립될 수 없고 상호 배타적인 것이다! 오 년 동안 서로 이해하면서 지내왔건만 이렇게 눈앞에 닥친 둘의 배반을 미리 충분히 대비시켜 주지 못하고, 둘이 서로 낯선 사람이 되고, 어쩌면 적이 되는 것도 막지 못할 것이라고 생각하자 견딜 수 없는 슬픔이 자크를 엄습했다. 그는 일어서서 무슨 구실을 대고 그곳을 떠나버리고 싶었다. 한밤에 아무 데로나 숲속을 방황하는 거다! 이 세상에서 자기에게 미소 지어 준 사람은 단 한 사람뿐이었다. 그건 지젤이었다. 만약 바로 이 순간에 그 잔디 위에, 그녀 곁에 있을 수 있다면. 그녀의 얼굴 가까이 '그래 줄래, 응?' 하고 말하며 산비둘기처럼 웃던 때의 그녀의 눈 가까이—숨김이 없는 그녀의 눈, 그 눈!—있을 수만 있다면, 그는 어제의 성공 따위는 기꺼이 내던져버릴 수 있었을 것이다! 그런데 제니, 그는 제니의 웃는 소리를 한 번도 들어본 기억이 없다. 그리고 그녀의 미소에는 무엇인가 환멸 같은 표정이 어려 있었다! '내가 왜 이러지?' 하고 그는 정신을 차리려고 애쓰며 생각했다. 그러나 원한 비슷한 감정이 수반되어 있는 이 향수는 그의 의지보다 강했다. 그리고 그것은 그로 하여금 모든 것을, 퐁타냉 부인의 말도, 앙투안의 비굴함도, 다른 사람들도, 자신의 헛된 청춘도, 그리고 모두가 그러하듯 그럭저럭 마음 편하게 살고 있는 것 같은 제니조차도 증오하게 만들었다.

"자크, 이번 방학을 어떻게 보낼 작정이지?" 하고 퐁타냉 부인이 물었다. "다니엘에게도 권유해서 몇 주일 동안 파리를 떠나도록 해주었으면 좋겠어. 둘이서 여행을 떠난다면 얼마나 재미있고 유익할까!" (부인은 자기가 아들에게 기대하는 멋진 장래가 좀 더 분명하게 드러나지 않는 것이 좀 섭섭했다. 그리고 그 점에 대해 지나치게 참견하고 싶지는 않았지만 그녀는 가끔 다니엘이 영위하는 지나치게 자유롭고, 규칙적이지 못한 생활이 걱정이 되었다. 그녀는 감히 문란하다고는 생각하지 못했다.)

자크가 이번 여름 내내 메종에 머물 것이라는 말을 듣자,

"퍽 기쁜 일이네요! 다니엘도 여기로 데려와주었으면 싶어. 그 애는 통 휴가를 갖지 않아. 그러다간 건강을 해치고 말 거야…. 제니!" 하며 부인은 손님들과 함께 돌아오고 있는 딸에게 말했다. "기쁜 소식이다. 자크가 이번 여름 내내 이곳에서 지낸단다! 그러면 멋지게 테니스 시합도 할 수 있겠지, 안 그러니? …올해 제니는 테니스에 열심이랍니다. 매일 아침을 클럽에서 보내고 있어요. 이제 이곳에는 꽤 알려진 테니스 서클이 있어요." 하고 그녀는 자기 옆에 자리를 잡고 앉은 에케 의사에게 설명해주었다. "아침이면 멋있는 젊은이들이 모이지요. 코트도 훌륭한 코트에, 경기를 조직하고, 선수권 쟁탈전도 열고…. 나는 경기를 볼 줄도 모르지만" 하고 미소 지으며 그녀는 고백했다. "그렇지만 아주 재미있는 운동인 것 같아요. 항상 그들은 젊은이들이 부족하다고 불평들을 하지요! 자크, 너도 여전히 클럽 회원이지?"

"네, 부인."

"마침 잘됐어!… 니콜, 너도 올여름에 약혼자와 함께 우리 집에 한 주일쯤 지내러 와야 한다. 안 그러니, 제니야? 에케 선생께서도 테니스를 잘 치실 게 틀림없지?"

자크가 에케 쪽으로 고개를 돌렸다. 거실의 열린 창문을 통

해 나오는 등불이 젊은 외과 의사의 길고 신중한 얼굴과 짧은 밤색 수염 그리고 은빛이 도는 관자놀이의 머리카락을 비추고 있었다. 그는 니콜보다 열 살 이상은 더 되어 보였다. 코안경 알에 반사되는 불빛 때문에 그의 시선을 관찰할 수 없었다. 그러나 그의 사려 깊은 태도는 호감이 갔다. '그래' 하고 자크는 생각했다. '난 어린애에 지나지 않아. 저 사람은 어른이고. 누군가가 사랑할 수 있는 어른. 그런데 나는….'

앙투안은 일어섰다. 그는 피곤함을 느꼈다. 그리고 기차를 놓치고 싶지 않았다. 자크가 화난 시선을 형에게 던졌다. 조금 전만 하더라도 무슨 구실을 대서든지 이곳을 떠나고 싶어 했지만 막상 오늘 저녁 방문이 이 정도로 끝난다는 생각을 하자 아쉬운 느낌이 들었다. 그러나 그는 형을 따라갈 수밖에 없었다.

그는 제니에게 다가갔다.

"클럽에서 올해는 누구하고 치십니까?"

제니가 그를 바라보았다. 가느다란 그녀의 눈썹이 가볍게 일그러졌다.

"아무나 거기 있는 사람하고요." 제니는 대답했다.

"카잼 형제, 포케, 페리고 패거리하고요?"

"물론이죠."

"늘 똑같은 사람들에다 그리고 항상 재치 있는 그 사람들 말입니까?"

"어쩌겠어요? 모든 사람이 고등사범에 합격하지는 못하니까요."

"하여간 테니스를 잘 치기 위해서는 바보스러워야 한다는 게 필수 조건인가 보군요."

"그럴지도 모르죠." 그녀는 획 고개를 쳐들었다. "누구보다도 더 잘 아실 텐데요. 전에는 누구보다도 더 잘 치셨으니까요." 그러고 나서 화제를 바꾸기 위해 사촌 쪽으로 고개를 돌렸다. "니콜, 벌써 가는 건 아니겠지?"

"펠릭스에게 물어봐."

"무엇을 펠릭스에게 물어봐야 하지?" 하고 에케가 두 소녀에게로 오며 말했다.

'이 어린 소녀의 피부는 눈부시군.' 앙투안이 니콜에게 시선을 고정시키며 생각했다. '하지만 라셸과 비교하면….' 그러자 갑자기 가슴이 터질 것만 같았다.

"그럼 자크, 곧 다시 만날 수 있겠지?" 퐁타냉 부인이 말했다. "제니야, 내일도 테니스 치러 갈 거니?"

"몰라, 엄마. 안 갈 것 같아요."

"그럼, 내일이 아니라도 조만간 아침나절에 둘이 만나려무나." 하고 화해시키려는 듯이 퐁타냉 부인이 말했다. 그리고 앙투안이 만류하는데도 불구하고 두 형제를 정원의 작은 문까지 배웅했다.

"정말이지, 얘야, 넌 네 친구들에게 너무했어!" 하고 니콜이 티보 형제들이 조금 멀어지자마자 큰 소리로 말했다.

"우선, 그들은 내 친구가 아니야." 제니가 대답했다.

"내가 함께 일했던 티보는" 하고 에케가 두 소녀의 대화에 끼어들었다. "아주 훌륭한 청년입니다. 벌써 많은 존경을 받고 있어요. 동생은 잘 모르지만." 그가 덧붙여 말했다. 그리고 그의 회색 눈은 코안경 너머로 짓궂은 빛을 띠었다. 왜냐하면 자크와 제니의 짧은 대화를 들었기 때문이다. "바보가 대번에 고등사범에 합격하는 일이란 흔하지 않지요. 게다가 상위권으로…."

제니의 얼굴이 붉어졌다. 니콜이 재빨리 끼어들었다. 니콜은 자기 사촌인 제니와 꽤 오래 같이 지냈기 때문에 그녀의 비뚤어진 성격을 잘 알고 있었다. 제니의 소심함은 언제나 그 자존심과 충돌하면서 종종 신경과민으로 변질되곤 했던 것이다.

"그 가련한 친구는 목 뒤에 종기가 났더라" 하고 니콜은 너그럽게 보아주며 말했다. "그런 일이 있으면 누구든지 퉁명스러워지게 마련이거든."

제니는 아무 대답도 하지 않았다. 에케도 더 이상 말하지 않았다. 그는 약혼녀 쪽으로 고개를 돌렸다.

"니콜, 우리도 떠날 채비를 해야겠어요." 그는 자기 생활을 정확히 해나갈 줄 아는 남자답게 말했다.

퐁타냉 부인이 다시 나타나자 마침내 모두의 기분이 풀어졌다.

제니는 사촌이 코트를 벗어놓았던 방으로 사촌과 함께 갔다. 그 방에서 잠자코 있다가 한참 만에 이렇게 중얼거렸다.

"이제 여름은 완전히 망쳤구나."

거울 앞에 앉은 니콜은 약혼자의 마음에 들었으면 하는 생각만으로 머리를 매만지고 있었다. 그녀는 자신이 아름답다고 느끼기도 했으며, 아래층에서 약혼자가 아주머니에게 무슨 이야기를 할까 자문해보기도 했으며, 조용한 밤에 약혼자와 자동차를 타고 귀가하는 것을 생각하고 있었다. 그러면서 제니의 기분이 상했다는 데는 별 주의를 기울이지 않고 있었다. 그러나 제니의 얼굴에서 거친 표정을 보자 그녀는 미소 지었다.

"너는 정말로 애기로구나!" 하고 그녀가 말했다.

그녀는 자기를 노려보는 제니의 시선을 보지 못했다.

자동차 경적 소리가 들려왔다. 니콜은 유쾌하게 몸을 돌려서 자신의 매력을 더욱 돋보이게 해주는 애정과 순수함과 애교가 뒤섞인 태도로 사촌에게로 뛰어가서 제니의 허리를 감싸 안으려 했다. 그러나 제니는 무의식적으로 소리 질렀다. 그리고 옆으로 비켜섰다. 제니는 누가 자기 몸에 손을 대는 것을 참지 못하는 성격이었다. 그녀는 모르는 사람의 팔이 몸에 와 닿는 것을 못 참아 했으므로 춤을 배우겠다는 생각은 아예 하지도 않았다. 아주 어렸을 때의 일이다. 뤽상부르 공원에서 발목을 삐어 자동차로 누가 집에 데리고 와야 했던 일이 있었다. 그때 수위가 그녀의 방이 있는 층까지 그녀를 부축해주는 것이 싫어서 아픈 다리를 질질 끌면서 혼자 층계를 올라왔던 적도 있었다.

"넌 참 간지럼도 잘 탄다!" 하고 니콜이 말했다. 그러고 나서 저녁 먹기 전에 장미 꽃밭의 오솔길에서 둘만이 보냈던 순간을 넌지시 비치면서 이렇게 말했다. "너와 얘기할 수 있었던 게 참 좋았어. 어떤 때는 나는 너무 행복해서 숨이 막힐 것만 같아. 저, 나는 너와는 항상 솔직했어. 너와 같이 있을 때의 내가 진정한 나란다! 나는 정말이지 너도 곧…."

여러 옥외등이 켜지자 변모된 정원은 꿈처럼 아름다웠고 연극의 무대 같기도 했다. 에케는 자동차의 발동기 덮개를 열고 외과 의사로서의 잘 훈련된 태도로 점화 플러그를 죄고 있었다. 니콜은 오버코트를 접어 무릎 위에 놓고 싶어 했다. 그러나 약혼자가 억지로 입혔다. 그는 그녀를 자기가 돌보아야 할 딸처럼 대했다. 아마도 이 남자는 모든 여자들을 어린애 대하듯 하는 사람일까? 니콜은 기꺼이 약혼자가 시키는 대로 했는데, 이것이 제니를 놀라게 했으며 이 두 약혼자에 대해 일종의 반감을 느끼게 했다. '아니야' 하고 제니는 작은 이마를 흔들며 생각했다. '이런 종류의 행복이라면… 나는 싫어.'

제니는 어둠 속에서 나무들 사이로 자동차 불빛이 밝히는 빛줄기를 오랫동안 지켜보았다. 정원 울타리에 기댄 채, 강아지를 두 팔로 꽉 껴안고 있는 그녀는 가슴을 에는 듯한 우울, 막연한 원한, 목적도 없는 기대감이 어찌나 심하게 파고들던지 별빛이 찬란한 하늘을 향해 고개를 들었다. 그리고 한순간 살고 싶다는 심정보다는 죽고 싶은 심정이 앞섰다.

6

지젤은 며칠 전부터, 어째서 하루하루가 이렇게 짧게 느껴지는지, 어째서 여름이 이렇게 찬란하게 느껴지는지 마음속으로 생각해보곤 했으며, 또 왜 매일 아침 활짝 열어놓은 창가에서 화장을 하면서 자신도 모르게 노래하고 싶어지는지, 어째서 눈에 뜨이는 모든 것에 미소 짓고 싶은 마음을 참을 수 없는지 자문하곤 했다. 곧 거울, 투명한 하늘, 정원, 그녀가 창가의 받침대 위에서 물을 주는 스위트피이, 또 마치 햇볕을 막으려는 듯이 고슴도치 모양 동그랗게 웅크리고 있는 테라스의 오렌지 나무 따위에.

티보 씨는 이삼 일 정도 메종 라피트에 머물다가 사업상 하루는 파리로 돌아가곤 했다. 그가 없는 동안에는 더욱 경쾌한 분위기가 별장에 감돌고 있었다. 세 끼의 식사도 마치 소꿉놀이인 듯 즐거웠다. 자크와 지젤은 까닭도 없이 깔깔대며 어린애 같은 웃음을 되찾았다. 유모는 더욱 가벼운 걸음으로 나도* 의 유행가 구절과 비슷한, 유행에 뒤떨어진 찬송가를 흥얼거리며 찬간에서 속옷 두는 방으로, 부엌에서 건조실로 왔다 갔다 하곤 했다. 그 며칠 동안 긴장이 풀리고 머리가 상쾌해진 자크는 여러 가지 모순되는 계획들로 꽉 찬 채 과감하게 자기 일에 전력하고 있었다. 그리고 정원의 한쪽 구석에서 앉았다 일어났다 하면서 공책에 이것저것 끄적이며 한나절을 보내는 것이었다. 지젤 역시 시간을 잘 활용할 욕망에 사로잡혀서, 자크가 나무 아래에서 왔다 갔다 하는 모습이 다 보이는 층계참에 자리 잡고는 디킨스의 『위대한 유산』에 몰두하고 있었다. 그 책은 자크의 간청에 의해서 영어 공부에 도움을 줄까 싶어 유모가 읽기를 허락한 책이다. 지젤은 책의 앞머리에서부터 핍이 잔인하고 변덕스러운 에스텔러 양을 좋아해서 가엾은 비디를 버릴 것이라는 사실을 미리 알고 있었기 때문에 심취되어 눈물을 흘리곤 했다.

팔월 둘째 주일에 자크는 마지못해 바탱쿠르의 결혼식 증인으로 투렌에 갔었는데, 잠시 메종을 떠났던 것이 지금까지의 매력을 깨뜨려버리기에 충분했다.

메종에 다시 돌아온 다음 날, 잠을 설치고 새벽 일찍 잠에서

* 19세기 프랑스 작곡가 귀스타브 나도(Gustave Nadaud).

깨자 자크는 조심스럽게 면도를 하면서 이제 피부는 볕에 그을은 흔적이 없어졌고 종기가 났던 자리에는 눈에 보이지 않는 흉터만 남았다는 것을 확인했다. 그러면서 자크는 아주 단조로운 생활을 다시 시작한다는 생각에 환멸을 느껴 화장대 앞을 떠나 분연히 침대에 가로누워버렸다. '이렇게 자꾸 몇 주일이 지나가는군.' 그는 생각했다. 이것이 전에 그렇게도 희망을 품었던 방학이었던가? 갑자기 그는 침대에서 뛰어내렸다. "운동을 좀 해야 해." 그는 흥분해 있는 동작과는 대조되는 분별 있는 어조로 혼잣말을 했다. 그는 옷장에서 앞이 터진 티셔츠를 고르고 신과 라켓이 아직 쓸 만한지 확인해보았다. 그리고 몇 분 뒤에는 한시라도 빨리 클럽에 도착하기 위해서 자전거에 올라탔다.

두 개의 코트에서는 벌써 시합을 하고 있었다. 제니도 치고 있었다. 그녀는 자크가 온 것을 모르는 것 같았다. 자크도 그녀에게 인사하려고 서둘지 않았다. 조가 다시 짜여지자 두 사람이 같은 조가 되었다. 처음에는 적수로, 다음에는 같은 편으로. 두 사람의 실력은 비슷했다.

그들은 곧바로 예전 친구처럼 허물없는 투로 말하게 되었다. 자크는 제니에게 신경을 많이 쓰면서도 줄곧 잔소리를 하는가 하면 상대의 기분을 상하게까지 했다. 그리고 그녀가 잘못 치면 비웃으며 그녀를 반박하는 것을 즐기는 듯했다. 제니는 평소와는 다르게 몹시 날카로운 목소리로 사납게 말대꾸를 했다. 제니가 원하기만 했다면 이렇게 불친절한 상대자를 피하는 것은 쉬웠을 것이다. 그러나 상대를 바꾸려고 별로 애쓰는 것 같지는 않았다. 반대로 논쟁에 이기는 데 집착하고 있었다. 그리고 다른 경기자들이 점심을 먹기 위해 흩어지기 시작할 때 그녀는 도전적인 어조로 당돌하게 자크에게 말했다.

"단식으로 네 게임 해요!"

제니는 게임에서 어찌나 사기가 충천했던지 자크는 사 대 영으로 지고 말았다.

이기고 나자 그녀는 관대해졌다.

"이건 없던 것으로 해요. 당신은 연습 부족이니까요. 며칠 안에 복수전을 해요."

그녀의 목소리에는 평상시의 분명치 않은 목소리가 깃들었다. '우린 둘 다 어린애야.' 하고 자크는 속으로 생각했다. 그는 제니와 함께 약점을 나누는 것이 즐거웠다. 그것은 어렴풋한 희망의 빛과 같았다. 자크는 제니에 대한 자신의 태도를 생각하자 부끄러워졌다. 그러나 그 밖에 어떤 다른 태도를 취할 수 있었을까를 생각해보았으나 별다른 생각이 나지 않았다. 앞으로도 자기는 제니와 대면해서 결코 자연스럽게 행동할 수 없을 것 같았다. 그는 어느 누구보다도 제니 앞에서는 있는 그대로가 되고 싶었다.

그들이 자전거를 끌고 클럽을 나올 때 정오의 종소리가 울려왔다.

"잘 가세요." 그녀가 말했다. "먼저 가세요. 나는 너무 더워서 자전거를 타고 가다가는 더위 먹을까 겁나요."

자크는 아무 대답도 않고 계속 그녀 옆을 걸어갔다.

제니는 누구든 자기를 구속하는 것을 싫어했다. 그래서 자기가 원하는 순간에 그를 떨쳐버리지 못해 초조해졌다. 자크는 그 사실을 눈치채지 못했다. 그는 당장 내일부터라도 테니스를 하러 다시 올 것을 생각하면서 이와 같은 뜻밖의 열성에 대해 동기를 부여할 만한 말을 찾고 있었다.

"이제 투렌에서 돌아왔으니까" 하고 그가 당황해하며 이야기를 꺼냈다…. 그는 비웃는 투의 말을 삼갔다. (제니는 벌써 작년부터 둘만이 있게 될 때면 자크가 짓궂은 말투를 삼간다는 것을 알아차렸다.)

"투렌에 다녀왔나요?" 제니는 무엇인가 말을 하려고 물었다.

"네. 친구 결혼식에 갔었어요. 참, 그 애를 아시지요. 댁에서 내가 그 친구를 만났었으니까요. 바탱쿠르 말입니다."

"시몽 드 바탱쿠르 말인가요?" 그녀는 몇 가지 추억을 더듬는 듯하더니 단호한 어조로 말했다. "내 맘에 들지 않았어요."

"저런! 왜지요?"

그녀는 이런 종류의 질문을 참지 못하는 성격이었다.

"너무 엄격하시군요. 착한 녀석인데" 하고 자크는 제니가 대답하지 않자 말을 이었다. 그러나 그는 생각을 바꾸었다. "아니에요, 사실 옳은 말씀입니다. 너무 평범한 녀석이지요." 그녀가 고갯짓으로 그의 말에 동의를 표시하자 자크는 무척 기뻤다.

"당신이 그 사람과 친한 줄 몰랐어요." 제니가 말했다.

"미안하지만, 그쪽이 나하고 친한 거지요." 그가 미소 지으며 그녀의 말을 수정해주었다. "어느 날 저녁 어디에 갔다가 오는 길에 있었던 일입니다. 무척 늦은 시간이었어요. 다니엘이 우리를 남겨두고 먼저 갔습니다. 그러자 불쑥 바탱쿠르가 나에게 비밀 얘기를 털어놓았습니다. 내게 자신의 생활을 모두 털어놓았는데, 그건 마치 '내 사업을 돌봐주시오, 나는 당신을 믿겠소' 라고 말하며 은행가에게 전 재산을 맡기는 것 같았어요."

제니는 다소의 호기심을 가지고 그의 이야기를 듣고 있었다. 그 순간에는 자크를 떨쳐버렸으면 하는 생각이 들지 않았다.

"그렇게 남의 비밀 얘기를 듣는 일이 자주 있으세요?" 하고 제니가 물었다.

"아니요, 왜요? …그래요, 그럴지도 몰라요." 자크는 미소 지어 보였다. "그래요. 실은 자주 있습니다." 그는 무엇인가 도전적인 투로 이렇게 덧붙였다. "놀라셨나요?"

자크는 제니가 상냥한 투로 대답하는 것을 듣고 감격했다.

"아니요, 조금도 놀랍지 않아요."

열기를 동반한 바람에 의해서 그들이 쭉 따라 걷고 있는 정원의 향기며, 젖은 부식토의 향기며, 카네이션과 해바라기며 태양을 향해 피는 꽃들의 은은한 향기가 그들의 얼굴에 와 닿았다. 자크는 입을 다물고 있었다. 다시 그녀가 대화를 진행시켰다.

"그래, 비밀 얘기를 들었기 때문에 그 사람을 결혼까지 시켰다는 것인가요?"

"아, 아니요, 그 반대랍니다. 나는 그 어리석은 결혼을 막으려고 전력을 다했답니다. 그 녀석보다 열네 살이나 위인 데다가 아이까지 하나 있는 과부랍니다! 바탱쿠르의 부모님은 아들과 의절했답니다. 그러나 누구도 어쩔 수 없었어요." 그는 전부터 자기 친구에 관해 이야기할 때 종교적인 의미로 '씌었다'는 단어를 멋지게 찾아냈음을 상기하며 덧붙여 말했다. "바탱쿠르는 그 여자한테 완전히 씌었어요."

"예쁜가요?" 하고 제니는 그런 표현이 지니고 있는 힘을 전혀 느끼지 못하며 물었다.

자크가 너무 골똘히 생각에 잠기자 제니는 입을 삐쭉하고는 덧붙였다.

"난 이 질문이 당신을 그렇게 난처하게 만들 줄은 몰랐어요!"

그는 여전히 생각에 잠겨 있었다. 그리고 미소도 짓지 않았다.

"아름답다고는 할 수 없습니다. 그 여자는 끔찍해요. 그 밖에 다른 말은 생각이 안 나는군요." 그는 잠시 말을 중단했다가 큰 소리로 말했다. "인간들이란 참 이상합니다!" 그는 제니 쪽으로 눈을 들었다. 그리고 그녀의 놀란 듯한 모습을 보았다. "정말입니다" 하며 그는 말을 이었다. "모든 인간은 다 이상해요! 누구의 흥미도 끌지 못하는 인간까지도요. 이런 생각을 해본 적 있으세요? 우리가 다 알고 있는 사람에 관해서 이야기할 때 매우 의미 있고, 그 사람을 잘 나타낼 수 있는 이야기들을 얼마나 빼먹게 되는지를 생각해본 적이 있으세요? 그래서 인간들은 서로를 잘 이해하지 못하는 겁니다."

그는 다시 제니를 바라보았다. 그녀가 자기 말을 신중히 듣고 있고, 자기가 한 말을 되씹고 있다는 것을 느꼈다. 그는 언제나 제니와 대면할 때면 품곤 하던 경계심이 갑자기 즐거운 안도감으로 변했다. 그는 평소에 없던 이러한 관심을 좀 더 끌고 싶었는가 하면 아직도 기억에 생생한 그 결혼식 이야기를 해줌으로써 제니를 감동시키고 싶었다.

"내가 무슨 이야기를 하고 있었지?" 하고 그는 어리둥절해서 말했다. "그녀에 관해서 내가 알고 있는 것이 별로 없지만 언젠가 그녀의 생애를 글로 쓸 수 있다면 참 좋겠어요! 소문에 그녀는 백화점 점원 노릇을 했었대요. 그 여자의 집요한 상승욕구는" 하고 그는 수첩에 적어놓았던 구절을 반복하며 말했다. “줄리앙 소렐*의 누이 같습니다. 『적과 흑』 좋아하세요?”

“아니요, 조금도 좋아하지 않아요.”

“그래요?” 그가 말했다. “네, 무슨 뜻인지 잘 알겠습니다.” 그는 잠시 생각에 잠기더니 미소 지었다. “하지만 부연 설명을 하기 시작하면 이야기를 끝내지 못할 겁니다. 내가 시간을 너무 뺏는 건 아닌가요?”

그의 이야기에 자신이 너무 빠져 있다는 것을 보이지 않으려고 그녀는 엉뚱하게 이런 말을 했다.

“아니에요. 우리는 삼십분에 점심을 먹어요. 다니엘 때문이지요.”

“다니엘이 여기 있습니까?”

그녀는 자신의 거짓말에 말려들었다.

“오빠가 혹시 올지도 모른다고 했어요.” 그녀는 얼굴을 붉히며 말했다. “그런데 당신은?”

“나는 서두를 거 없어요. 아버지는 파리에 계세요. 저, 그늘 쪽으로 갈까요? …내가 이야기하고 싶은 것은 결혼식 후에 있었던 식사 때의 광경입니다. 오, 뭐 별건 아니에요. 하지만 분명히 말씀드리지만, 무척 가슴 아픈 일이었어요. 자, 말씀드릴게요. 우선, 장소를 말하면 구피요가 복원한 망루가 있는 복고풍의 성이었습니다. 구피요는 그 여인의 전남편이에요. 대단한 호인으로 전에 잡화상 직원이었는데, 백화점 업계에서 재능을 발휘하여 전국에 이십세기 백화점의 지점을 설치한 뒤에 억만장자로 죽었지요. 당신도 보셨을 겁니다. 아무튼 소문에 그 과

* 스탕달, 『적과 흑』에 나오는 주인공.

부는 굉장히 부자래요. 나는 그녀에게 소개된 적은 없었어요. 그 여자에 대해 어떻게 얘기하면 좋을까? 야위고, 유연하고, 지나치게 우아한 여인. 순하지 않은, 옆모습이 거만한 여인입니다. 두 눈은 약간 갈색이 낀 젖은 듯한 회색입니다. 꽤 불안한 느낌을 주는 눈이지요. 고여 있는 물 같아요. 아시겠지요. 버릇없는 아이들 같은 태도, 겉모습에 어울리지 않게 어린애 같은 태도가 있습니다. 큰 소리로 말하고, 막 웃고요. 때로는, 어떻게 설명해야 할지 모르겠습니다만, 그녀의 회색 시선은 두 눈꺼풀 사이에서 긴 속눈썹을 재빨리 움직이곤 한답니다. 그러면 갑자기 그때까지 하던 어린애 같은 태도가 불안스러워집니다. 그 모습을 보면 소문으로 들었던 것이 무의식적으로 생각나게 돼요. 그녀가 오랜 기간을 두고 서서히 구피요를 독살했다는 소문이 한참 떠돌았지요."

"무서운 여자군요." 제니는 자크의 말에 귀가 솔깃해지는 자신을 애써 감추려 하지 않으며 말했다. 자크도 그것을 느끼고 무척 신이 났다.

"그래요, 바로 그래요." 그가 되받아 말했다. "좀 겁나게 하는 여자예요. 지금 생각나는데, 모두들 식탁에 앉았을 때 내가 느낀 감정이 바로 그것이었어요. 나는 그 여자를 바라보고 있었어요. 그 여자는 안면 근육 하나 까딱하지 않고 흰 꽃으로 장식해놓은 식탁 앞에 서 있었지요…."

"그 여자는 흰옷을 입고 있었나요?"

"그 비슷했어요. 신부 의상은 아니었어요. 아주 짙은 크림색이 도는 흰옷으로 연극 무대에서 입는 것 같은 의상이었어요. 점심은 여러 개의 작은 식탁에 마련되어 있었지요. 그 여자는 몇 사람의 자리가 있는지 생각하지도 않고 아무에게나 무턱대고 자기 식탁으로 오라고 했어요. 바탱쿠르가 그 여자 옆에 있었어요. 신경이 곤두선 것 같았어요. 바탱쿠르가 여자에게 말했어요. '당신이 모든 걸 뒤죽박죽으로 만들고 있어요.' 두 부부가 서로 마주 바라보았는데… 아! 아주 이상한 시선이었어요! 나는 그들 사이에 이미 어떤 젊음도, 어떠한 활기도 없고 다만 과거만 남아 있다는 인상을 받았어요."

'아마' 하고 제니가 생각했다. '아마 이 사람은 내가 생각했던 것처럼 그렇게 짓궂지가 않아. 메마르지도 않고, 또한….' 바로 그 순간에 제니는 자크가 인정이 많고 착하다는 사실을 자기가 오래전부터 알고 있었음을 깨달았다. 그런 생각을 하자 그녀는 어리둥절해졌고, 자크의 이야기를 귀담아듣는 동안 내내 그에 대해 더욱더 호의적인 평가를 내릴 수 있는 이유를 찾아내지 않을 수 없었다.

"시몽은 내가 자기 왼쪽에 앉기를 원했습니다." 자크가 계속했다. "그 녀석의 모든 친구 중에 거기에 간 건 나뿐이었어요. 다니엘도 오겠다고 약속해놓고는 빠져버렸지요. 그리고 바탱쿠르 집안에서는 단 한 사람도 안 왔어요. 시몽과 함께 자란 사촌까지도 안 왔어요. 시몽은 마지막 기차 시간까지 사촌이 오기를 기다리고 있었는데, 그 가련한 녀석이 불쌍하더군요. 녀석은 예민하고 꽤 자상한 성격이지요. 정말 그래요. 나는 녀석에 관해선 이것저것 좀 알고 있어요. 녀석이 주위에 있는 모든 사람을 휙 둘러보더군요. 모두 낯선 사람들이었어요. 자기 부모 생각을 하고 있었나 봐요. 내게 이런 말을 하더군요. '부모님이 이렇게까지 화를 내실 줄은 정말 몰랐어. 날 원망하고 계신 것이 틀림없어!' 식사 중에 이런 말도 하더군요. '한마디 말도, 전보 한 장도 쳐주지 않으시다니! 그러니까 나는 그분들에겐 죽은 자식이야, 안 그래?' 나는 뭐라고 대답해야 할지를 몰랐습니다. 그러자 녀석이 서둘러 말을 덧붙였어요. '오! 내가 이런 말을 하는 건 나 때문이 아니야. 나야 뭐 상관없어. 안나를 위해서 그러는 거야.' 바로 그 순간에 그 무서운 안나가 막 가져온 전보를 펴보았습니다. 바탱쿠르의 얼굴이 아주 창백해지더군요. 하지만 전보는 그녀 앞으로 온 것이었어요. 한 여자 친구가 보낸 축하 전보였어요. 그러자 녀석이 더 이상 참지를 못하더군요. 자기를 바라보고 있는 모든 사람들, 매정한 안나의 얼굴, 그리고 그를 감시하고 있는 안나의 차가운 눈초리에도 불구하고 녀석이 울기 시작했습니다. 그 여자는 노발대발했습니다. 녀석이 그걸 알아챘어요. 물론 녀석은 그 여자 옆에 앉아 있었습니다. 녀석이 한 손을 여자의 팔에 얹고는 어린애처럼 나지막하게 '미안해요'라고 말하더군요. 그 말은 듣기에도 끔찍한 일이었어요. 그 여자는 꿈쩍도 안 했어요. 이건 녀석이 우는 걸 보는 것보다 더 괴로웠는데 그러자 녀석이 생기 있게 얘기를 시작하고 농담을 하더군요. 그러고는 억지로 꾸민 말투로 아무 말이나 막 하는 사이에 녀석의 눈에 눈물이 고이는 게 보였어요. 녀석은 계속 떠들면서 손등으로 눈물을 닦아냈습니다."

흥분하고 있는 자크의 어조가 그러한 정경에 생생한 감동을 주었기 때문에 제니는 자기도 모르게 중얼거렸다.

"그건 끔찍하네요…."

자크는 아마도 처음으로 작가가 된 듯한 기쁨을 맛보았다. 그만큼 그 기쁨은 짙었던 것이다. 그러나 그는 그것을 겉으로 나타내지 않았다.

"내가 지루하게 해드리지 않았나요?" 하고 자크는 마치 아무 말도 못 들은 듯이 말했다. 그러더니 곧 다시 말을 이었다. "그게 다가 아닙니다. 디저트를 먹을 때 다른 테이블에서 '신혼부부'라고 부르짖었습니다. 바탱쿠르와 부인이 일어서서 미소짓고는 샴페인 잔을 들고 그 방을 한 바퀴 돌아야 했습니다. 거기서 가슴 아픈, 사소한 에피소드가 있었습니다. 이 식탁 저 식탁을 도는 중에 그 부부는 안나와 첫 남편과의 사이에서 낳은 어린애를 잊고 있었던 겁니다. 여덟이나 아홉 살 정도 된 어린 계집아이였습니다. 그 아이가 부부 뒤를 뛰어서 따라갔습니다. 두 부부는 이미 자기들이 앉았던 테이블로 돌아온 뒤였습니다. 안나가 아이 옷의 장식을 막 구기면서 요란스럽게 아이에게 키스를 해주었습니다. 그러고 나서 그 여자가 딸을 바탱쿠르 쪽으로 밀었습니다. 그런데 녀석은 그 방 안을 한 바퀴 도는 동안 아는 얼굴을 하나도 못 만나자 눈에 눈물이 가득 고여서 아무것도 보지 못했던 것입니다. 누군가가 그 계집아이를 녀석의 무릎 위에 앉혀주어야 했답니다. 다른 남자의 자식 쪽으로 몸을 기울이며 녀석이 짓던 그 억지 미소란! 계집아이가 뺨을 내밀더군요. 아이의 눈이 어찌나 슬퍼 보이던지 난 결코 잊을 수 없을 거예요. 드디어 녀석이 아이에게 입을 맞추어주었답니다. 그런데도 아이가 그대로 앉아 있자 녀석은 바보같이 이렇게 한 손가락으로 아이의 턱을 쓰다듬어 주었어요. 정말이지 애처로운 광경이었습니다. 하지만 어처구니없는 이야기지요…. 그렇게 생각하지 않으세요?…"

제니는 자크가 '어처구니없는 이야기'라고 말하는 어조에 놀라서 자크 쪽으로 몸을 돌렸다. 자크의 시선에서 그녀가 그렇게도 싫어하던 거친 중압감이 가셨다는 것을 알아보았다. 그리고 맑고, 항상 활발하게 움직이며 많은 것을 표현하고 있는 자크의 눈동자 역시 그 순간에는 아주 맑은 물 같았다. '저이는 왜 항상 저렇지 못할까?' 하고 그녀는 생각했다.

자크는 미소 짓고 있었다. 이런 생각을 하며 우울해한다는 것은 타인의 생활, 여러 사람들의 생각이나 감정에 대해 가지고 있는 그의 흥미에 비한다면 별것 아니었다. 제니 역시 그 즐거움을 느끼고 있었다. 그리고 자크와 마찬가지로 제니에게도 그 즐거움은 이 순간에 혼자 있지 않다는 사실 때문에 더욱 커진 것 같았다.

두 사람은 큰길의 끝에 도달했다. 이미 숲의 기슭에 이르렀음을 그들은 알 수 있었다. 그들 앞에는 풀밭 위를 내리쬐는 햇살을 받으며 눈부신 들판이 전개되고 있었다. 자크가 걸음을 멈추었다.

"내가 말이 너무 많았군요." 그가 말했다. "지루하셨지요?"

그녀는 아무 대꾸도 하지 않았다.

그러나 작별 인사 대신 그가 이런 제의를 했다.

"이왕 여기까지 온 김에 오빠한테 인사라도 하고 싶군요."

이건 공교롭게도 제니에게 자기가 했던 거짓말을 상기시켜 주는 꼴이 되었다. 자크가 서슴지 않고 자기 말을 믿어준 것에 그녀는 더욱 신경질이 났다. 그녀는 아무 대답도 안 했다. 그제야 비로소 자크는 그녀가 자기에게 싫증이 났으며, 더 이상 멀리 동행하기를 원하지 않는다는 것을 깨달았다.

그는 그것이 견딜 수가 없었다. 그렇다고 해서 나쁜 인상을 준 채로 헤어져버릴 생각도 없었다. 더구나 오늘 아침에 두 사람 사이에는 지난 여러 달, 아니 어쩌면 여러 해 전부터 그가 막연하게나마 바라고 있던 무엇인가가 일어날 것 같은 이 마당에!

그들은 아무 말 없이 작은 문이 있는 곳까지 아카시아 나무가 길 양쪽에 늘어서 있는 길을 걸었다. 제니의 뒤에 처져서 걷고 있던 자크는 그녀의 뺨의 우울하면서도 우아한 곡선을 알아볼 수 있었다.

앞으로 걸어가면 갈수록 더욱 생각이 바뀌어 그녀를 혼자 보낸다는 것이 꺼림칙하게 여겨졌다. 몇 분이 흘렀다. 두 사람은 문에 도착했다. 그녀가 문을 열었다. 그는 뒤를 따라 들어갔다. 둘은 정원을 가로질러 갔다.

테라스에는 아무도 없었다. 거실도 비어 있었다.

"엄마?" 하고 제니가 불렀다.

아무도 대답하지 않았다. 그녀는 부엌 창문 쪽으로 갔다. 그러고 나서 자기가 했던 거짓말 때문에 이렇게 물었다.

"다니엘은 도착하지 않았나요?"

"아니요, 아가씨…. 하지만 좀 전에 전보가 한 장 왔어요." 퐁타냉 부인이 말했다.

"어머니를 부르지 마십시오" 하고 자크가 말했다. "난 가겠어요."

제니는 꼿꼿이 서 있었다. 그녀는 고집스런 표정을 지었다.

"안녕히 계십시오." 자크가 속삭이듯 말했다. "혹시, 내일 뵐까요?"

"안녕히 가세요." 제니가 대답했다. 그녀는 그를 배웅하기는 커녕 한 발짝도 움직이지 않았다.

드디어 자크가 떠나자마자 그녀는 현관으로 들어가서 우악스럽게 라켓을 케이스에 넣고 케이스를 궤짝 위에 내던졌다. 그녀는 거친 동작으로 자신의 언짢은 기분을 푸는 것을 다행으로 생각했다.

'아냐, 내일은 안 볼 테야! 정말이야, 내일은 싫어!' 그녀는 생각했다.

퐁타냉 부인은 그녀의 방에서 자기 딸이 부르는 소리를 들었다. 그리고 자크의 목소리도 알아보았다. 그러나 그녀는 너무나 충격을 받은 나머지 태연한 척할 만한 기력조차 없었다. 그녀가 받은 전보는 남편으로부터 온 것이었다. 그 전보에는 제롬이 암스테르담에서 병든 노에미 옆에 혼자 한 푼 없이 있다고 쓰여 있었던 것이다. 그녀는 곧 결심을 했다. 오늘 당장 파리로 올라가서 은행에 남아 있는 돈을 모두 인출해 제롬이 알려 준 주소로 보내야지.

제니가 방으로 들어왔을 때 부인은 옷을 입고 있었다. 부인의 변한 안색과 책상 위에 펼쳐진 채 놓여 있는 전보를 보고 제니는 의아했다.

"무슨 일이에요?" 제니가 더듬거리며 물었다. 제니는 이런 생각을 했다. '무슨 일이 일어났어. 그런데 나는 집에 없었어. 이건 자크의 잘못이야!'

"별일은 아니란다, 얘야." 퐁타냉 부인이 한숨지으며 말했다. "너의 아버지가… 너의 아버지가 돈이 좀 필요하시대." 그리고 자기 자신의 허약한 마음이 부끄러워서, 특히 아이 앞에서 아버지의 꼴을 부끄럽게 여긴 그녀는 얼굴을 붉혔다. 그리고 두 손으로 얼굴을 감쌌다.

7

김이 서린 기차간의 유리창 너머로 새벽이 밝아오고 있었다.

퐁타냉 부인은 구석에 쪼그리고 앉아서 네덜란드의 평평한 초원을 멍하니 바라보고 있었다.

전날 밤에 파리에 도착했을 때 집에는 제롬의 두 번째 전보가 기다리고 있었다. '의사는 노에미가 가망 없다고 함. 혼자 있을 수 없음. 꼭 와주기 바람. 가능하다면 돈 좀 가지고.' 저녁 기차 시간까지 다니엘과 연락이 되지 않았다. 그러나 부인은 자기가 떠나니까 제니를 돌보아달라는 쪽지를 다니엘에게 남겨 놓았다.

기차가 정거했다. 외치는 소리가 들렸다.

"하아알렘!"

암스테르담에 도착하기 바로 전 정거장이었다. 밤새 켜놓았던 등불이 꺼졌다. 아직 보이지 않는 태양이 희미하지만 여러 가지 빛을 띠고 있는 진주처럼 희끄무레한 색깔로 하늘을 온통 뒤덮고 있었다. 여행객들이 잠에서 깨어나 부산히 움직이며 외투를 개고 있었다. 퐁타냉 부인은 이러한 멍한 상태를 조금이라도 더 끌고 싶어서 꼼짝 않고 있었다. 노에미는 곧 죽을 것이다. 부인은 자신의 심중을 읽어보려고 애썼다. 질투? 아니다. 질투는 결혼 초에 갑자기 사로잡던 타오르는 불길이었다. 그때 자신은 항상 의심은 하면서도 분명한 사실을 거부하면서 눈에 보이는 참을 수 없는 강박 관념에 대항하여 투쟁하곤 했었다. 이미 오래전부터 자신이 괴로워한 것은 질투 때문이 아니라, 자신에게 행해진 부당함 때문이었다. 그런데 감히 괴로워한다고 말할 수 있을까? 훨씬 많은 다른 고통을 겪었던 자신이 아닌가! 게다가 단 한 번이라도 진정으로 질투를 느껴본 적이 있었던가? 자신이 겪은 최악의 고통은 항상 사건이 터진 뒤에 자기가 속았다는 사실을 알게 되는 순간이었다. 거의 항상 자신은 제롬의 여자들에 대해서 약간 오만한 동정심, 때로는 마치 신중하지 못한 여동생들에게 느끼는 것과 같은 연민의 감정이 깃든 동정심을 느끼고 있었다.

가죽 허리띠의 버클을 채우는 그녀의 손가락은 떨렸다. 맨 마지막으로 기차에서 내렸다. 두리번거리며 재빨리 주위를 살폈으나 나와 있으리라고 기대했던 시선은 찾지 못했다. 전보를 받지 못한 것일까? 혹시 그의 두 눈이 자기를 관찰하고 있을지도 모른다는 생각이 그녀를 긴장시켰다. 그녀는 기차에서 내린 여행객들 뒤를 따라갔다.

누군가가 그녀의 팔을 건드렸다. 제롬이 그녀 앞에 서 있었다. 겸연쩍어하기는 했으나 반가워하는 눈치였으며, 모자도 쓰지 않은 채 몸을 숙이고 있었다. 수척한 얼굴에다가 어깨가 약간 굽기는 했으나 동양의 귀공자같이 불안해하면서도 우아한 태도를 간직하고 있었다. 그가 반가운 인사를 하기도 전에 여행객들의 인파가 두 사람을 밀쳤다. 그러나 그는 다정한 태도로 테레즈의 가방을 재빨리 빼앗아 들었다. '그녀는 죽지 않았어.' 퐁타냉 부인은 생각했다. 그래서 그녀가 죽는 모습을 지켜

보아야 한다는 것이 두려웠다.

두 사람은 아무 말 없이 역 광장으로 나갔다. 드 퐁타냉 씨가 손짓으로 빈 마차를 멈추었다. 마차에 오르려는 순간 어떤 감동이, 행복과도 비슷한 어떤 감동이 그녀의 목을 메이게 했다. 제롬의 목소리를 들었던 것이다! 그리고 그가 네덜란드 말로 마부에게 갈 곳을 일러주는 동안에 그녀는 감격해 마지않으며 꼼짝 않고 잠시 발판 위에 서 있었다. 그러고 나서 그녀는 눈을 다시 떴다. 그리고 마차에 앉았다.

덮개를 열어놓은 마차에서 그녀 옆에 앉자마자 제롬은 그녀 쪽으로 몸을 돌렸다. 그녀는 금빛 도는 적갈색 눈동자의 은은한 눈빛을 다시 알아보았다. 또다시 그 눈의 뜨거운 열정에 휘말렸다. 그는 테레즈의 손을 잡고 팔을 만지려고 하는 것 같았다. 그리고 그러한 태도가 빈틈없는 정중한 태도와 너무나 대조를 이루고 있어서 그녀는 남편이 친밀한 태도를 보이는 것 같아 충격을 받았으나 한편으로는 그것이 자신이 더 이상 기대하지 않고 있었던 애정의 표시 같아 혼란스럽기도 했다.

침묵 속에 먼저 말을 꺼낸 사람은 그녀였다.

"그런데 어떻게 지내는지…?" 그녀는 이름을 말할 수가 없었다. 곧 덧붙여 물었다. "괴로워하고 있나요?"

"아니, 아니" 하고 그가 말했다. "전혀."

그녀는 제롬의 얼굴을 바라보기를 꺼렸다. 그러나 그가 대답하는 투로 보아 노에미가 이제는 훨씬 좋아졌으며, 병든 애인의 침상 앞에 아내를 부른 사실에 그가 퍽 당황하고 있음을 눈치챘다. 가슴을 파고드는 후회가 그녀를 엄습했다. 무슨 마법의 힘이 그녀를 이렇게 빨리 달려오도록 결심하게 만들었던지 이제는 더 이상 이해할 수 없게 되었다. 노에미는 다시 살아날 테고. 모든 게 다시 시작되고 계속될 텐데. 무엇을 하러 이곳에 온 것일까? 그녀는 곧 되돌아가기로 결심했다.

제롬이 속삭이듯 말했다.

"고맙소, 테레즈…."

그 목소리는 다정하고 정중했으며 수줍었다. 그녀는 제롬의 무릎에 얹혀 있는 약간 야윈 그의 손을 바라보았다. 보일 듯 말 듯 떨리고 있는 손, 핏줄이 드러난 그의 긴 손, 약지에 끼워져 흔들리고 있는 커다란 카메오를 바라보았다. 그녀는 고개를 들려고 하지 않았다. 그러나 그 시선은 장갑을 끼지 않은 그의 손을 향했다. 이제는 여기에 온 것을 후회하지 않았다. 왜 다시 떠난단 말인가? 그녀는 자유 의지로, 기도가 영감을 불러일으켜 준 충동에 의해 이곳에 왔던 것이다. 그런 행동에는 어떤 나쁜 결과도 있을 수 없었다. 다시 떠나겠다는 생각을 물리치기 위해 자기의 믿음에 의지하게 되자마자 다시 마음이 굳건해짐을 느껴졌다. 주님의 입김이 그녀를 오랫동안 불안한 가운데 버려둔 적은 한 번도 없었다.

마차는 탁 트인 전망의 시원한 도시로 들어갔다. 가게의 덧문들은 아직 열려 있지 않았지만 보도에는 벌써 일터로 가는 노동자들이 눈에 띄었다. 마부는 보도가 토막토막 연결되어 있고 당나귀 등처럼 굽은 여러 개의 다리로 이어진 약간 좁은 길로 들어섰다. 그 길은 평행으로 잇따라 나 있는 운하를 가로지르고 있었다. 운하를 따라 있는 대부분의 집은 붉은색이었으며 흰 덧문이 있었는데, 둑가에 늘어진 느릅나무 가지 사이로 별로 움직임이 없는 물 위에 그림자를 드리우고 있었다. 퐁타냉 부인은 프랑스에서 멀리 떨어져 있다는 느낌이 들었다.

"아이들은 어떻소?" 제롬이 물었다.

그녀는 남편이 이 질문을 하려고 주저하고 있었으며 격앙되어 있다는 것을 느꼈다. 그리고 이번만은 마음의 괴로움을 굳이 감추려고 하지 않는다는 것도 간파했다.

"잘 있어요."

"다니엘은?"

"파리에 있어요. 일하고 있지요. 시간이 있을 때면 메종에 와요."

"메종에 있었소?"

"네."

그는 입을 다물었다. 분명히 그는 공원과 숲가에 있는 별장을 상기하고 있었다.

"그리고… 제니는?"

"잘 있어요." 그는 그녀에게 눈으로 물으며 애원하는 듯했다. 그녀가 덧붙였다. "그 애는 많이 컸어요. 많이 변했고요."

제롬의 눈썹이 파르르 떨렸다. 그는 애써 건성으로 중얼거렸다. "그럼, 그 애도 많이 변했겠지…." 그는 또다시 입을 다물었다. 고개를 돌리고 갑자기 한 손을 이마에 대며 "아, 이 모든 건 끔찍한 일이오." 하고 낮은 소리로 외쳤다. 그리고 곧 이렇게 말했다. "나는 빈털터리오, 테레즈."

"제가 돈을 가지고 왔어요." 하고 그녀가 재빨리 말했다. 그 외침 속에서 너무도 커다란 비탄을 느꼈기에 그녀는 우선 제롬을 안심시킬 수 있다는 사실에 기쁨을 느꼈다. 그러나 즉각 모욕적인 생각이 떠올랐다. 전보로 자기에게 알렸던 것처럼 노에미는 아프지 않을지도 모른다. 그리고 두 사람이 돈 때문에 자기를 부른 것이 아닐까! 그래서 그녀의 반응을 기다리고 있던 제롬이 더 이상 참지 못하고 겸연쩍은 말투로 이렇게 물었을 때 그녀는 분한 생각에 몸을 떨었다.

"얼마나 가지고 왔소?"

가지고 온 돈의 액수를 줄였으면 하는 유혹이 얼핏 그녀의 뇌리를 스쳐갔다.

"제가 가지고 올 수 있는 건 모두 가지고 왔어요." 그녀가 대답했다. "삼천 프랑 조금 넘을 거예요."

제롬이 더듬거리며 말했다.

"아, 고맙소… 고맙소! …테레즈, 당신이 안다면! …중요한 것은 의사에게 지불할 오백 플로린이오…."

마차는 배들이 많이 있는 큰 강 같은 곳 위에 놓인 돌다리를 건넜다. 그러고 나서 교외의 작은 길들을 돌아 인적 없는 작은 광장에 도착하자 어느 교회의 층계 앞에서 멈추었다.

제롬이 내려서 마차 삯을 지불하고 가방을 들었다. 그리고 아주 자연스러운 태도로 테레즈를 앞서 가도록 비켜주고는 계단을 올라가서 문을 밀었다. 그곳은 성당도 교회도 아니었다. 아마도 유태교회당?

"미안하오." 그가 작은 목소리로 말했다. "이건 집 앞까지 마차를 타고 가지 않기 위해서 이러는 거요. 외국인들은 감시당하고 있어요. 나중에 설명해주리다." 그러고 나서 목소리를 바꾸더니 사교계인답게 사람의 마음을 끄는 듯한 미소를 띠며 이야기를 계속했다. "아무튼 몇 걸음 걷는다는 게 나쁘진 않겠지? 오늘 아침은 무척 상쾌하군! …내가 길을 안내하리다."

그녀는 대답도 없이 그의 뒤를 따라갔다. 마차는 광장에서 떠나버린 뒤였다. 제롬은 궁륭으로 덮인 통로로 들어섰다. 통로는 층계를 통해 운하의 유일한 부두로 이어지고 있었다. 건너편 기슭에는 집들의 초석들이 물에 잠겨 한 줄로 나란히 서 있었다. 햇빛은 한련과 제라늄으로 장식되어 있는 창들의 반짝이는 유리창과 벽돌 위로 비치고 있었다. 부두에는 사람들, 나무 발판들, 바구니들로 가득했다. 일종의 야외 시장 같은 것이 열리고 있었다. 고물상과 만물상들 사이에 꽃을 가득 실은 작은 거룻배가 꽃을 내리고 있었다. 그 꽃향기가 약간 썩은 물 냄새에 섞여 올라왔다.

제롬이 몸을 돌렸다.

"너무 피곤하지 않소, 여보?"

'여…보'라고 부를 때 그는 항상 노래 부르는 듯한 독특한 투로 말하는 버릇이 있었다. 그녀는 대답하지 않고 고개를 숙였다.

그는 자기가 불러일으킨 감정을 전혀 눈치채지 못하고 있었다. 그는 작은 구름다리가 연결되어 있는 다른 쪽 부둣가의 끝에 있는 박공을 가리켰다.

"저기요" 하며 그가 말했다. "뭐, 아주 소박한 집이오…. 이런 곳에 당신을 맞게 된 걸 용서해주오."

과연 집의 외양은 초라했지만 최근에 적갈색 페인트를 칠한 벽과 하얗게 칠한 나무틀 모습은 잘 손질된 요트를 연상시켰다. 테레즈는 이층에 쳐진 오렌지색 블라인드에서 눈에 띄지 않게 쓰여진 글씨를 읽었다.

루스즈 마틸다 하숙

제롬은 일종의 호텔, 익명의 숙소에서 살고 있었던 것이다. 자기들 집으로 안내한다는 인상을 도저히 가질 수 없는 그런 곳이었다. 그렇기 때문에 그녀는 오히려 마음이 놓였다.

두 사람은 구름다리를 지나갔다. 이층의 블라인드 중 하나가 움직였다. 아니, 노에미가 지켜보고 있는 것일까? …퐁타냉 부인은 몸을 곧추세웠다. 그제야 비로소 그녀는 일층 두 개의 창문 사이에서 울긋불긋 야단스러운 그림이 그려진 함석 간판을 보았다. 그 그림은 갓난아기가 기어 나오고 있는 둥지 옆에 황새를 그린 것이었다.

두 사람은 복도를 지나서 밀초 냄새가 나는 계단을 올라갔다. 제롬이 층계참에 멈추어 서서 벨을 두 번 울렸다. 안에서 소리가 들렸다. 철문 뒤로 들여다보는 구멍이 살며시 열렸다. 마침내 문이 열렸는데 제롬이 겨우 지나갈 정도였다.

"잠깐 실례하지." 제롬이 말했다. "내 가서 알리리다."

퐁타냉 부인은 네덜란드어로 짧게 주고받는 대화를 들었다. 곧 제롬이 현관문을 활짝 열었다. 그는 혼자였다. 두 사람은 여러 번 굽어진 밀랍 먹인 긴 복도를 따라 걸었다. 퐁타냉 부인은 가슴이 죄어옴을 느꼈다. 줄곧 노에미와 마주칠 것이 두려워서 침착성을 잃지 않으려고 위엄을 지켰다. 그러나 두 사람이 들어간 방에는 아무도 없었다. 그 방은 운하를 향해 나 있는 깨끗하고 밝은 방이었다.

"당신 집처럼 생각하시오, 여보." 제롬이 말했다.

그녀는 '그런데 노에미는?' 하고 질문하고 싶은 마음을 억제했다.

제롬은 그녀의 생각을 눈치챘다.

"잠시 다녀오겠소." 그가 말했다. "혹시 내가 필요하지나 않은지 보고 오겠소."

밖으로 나가기 전에 그는 아내 쪽으로 다가서서 그녀의 한 손을 잡았다.

"아, 테레즈, 내 말하리다…. 내가 어떤 고통을 겪어왔는지를 안다면! 한데 당신이 있으니까, 이제 당신이 있으니까…." 그는 퐁타냉 부인의 손에 자기 입술, 뺨을 댔다. 그녀는 한 발 물러섰다. 그는 그녀를 잡으려고 하지는 않았다. "좀 있다 당신을 데리러 오겠소" 하고 그는 나가며 말했다. "당신은… 그녀를 다시 보고 싶지 않소?"

그렇다, 노에미를 다시 볼 것이다. 완전히 자의에 의해서 여기까지 왔으니까! 그러나 그 뒤에는, 어떤 일이 있어도 그 뒤에는 떠날 것이다! 그녀는 고개를 끄덕였으나 그가 중얼거리는 '고맙다'는 말은 귀담아듣지 않았다. 그리고 가방 쪽으로 몸을 숙여서 제롬이 그 방을 떠나기까지 가방 속에서 무엇인가를 찾는 시늉을 했다.

그런 뒤에 홀로 있게 되자 그녀는 자신감을 잃었다. 모자를 벗고 거울에 피곤한 얼굴을 비춰보았다. 그리고 이마에 한 손을 댔다. 어떻게 하다가 여기에 있게 된 것일까? 그녀는 부끄러웠다.

그녀에게는 허탈 상태에 빠져 있을 시간도 없었다. 노크 소리가 들렸다. 그녀가 대답도 하기 전에 문이 열리고 붉은 실내복을 입은 여자가 나타났다. 여자는 머리카락이 지나치게 검었고 화장을 짙게 했는데도 나이가 꽤 들어 보였다. 여자는 퐁타냉 부인이 알아듣지 못하는 말로 몇 마디 질문을 하더니 신경질적인 몸짓을 하고 나서 좀 더 젊은 다른 여인을 방으로 불러들였다. 그 여인 역시 하늘색 실내복 차림이었는데 복도에서 기다리고 있었던 것 같다. 여인은 퐁타냉 부인에게 목구멍에서 나오는 소리로 인사했다.

"Dag,* 부인! 안녕하십니까!"

두 여인 사이에 짧은 대화가 오갔다. 나이 든 여자가 젊은 여자에게 무슨 말을 해야 하는지 설명했다. 젊은 여자가 잠시 생각하더니 상냥하게 몸을 돌렸다. 그리고 천천히 말을 시작했다.

"이 부인은 당신이 병든 부인을 데리고 가야 한다고 합니다. 집세를 내고 다른 집으로 옮겨 가시랍니다. Verstaat U?** 내 말 아시겠어요?"

퐁타냉 부인은 우물쭈물했다. 이 모든 것은 그녀와 관계없는 일이었다. 그러자 나이 든 여자가 걱정스러워하면서 완강한 태도로 다시 끼어들었다.

"부인 말은" 하고 젊은 여자가 다시 말했다. "당장 집세를 내지 않더라도 우선 바꾸시래요. 떠나시래요. 병든 부인을 다른 호텔로 데려가래요. Verstaat U? 그게 Politie***때문에 더 좋대요."

그 순간에 갑자기 문이 열리더니 제롬이 나타났다. 그가 붉은 실내복의 여인 쪽으로 가서 네덜란드어로 욕설을 퍼부으며

* '안녕하십니까'라는 뜻의 네덜란드어.

** '당신 아시겠어요'라는 뜻의 네덜란드어.

*** '경찰'이라는 뜻의 네덜란드어.

여자를 밖으로 내몰았다. 하늘색 실내복을 입은 여자는 놀란 눈으로 제롬과 퐁타냉 부인을 차례로 바라보면서 입을 다물고 있었다. 그러는 동안 나이 든 여자가 화가 머리끝까지 나서 집시처럼 팔찌를 짤랑거리며 주먹을 쳐들고 같은 단어만 계속 되풀이하며 짤막짤막한 말로 고래고래 소리 질렀다.

"Morgen*… Morgen… Politie!"

마침내 제롬이 두 여인을 내쫓고 나서 문에 빗장을 질렀다.

"미안하오." 화가 난 모습으로 아내 쪽으로 몸을 돌렸다.

그때 테레즈는 남편이 노에미에게 가본 것이 아니라 옷을 갈아입으러 갔었다는 것을 알았다. 남편은 새로 면도를 했으며 약간 분을 발라 젊어 보였다. '그런데 나는' 하며 그녀는 생각했다. '밤새 여행을 하고 나서 어떤 꼴일까?'

"당신에게 문을 잠그고 있으라고 할 걸 잘못했군." 하고 그가 다가오며 말했다. "늙은 주인 여자는 착한 여자이긴 하지만 수다스럽고 뻔뻔스러워서…."

"내게 뭘 원했나요?" 테레즈가 지나가는 말처럼 물었다. 그녀는 제롬이 면도하고 나면 늘 풍기던 그 레몬 향기를 감지했다. 그녀는 당황한 시선으로 잠시 입을 반쯤 벌리고 우두커니 있었다.

"그 여자의 횡설수설을 하나도 못 알아들었소." 그가 말했다. "그 여자는 당신이 방을 얻으러 온 줄로 생각했던 모양이요."

"푸른 옷을 입은 여자가 방세를 내고 다른 곳으로 가라고 몇 번씩이나 말했어요."

* '내일'이라는 뜻의 네덜란드어.

제롬은 어깨를 으쓱했다. 퐁타냉 부인은 제롬이 머리를 뒤로 젖히며 웃는 웃음, 약간 부자연스럽고 뻔뻔한 그 웃음을 보고 지난날의 그의 웃음을 연상했다.

"허, 허, 허! …얼마나 바보 같은 얘긴지!" 하고 그가 소리쳤다. "늙은 여자는 내가 집세를 내지 않을까 봐 겁이 났던 모양이오." 그는 자기 같은 사람이 빚 때문에 쩔쩔맨다는 것은 말도 안 되는 일이라고 생각하는 것 같았다. "그게 내 잘못이오?" 하고 말을 잇는 그의 얼굴은 갑자기 어두워졌다. "나도 여러 군데다 가보았소. 어떤 호텔에서도 우리를 받아주려 하지 않았소."

"그런데 그 여자는 경찰 때문이라고 하던데요?"

"그 여자가 경찰 이야기를 했소?" 그가 놀라며 물었다.

"그랬던 것 같아요." 그녀는 다시 한번 제롬의 표정에서 의아해하는 천진한 표정을 보았다. 그런 표정의 추억은 그녀가 인생에서 가장 힘든 위기를 겪었을 때와 연결되어 있었다. 그래서 마치 그곳의 공기가 갑자기 악취로 가득 차기나 한 듯이 곧 그녀를 압박해왔다.

"여자들의 쓸데없는 생각이지! 왜 조사를 한단 말이지? 아래층에 병원이 있다고 조사를 하겠소? 그럴 리 없소. 중요한 일은 의사에게 오백 플로린을 지불하는 일이오."

퐁타냉 부인은 뭐가 뭔지 알 수가 없었다. 그 때문에 그녀는 고통스러웠다. 왜냐하면 그녀는 언제나 무엇을 분명히 알고 싶어 하는 성격의 소유자였기 때문이다. 특히 그녀로서는 뭐가 뭔지 알 수 없는 술책에 말려들어 언제나처럼 난처한 입장에 처해 있는 제롬을 다시 보게 되었기 때문에 고통스러웠다.

"언제부터 여기에 계셨나요?" 무엇인가 좀 명확히 알아야겠다고 결심한 그녀가 물었다.

"보름. 아니…. 그렇지 않아. 열이틀쯤, 아니 열흘쯤이오. 이제는 내가 어떻게 살고 있는지조차 모르게 되었소."

"그런데… 그 병은요?" 하고 그녀가 다시 물었다. 그녀가 너무도 집요하게 질문을 던지며 물었기에 제롬은 피할 수가 없었다.

"그건, 이래요" 하고 그는 서슴지 않고 대답했다. "이 외국 의사들하고는 의사소통을 하기가 너무 힘들다오! 그건 이런 나라의 풍토병… 네덜란드의 열병 같은 거요, 알겠소? 운하들의 발산물들…." 그는 잠시 생각에 잠겼다. "이 도시에는 말라리아 열병과 잘 알려지지 않은 온갖 종류의 독취가 있다오…."

그녀는 그의 말을 건성으로 듣고 있었다. 노에미 문제를 이야기할 때마다 어깨를 으쓱해 보인다든가, 그 병에 관한 이야기를 하는 무관심한 모습에 이르기까지 별로 뜨거운 열정을 나타내지 않는 제롬의 태도를 주목하지 않을 수 없었다. 그러나 그녀는 그런 것을 그의 마음이 노에미로부터 멀어졌다는 고백으로 받아들이려고는 하지 않았다.

자신을 바라보는 그녀의 날카로운 시선을 그는 눈치채지 못했다. 그는 창가로 가서 블라인드를 들추지 않은 채 부두 쪽을 세심히 살펴보았다. 그가 그녀 쪽으로 다시 왔을 때 그의 얼굴에는 근엄하고, 환멸에 차 있는 듯하면서 진지한 표정이 깃들어 있었다. 그녀는 이런 표정을 잘 알고 있으면서도 몹시 두려워하고 있었다.

"당신에게 감사하오, 당신은 착한 사람이오" 하며 그가 곧 이어 말했다. "당신은 내가 준 모든 고통에도 불구하고 와주었소…. 테레즈…. 여보….”

그녀는 뒤로 물러섰다. 그리고 남편을 바라보지도 않았다. 그러나 그녀는 타인의 감정, 특히 제롬의 감정에는 너무나 민감했기에 그 순간 남편이 감격해 있으며, 그러한 존경의 표시가 진심이라는 사실을 부인하지 않았다. 그러나 그녀는 남편의 말에 응할 생각이 없었다. 뿐만 아니라 이 대화를 더 이상 길게 끌고 싶은 생각도 없었다.

“저를 데려다주세요… 그곳으로.” 부인은 말했다.

그는 잠시 주저하더니 동의했다.

“갑시다.”

끔찍한 순간이 다가오고 있었다.

“용기를 내자!” 하고 제롬의 뒤를 따라 길고 어두운 복도를 지나며 퐁타냉 부인은 혼잣말을 했다. ‘노에미는 아직 누워 있을까? 회복되고 있는 중일까? 나는 뭐라고 말해야 하나?’ 그녀는 갑자기 피곤에 지친 자신의 얼굴을 생각했다. 그리고 모자를 쓰지 않은 것을 후회했다.

제롬이 어느 닫힌 문 앞에서 발을 멈췄다. 떨리는 몸짓으로 퐁타냉 부인은 한 손으로 흰 머리카락 위를 쓰다듬었다. ‘내가 얼마나 늙어 보일까’ 하고 그녀는 생각했다. 그러자 온몸에 기운이 빠졌다.

제롬이 소리 없이 문을 열었다. ‘그녀는 누워 있구나’ 하고 퐁타냉 부인은 생각했다.

방은 어두웠다. 푸른 꽃무늬의 인도 사라사 커튼이 모두 쳐져 있었다. 낯선 두 여인이 거기에 있었는데, 문 여는 소리에 그들은 일어섰다. 키가 작은 한 여인은 하녀 아니면 간호사 같았다. 그녀는 앞치마를 두르고 뜨개질을 하고 있었다. 쉰 살쯤 되어 보이는 펑퍼짐한 중년 여자는 이탈리아 시골 여자처럼 보랏빛의 머리띠를 두르고 있었는데 퐁타냉 부인이 방 한가운데로 들어서자 물러가려는 몸짓을 하다가 제롬의 귀에 대고 몇 마디 소곤거렸다. 그리고 사라졌다.

테레즈는 그 부인이 떠나는 것도, 그 방의 어지러움도, 침대 위에 널려 있는 대야며 더러운 수건들도 아랑곳하지 않았다. 그녀는 베개도 베지 않고 침대에 반듯하게 누워 있는 환자에게만 관심을 기울이고 있었다. 노에미가 고개를 돌릴 것인가? 코고는 소리가 들리는 것을 보니까 아마도 잠이 든 것 같다. 이런 광경을 본 퐁타냉 부인이 잠을 방해하지 않기 위해 방에서 슬며시 나가려 생각하고 있을 때 제롬이 침대 발치로 오라는 몸짓을 했다. 그녀는 감히 거역할 수가 없었다. 그제야 그녀는 노에미가 눈을 뜨고 있으며, 코를 고는 것 같던 소리는 벌어진 입으로부터 급격하고 고르지 못하게 나오는 것임을 알게 되었다. 눈이 어둠에 익숙해지자 그녀는 핏기 없는 머리와 죽은 짐승의 눈처럼 생기 없는 푸르스름한 눈동자를 보았다. 그 순간 그녀는 누워 있는 여인이 죽어가고 있다는 사실을 알았다. 어찌나 놀랐던지 몸을 돌려 도움을 청하려고 했다. 마침 제롬이 옆에 있었다. 그는 슬픔에 젖어 초췌한 얼굴로 환자를 바라보고 있었지만 그에게 일러주어야 할 것이 아무것도 없다는 것을 알았다.

"마지막 출혈이 있은 뒤부터" 하며 제롬이 낮은 목소리로 설명했다. "그건 네 번째였소. 그 뒤부터 의식을 되찾지 못하고 있소. 어제저녁에 이 헐떡거리는 소리가 시작되었다오." 천천히 그의 눈가에 눈물 두 방울이 고이더니 잠시 속눈썹 사이에서 떨리다가 그의 흑갈색 뺨 위로 흘러내렸다.

퐁타냉 부인은 다시 정신을 차리려고 애썼으나 헛일이었다. 그녀는 자기 눈앞에서 벌어지고 있는 광경을 받아들일 수가 없었다.

이렇게 이 여인은 죽어가고 있는 것일까. 드디어 그들의 생활로부터 사라지려는 것일까. 조금 전까지만 해도 자신감에 넘치는 모습을 보게 되리라고 생각했던 노에미가 아닌가? 이미 모든 표정이 굳어져버린 이 얼굴에서 그녀는 눈을 뗄 수가 없었다. 시선, 두 콧방울이 굳어진 코, 아주 먼 곳에서 들려오는 듯하며, 쉬어 있고, 간헐적으로, 그러면서도 끊이지 않고 숨소리가 새어 나오는 새하얀 두 입술. 그녀는 공포에 짓눌려 있으면서도 호기심을 떨쳐버리지 못한 채, 노에미의 얼굴 모습 하나하나를 관찰했다. 이 핏기 가시고 윤기 없는 육체, 야위고 번쩍이는 이마에 붙은 갈색 머리카락, 이게 정말 노에미란 말인가? 혈색도 없고 표정도 없는 이 모습에서 아무것도 알아볼 수 없었다. 그러니까 언제부터 서로 보지 못했던가? 그러면서 그녀는 오륙 년 전에 노에미를 방문했던 일과, 그녀를 향해 '내 남편을 돌려줘!'라고 소리쳤던 일이 생각났다. 그러자 그녀의 과장된 웃음소리가 다시 들려오는 것 같았다. 갑자기 몸이 움찔하는 것을 억제할 수 없었다. 그녀는 긴 의자에 누워 있는 노에미의 아름다운 육체를, 레이스 속에서 팔딱거리는 통통한 어깨를 보는 것 같았다. 바로 그날, 현관에서, 니콜이….

"그런데 니콜은요?" 하고 그녀가 강경하게 물었다.

"무슨 말이요?"

"그 아이에게 연락하셨나요?"

"안 했소."

파리를 떠날 때 그녀는 왜 생각을 못 했던가? 그녀는 제롬을 한쪽 구석으로 끌고 갔다.

"알려야 해요, 제롬. 그 애의 어머니에요."

남편의 애원하는 듯한 시선 속에서 부인은 그의 약한 마음을 충분히 읽을 수 있었다. 그래서 그녀 자신도 주저했다. 이 끔찍한 집에 니콜이 도착해서, 이 방으로 들어와, 이 침대 머리에서 니콜과 제롬이 만난다는 것! 그러나 그녀는 조금 전보다는 덜 강경한 목소리로 다시 말했다.

"알려야 해요."

그녀는 계획에 차질이 올 때면 제롬의 안색을 더욱 어둡게 만드는 그 흙빛을 알아보았다. 표정, 그리고 마치 가혹한 독설이나 하듯이 얇은 입술 사이로 치아를 드러내고 빈정거리는 표정을 알아보았다.

"제롬, 니콜이 와야 해요." 부인은 부드럽게 다시 말했다.

그의 가는 눈썹이 서로 맞붙더니 눈께로 내려왔다. 그는 아직도 그 일에 반대하고 있었다. 그러나 마침내 그는 담담한 눈길로 부인을 바라보았다. 그는 승복한 것이다.

"그 애 주소를 알려주오." 그가 말했다.

그가 전보를 치려고 떠나자 그녀는 노에미 곁으로 다시 갔다. 이 침대 곁을 떠날 수가 없었다.

그녀는 두 팔을 축 내려뜨린 채 손을 맞잡고 서 있었다. 도대체 어떻게 해서 환자가 나았다는 생각을 할 수 있었을까? 그리고 어떻게 해서 제롬은 더 괴로워하는 것 같아 보이지 않을까? …그이는 어떻게 될 것인가? 자신 곁으로 돌아와 살 것인가? 아, 물론 자신은 그에게 그렇게 하라고 제의하지는 않을 것이다. 그렇다고 그에게 그 피난처를 거절하지도 않을 것이다….

일종의 환희, 아니 오히려 평화롭고 흐뭇한 느낌이 자신도 모르게 마음속에서 솟구쳤으나 곧 그것을 부끄럽게 생각했다. 그녀는 이런 감정을 떨쳐버리려고 애썼다. 기도하자. 성령 곁으로 되돌아가려는 이 영혼을 위해 기도하자. '가엾은 영혼' 하고 그녀는 생각했다. '짐이 무겁지 않도다!' 그러나 지상의 육신화肉身化가 보여주는 지속적인 이 단계를 거쳐서, 최상을 향해 피할 수 없이 나아가는 이 행진 속에서 모든 노력은 아무리 미미한 것일지라도 그 일을 완성하는 자를 위해 있는 것이 아닐까? 모든 고통은 숙명적으로 완성을 향해 한 단계 더 다가가는 과정이 아닐까?…테레즈는 노에미가 고통받았으리라는 것을 의심치 않았다. 그녀의 화려한 인생에도 불구하고 이 불행한 여인은 아마도 고통스런 불안을, 자신도 의식하지 못하는 사이에 신성 모독임을 은밀히 경고하는 양심의 압박을 자신과 함께 끊임없이 질질 끌고 다녔을 것이다. 그리고 그 사랑이 사악한 것이었고, 그렇게도 나쁜 결과를 빚은 것이었지만, 이 고통은 노에미의 사랑과 마찬가지로 더 나은 환생을 위해 도움이 될 수도 있을 것이다! 이 순간 테레즈는 그 나쁜 일들을 고통 없이 용서하고 있었다. 그녀는 용서하는 데는 별로 큰 덕성이 필요치 않다고 생각했다. 노에미의 죽음을 커다란 불행으로 여길 필요는 없다는 것을 인정할 수밖에 없었다. 그 누구에게도. 그녀 역시 제롬처럼 노에미의 이 죽음에 익숙해져버렸다. 그녀의 감정은 무자비할 만큼 급속히 변화해갔다. 그녀의 죽음을 안 지 채 한 시간도 되지 않았지만, 이미 그녀는 감수할 뿐이었다….

이틀 뒤 니콜이 파리로부터 오는 급행열차에서 내렸을 때는 노에미가 죽은 지 서른여섯 시간이 지난 뒤였고, 장례식은 바로 다음 날 아침에 있을 예정이었다.

모든 사람들이 장례식을 서둘러 끝내고 싶어 하는 것 같았다. 집주인도, 제롬도, 특히 오백 플로린을 받을 젊은 의사도. 이 의사는 아래층 방에서 간단한 밀담이 있은 뒤 죽은 환자의 방에 올라와보지도 않고 매장을 위한 사망증명서를 떼어주었다.

그것은 무척이나 힘든 일이기는 했으나 테레즈는 노에미의 마지막 단장을 거들겠다고 했다. 니콜에게 이 경건한 임무를 대신했음을 말해주고 싶었기 때문이다. 그러나 마지막 순간에 터무니없는 구실을 내세워 사람들이 그녀를 고인의 방에서 내보냈다. 그리고 산파가 간호사를 입회인으로 그 일을 하게 되었다. "이런 일은 늘 하는 것이니까 산파가"라고 제롬이 설명했다.

니콜의 도착으로 부인의 심기가 바뀌었다.

니콜은 마침 필요한 때 도착했다. 시간이 흐를수록 복도에서 중년 여인과 집주인과 의사를 만나는 것이 퐁타냉 부인에게는 더욱 참을 수 없게 느껴졌다. 이곳에 도착한 이래로 그녀는 이 집 안에서 숨을 쉴 만한 아주 적은 공기조차 찾아볼 수가 없었다. 니콜의 활짝 핀 얼굴, 건강, 젊음이 마침내 이곳의 분위기를 새롭게 해주었다. 그러나 니콜이 고통의 울음을 터뜨리는 것을 보자—그 모습은 옆방에 피해 있던 제롬을 당황하게 했다—이것은 퐁타냉 부인에게는 이 어린 소녀가 자격 없는 어머니에 대해 실제로 느꼈을 감정과는 어울리지 않게 보였다. 그리고 강렬하기는 하지만 아무 생각 없이 슬퍼하는 모습을 보고 퐁타냉 부인은 자신이 조카딸의 성격에 대해 품고 있던 생각이 옳았음을 확신하게 되었다. '인정은 많지만 참다운 깊이는 없는 성격이야.' 하고 부인은 생각했다.

니콜은 가능했다면 유해를 프랑스로 옮기고 싶어 했으리라. 니콜이 제롬에게 말하고 싶어 하지 않는 데다가 어머니의 그릇된 행동의 책임이 제롬에게 있다고 굳게 믿고 있었기 때문에 테레즈 아줌마가 대신 질문하는 일을 맡게 되었다. 니콜은 전반적이고 명확한 반대에 부딪쳤다. 시신 운반에 드는 터무니없는 비용, 수없이 밟아야 할 많은 수속들, 그리고 제롬의 말에 따르자면 외국인에게 그토록 까다롭게 구는 네덜란드 경찰이 틀림없이 요구할 쓸데없는 심문 등으로 시신 운반은 포기해야만 했다.

니콜은 흥분과 여행으로 몹시 피곤했음에도 불구하고 관 옆에서 밤을 새려고 했다. 이 마지막 밤을 세 사람이 노에미의 방에서 말없이 지냈다. 두 의자 위에 놓인 관은 꽃으로 덮여 있었다. 장미와 재스민 향기가 너무 진해서 창문을 활짝 열어놓아야만 했다. 덥고 구름 한 점 없는 밤이었다. 달빛은 눈이 부실 정도였다. 이따금 집 기둥에 물이 찰랑거리는 소리가 들려왔다. 이웃의 자명종 시계가 시간마다 울렸다. 한줄기 달빛이 마룻바닥 위로 미끄러져 들어와 길게 뻗어 있었으며, 관 밑에 떨어져 거의 시들어버린 한 송이의 하얀 장미꽃을 향해 점점 길게 이어지고 있었다. 그 꽃은 투명하다 못해 푸른색을 띠기까지 했다. 니콜은 적의를 품은 시선으로 무질서한 방 안을 살펴보았다. 이런 곳에서 어머니가 살았겠지. 이런 곳에서 고통을 겪었을 테고. 이 커튼의 꽃무늬를 세면서 어머니는 임종이 가까웠음을 알았을 거야. 그리고 실패한 자기 삶의 무분별함을 절망적으로 되돌아보았을 테지. 어머니는 뒤늦게나마 자기 딸을 생각했을까?

장례식은 아침 일찍 거행되었다.

영구차 뒤에는 집주인 여자도 산파도 따르지 않았다. 테레즈 아주머니가 니콜과 제롬 사이에서 걸어갔다. 그리고 퐁타냉 부인이 영구차를 뒤따라와서 마지막 기도를 해달라고 부탁했던 늙은 목사 한 명이 더 있을 뿐, 다른 사람은 아무도 없었다.

니콜이 운하가街의 그 끔찍한 집을 다시 보지 않게 하려고, 퐁타냉 부인은 묘지에서 나오며 곧장 니콜을 데리고 역으로 가기로 결정했다. 제롬이 가방을 찾은 뒤에 역에서 합류하기로 되어 있었다. 더구나 니콜은 어머니가 외국에서 생활했던 것을 생각나게 하는 것은 어떠한 것이든 가져가기를 거부했다. 노에미의 짐을 포기함으로써 주인 여자와의 마지막 문제 처리를 상상외로 쉽게 만들어주었다.

제롬은 모든 계산을 끝낸 뒤 기차역으로 갈 마차에 혼자 있게 되었다. 기차 출발 시간까지는 시간 여유가 있었기 때문에 묘지를 마지막으로 둘러보겠다는 갑작스런 충동에 사로잡혀 마차를 되돌렸다.

그는 노에미의 무덤을 찾으려고 이리저리 걸었다. 멀리서 새로 흙을 덮어놓은 무덤을 분간하자 그는 모자를 벗고 정중한 걸음으로 다가갔다. 육 년 동안 함께 살았으며, 헤어진 일도 있었는가 하면 질투에 사로잡히기도 했고, 화해하기도 했던 여인이 저기에 누워 있다. 숱한 추억과 비밀의 육 년, 그리고 가장 비극적인 최후가 이곳에 이르게 된 것이다.

'뭐니 뭐니 해도' 하고 그는 막연히 생각했다. '이보다 더 나쁘게 끝날 수도 있었을 거야…. 나는 별로 괴롭지 않아.' 그는 생각했다. 한편 그의 일그러진 이마와, 눈물로 뒤범벅이 된 두 눈은 그 반대 상황을 보여주는 것 같았다. 부인이 옆에 있다는 기쁨이 그의 슬픔보다 더 큰 것이 그의 잘못일까? 테레즈는 그가 사랑한 유일한 사람이다! 겉으로는 그렇지 않게 보였지만 근엄하고 냉담함을 간직하고 있는 그녀가 이 바람둥이 사나이의 일생 동안 열렬한 사랑만이 있었음을, 단지 그녀만이 그의 생을 가득 채웠음을 알까? 자신이 그녀에게 바친 전적인 사랑에 비해볼 때 다른 모든 바람기란 순간적인 일이었음을 이해할까? 그리고 바로 이 순간에도 그 사실을 새롭게 증명할 수 있었다. 노에미의 죽음이 그를 허탈감에 빠지게 하지도 않았고, 외롭게 만들지도 않았다. 비록 테레즈가 지금보다 훨씬 먼 곳에 있다 하더라도, 비록 그녀가 자기와 연결되어 있는 모든 관계를 다 끊어버린다 해도, 그녀만 살아 있다면 자신은 외롭지 않다. 그는 순간적으로 테레즈가 저 꽃으로 덮인 흙무덤 속에 누워 있다면 하는 상상도 해보았다. 그러나 그런 생각은 참을 수가 없었다. 그는 자기가 아내를 슬프게 했던 일에 거의 아무런 자책감도 느끼지 않았다. 그만큼 그는 이 엄숙한 순간에, 이 무덤 앞에서, 아내에게서 본질적인 것은 아무것도 훔치지 않았다는 생각이 들었고, 아내에게 자기 마음의 가장 귀하고 가장 영속적인 것을 바쳤다는 생각이 들었다. 그만큼 그는 단 한 순간도 아내에게 불충실하지 않았다는 생각이 들었다. '아내는 날 어떻게 할 것인가.' 그는 생각했으나 아내를 믿었다. '아내는 내가 그녀 곁으로, 아이들 곁으로 돌아가게 해줄 것이다….' 그는 고개를 숙이고 있었다. 얼굴은 온통 눈물에 젖은 채. 그러나 마음은 한줄기 은근한 희망에 차 있었다.

'니콜만 없다면 다 잘될 텐데.'

그의 눈앞에는 니콜의 말 없는 태도, 그녀의 앙심 품은 시선이 떠올랐다. 그는 니콜이 구덩이 쪽으로 몸을 기울이고 있는 모습을 다시 보는 것 같았고, 참지 못해 찢어질 듯 울음을 터뜨리는 소리를 다시 듣는 것 같았다.

아, 니콜을 생각한다는 것은 그에게는 고문과도 같았다. 그 아이가 화가 나서 어머니의 집을 나왔던 것도 자기 때문이 아니었던가? 그의 기억 저 밑바닥으로부터 설교의 한 구절이 떠올랐다. **죄의 근원이 되는 자에게 화 있을진저**…. '어떻게 속죄할까?' 하고 그는 생각했다. '어떻게 그녀의 용서를 받을 수 있을까? 어떻게 그녀의 호감을 다시 얻을까?' 그는 누군가가 자기를 좋아하지 않는다는 생각은 참을 수가 없었다. 그때 기묘한 생각이 그의 뇌리를 스쳐갔다. '만일 내가 니콜을 양녀로 삼는다면?'

모든 것이 명료해졌다. 그는 니콜이 작은 아파트에서 그와 함께 살며, 아파트를 장식하고, 자기를 정성껏 돌보아주며 손님 접대를 거드는 모습을 불현듯 상상했다. 여름이면 둘이 함께 여행도 할 수 있으리라. 그리고 스스로의 잘못을 속죄하는 나의 열성을 보고 모든 사람들이 칭찬하리라. 그리고 테레즈도 나의 행동을 인정해주리라.

그는 다시 모자를 쓰고 무덤을 떠나 빠른 걸음으로 마차로 되돌아왔다.

그가 역에 도착했을 때는 이미 얼마 전부터 기차가 플랫폼에 들어와 있었다. 두 여자는 벌써 기차간에 자리 잡고 있었는데, 퐁타냉 부인은 남편이 아직도 도착하지 않은 것을 의아스럽게 생각하고 있었다. 제롬이 그 하숙집에서 무슨 어려운 일을 당한 것은 아닐까? 별의별 생각이 다 들었다. 제롬은 함께 떠날 수 없게 된 것은 아닐까? 그녀가 생각했던 이 꿈이, 제롬을 메종으로 데리고 가서, 그가 가정으로 돌아오는 것을 혹은 어쩌면 그가 개과천선하는 것을 쉽게 만들어주려던 아름다운 꿈이 설계되자마자 무산되어버리는 것은 아닐까? 남편이 성큼성큼 그녀에게로 걸어와서 불안한 표정을 지으며 다음과 같이 물었을 때 그녀의 불안은 더 심해졌다.

"니콜은 어디에 있소?"

"그 애는 저기, 복도에 있어요." 그녀가 놀라서 대답했다.

니콜은 허리를 반쯤 숙이고 창가에 서 있었다. 그녀는 서로 얽힌 선로들을 물끄러미 보고 있었다. 슬프기도 했지만 무엇보다도 지쳐 있었다. 슬픈 반면 행복하기도 했다. 왜냐하면 오늘이 모든 슬픔이 한순간도 그녀에게서 행복을 뺏을 수 없었기 때문이다. 어머니가 살아 계시든 돌아가셨든 약혼자가 자기를 기다리고 있지 않은가? 어머니가 돌아가셨다는 것이 적어도 그녀의 약혼자에게는 해방이며, 그때까지 두 사람의 장래를 얼룩지게 한 유일한 오점을 제거하는 것이라는 생각을 하면서도 그 생각이 마치 잘못된 일인 듯이 그녀는 다시 한번 그 생각을 떨쳐버리려고 애쓰고 있었다.

그녀는 제롬이 가까이 오는 것을 알아차리지 못했다.

"니콜! 제발 빈다! 네 어머니를 위해서라도 나를 용서해 다오."

그녀는 소스라쳐 놀라며 몸을 뒤로 돌렸다. 그는 모자를 들고 그녀 앞에 있었다. 겸허하고도 다정한 시선으로 그녀를 뚫어지게 바라보고 있었다. 고통으로, 회한으로 초췌해진 이 얼굴은, 이번에는 혐오스럽게 보이지 않았다. 그녀는 측은한 마음이 들었다. 마치 선량할 수 있는 이 기회를 열망해오기나 한 것 같았다. 그렇다. 그녀는 용서했다.

그녀는 아무 대답도 하지 않았지만 검은 장갑을 낀 작은 손을 결연히 그에게 내밀었다. 제롬은 자기감정을 억제하지 못하며 그 손을 꽉 잡았다.

"고맙다." 그는 작은 소리로 말했다. 그리고 자리를 떠났다.

몇 분이 흘렀다. 니콜은 꼼짝도 않고 있었다. 그녀는 테레즈 아줌마 때문에도 이렇게 된 것이 잘된 일이라고 생각했다. 그리고 이 감동적인 장면을 약혼자에게도 이야기하기로 생각했다. 사람들이 기차에 오르기 시작하면서 그들의 짐 꾸러미로 그녀를 스쳤다. 마침내 기차가 출발했다. 기차가 흔들리자 그녀는 멍한 상태에서 깨어났다. 찻간으로 되돌아왔다. 조금 전에는 비어 있던 자리에 낯선 사람들이 앉아 있었다. 그녀는 제롬 아저씨가 퐁타냉 부인 바로 맞은편 구석에 자리 잡고, 한쪽 팔은 손잡이에 걸치고, 고개는 경치를 보려고 밖으로 향한 채, 햄을 넣은 빵을 한입 덥석 무는 것을 보았다.

8

자크는 저녁 시간을 제니와 나누었던 이야기를 하나하나 생각하면서 보냈다. 그는 무엇 때문에 그 생각이 그토록 자기 뇌리를 떠나지 않는지를 애써 분석하려 하지 않았다. 아무튼 다른 생각은 할 수가 없었다. 자다가 몇 번이나 눈을 떠서 그 생각을 다시 해보았지만 그 기쁨은 가시지 않았다. 그래서 다음 날 테니스 코트에 도착했을 때 제니가 보이지 않자 그의 실망은 이만저만이 아니었다.

자크는 사람들이 제안하는 시합을 거절하고 싶지는 않았다. 그러나 끊임없이 입구 쪽을 바라보느라고 게임은 엉망이 되었다. 시간은 자꾸 흘렀다. 제니는 오지 않을 모양이다. 자크는 빠져나갈 수 있는 기회가 오자마자 그곳을 나왔다. 이제는 더 이상 희망을 가지지 않았지만 그렇다고 절망하지도 않았다.

갑자기 다니엘이 가까이 오는 것이 보였다.

"그런데 제니는?" 자크는 그를 만나게 된 것에 놀라지도 않으며 물었다.

"오늘 아침엔 테니스를 안 치겠대. 너는 벌써 가는 거야? 내가 바래다줄게. 나는 어제저녁부터 메종에 와 있어…. 그래" 하고 두 사람이 클럽 밖으로 나오자마자 다니엘이 이야기를 계속했다. "엄마가 어딜 다녀오실 일이 생겼어. 제니가 밤에 혼자 지내지 않도록 나에게 여기서 자라고 부탁하셨어. 우리 집은 주위에서 너무 동떨어져 있어…. 또 아버지가 일을 저지르신 거야. 가엾은 엄마는 아버지한테 아무것도 거절할 줄 모르셔." 그는 잠시 걱정하더니 무엇인가 결심한 듯 미소 지었다. 다니엘은 괴로운 일을 오래 물고 늘어지는 성격이 아니었다. "그런데 너는 어떻게 지내니?" 하고 눈에 다정한 관심을 나타내며 그가 물었다. "저, 나는 네가 쓴 「뜻하지 않은 고백」에 대해서 수없이 생각해보았어. 정말이지 좋아하게 돼. 생각하면 생각할수록 점점 더. 거기엔 좀 격렬하기도 하고, 군데군데 좀 애매하기도 하지만 아무도 예상할 수 없는 심리 문제가 결부되어 있더군. 그런데 아이디어는 훌륭해. 그리고 그 두 인물은 처음부터 끝까지 아주 진실하고 또 아주 새로워."

"아니야, 다니엘" 하고 자크가 초조함을 억제하지 못하고 다니엘의 말을 가로막았다. "그 작품을 가지고 나를 판단하지 마. 우선 그 형식이 형편없어! 그것은 과장되었고 뒤죽박죽이고 쓸데없는 수다로 가득 찼어!" 그는 화가 치밀어 이렇게 생각했다. '유전적 특성….'

"그리고 내용도" 하며 자크가 이야기를 계속했다. "그건 더구나 상투적이고 조작되었어…. 한 인간의 내면이란…. 아, 나는 어떻게 써야 되는지 잘 알고 있어, 그러나…." 그는 갑자기 입을 다물었다.

"너는 지금은 무엇을 하고 있니? 새 것을 시작했니?"

"응." 자크는 왜 그런지 알 수 없지만 얼굴이 빨개지는 것을 스스로 느꼈다. "하지만 요즘은 무엇보다도 좀 쉬고 있어." 자크는 이야기를 계속했다. "올해 공부를 좀 했더니 생각보다 더 피곤해 있어. 나는 그 가련한 바탱쿠르의 결혼식에 막 다녀왔어. 그 배신자!"

"제니가 그 얘길 해주더라." 다니엘이 말했다.

자크는 또다시 얼굴을 붉혔다. 우선 어제 제니와 한 이야기가 둘만의 비밀로 남아 있지 않았다는 것이 잠시 불만스러웠다. 그렇기는 해도 제니가 그 이야기에 그래도 가치를 부여했다는 사실과, 바로 저녁에 오빠에게 들려줄 정도로 그 이야기를 마음에 담고 있었다는 사실을 알고는 강렬한 기쁨을 느꼈다.

"우리 얘기하면서 센 강변까지 내려가보지 않을래?" 자크가 다니엘에게 팔짱을 끼며 말했다.

"그건 안 돼. 나는 한시 이십분 기차로 파리로 돌아가. 알겠어, 나는 밤에는 집 지키는 개 노릇 하는 건 좋아. 하지만 낮에는…." 어떤 일로 파리에 되돌아가는지를 슬쩍 비치면서 미소 짓는 그의 모습에 자크는 기분이 상했다. 그래서 자크는 팔짱을 풀었다.

"한데, 알아?" 하며 이 어두운 그림자를 씻어버리려고 다니엘이 말을 계속했다. "우리 집에 가서 점심 식사를 하자고. 제니도 좋아할 거야."

자크는 다시 마음이 혼란해진 것을 감추기 위해 아래를 보았다. 그는 주저하는 척했다. 그의 아버지가 돌아오지 않았기 때문에 한 끼쯤 집에서 안 해도 무방했다. 자크는 몹시 기뻐하고 있는 스스로에게 놀랐다. 그는 기쁨을 억제하며 대답했다.

"그럼, 그러지. 잠시 집에 알리고 올게. 먼저 가. 광장에서 만나도록 하자."

몇 분 뒤에 자크는 성 앞의 잔디에 누워서 그를 기다리고 있는 다니엘을 다시 만났다.

"날씨가 참 좋구나!" 다니엘이 두 다리를 햇볕 쪽으로 쭉 뻗으면서 자크에게 소리쳤다. "오늘 아침, 이 공원은 참 아름답다! 너는 이런 데에서 살고 있으니 운 좋은 사람이야!"

"너도 여기에서 살려고 마음만 먹으면 되는 것 아니니?" 자크가 대꾸했다.

다니엘은 일어섰다.

"푸! 그럴지도 모르지." 그는 몽상에 잠긴 듯하면서 쾌활한 표정으로 말했다. "하지만 나는 그렇지 못해…. 오, 이봐." 그가 다가오며 어조를 바꾸어 말했다. "나는 아주 멋진 연애를 시작하려는 참이야!"

"초록색 눈을 가진 귀여운 여자와?"

"초록색 눈이라고?"

"파크멜에서 본."

다니엘이 걸음을 멈추었다. 잠시 동안 그의 시선은 자기 앞을 직시하고 있었다. 그러더니 이상한 미소를 띠었다.

"리네트 말이야? 아니야, 새로운. 훨씬 더 멋있어!" 그는 자신의 생각에 사로잡혀 입을 다물었다. "아, 그 리네트란" 하고 그가 말했다. "이상한 여자야! 글쎄 그 여자가 날 차버렸어! 그랬다니까, 며칠 뒤에 말이야!" 그는 그런 일을 생전 처음 당하는 사람처럼 웃었다. "너는 소설가지. 아마 그 애가 네 흥미를 끌 수 있었을지도 모르겠어. 하지만 나는 그런 여자는 피곤해. 도대체 그렇게 속을 알 수 없는 여자는 처음 봤어. 그 여자가 날 십 분 동안이나마 계속해서 사랑했었는지 의심스러워. 예컨대 날 사랑하고 있는 동안에도 말이야!… 미친 여자 같아!… 아마 굉장한 과거가 있는 여자인가 봐, 아직도 떨쳐버리지 못한 과거가. 그 여자가 예전에 무슨 폭력 단체에 가담했었다고 누군가가 알려주더라도 나는 조금도 놀라지 않을 거야."

“이젠 안 만나는 거야?”

“안 만나. 어떻게 되었는지도 몰라. 파크멜에 다시 나타나지도 않았어…. 때로는 보고 싶기도 해” 하며 그는 잠시 후에 덧붙여 말했다. “내가 이렇게 말은 하고 있지만 사실 그 여자하고는 오래갈 수 없었어. 나는 즉시 그 여자를 참지 못하게 되었을 거야. 너는 생각도 못 할 만큼 주책이 없어! 끊임없이 질문을 퍼붓는 거야. 내 사생활에 관해서. 참! 내 가족에 대해, 어머니에 대해, 내 누이동생에 관해서. 게다가 아버지에 관해서까지!”

그는 말없이 몇 걸음 걷더니 이야기를 계속했다.

“어쨌든 나는 그 여자에 대해서 아름다운 추억을 간직하고 있어. 내가 뤼드비그손에게서 그 여자를 가로채던 날 저녁의 추억 말이야.”

“그런데 그 작자가 네게… 살길을 끊어놓지는 않았니?”

“그 사람이?” 다니엘의 시선이 반짝이기 시작했다. 미소를 짓자 치아가 드러났다. “내가 뤼드비그손을 그런 식으로 평가할 수 있는 기회는 그때가 처음이었어. 글쎄 그 사람은 아무것도 기억하지 않는다는 듯이 행동하더군! 그 사람에 관해 네 마음대로 생각해. 하지만 나는 대단한 [illegible]인이라고 생각해.”

제니는 아침나절을 방에서 꼼짝 않고 보냈다. 다니엘이 테니스를 치러 함께 가자고 했을 때 제니는 할 일이 있다는 구실로 단호히 거절했다. 그러나 그녀는 아무것에도 마음이 내키지 않았으며 어떻게 시간을 보내야 할지도 몰랐다.

자기 방 창문으로 두 청년이 정원을 가로질러 들어오는 것을 본 그녀의 첫 반응은 불만스러움이었다. 그렇게 기쁘게 기다리던 오빠와 단둘이 점심 먹는 기회를 자크가 망쳐버렸기 때문이다. 그러나 반쯤 열린 문으로 유쾌한 다니엘의 모습이 보였을 때 그녀의 불만은 가셨다.

"내가 점심을 같이 먹으려고 누굴 데려왔는지 맞춰봐."

'옷을 갈아입을 시간은 있구나.' 하고 제니는 생각했다.

자크는 정원에서 이리저리 산책하고 있었다. 그날 아침에 자크는 여느 때보다도 더욱 이곳의 아름다움을 느낄 수 있었다. 별장이 있는 공원을 벗어나면 퐁타냉가家의 별장은 마치 숲 변두리에 방치된 농가 같은 아름다움을 지니고 있었다. 어울리지 않는 몇 채의 건물에 높은 창문이 달려 있고, 열 번은 수리한, 틀림없이 예전에 사냥집인 듯한 건물을 중심으로 서로 연결되어 있었다. 차양 아래로 창고 계단과 비슷한 나무 계단이 양쪽으로 붙은 건물 중에서 높은 쪽 건물로 통하고 있었다. 제니가 기르고 있는 비둘기는 경사진 기와지붕 위에서 끊임없이 파닥이고 있었다. 밝지만 퇴색한 장밋빛 페인트가 칠해진 벽은 마치 이탈리아산 도료처럼 빛을 흡수하고 있었다. 여기저기 무질서하게 심어진 전나무가 그 집을 송진 냄새가 풍기는 건조한 그늘 속에 가리고 있었다. 그리고 풀은 더 이상 자라지 않았다.

활기에 넘치는 다니엘의 재치로 점심 식사는 흥겹게 진행되었다. 그는 그날 오후에 있을 좋은 일에 대한 기대로 부풀어서 아침 내내 아주 기분이 좋았다. 제니의 푸른 아마 옷을 칭찬해주며 백장미 한 송이를 앞가슴에 꽂아주었다. 그는 제니를 '귀여운 동생'이라고 불렀고, 툭하면 웃음을 터뜨리며 자신의 말솜씨를 즐기곤 했다.

그는 자크와 제니도 역에 나가서 그와 함께 기차를 기다려주기를 원했다.

"저녁 식사 때까지는 돌아올 거야?" 제니가 물었다. 얌전하고 부드러운 그의 외양을 통해 이따금 드러내 보이는 퉁명스러운 어조, 물론 고의성은 없지만 자크로서는 그것을 목격했을 때 우울함을 느끼지 않을 수 없었다.

"글쎄, 그럴지도 모르겠다." 다니엘이 대답했다. "내 말은 일곱시 기차를 탄다는 건 불가능할 것 같다는 거야. 하여간 밤이 되기 전엔 돌아오겠어. 엄마한테도 그러겠노라고 편지를 보냈어." 그의 이 마지막 말을 하는 투가 마치 말 잘 듣는 아이 같았으며, 남자의 입에서 나오는 억양치고는 하도 귀여워 자크는 웃음을 터뜨리지 않을 수 없었다. 강아지 목에 줄을 매려고 몸을 숙이고 있던 제니까지도 우습다는 눈으로 고개를 다시 들었다.

그때 열차가 역에 들어왔다. 다니엘은 텅 빈 앞쪽 객차에 타려고 그들을 벗어나 뛰어갔다. 두 사람은 멀리서 그가 출입구에서 몸을 내밀고 어린애같이 장난스럽게 손수건을 흔드는 것을 보았다.

둘은 아무런 마음의 준비도 없이 아직도 다니엘의 쾌활한 모습에 압도당한 채 남게 되었다. 두 사람은 마치 아직도 다니엘이 둘 사이에 다리 역할을 해주기나 하듯이 쉽사리 친구 사이에 오가는 말투를 유지하게 되었다. 둘 다 이 새로운 휴전 상태에 퍽이나 안도감을 느끼고 있었기에 이런 화해의 실마리를 놓치지 않으려고 안간힘을 썼다.

오빠를 보내고 약간 쓸쓸해진 제니는 오빠가 줄곧 집을 비우는 것에 대해 곰곰이 생각하고 있었다.

"오빠한테 휴가를 이렇게 왔다 갔다 하면서 보내지 말라고 말 좀 해주시지 그래요. 올여름에 오빠가 거의 여기에 오지 않아서 엄마도 몹시 서운해하시는 것을 오빠는 몰라요. 오, 물론 당신은 오빠 편이겠지요." 하고 그녀는 덧붙여 말했다. 그러나 거기에는 빈정거리는 투는 조금도 없었다.

"변호할 생각은 조금도 없습니다." 그가 대답했다. "내가 다니엘의 생활 방식을 긍정적으로 본다고 생각합니까?"

"어쨌든 오빠에게 그런 얘기를 하긴 했나요?"

"물론이죠."

"그런데 오빠가 당신 말을 안 듣나요?"

"내 말은 듣습니다. 더 심각한 것은, 내가 보기에 다니엘이 나를 이해하지 못한다는 겁니다."

그녀가 자크 쪽으로 몸을 돌리며 용기를 내어 말했다.

"…이제는 더 이상 이해하지 못한다는 말인가요?"

"글쎄, 그런 것 같습니다."

금세 그들의 대화는 심각해졌다. 다니엘에 관한 이야기를 하며 두 사람은 공감을 느꼈다. 어제부터 그들 사이에 공감대가 형성되기는 했었다. 그러나 이처럼 공개적으로 공감을 표시하기는 처음 있는 일이었다. 두 사람이 다시 공원으로 들어가려 했을 때 제니가 제안했다.

"넓은 길로 가면 어떨까요? 숲을 지나서 집까지 바래다주겠어요? 아직 시간도 이르고 또 날씨도 아주 좋지 않아요?"

커다란 행복감이 그의 마음속에 솟구쳐 올라왔다. 그는 자신의 그런 감정을 감추려 하지 않았다. 그러나 감히 그 행복감에 몸을 맡기지는 못했다. 그는 두 사람의 이해를 위한 귀중한 화제가 사라져버릴까 봐 두려워서 서둘러 계속했다.

"다니엘한테는 삶의 커다란 도취감이 있어요!"

"아, 잘 알고 있어요." 그녀가 말했다. "구속 없는 삶이지요. 그러나 구속 없는 삶이란… 아주 위험해요. 불순해요." 그녀는 그를 바라보지 않고 덧붙였다.

그는 엄숙하게 되받아 말했다.

"불순해요. 나도 그렇게 생각합니다, 제니."

그가 항상 주저하던 이 말, 그러나 그렇게도 자주 그의 입에 떠오르는 그 말이 제니의 입에서 나오자 그는 황홀해서 그대로 받아들였다. 다니엘의 모든 연애는 불순했다. 앙투안의 사랑 역시 불순했다. 모든 육체적인 욕망은 다 불순했다. 몇 달 전부터 그의 마음속에서 싹터오던 이 이름 모를 감정만이 오직 순수했다. 어제부터 시시각각 꽃피어나는 이 감정만이.

그러나 그는 겉으로는 태연하게 이야기를 계속했다.

"다니엘이 인생을 대하는 태도에 대해 나는 때로 얼마나 원망했는지 몰라요! 그건 일종의…."

"타락이에요" 하고 그녀가 슈박하게 말했다. 그것은 그녀가 자신에게 자주 사용하는 단어였으며, 순결함을 벗어난 듯한 모든 것의 동의어였다.

"그건 일종의 냉소주의지요." 그가 수정해주었다. 그러나 그러한 그의 말도 매우 부적절한 것이었다. 그것은 그가 자기 자신을 위해 쓰고 있던 말에 지나지 않았기 때문이다. 그러나 그는 곧 이렇게 하면 어느 정도 자기 자신을 드러내게 된다는 것을 알아차렸다. 그리고 발걸음을 멈추면서 이렇게 말했다. "끊임없이 자신과 투쟁하는 성격을 존경한다는 것은 아닙니다. 나 같으면…." (제니는 자크의 생각을 알아보려고 주의를 집중해서 그를 주시하고 있었다. 그녀가 보기에 이 마지막 말이 특히 중요성을 띠고 있는 듯한 느낌이 들었기 때문이다.) "나 같으면 있는 그대로의 성격대로 있기로 결심한 그런 사람 쪽을 더 좋아하겠습니다. 그렇다고 해서…." 그가 감히 제니 앞에서 말할 수 없는 몇몇 예들이 그의 뇌리에 떠올랐다. 그는 주저했다.

"그래요" 하고 그녀가 말했다. "나는 오빠가 완전히… 뭐랄까?… 죄의식을 잃어버리고 말까 봐 두려워요. 무슨 말인지 아시겠어요?"

그는 고갯짓으로 그녀의 말에 동의했다. 그리고 이번에는 그 역시 제니의 얼굴을 집요하게 바라보지 않을 수 없었다. 왜냐하면 그녀의 사려 깊은 얼굴이 그녀의 말에 많은 의미를 부여해주었기 때문이다. '제니가 지금 이렇게 말하는 것 중에는 자기 자신도 의식하지 못하는 고백이 깃들어 있구나!' 그는 생각했다.

제니는 자신감에 차 있었다. 그러나 입이 경련을 일으키고 있고 호흡이 가쁜 것을 보아 그토록 자주 그녀를 괴롭히며 절대로 밖으로 내보이지 않으려고 애쓰고 있는 이 갑작스러운 열정을 이 순간에 가라앉히려고 애쓰고 있음이 분명했다.

'아니 어째서' 하고 자크는 속으로 자문했다. '제니의 얼굴은 그렇게도 쉽게 냉혹하고 무감각한 표정을 지을 수 있는 것일까? 그건 너무 가늘고 숱이 없는 눈썹 때문일까? 아니면 오히려 무지개처럼 너무나도 밝은 청회색 속에서, 동공이 수축하면서 만들어내는 그 검은 두 개의 구멍 때문은 아닐까?' 바로 그 순간부터 자크는 다니엘을 잊어버리고 제니만을 생각했다.

얼마 동안 두 사람은 아무 말 없이 걸었다. 비교적 긴 시간이었지만 두 사람에게는 아주 짧게 느껴졌다. 그러나 다시 이야기를 계속하려고 했을 때 두 사람은 서로의 생각에 거리가 생겼으며 서로 다른 방향을 향하고 있다는 것을 감지했다. 그래서 누구도 어떻게 침묵을 깨야 할지 모르고 있었다.

다행히 길은 수리해야 할 자동차들이 보도를 꽉 메우고 있는 차고 옆이었다. 붕붕거리는 모터 소리 때문에 이야기를 할 수 없었다.

차고 근처의 더러운 웅덩이 속을 걸어다니던 병들고 늙은 옴투성이의 개 한 마리가 와서 퓌스 주위를 빙빙 돌았다. 제니는 강아지를 팔에 안았다. 두 사람이 차고 문을 지나자마자 외마디 외침 소리가 들려서 돌아보았다. 열다섯 살쯤 된 수습공이 운전하고 있던 뼈대뿐인 자동차가 쇳소리를 내면서 공장에서 나오려고 급히 크게 커브를 꺾었다. 소년의 때늦은 외침 소리에도 불구하고 늙은 검둥개는 피할 틈이 없었다. 자크와 제니는 자동차가 불쌍한 짐승의 옆구리를 치면서 차바퀴 두 개가 차례로 몸뚱이 위로 지나가는 것을 보았다.

제니가 겁에 질려서 소리 질렀다.

"개가 죽을 거예요! 개가 죽을 거예요!"

"아니에요, 걷고 있는데요!"

사실 개는 다시 일어나더니 피투성이가 된 채로 짖어대면서 다친 하반신을 먼지 속에 질질 끌며 무턱대고 도망치고 있었다. 개는 갈지자를 그리며 비틀거리면서 이 미터쯤 가다가 고꾸라지곤 했다.

얼굴이 일그러진 제니가 아까와 같은 어조로 되풀이했다.

"개가 죽을 거예요! 개가 죽을 거예요!"

개는 이웃집 뜰로 사라져버렸다. 개의 신음 소리가 점점 뜸해지더니 얼마 뒤에 완전히 멎었다. 차고에서 일하던 공원들이 이 사건에 흥이 나서 핏자국을 따라갔다. 이웃집까지 가보았던 공원 중 하나가 동료들에게 소리를 질렀다.

"여기에 있어. 이젠 완전히 뻗었어."

제니는 안심이 되는 듯 강아지를 땅에 내려놓았다. 둘은 숲으로 가는 길을 계속 걸었다. 그러나 두 사람이 함께 느꼈던 이 감정이 둘을 더욱 가까워지게 만들었다.

"나는 절대로 잊지 못할 겁니다." 자크가 말했다. "당신이 외치던 때의 그 얼굴과 그 목소리를요."

"사람들은 어리석어요. 짜증 나는 일이죠. 내가 뭐라고 외쳤나요?"

"**개가 죽을 거예요!**라고 외쳤습니다. 생각해보세요. 당신은 개가 차에 치어서 피투성이가 되는 걸 보았지요. 끔찍한 일이었습니다. 그런데 진정한 고통은 그 순간이 지난 뒤에 시작됩니다. 곧 그때까지 살아 있던 짐승이 쭉 뻗고 죽을 수밖에 없는 그 비참한 순간 말입니다. 그렇지 않아요? 왜냐하면 이 세상에서 가장 비정한 것은 바로 이 과정, 삶으로부터 죽음으로의 포착할 수 없는 전락입니다. 우리들 내부에는 그런 순간에 대한 공포가, 일종의 성스러운 공포가 항상 눈뜰 준비를 갖추고 도사리고 있습니다…. 죽음에 대해서 자주 생각합니까?"

"네… 아니, 그렇게 자주는 아니에요…. 당신은요?"

"오, 끊임없이 생각하고 있다고 하겠습니다. 내 말은 대부분의 내 생각이 결국은 죽음의 생각으로 귀결된다는 겁니다. 하지만" 하며 그는 실망한 투로 말을 계속했다. "아무리 그 생각을 해보아도 아무 소용 없어요. 그저 생각일 뿐이지요…." 그는 말을 끝맺지 않았다. 그의 얼굴은 열정적이고 반항적이며 거의 아름답기까지 했다. 그러면서 삶에 대한 초조함과 죽음에 대한 공포가 뒤섞여 있었다.

그들은 말없이 다시 몇 걸음 걸었다. 그녀가 조심스러운 목소리로 얘기를 시작했다.

"글쎄요, 왜인지는 모르겠지만, 아무런 관계도 없는 일인데요. 어떤 일이 생각나요. 아마 오빠가 당신에게 얘기했을 거예요. 내가 바다를 처음 봤을 때의 일 말이에요."

"아니 못 들었어요. 얘기해봐요."

"오, 그건 옛날이야기예요…. 내가 열네 살인가 열다섯 살 때의 일이에요. 엄마와 나는 여름 방학이 끝날 무렵 트레포르*에서 오빠를 만나기 위해 떠났어요. 오빠는 우리에게 지금은 역 이름도 잊어버린 어느 역에서 내리라고 편지를 썼었어요. 그리고 오빠가 짐마차로 우리를 마중 나왔어요. 오빠는 길이 굽어질 때마다 바다가 조금씩 보이는 것을 못 보도록 나에게 눈가리개를 해주었어요…. 어리석은 일이었지요, 안 그래요?…한참 뒤에 오빠는 내게 마차에서 내리라고 하고는 내 손을 잡고 갔어요. 나는 한 발을 내디딜 때마다 돌부리에 부딪쳐 비틀거렸어요. 나는 거센 바람이 얼굴에 닿는 것을 느꼈어요. 그리고 윙윙거리는 소리, 으르렁거리는 소리, 지옥에서 나는 것처럼

* 르 트레포르(Le Tréport). 프랑스 노르망디에 있는 작은 해변가 도시.

시끄러운 소리를 들었어요. 나는 무서워서 못 견딜 것 같아 오빠에게 날 좀 놓아달라고 애원했어요. 마침내 우리가 낭떠러지의 제일 높은 곳에 다다랐을 때 오빠는 아무 말도 않고 내 뒤로 와서 눈가리개를 풀어주었어요. 그러자 눈앞에는 끝없는 바다, 발아래로 거의 수직으로 깎아지른 듯한 절벽 아래 바위들 사이로 휘몰아치는 바다, 내 시선에는 온통 바다밖엔 안 보였어요. 나는 숨이 막혀서 오빠의 품속에 쓰러져버렸어요. 몇 분이 지난 뒤에 다시 정신이 들었어요. 그러고는 울고, 또 울었어요…. 나는 집에 돌아와서 누워야만 했어요. 열이 났어요. 엄마는 무척 노하셨고…. 한데, 지금은, 아시겠어요? 나는 아무것도 후회하지 않아요. 지금은 내가 바다를 아주 잘 알고 있다고 생각해요."

이렇게 슬픔이 완전히 사라져버린 그녀의 얼굴, 밝고 약간은 기묘해 보이는 시선을 자크는 지금까지 한 번도 본 적이 없었다. 갑자기 그런 정열이 자취를 감추어버렸다.

자크는 지금까지는 그가 몰랐던 제니를 조금씩 알게 되었다. 아주 조심스러웠다가는 갑자기 열정에 불타는 이런 성격은, 막혀 있기는 하지만 속에는 풍부한 양을 지니고 있어서 이따금 터져나오는 샘을 연상하게 했다. 이 얼굴에 그렇게 많은 내면의 삶을 반영시켜 주고, 그녀의 살짝 웃는 미소를 그토록 가치 있게 해주는 이 독특한 우울함의 비밀을 어쩌면 자크는 이런 부분에서 감지하고 있을지도 모르는 일이었다. 그런데 이런 산책도 끝내야 한다는 생각이 들자 그는 갑자기 불안감에 사로잡혔다.

"별로 급하진 않지요?" 하고 둘이 예전 숲 입구인 아치 밑을 지났을 때 자크가 넌지시 말했다. "한 바퀴 돌아서 갑시다. 이쪽 오솔길은 모르지요?"

발에 부드럽게 밟히는 모래 깔린 오솔길은 덤불숲 그늘 쪽으로 뻗어 있었다. 그 길은 처음에는 풀이 가장자리에 넓게 자라 있었으나 점점 좁아졌다. 이 구역에서는 나무들이 잘 자라지 못했다. 나뭇가지들이 그다지 무성하지 않아서 어디로나 하늘이 보였다.

두 사람은 서로의 침묵에 어색해하지 않으며 걸었다.

'내가 도대체 어떻게 된 것일까?' 제니는 갑자기 생각했다. '이 사람은 내가 생각했던 그런 사람이 아니야. 그래, 이 사람은… 이 사람은….' 그러나 어떠한 형용사도 그녀를 만족시켜 줄 수 없었다. '우리는 서로 얼마나 많이 닮았는가.' 제니는 당연하면서도 동시에 즐거운 기분으로 생각했다. 그러고 나서 그녀는 불안해졌다. '이 사람은 뭘 생각하고 있을까?'

자크는 아무것도 생각하고 있지 않았다. 감미로우면서도 허전하게 느껴지는 행복감에 온몸을 맡기고 있었다. 그는 다른 어떤 것도 원하지 않으며 그녀 옆을 걷고 있었다.

"여기 보여드리는 곳은 숲 가운데서도 가장 살풍경한 곳이랍니다." 그가 중얼거렸다.

그의 목소리를 듣고 제니는 몸을 떨었다. 그리고 그들은 이제까지 아무 말도 않고 있던 시간이, 그들이 똑같이 생각하고 있던 명확하지 않은 어떤 일을 위해서 아주 중요한 시간이었음을 깨달았다.

"나도 그렇게 생각해요." 그녀가 대답했다.

"이건 풀이라고 할 수 없어요. 이건 개밀속屬 종류지요." 자크는 땅을 쿵쿵 구르며 말을 계속했다.

"강아지가 맛있게 먹고 있군요, 저것 좀 보세요."

그들은 아무 말이나 생각나는 대로 했다. 그들에게는 단어의 의미가 완전히 달라져버렸다.

'이 옷의 푸른빛이 내 맘에 든다.' 자크는 생각했다. '왜 이 부드러운 푸른색이, 약간 회색이 도는 푸른색이 제니에게 어울리는 것일까?' 그러고는 아무런 마음의 준비도 없이 소리쳤다.

"이렇게 말하고 싶군요. 내가 바보같이 보이는 것은 내 속으로 느낀 것으로부터 나의 주의력을 떨쳐버리지 못하기 때문입니다."

그러자 제니가 그의 말에 대답하기로 작정하고 이렇게 말했다.

"그건 나도 마찬가지예요. 나는 항상 무슨 꿈을 꾸고 있어요. 나는 그게 좋아요. 당신도 그래요? 내가 꿈꾸고 있는 것은 나에게만 속하고 있어요. 다른 사람과 함께 내 꿈을 나누지 않는다는 것이 좋아요. 내 말 알겠어요?"

"오, 잘 알고 있어요." 그가 대답했다.

몇 개의 들장미 가지가 오솔길을 향해서 뻗은 덤불을 꽃으로 장식하고 있었다. 그 하나에는 벌써 조그마한 열매가 열려 있었다. 자크는 그 꽃을 제니에게 바치고 싶은 생각이 들었다. **여기에 꽃과 열매와 잎과, 가지들이 있습니다. 그리고, 또….*** 그가 멈추어서 그녀를 바라보려고 했는데… 감히 그러지를 못했다. 그리고 장미 덤불을 지나고 나자 이런 생각을 했다. '나는 참으로 문

* 폴 베를렌 시의 한 구절.

학적이로구나!'

"베를렌을 좋아하세요?" 자크가 물어보았다.

"네. 특히 『지혜』*를요. 전에 오빠가 몹시 좋아했었어요."

그가 작은 소리로 읊었다.

"여인들의 아름다움이여, 그들의 연약함이여, 그리고 흔히 선행을 하지만 모든 악행도 할 수 있는, 그 창백한 손들이여…."

"그리고 말라르메는요?" 자크가 잠시 후에 계속해서 말했다. "내게 근대 시인들의 선집이 있는데, 괜찮은 것 같아요. 갖다드릴까요?"

"좋아요."

"보들레르를 좋아하세요?"

"베를렌보다는 덜 좋아해요. 휘트먼 정도요. 나는 보들레르는 잘 몰라요."

"그럼 휘트먼은 읽어보았어요?"

"지난겨울에 오빠가 그 시집을 읽어줬어요. 나는 오빠가 휘트먼을 왜 그렇게 좋아하는지 알 것 같아요. 그러나 나는…."

(두 사람은 동시에 조금 전에 말했던 '분순'이라는 단어에 대해 생각하고 있었다. '제니는 나와 무척이나 닮았구나!' 자크는 생각했다.)

"그런데 당신은" 하고 자크가 말했다. "바로 그런 이유 때문에 당신은 다니엘처럼 휘트먼을 좋아하지 않는 거지요?"

그렇다고 고개를 끄덕이며 제니는 자크가 자신의 생각을 말

* 베를렌의 시집.

로 표현해준 것이 기뻤다.

오솔길이 점점 다시 넓어지더니 빈터로 이어졌다. 빈터에는 벌레들이 잔뜩 붙어 있는 두 그루의 떡갈나무 사이에 벤치가 하나 놓여 있었다. 제니는 풀밭에 크고 연한 밀짚모자를 벗어 던졌다. 그리고 그 위에 앉았다.

"어떤 때는" 하고 제니는 자신이 생각하고 있는 바를 분명히 말하기라도 하려는 것처럼 자진해서 마음을 털어놓았다. "당신이 다니엘과 친하다는 것이 놀랍게 생각되는 때가 있어요."

"왜요?" 하고 자크가 물으며 미소 지었다. "내가 다니엘하고 너무 다르다고 생각되어서 그러십니까?"

"오늘은 무척이나…."

자크는 그녀에게서 좀 떨어진 경사진 둑에 드러누웠다.

"다니엘과 나의 우정." 하고 그는 낮은 소리로 말했다. "오빠가 때때로 내 이야기를 합니까?"

"아니요…. 사실은 해줘요. 조금은."

그녀는 얼굴을 붉혔다. 그러나 자크는 제니를 바라보고 있지 않았다.

"아" 하며 풀 한 포기를 씹으며 그가 이야기를 계속했다. "이제는 변하지 않는 애정, 평화스러워진 우정입니다. 예전에는 그렇지 못했어요." 그는 입을 다물었다. 그리고 손가락으로 햇볕이 쬐는 풀잎 끝에 매달려 구슬처럼 투명한 달팽이 한 마리가 끈적이는 두 개의 더듬이를 조심조심 움직이는 모습을 그녀에게 가리켰다. "글쎄요" 하며 그는 금방 생각난 듯이 이야기를 계속했다. "학교 다니던 때는 내 초라한 머릿속에 수없이 많은 것들이 뒤죽박죽되어 있어서 내가 미칠 것 같은 생각이 들 때가 몇 주일 계속되곤 했답니다. 그리고 언제나 나는 혼자였어요!"

"하지만 당신은 형님과 함께 살지 않아요?"

"다행한 일이었지요. 그리고 나는 아주 자유로웠어요. 그 또한 다행한 일이었지요. 그렇지 않았더라면 나는 정말로 미쳐버렸을 거예요…. 아니면 도망쳐버렸을 거예요."

그녀는 그가 마르세유로 도망갔던 일을 생각했다. 처음으로 그 일에 대해서 약간의 관대한 마음이 생겼다.

"나는 이해받지 못하고 있다는 생각이 들었어요." 자크가 침울한 목소리로 말했다. "모든 사람이, 형까지도, 때로는 다니엘까지도 나를 이해하지 못한다고 생각했어요."

'나하고 똑같구나.' 제니는 생각했다.

"그 무렵에 나는 학교 공부에는 전혀 흥미를 느낄 수 없었습니다. 나는 책을 읽었어요. 미치광이처럼, 형의 책장에 꽂혀 있던 모든 책을, 다니엘이 빌려주었던 온갖 책을 다 읽었어요. 프랑스, 영국, 러시아의 모든 근대 소설을 거의 다 읽었어요. 내게 얼마나 큰 감동을 주었는지 당신이 아신다면! 그 뒤에는 모든 것이 견딜 수 없이 따분하게 느껴졌어요. 강의도, 교과서의 궤변들도, 훌륭한 분들의 멋진 교훈들도! 나는 절대로 그런 것들을 위해 있는 게 아니라는 생각이 확고히 들었어요!" 자신의 이야기를 하고 있는 자크는 조금도 자기도취에 빠져 있지 않았다. 그러나 다른 모든 젊고 강한 청년들처럼 자신만만했고, 주의 깊게 바라보고 있는 이 시선을 앞에 두고 자기 자신을 분석하는 일보다 더 진실한 즐거움은 없다고 믿었다. 그리고 그가 느끼는 즐거움은 제니에게 전염되고 있었다. "바로 그 무렵에" 하며 그는 이야기를 계속했다. "나는 다니엘에게 서른 페이지나 되는 편지를 여러 번 썼어요. 나는 언제나 편지 쓰기로 밤을 꼬박 새우곤 했지요! 그런 편지에 나는 하루의 온갖 감격들, 특히 온갖 증오의 심정을 쏟아놓았어요! 아, 지금 읽어본다면 우습기 짝이 없겠지요…. 하지만 아니에요" 하고 그는 두 손으로 얼굴을 감싸며 말했다. "그 모든 것은 나를 너무나 고통스럽게 했어요. 나는 아직도 그것을 용서할 수 없어요! …그 편지들을 다니엘에게서 되돌려받아 다시 읽어보았습니다. 모든 편지는 일시적으로 제정신이 번쩍 든 정신 이상자의 고백과도 같았습니다. 편지들은 며칠 간격을 두고, 때로는 몇 시간 간격을 두고 이어지고 있었습니다. 편지 하나하나는 폭발이었습니다. 거의 매번, 바로 앞 편지에서 쓴 위기와 정반대되는 내적인 위기의 폭발이었어요. 종교적인 위기도 있었습니다. 그때 나는 미친 듯이 『복음서』에, 아니면 『구약』에, 아니면 콩트*의 실증주의에 몰두하고 있었으니까요. 아, 에머슨**을 읽고 난 뒤에 쓴 편지란! 나는 사춘기의 모든 병을 다 겪었습니다. 급성 다빈치 병도, 중증 보들레르 병도요! 그런데 어떤 병도 만성으로 앓지는 않았습니다! 어느 날 아침에 나는 고전주의자였다가 그날 저녁엔 낭만주의자가 되었지요. 그런 날 저녁이면 형의 서재에 숨어서 말레르브***나 부알로****의 책을 불태우곤 했지요. 나는 혼자서 악마처럼 웃으며 그런 일을 했답니다! 그런 다음 날

* 19세기 프랑스의 철학자이자 사회학자.
** 19세기 미국의 시인이자 사상가.
*** 16-17세기 프랑스의 시인으로 고전주의 작시법(作詩法)의 선구자.
**** 17세기 프랑스의 시인이자 비평가, 고전주의 문학 이론의 대표자.

이면 문학적인 모든 것이 똑같이 공허하고 구역질 나게 생각되었어요. 그러면 기하학에 매달려서 기초부터 새로 미친 듯이 팠지요. 나는 이제까지 발견된 모든 공리를 뒤집어놓을 새로운 공리를 발견하겠다고 단단히 결심했었습니다. 그러다가 다시 시인이 되었어요. 다니엘을 위해서 서정 단시를 짓기도 하고, 단숨에 이백 행이나 되는 서한체의 시를 짓기도 했어요. 그러나 그 가운데에서도 가장 믿을 수 없는 일은" 하고 그는 갑자기 흥분을 가라앉히며 말했다. "내가 이 세상에서 가장 진지하게 영어로, 그래요, 영어로 팔십 페이지에 이르는 논문을 쓴 것입니다. 제목은 「사회와 관련된 개인의 해방」이었어요. 지금까지도 가지고 있답니다. 기다리세요, 그게 다는 아니에요. 그 논문의 서론을—솔직히 말씀드려서 짧은 서문이었어요—현대 희랍어로 썼답니다!" (마지막 말은 거짓이었다. 그는 당시에 그런 서문을 쓰고 싶어 했던 것을 기억해냈을 뿐이다.) 그는 웃음을 터뜨렸다. "아니에요, 나는 미치지 않았어요." 하고 잠시 침묵 뒤에 그는 이야기를 계속했다. 또 잠시 침묵을 지키고 있다가 반은 진정으로 반은 농담으로, 그러나 자만심은 없이 말했다 "아무튼 나는 다른 사람들과는 아주 달랐어요…."

제니는 강아지를 쓰다듬으며 생각에 잠겼다. 벌써 얼마나 여러 번 그녀는 자크가 불안스럽고 위험하기까지 한 존재라는 생각을 했던가! 그러나 이제는 더 이상 그가 두렵지 않다는 사실을 인정하지 않을 수 없었다.

자크는 풀밭에 누워서 앞을 바라다보고 있었다. 그는 이렇게 툭 터놓고 이야기해버렸기 때문에 행복하게 느껴졌다.

"이 나무 아래에 있으니까 좋죠?" 그가 느긋하게 물었다.

"그렇군요. 몇 시예요?"

두 사람 다 시계가 없었다. 공원의 끝은 가까운 곳에 있었다. 그러니까 서두를 것은 없었다. 제니는 자기가 앉은 벤치에서 그녀가 잘 알고 있는 두 그루 밤나무의 꼭대기를, 그리고 좀 더 멀리 푸른 하늘로 검은 가지들을 뻗고 있는 삼림 관리인 집의 삼나무를 보고 있었다.

그녀는 치마에 매달려 서 있는 강아지에게 몸을 숙인 채 자크 쪽으로 고개를 돌리지 않고 말했다.

"오빠가 당신의 시를 읽어주었어요."

그가 아무 말도 하지 않는 데 놀란 그녀는 마음먹고 그를 바라보았다. 그는 머리털 언저리까지 얼굴이 빨개졌다. 그리고 화가 난 눈초리로 주위를 둘러보았다. 그녀 역시 얼굴이 빨개져서 소리쳤다.

"아, 그런 말을 한 건 내 잘못이었어요!"

자크는 이미 자기가 화낸 것을 후회하며 진정하려고 애썼다. 그러나 그는 누군가가—제니가—자신이 소년 시절에 주절거렸던 것을 현재의 자기로 판단할지도 모른다는 생각은 참을 수가 없었다. 자기가 아직까지 어떤 일에도 자기 능력을 발휘하지 못했음을 잘 알고 있었기에 이 문제에 대해 더욱 화가 났다. 그가 매일 괴로워하는 것이 바로 그것 때문이었다.

"내 시는 영점입니다!" 하고 갑자기 그가 내뱉았다. (그녀는 반박하지도 않았고, 손 하나 까딱하지 않았다. 자크는 그런 그녀가 고마웠다.) "그건 나를 과소평가하는… 말하자면… 아!" 하며 그는 마침내 큰 소리로 외쳤다. "내가 하고 싶어 하는 일을 사람들이 짐작할 수 있다면!" 그 미묘한 문제, 제니의 존재,

이 고독감 등이 그의 내부에 너무도 커다란 감정을 불러일으켰기에 그의 목소리가 막혀버렸고, 그의 두 눈은 마치 당장이라도 눈물이 쏟아질 듯이 따끔거렸다. "말하자면" 하며 잠시 쉬었다가 말을 계속했다. "그건 내가 고등사범에 합격한 것을 축하해주는 자들과 똑같은 겁니다! 내가 어떻게 생각하고 있는지 아신다면! 나는 합격한 게 창피해요. 그래요, 창피하단 말입니다! 합격한 사실이 창피할 뿐만 아니라… 그 모든… 작자들의 심판을 받아들였다는 사실이 창피해요! 아, 그 작자들이 누군지나 아세요! 모두 똑같은 틀로, 똑같은 책으로 만들어진 작자들이에요! 책들, 언제나 책들! 그런데, 구걸해야 했다니, 그 작자들의… 내가! 내가 순종을… 아!… 내가…." 그는 적당한 말을 찾아낼 수가 없었다. 자기의 혐오감에 어떤 그럴듯한 동기도 말하지 못하고 있다는 것을 그는 잘 의식하고 있었다. 그러나 멋진 토론들, 진정으로 해야 할 이야기들은 금세 쏟아져 나와 공공연하게 늘어놓아지기에는 너무도 강렬했고, 그의 내부 깊은 곳에 박혀 있었다. "아, 나는 그자들을 모두 경멸해요!" 그가 소리쳤다. "그리고 내가 그자들 사이에 있다는 사실 때문에 나 자신을 더욱 경멸해요! 그리고 절대로, 절대로, 나는…나는 모든 걸 용서할 수 없을 겁니다!"

제니는 자크가 흥분하면 할수록 스스로를 더 잘 억제했다. 그녀로서는 자크의 생각이 어떤 것인지를 잘 파악할 수는 없었지만, 그가 자주 이러한 명백하지 않은 불만을 토로하고는 도저히 용서할 수 없다고 말하고 있는 것을 알아차렸다. 분명히 그는 대단히 괴로워했을 것이 틀림없었다. 그렇지만—이 점에서 그는 그녀와 얼마나 다른가!—그의 미래에 대한 신념, 미래의 행복에 대한 신념은 너무도 명확했다. 그가 퍼붓는 저주를 통해서도 끊임없이 희망과, 확신의 숨결이 감돌고 있었다. 그의 야심은 무한했고, 거기에는 어떠한 의심의 여지도 없었다. 제니는 이제까지 자크의 미래가 어떠할까 생각해본 적은 없었지만, 자크가 자기의 목적을 아주 높은 곳에 두고 있음을 알고서 조금도 놀라지 않았다. 자크를 난폭하고 비천한 개구쟁이로 생각하던 때도 제니는 그에게 어떤 힘이 있음을 늘 인정하고 있었다. 그런데 오늘 흥분한 이 말들, 자크의 심장에 타오르고 있는 불꽃을 알아차리자 그녀는 자신도 모르게 마치 그와 똑같은 소용돌이 속에 내맡겨진 듯 현기증을 느꼈다. 그로 인해 고통스러운 불안감을 느끼자 그녀는 일어섰다.

"미안해요." 자크가 목멘 소리로 말했다. "그건, 글쎄요, 그 모든 일들이 내 마음 깊숙이 자리 잡고 있기 때문이었어요."

두 사람은 옛날의 넓은 도랑 옆의 굽이를 끼고 마치 순찰로처럼 이어진 오솔길을 걸어서 공원으로 꼬부라지는 숲속의 또 다른 문이 있는 곳까지 갔다. 문은 창끝 모양의 철제 장식이 달린 철문으로 닫혀 있었다. 자물쇠는 마치 감옥의 빗장처럼 삐걱 소리를 냈다.

해는 아직 하늘 한가운데 떠 있었다. 아직 네시도 안 되었다. 두 사람은 일찍 산책을 끝내야 할 어떤 이유도 없었다. 그런데 어째서 그들은 돌아가는 길로 접어들었던 것일까?

공원에는 몇몇 산책객들이 그들과 마주쳐 지나갔다. 그런데 어제까지만 해도 바로 이 길을 불편함 없이 함께 돌아다닐 수 있었건만 오늘은 단둘이 나란히 있는 것을 남들이 본다는 데 수치심 비슷한 감정이 일었다.

"그럼" 하며 오솔길이 두 갈래로 갈라진 곳에 이르자 자크가 갑자기 말했다. "여기서 헤어지도록 할까요?"

제니는 주저하지 않고 대답했다.

"그래요. 집에 다 온 셈이니까요."

그는 이유도 모른 채 당황해서, 모자를 벗을 생각도 않으며 그녀 앞에 서 있었다. 당황해지자 그의 얼굴에는 흔히 짓는 무겁고도 어색한 표정, 산책하는 동안에 제니가 목격하지 못한 표정이 되살아났다. 그는 제니에게 손을 내밀지 않았다. 그는 애써 미소 지었다. 그리고 발길을 돌리려고 하다가 그녀에게 수줍은 시선을 던지며 중얼거렸다.

"왜… 나는 이렇게… 늘… 당신과 함께 있지 못할까요?"

제니는 못 들은 척하며 뒤도 안 돌아보고 곧장 풀밭을 가로질러 달려갔다. 그건 바로 그녀가 어제부터 몇 번씩 생각했던 말이었다. 그러나 갑자기 어떤 의구심이, 그녀가 감히 명확히 표현하기 힘든 의구심이 그녀를 스쳐 지나갔다. 혹시 자크가 이렇게 말하려는 것은 아니었을까? '왜 나는 항상 이렇게 오늘처럼 당신 곁에서 살도록 허락되지 않는 걸까요?' 이러한 가정이 그녀의 마음을 불타게 했다. 그녀는 걸음을 재촉했다. 방으로 되돌아갔을 때 그녀의 두 뺨은 불같이 뜨거웠으며, 두 다리는 휘청거렸다. 그녀는 아무 생각도 하지 않기로 마음먹었다.

그날 오후 늦게까지 내내 제니는 마음이 들떠 서성거리며 지냈다. 가구를 다시 배치해놓기도 했고, 벽 장식도 다시 옮겨놓는가 하면, 층계참의 벽장에 넣어두었던 수건이며 시트 등을 다시 정리해놓았으면서 집 안에 있는 모든 화병에 꽃을 다시 꽂아놓았다. 때때로 그녀는 강아지를 잡고는 꽉 껴안아주었다가 어루만져주기도 했다. 마지막으로 벽시계를 보면서 오빠가 저녁 식사를 하러 오지 않는다는 사실을 확인하고는 절망감에 사로잡혔다. 혼자 식탁에 앉아서 저녁 먹을 마음이 도저히 나지 않아 딸기 한 그릇을 테라스로 가지고 가서 먹으며 저녁을 때웠다. 그러고 나서 그날의 끊임없는 고뇌로부터 도피하기 위해 거실로 가 모든 전등에 불을 켰다. 그런 다음에 베토벤의 악보를 한 권 집었다. 그러다가 생각을 바꾸어 베토벤을 다시 제자리에 넣었다. 그리고 쇼팽의 연습곡집을 한 권 집은 다음 피아노로 달려갔다.

사실 그날 하루는 유난히도 날이 천천히 저물어가는 것 같았다. 왜냐하면 벌써 달은 떴으나 나무에 가려진 달빛이 슬며시 저녁놀과 교대했기 때문이다.

그날 저녁에 자크는 어떤 명확한 목적도 없이 그가 제니에게 얘기해주었던 근대 시인 선집을 호주머니에 넣었다. 그리고 오늘 저녁 냉담한 가정 분위기를 참을 수가 없어서 공원을 산책하려고 집을 나왔다. 그의 생각은 아무것에도 집착하지 못하면서 방황하고 있었다. 그런 지 삼십 분도 채 못 되어 그는 아카시아가 나란히 서 있는 길을 걷고 있었다. '문이 잠겨 있지 않았으면.' 하고 그는 생각했다.

문은 잠겨 있지 않았다. 종소리가 났다. 그는 침입자이기나 한 듯이 그 소리에 섬찟했다. 전나무 아래로 뜨거운 송진 냄새가 개미집의 악취에 뒤섞여 흘러왔다. 멀리서 은은하게 들려오는 피아노 소리만이 잠든 이 정원에 생기를 주고 있었다. 아마 제니와 다니엘이 함께 연주하는 모양이군. 거실의 정문은 반대편으로 나 있었다. 자크가 서 있는 쪽의 모든 창문이 닫힌 채 집은 잠들어 있었다. 그런데 지붕이 이상한 빛으로 흠뻑 젖어 있어서 자크는 놀라 돌아보았다. 달빛이었다. 달빛은 나무 꼭대기 위로 벌써 지붕을 희끄무레 비추고 있었다. 천창天窓의 유리가 달빛을 받아 번쩍이고 있었다. 자크는 가슴을 두근거리며 자기가 온 것을 알려줄 어떤 방법도 없어서 어쩔 줄 모르며 집 가까이로 다가갔다. 퀴스가 짖어대며 달려왔을 때 자크는 안도감을 느꼈다. 아마도 피아노 소리가 개 짖는 소리를 덮어버려 안 들렸던지 음악이 끊이지 않고 계속되었다. 자크는 몸을 크게 숙여서 제니가 하듯이 두 팔에 강아지를 안고 비단같이 부드러운 강아지의 이마에 입술을 살짝 댔다. 그러고 나서 집의 한쪽 측면을 빙 돌아 거실 앞의 테라스로 갔다. 환한 빛이 쏟아져 나오는 거실 창문은 열려 있었다. 그는 좀 더 가까이 갔다. 제니가 무슨 곡을 연주하고 있는지를 알아보려고 애썼다. 불확실한 멜로디는 얼마 동안 주저하는 듯하다가 웃음과 눈물 사이에서 파동 치더니, 마침내는 기쁨과 고통이 더 이상 존재하지 않는 저 높은 세계로 퍼져나갔다.

그는 거실의 문지방까지 와 있었다. 거실에는 아무도 없는 것 같았다. 처음에는 피아노를 덮어놓은 인도 사라사로 만든 덮개와 그 위에 놓인 장식품들밖에 보이지 않았다. 갑자기 두 개의 도자기 사이로 나 있는 틈을 통하여 자크는 촛불의 후광 속에 걸려 있는 것 같은 어떤 얼굴, 찌푸린 가면을 보았다. 그것은 내적인 진동으로 흉하게 된 제니의 얼굴이었다. 그 얼굴의 표정이 어찌나 적나라했던지 그는 마치 갑자기 나체의 소녀를 보기나 한 듯이 본능적으로 물러섰다.

그는 강아지를 자기 어깨에 올려놓은 채 꽉 잡고는 마치 도둑처럼 떨면서 조금 떨어진 집의 어두운 그늘 속에서 연주가 끝나기를 기다렸다. 연주가 끝나자 그는 큰 소리로 퀴스를 부르면서 바로 그 순간에 정원에 도착한 듯이 행동했다.

제니는 그의 목소리를 알아듣고 몸을 떨며 재빨리 일어섰다. 그녀의 표정에는 혼자 있을 때 느꼈던 감동의 흔적이 남아 있었다. 그리고 겁에 질린 듯한 그녀의 시선에는 어떤 비밀을 지키려는 듯 자크의 시선을 피하고 있었다. 그가 물었다.

"나 때문에 놀라셨어요?"

그녀는 한마디도 못 하고 눈살을 찌푸렸다. 자크는 계속 말했다.

"다니엘은 아직 안 돌아왔나요?" 그러고 나서 잠시 침묵을 지키다가 말했다. "아까 낮에 이야기했던 근대 시인 선집을 가지고 왔어요."

그는 우물쭈물하며 주머니에서 그 책을 꺼냈다. 제니는 책을 받더니 기계적으로 페이지를 들추어보았다.

그녀는 의자에 앉지도 않았으며, 자크에게 의자를 권하지도 않았다. 자크는 이곳을 떠나야 한다는 것을 알아차렸다. 그는 테라스 쪽으로 나갔다. 제니가 그를 뒤따라 나왔다.

"나올 거 없어요." 하고 그가 신경질적으로 말했다.

제니는 어떻게 이 상황을 빠져나가야 할지 몰랐으며, 그렇다고 해서 손을 내밀어 헤어질 결심도 서지 않은 채 그를 배웅하러 갔던 것이다. 나무숲에서 벗어난 달빛이 어찌나 밝던지 그가 몸을 돌렸을 때 그녀의 속눈썹이 파르르 떨리는 것까지 볼 수 있었다. 그녀의 푸른 옷은 유령처럼 너울거렸다.

두 사람은 아무 말도 없이 정원을 쭉 가로질러 갔다.

자크가 작은 문을 열고 길로 내려섰다. 제니 역시 아무 생각 없이 문밖으로 나와 자크 앞에 달빛을 뒤로하고 길 한가운데서 있었다. 그러자 달빛이 찬란하게 비치는 벽 위로 소녀의 그림자가, 그녀의 옆얼굴, 목, 하나로 땋은 머리카락, 턱, 입의 표정에 이르기까지 검은 벨벳 같은 그림자가 선명하게 보였다. 자크가 그것을 손가락으로 가리켰다. 그때 어처구니없는 생각이 그의 뇌리를 스쳐갔다. 소심한 자들에게서나 볼 수 있는 용기를 가지고 그는 벽 쪽으로 몸을 숙이고는 사랑하는 얼굴의 그림자 위에 입을 맞추었다.

제니는 마치 그에게서 자신의 초상화를 빼앗기나 하려는 듯이 갑자기 뒤로 물러서서 문 안으로 사라져버렸다. 달빛을 받고 있던 사각형의 정원이 안 보이게 되었다. 문이 다시 닫혔다. 자크는 조약돌 위로 달아나는 제니의 발소리를 들었다. 그러자 그는 펄쩍 뛰어오르더니 어둠 속을 걷기 시작했다.

그는 웃고 있었다.

제니는 마치 너무나도 고요한 정원을 가득 채우고 있는 희고 검은 유령들이 자기를 뒤쫓아 오고 있기나 한 듯이 뛰고 또 뛰었다. 그녀는 집 안으로 뛰어들어 가 자기 방까지 뛰어올라 가서는 침대에 몸을 던졌다. 식은땀을 흘리며 그녀는 몸을 떨었다. 그녀의 마음은 고통스러웠다. 떨리는 두 손으로 가슴을 눌렀다. 그리고 이마를 베개에 힘껏 비벼댔다. 모든 의지력은 단 한 가지 노력에 집중되었다. 모든 것을 잊어버리고자 하는 노력! 수치심으로 인해 그녀는 가슴이 답답했으며 눈물조차 흐르지 않았다. 새로운 감정, 곧 공포심으로 가득 찼다. 자기 자신에 대한 공포심으로.

아래층에서 혼자 내버려진 퓌스가 짖었다. 다니엘이 돌아왔다.

제니는 오빠가 콧노래를 흥얼거리며 층계를 올라와서 잠시 자기 방 문 앞에서 멈추어 서는 소리를 들었다. 문틈으로 아무 빛도 새어 나오지 않는 것을 보고 동생이 벌써 잠들었다고 생각하며 다니엘은 노크를 하지 않았다. 그러나 거실에 모든 불이 다 켜져 있는 것은 웬일일까?… 제니는 꼼짝도 안 했다. 그녀는 어둠 속에서 혼자 있고 싶었던 것이다. 그러나 오빠의 발소리가 멀어지는 소리를 듣자 고통에 사로잡혀 침대에서 벌떡 일어섰다.

"오빠!"

다니엘은 들고 있던 등잔불에 비친 동생의 초췌한 얼굴과 한곳을 응시하고 있는 눈동자를 알아보았다. 그는 자기가 일찍 못 온 것이 동생에게 불안감을 안겨주었다고 믿었다. 대뜸 이것저것 구실을 늘어놓으려 하자 제니가 그의 말을 중단시켰다.

"아냐, 난 신경이 좀 날카로워졌어." 날카로운 목소리로 제니가 말했다. "오빠 친구를 쫓아버릴 수가 없었어. 나를 계속 따라왔어. 나에게서 떠나지 않았어!" 제니는 화가 나서 얼굴이 창백해졌다. 그리고 말 한마디 한마디를 끊어 말했다. 그러더니 갑자기 얼굴이 온통 붉어 기진맥진해져서 침대에 앉았다. "정말이야 오빠, 그 사람한테 말해줘…. 그 사람을 쫓아줘…. 나는 못 참겠어, 정말 못 참겠어!"

어리둥절해진 다니엘은 두 사람 사이에 무슨 일이 있을 수 있었을까를 애써 추측하면서 동생을 물끄러미 바라보았다.

"아니… 무슨 일이야?" 하고 다니엘이 낮은 소리로 말했다. 언뜻 한 가지 생각이 떠올랐다. 그는 감히 그 생각을 구체화하기를 꺼려 했다. 어색한 미소를 짓느라고 그의 입술이 삐뚜름하게 들어올려졌다. "그 가련한 자크가" 하며 드디어 그가 암시적으로 말했다. "아마도 그 애가 너를…."

그의 어조만으로도 뜻을 전달하는 데 충분했기 때문에 그는 말을 끝맺을 필요가 없었다. 그는 제니가 그 말에 소스라치지도 않고, 아래를 내려다보며 무관심한 척하는 것을 보고 놀랐다. 제니는 다시 마음을 가다듬었다. 침묵이 흘렀다. 그러나 그 침묵이 하도 길기 때문에 다니엘은 제니로부터 대답을 더 이상 기대하고 있지 않았다. 그런데 제니가 말했다.

"글쎄." 그녀의 목소리는 다시 정상을 되찾았다.

'저 애도 자크를 좋아하는구나.' 다니엘은 생각했다. 이런 결론이 너무도 뜻밖이어서 다니엘은 멍하니 아무 말도 못 한 채 있었다.

그 순간 제니는 오빠의 시선과 마주쳤다. 오빠의 시선 속에서 오빠가 무슨 생각을 하고 있는지 분명히 읽었다. 제니는 발끈했다. 그녀의 푸른 눈이 빛났고 얼굴은 도전적인 표정을 띠었다. 그러더니 목소리를 높이지 않고, 두 눈은 오빠의 눈 속을 응시하며, 힘차게 고개를 가로저으면서 세 번 연속적으로 반복해서 말했다.

"절대로 아냐! 절대로 아냐! 절대로 아냐!"

마침내 다니엘은 의아스러워하면서도 오빠다운 애정과 걱정스러워하는 눈길로 동생을 유심히 바라보자 제니는 몸 둘 바를 모르면서 다니엘에게로 달려와 그의 이마에 흩어진 머리카락을 쓸어 올려주었다. 그리고 뺨을 토닥이면서 말했다.

“오빤 저녁은 먹은 거야?”

9

파자마 바람의 앙투안은 벽난로 앞에 서서 말레이시아 단검으로 건포도를 넣은 케이크를 자르고 있었다.

라셀이 하품을 했다.

“두껍게 잘라줘, 응.” 하고 라셀은 나른한 목소리로 말했다. 그녀는 아무것도 걸치지 않은 채 양손을 베고 침대에 누워 있었다.

창문은 열려 있었지만 두꺼운 천으로 된 발이 밑에까지 처져 있었기 때문에 방 안으로는 뜨거운 햇빛을 받은 차양의 뜨거운 열기만이 어슴푸레 들어왔다. 팔월의 일요일 한낮의 파리는 찌는 듯 더웠다. 길에서는 아무런 소음도 올라오지 않았다. 건물 자체가 조용했는데, 위층을 제외하고는 텅 비어 있는 듯했다. 거기에는 아마 알린 할멈이 샬르 부인과 아직 여러 주일을 똑바로 누워 지내야 하는 회복기의 어린 환자가 심심해하지 않도록 큰 소리로 신문을 읽어주는 모양이었다.

“배고파.” 라셀이 암고양이 같은 장밋빛 입을 열며 말했다.

“물이 아직 끓을 생각도 안 해.”

“할 수 없지! 그냥 줘.”

그는 커다란 케이크 조각을 접시에 담아서 침대가에 놓아주었다. 그녀는 누운 채 상체만 천천히 돌려서 한쪽 팔꿈치로 몸을 받치고, 머리는 뒤로 젖힌 채, 두 손가락으로 케이크 조각을 떼어 입속에 집어넣으며 먹기 시작했다.

"당신은?"

"나는 차가 끓기를 기다려." 앙투안은 안락의자에 놓인 쿠션에 털썩 주저앉았다.

"피곤해?"

앙투안은 그녀에게 미소 지어 보였다.

침대는 낮았고 홑이불이 바닥에 떨어져 벗겨져 있었다. 장밋빛 명주 커튼이 규방 깊숙한 곳에 둥글게 모아져 있어서 멋있게 노출된 라셀의 나신이 우의화寓意畵에서 볼 수 있듯이 투명한 조개껍질의 오목한 곳에서 쉬고 있는 것 같아 보였다.

"내가 화가였다면…." 하고 앙투안이 중얼거렸다.

"그것 봐, 당신은 피곤해." 라셀이 재빨리 미소 지으며 말했다. "예술가가 되고 싶어 할 땐 피곤하기 때문이야."

그녀가 머리를 뒤로 젖히자 불타는 듯한 머리채 위의 그늘 속으로 그녀의 얼굴이 사라졌다. 한 줄기의 햇살이 진주빛의 그 육체를 비추어주고 있었다. 반달 모양으로 힘없이 뻗은 오른쪽 다리는 매트리스 속으로 파고들어 가 있었으며, 왼쪽 다리는 세워서 굽혔기 때문에 엉덩이 곡선이 드러나 보였고, 상앗빛 슬개골이 환한 빛 속에 뚜렷이 부각되어 있었다.

"배고파." 하고 신음하듯 그녀가 말했다. 앙투안이 빈 접시를 가지러 다가오자 그녀는 힘찬 두 팔로 그의 목을 감고는 그의 얼굴을 끌어당겼다.

"아이! 이놈의 수염" 하면서도 그를 밀쳐버리지는 않았다.

"언제 깎아버릴 거야?"

그는 다시 몸을 일으켜서 거울 속에 불안한 시선을 얼핏 던졌다. 그리고 두 번째 케이크를 가지러 갔다.

"당신이 그토록 내 맘에 드는 점이 바로 이거야" 하고 앙투안은 라셀이 덥석 케이크를 베어 먹는 모습을 보며 말했다.

"내 식욕?"

"당신의 건강. 혈액 순환이 잘되고 있는 이 육체. 당신은 튼튼해!…나 역시 몸은 좋아" 하고 그는 다시 거울에 자신을 비추어 보면서 덧붙였다. 그는 양어깨를 쭉 펴고 상체를 세워서 크게 펴보았다. 그는 얼굴 크기에 비해 팔다리가 얼마나 가느다란지를 모르고 있었다. 항상 자신의 육체가 얼굴의 표정처럼 발랄하다고 생각했다. 이러한 힘과 충만감은 지난 두 주일 전부터 그의 마음속에서 불타고 있는 사랑에 의해 생겨난 것들인데, 오만하다는 느낌마저 줄 정도로 팽배해졌다. "알겠지?" 하며 그가 결론적으로 말했다. "우리는 둘 다 백 년은 살 수 있을 몸을 가지고 있어."

"함께?" 하고 다정한 두 눈을 반쯤 감고 그녀가 중얼거렸다. 슬픈 생각이 그녀를 스쳤다. 그에 대해 느끼는 매력, 자신을 이렇게도 행복하게 해주는 이 매력을 영원히 간직할 수 없을 것 같은 두려움에 휩싸였다.

그녀는 두 눈을 뜨고는 두 다리를 만져보고 양손으로 탄력 있는 육체를 온통 쓰다듬고 나서 이렇게 말했다.

"오! 누가 날 죽이지만 않는다면 아주 늙도록 살 거야. 아버지는 일흔두 살에 돌아가셨는데, 쉰 살 된 남자처럼 건강하셨어. 아버지는 일사병의 후유증으로 뜻밖에 돌아가셨지. 하여간 우리 집 식구들은 사고로 죽어. 오빠는 익사했어. 그리고 나도 사고로 죽을 거야. 권총에 맞아서. 나는 항상 그런 생각을 해왔어."

"당신 어머니는?"

"어머니? 아직 돌아가시지 않았어. 매번 만날 때마다 더 젊어 보이시는걸. 사실 어머니가 지내고 있는 생활이란…." 그녀는 별다른 어조의 변화 없이 덧붙여 말했다. "어머니는 생탄 병원에 입원하고 계셔."

"정신 병원에…?"

"내가 말해주지 않았던가?" 그녀는 변명하려는 듯 미소 짓고는 유쾌하게 말을 계속했다. "어머니가 거기 계신 지는 십칠 년이 되었어. 나는 어머니에 대한 기억은 별로 없어. 내가 아홉 살 때였으니까! 성격이 쾌활하셔. 아무 고통도 없어 보이고. 노래도 부르시며…. 우리 가족들은 잘 견디어내는 성격들이야…. 물이 끓고 있군."

그는 서둘러 풍로 쪽으로 갔다. 차가 우러나는 동안에 그는 거울 앞에 가서 한 손으로 턱수염을 움켜잡으면서 깎은 뒤의 얼굴을 상상해보았다. 그것은 안 될 일이다. 얼굴 밑에 있는 이 검은 덩어리가 마음에 든다. 수염은 사각형의 환한 이마와 눈살의 주름과 시선에 커다란 중요성을 부여하고 있지 않은가! 게다가 마치 위험한 비밀이라도 드러내듯이 그는 자기 입을 그대로 드러내기를 본능적으로 두려워했다.

라셀은 차를 마시려고 침대에 앉았다가 담배를 피워 물었다. 그리고 다시 누웠다.

"내 곁으로 와. 거기서 뭘 하고 있는 거야?"

그는 흐뭇해하며 그녀 곁으로 슬며시 가서는 그녀의 얼굴 위로 고개를 숙였다. 흐트러진 머리카락 냄새가 침대의 훈훈함 속에서 그에게로 흘러왔다. 자극적이며 동시에 부드러운 냄새, 끈질기며 약간은 기분 나쁜 냄새, 그는 그 냄새를 번갈아가며 다시 맡아보았으나 끔찍한 생각이 들었다. 왜냐하면 그것을 너무 오래 들이마시고 나면 목구멍 속까지 스며들기 때문이었다.

"뭘 원하고 있어?" 그녀가 물었다.

"나는 당신을 보고 있어."

"나의 사랑."

그는 라셀에게 입을 맞추고 나서 곧 조금 전과 같은 자세로 되돌아갔다. 그는 호기심에 차서 라셀의 두 눈을 깊숙이 들여다보았다.

"도대체 뭘 보고 있어?"

"당신 눈동자를 보고 있어."

"내 눈동자가 그렇게 찾기 힘들어?"

"응, 속눈썹 때문에. 당신 눈에 황금 안개가 낀 것처럼 보여. 그래서 당신에게 이런 느낌을…."

"어떤 느낌?"

"수수께끼같이 알 수 없다는 느낌."

그녀가 어깨를 으쓱하고는 이렇게 말했다.

"내 눈동자는 푸른색이야."

"그렇게 생각해?"

"은빛이 도는 푸른색이야."

"전혀 안 그래" 하며 그는 라셀의 입술에 자신의 입술을 얹었다. 그리고 놀리듯이 곧 입술을 떼었다. "당신 눈동자는 어떤 때는 회색이고 어떤 때는 보라색이야. 솔직하지 못하고 혼란스런 빛이야."

"고맙습니다." 그녀는 웃더니 두 눈동자를 좌우로 굴렸다.

앙투안은 그녀를 물끄러미 바라보며 생각했다. '두 주일…. 몇 달이 지난 것 같은 생각이 든다. 그런데 누가 묻는다면 나는 이 여인의 눈이 무슨 색인지 대답하지 못했을 거다. 그리고 라셸의 생애에 대해 나는 무엇을 알고 있나? 나 없이 산 스물여섯 해, 나의 세계와는 그렇게도 다른 세계에서 산 스물여섯 해! 살아왔다는 것, 그것은 많은 것들, 많은 경험들을 의미한다. 게다가 신비스러운 많은 일들, 이제 내가 조금씩 알게 되는 그 많은 일들….' 그는 이러한 것들을 발견함으로써 느끼는 온갖 기쁨을 스스로 감추려고 했다. 게다가 그녀에게는 더욱 그 기쁨을 나타내 보이지 않았다. 그는 그녀에게 무엇이든 물어보는 일이 전혀 없었다. 그러나 그녀 편에서 자진해서 이야기를 털어놓곤 했다. 그는 그녀의 말을 귀담아들었고, 생각해보기도 하고, 이것저것 작은 일들, 날짜들을 주워 모아 연결시켜 보기도 했으며, 이해하려고 노력도 했다. 그것들에 대해 특히 그가 느낀 것은 놀라움이었다. 그는 끊임없이 놀라곤 했다. 그러고는 그런 놀라움을 밖으로 드러내 보이지 않으려고 애썼다. 자기 자신을 은폐시키려는 생각에서 그랬던가? 아니다. 그러나 그렇게도 오래전부터 그는 남들 앞에서 무엇이든지 알고 있는 듯한 태도를 취해왔던 것이 아닌가! 그는 환자에게 말고는 묻는다는 것을 몰랐던 것이다. 호기심이라든가 놀라움 같은 것은 그가 자존심 때문에 어디까지나 아는 체하고 주의하고 있는 듯한 태도 속에 애써 감추려고 하는 그런 감정들에 속했다.

"당신은 오늘 나를 마치 모르는 사람처럼 보고 있어." 그녀가 말했다. "싫어, 됐어, 제발 그만둬!"

라셀은 안절부절못했다. 이 탐색으로부터 도피하려고 두 눈을 감았다. 앙투안은 손가락으로 눈꺼풀을 열려고 했다.

"됐어, 싫어, 이젠 끝내. 이제 당신이 내 눈을 들여다보는 게 싫어." 그녀는 벗은 팔로 두 눈을 가리며 말했다.

"그래, 당신은 나한테 뭔가를 감추고 싶은 거야, 이 작은 스핑크스야." 그는 어깨에서부터 손목까지 윤기 있는 아름다운 팔에 키스를 퍼부었다.

'이 여자는 감추기 잘하는 여자인가?' 그는 속으로 자문해보았다. '아니야…. 약간의 조심성은 있지만 숨기는 것은 없어. 반대로 기꺼이 자기 이야기를 하고 있지. 이 여자는 점점 말이 많아져…. 나를 사랑하기 때문이지' 하고 생각하며 그는 몹시 기뻐했다. '나를 사랑하고 있기 때문이지!'

그녀는 팔로 그의 목을 두르고는 다시 한번 그의 얼굴을 당기더니 갑자기 심각한 어조로 말했다.

"정말이야, 사람은 자신의 시선 하나로도 얼마나 많은 것을 나타내는지 아무도 상상할 수 없어!" 그녀는 입을 다물었다. 그는 그녀가 과거를 회상할 때마다 흔히 웃는 조용한 작은 웃음, 목구멍 깊숙한 데서 나오는 웃음소리를 들었다. "이봐요, 생각나는 게 있어. 내가 몇 달 동안이나 함께 살았던 한 사나이의 비밀을 시선으로, 단순한 시선 하나로 알게 되었던 적이 있었어. 보르도의 어느 식당 테이블에서였지. 우리는 마주 앉아 있었어. 얘길 하고 있었지. 우리의 눈은 음식 접시와 상대의 얼굴을 번갈아 보다가 재빨리 식당 안을 휘둘러보곤 했었어. 별안간 그의 시선이 내 뒤쪽에 고정되었다는 것을 알아차렸어. 나는 그 일을 절대로 잊지 못할 거야. 표정이… 어찌나 강했던지 나는 무의식적으로 대번에 뒤를 돌아보았어….”

“그랬더니?”

“그냥, 당신한테” 하고 그녀가 어조를 바꾸어 말했다. “시선을 조심해야 한다는 것을 말하려고 했던 얘기야.”

앙투안은 ‘그 비밀이 무엇이었어?’라고 물어보려고 했다. 그는 감히 그럴 수가 없었다. 그는 쓸데없는 질문들을 함으로써 순진하게 보일까 봐 극도의 두려움을 느끼고 있었다. 이미 두세 번 그가 이런 종류의 해명을 들으려고 요구한 적이 있었다. 그럴 때 라셸은 놀라고 재미있어하며 그를 바라보고 조소하는 듯이 웃었는데 그에게는 몹시 모욕적으로 여겨졌다.

그래서 그는 입을 다물었다. 그녀가 다시 이야기를 계속했다.

“이런 옛날이야기는 날 슬프게 해…. 키스해줘. 다시 한번. 더 잘.” 그러나 그녀는 계속 그 생각을 하고 있었던 듯 이렇게 덧붙여 말했다. “아무튼 내가 그의 비밀이라고 말한 건 잘못이야. 그의 비밀들 중의 하나라고 말해야 했어! 그 사나이한테서는 절대로 모든 것을 다 알아낼 수는 없어.”

그리고 자기 추억으로부터 벗어나기 위해서, 또한 앙투안의 말 없는 질문으로부터 벗어나기라도 하려는 듯이 그녀는 아주 유연하고 파도치는 것 같은 자세로 누워버려 완전히 그녀의 육체는 고리 모양 같았다.

“당신 몸은 유연하기도 하군!” 그는 살아 있는 동물을 쓰다듬듯이 그녀를 애무했다.

"정말? 내가 오페라 극장에서 십 년 동안 공부했다는 걸 알고 있어?"

"당신이? 파리에서?"

"네, 선생님. 학교를 그만둘 때에 나는 최우수 학생이었어요."

"오래전 일이야?"

"육 년 전."

"왜 그만두었어?"

"다리 때문이었어." 그녀의 얼굴이 잠시 어두워졌다. "그 뒤에 나는 곡마사가 될 뻔했어." 그녀는 곧 말을 이었다. "서커스에서. 놀랐지?"

"아니." 그가 단호하게 말했다. "어떤 서커스에서?"

"아, 프랑스에서는 아니었어. 그 당시 이르슈가 전 세계로 이끌고 다니던 커다란 국제 서커스단이었어. 저, 이르슈 말이야. 전에 얘기했던, 지금 이집트령 수단에 있다는 그자 말이야. 그 사람은 내 재주를 이용하고 싶어 했던 거야. 그런데 나는 승낙하지 않았어!" 그녀는 이야기를 하면서 체조에서 하는 것처럼 능숙하게 두 다리를 굽혔다 폈다 하며 즐기고 있었다. "그자가 그런 생각을 한 건" 하고 그녀는 말을 계속했다. "왜냐하면 그 사람이 전에 뇌이에 있을 때 나에게 마예馬藝를 가르쳐주었기 때문이야. 나는 그걸 좋아했었어. 우리는 아주 멋진 말들을 가지고 있었거든. 아, 정말! 그래서 그걸 이용했지."

"뇌이에 산 적이 있어?"

"나는 아니야. 그 사람이 살았어. 그 당시 그는 뇌이에 있는 조마장調馬場 주인이었어. 그는 언제나 말들을 끔찍이 좋아했어.

나도 그랬고. 당신은?"

"말을 조금 탈 줄 아는 정도야." 그가 몸을 다시 세우며 말했다. "하지만 별로 기회는 없었어. 시간도 없었고."

"나는 말을 탈 기회가 몇 번 있었어. 그래, 몇 번! 우리는 한 번 이십이 일이나 말을 탄 적이 있어!"

"어디에서?"

"모로코의 벽촌에서."

"모로코에 간 적이 있어?"

"두 번. 이르슈가 남쪽의 회교도 보충병들에게 구식 그라 소총을 팔고 있었어. 진짜 원정이었지. 하루는 우리의 야영지가 진짜로 공격을 받았어. 우리는 하룻밤과 하룻낮 동안 총격전을 했어…. 아니야, 하룻밤 동안, 아무것도 안 보이는 속에서. 정말 무서웠어. 그리고 다음 날 오전 내내 전투를 했어. 그들이 밤에 공격하는 것은 드문 일이었어. 그들이 우리의 짐꾼 열일곱을 죽였고 서른 명 이상한테 상처를 입혔어. 나는 총격이 있을 때마다 상자들 사이에 누워 있었지. 그러나 나도 약간은 상처를 입었어."

"상처를?"

"응." 그녀는 웃으며 말했다. "아무것도 아니었어. 약간 긁힌 상처였지." 그녀는 갈비뼈 아래 허리가 주름 잡히는 곳에 있는 부드러운 상처를 가리켰다.

"그런데 왜 지난번에는 마차에서 떨어졌다고 말했어?" 미소도 띠지 않고 앙투안이 물었다.

"오!" 하고 어깨를 으쓱하며 그녀가 말했다. "그때는 우리가 처음 만났을 때니까. 내가 그런 말을 하면 괜히 흥미를 끌려고 꾸며댄다고 생각할까 봐."

두 사람은 입을 다물었다.

'저 여자는 그러니까 나에게 거짓말을 할 수 있단 말인가?' 앙투안은 생각했다.

라셀의 두 눈이 꿈에 잠긴 듯했다가 다시 빛났다. 그러나 그 빛은 증오에 찬 빛을 띠었다가 금세 사라졌다.

"그 작자는 자기가 가는 곳마다 내가 따라다닐 거라고 생각하고 있었어. 잘못 생각했던 거지."

앙투안은 그녀가 자신의 과거를 향해 이런 원한에 찬 시선을 던질 때마다 알 수 없는 만족감을 느끼곤 했다. 그는 그녀에게 이렇게 말하고 싶었다. '나와 함께 있어줘. 영원히.' 그는 자기 뺨을 그녀의 상처에 댄 채 그대로 있었다. 자기도 모르게 직업적이 된 그의 귀는, 그녀의 은은한 가슴 아래로 부드러운 수포들이 왔다 갔다 하는 소리를 쫓고 있었다. 그리고 좀 멀지만 분명하게 심장이 뚝딱 뛰는 소리를 식별할 수 있었다. 그의 콧구멍이 벌름거렸다. 침대의 열기 속에 라셀의 전신이 그녀의 머리카락과 같은 냄새를, 좀 더 은은하고 야릇한 냄새를 내뿜고 있었다. 곧 그것은 후춧가루의 톡 쏘는 맛이 들어 있어서 도취시키는가 하면 고리타분한 냄새, 서로 전혀 어울리지 않는 것들이 섞여 있는 향료 냄새, 버터 냄새, 호두나무 잎새 냄새, 목재 냄새, 바닐라 바른 복숭아 설탕조림 냄새 등을 연상시키는 습지의 악취 같은 것들이었다. 모든 걸 따져보면 이건 냄새라기보다는 발산물, 맛에 지나지 않았다. 왜냐하면 입술에 양념 맛 같은 것밖에는 아무것도 남는 게 없었기 때문이다.

"이젠 더 이상 그런 것에 대해서 얘기하지 말아줘" 하며 라셀이 말을 계속했다. "그리고 담배 한 대만 줘…. 그것 말고 새걸로. 작은 책상 위에 있는 것 말이야…. 내 친구가 만들어주었어. 메릴랜드산産 담배에 녹차를 약간 섞은 거야. 낙엽 태우는 냄새, 야영 냄새, 글쎄 뭐랄까 가을 냄새, 사냥 냄새가 나. 저, 나무 밑에서 총을 쐈을 때 나는 냄새, 그리고 안개 속에 연기가 잘 퍼져 나가지 않을 때 나는 냄새 알아?"

그는 담배 연기가 소용돌이치며 올라가는 속에 그녀 옆에 다시 길게 누웠다. 그의 두 손은 매끄럽고 분홍빛이 도는 듯하고 인광처럼 빛이 나는 라셀의 복부를 애무하고 있었다. 주위는 움푹 들어간 수반과도 같은 넓은 복부였다. 아마도 여행에서 배운 듯한 동양식 향유를 바르는 습관 때문에 이 성숙한 여인의 피부는 사춘기 이전의 신선함과 선명함을 간직하고 있었다.

"Umbilicus sicut crater eburneus"* 하고 그가 중얼거렸다. 열여섯 살 때인가 그를 몹시 혼란에 빠뜨렸던 「아가서」의 한 구절을 대충 외어본 것이다. "Venter tuus sicut… 음… sicut cupa!"**

"그게 무슨 뜻이야?" 하고 그녀가 몸을 반쯤 일으키며 물었다. "기다려봐, 내가 알아맞혀 볼게. Culpa***는 나도 알아. mea culpa, 그건 잘못, 죄악이라는 뜻이지, 안 그래? 너의 배는 죄악이다란 뜻이지?"

그는 웃음을 터뜨렸다. 그는 라셀 옆에서 지내게 된 이래로

* '너의 배꼽은 상아로 된 둥근 잔 같고'라는 뜻으로 「아가서」 제7장 2절에 나온다.

** '너의 배는… 잔과 같다!'는 뜻.

*** '죄'라는 뜻, cupa(잔)를 잘못 들은 것이다.

자신의 즐거움을 좀처럼 억제하지 못했던 것이다.

"아니야. cupa… 너의 배는 하나의 잔과 같다는 뜻이지." 하고 자신의 머리를 라셀의 허리에 놓으며 그가 수정해주었다. 그러고는 계속해서 대충 인용했다. "Quam pulchrae sunt mammae tuae, soror mea! Sicut duo(그다음엔 잘 기억이 안 나고), gemelli qui pascuntur in liliis!"*

그녀는 정성스럽게 자기 유방을 하나씩 들었다. 그리고 마치 충실한 한 쌍의 작은 동물인 양 다정하게 미소를 띠며 바라보았다.

"젖꼭지가 장밋빛인 사람은 아주 드물어. 진짜 장밋빛, 마치 사과꽃 봉오리와 같은 장밋빛 말이야." 그녀는 아주 진지하게 말했다. "당신은 의사니까 잘 알고 있지?"

앙투안이 대답했다.

"사실 그건 그래. 색소의 세립화 작용이 없는 피부. 흰색, 흰색에 분홍빛 그림자만 깃들인." 그는 눈을 감으며 그녀의 몸에 바짝 붙었다. "아, 당신의 어깨는…" 하고 졸린 듯한 목소리로 말을 이었다. "나는 심부름 다니는 아이들의 추워 타는 듯한 작은 어깨는 질색이야."

"정말?"

"이 포동포동한 둥근 선… 이 단단하고 아름다운 주름 잡힌 선… 이 비누 같은 육체… 나는 그런 것들이 좋아. 움직이지 마. 아주 좋아."

* "오, 내 누이여! 너의 유방은 아름답기도 하구나! 나리꽃 밭에서 풀을 뜯는 쌍둥이 노루 같아라!" 「아가서」 제4장 5절에 나온다.

갑자기 무척 괴로운 추억이 그를 휘몰아쳤다. '비누 같은 육체….' 그건 데데트의 사고가 있은 지 며칠 뒤에 다니엘과 함께 메종에서 돌아오는 기차 여행에서의 일이었다. 그 기차간에는 그들 둘뿐이었고, 그 당시에 라셀 생각 말고는 다른 어떤 생각도 할 수 없었다. 그 방면에 대해 잘 알고 있는 사람에게 자기 연애 얘기를 할 수 있다는 기쁨에 못 이겨 여행 중에 그 밤샘 이야기를 그에게 하지 않을 수 없었다. **최후 수단으로서**의 수술, 꼬마 환자 머리맡에서의 고통스러운 기다림, 안락의자에서 자기에게 기대 잠든 갈색 머리의 아름다운 여인에 대한 갑작스런 욕망. 바로 그때 그는 '포동포동한 둥근 선… 비누 같은 육체…'라는 말을 썼었다. 그러나 그는 그 뒤에 있었던 일을 이야기해줄 용기가 없었다. 그래서 새벽에 샬르 가족의 아파트 계단을 내려오다가 라셀의 현관문이 열린 것을 보았다는 장면을 이야기하게 되었을 때, 앙투안은 조심성 때문이라기보다는 다니엘에게 자기의 의지력을 보여주겠다는 바보 같은 생각에 이렇게 덧붙였다. "그 여자가 날 기다리고 있었던 것일까? 이 상황을 이용해야 할까? …그러다가 나는 자제했지. 못 본 척하고 지나갔어. 너였다면 어떻게 했겠니?" 그러자 그때까지 아무 말 없이 그의 말을 듣고 있던 다니엘이 앙투안의 얼굴을 뚫어지게 바라보고는 그에게 내뱉었다. "나도 형님하고 똑같이 했겠지요. 거짓말쟁이!"

앙투안의 귀에는 비웃음과 불신이 뒤섞여 있고 앙투안의 자존심을 상하게 하는 다니엘의 그 말투가 아직도 생생하게 남아 있었다. 그리고 거기에는 다니엘을 나쁘게 생각할 수 없을 정도의 약간의 호의적인 뉘앙스도 깃들어 있었다. 그리고 그 생각을 할 때마다 그는 자존심이 몹시 상함을 느꼈던 것이다. 거짓말쟁이라니…. 때때로 그가 거짓말을 하는 일이, 더 정확히 말해서 거짓말을 한 일이 있는 것은 사실이다.

'포동포동한 둥근 선…' 하고 라셀 역시 생각하고 있었다.

"아마 나는 늙으면 뚱보가 될지도 몰라" 하고 그녀가 말했다. "유태인 여자들은 말이야…. 하지만 어머니는 유태인이 아니야. 나는 반만 유태인이야. 아! 내가 예비반에 들어갔던 십육 년 전의 내 모습을 당신이 보았다면! 정말 갈색 머리의 작은 생쥐였어…."

앙투안이 그녀를 붙들 새도 없이 그녀는 침대 밖으로 미끄러져 나갔다.

"왜 그래?"

"무슨 생각이 났어."

"알려줘야 해."

"알려주지 않는 게 더 좋아" 하고 그녀가 말했다. 그리고 그녀는 웃으면서 앙투안이 내민 팔에서 빠져나갔다.

"귀여운 아가… 와서 누워!" 그가 달래는 말투로 중얼거렸다.

"잠자기는 끝. 옷 입을래." 그녀는 가운을 걸치며 말했다.

라셀은 자기 책상으로 달려가서 사진이 잔뜩 들어 있는 서랍을 빼더니 침대로 들고 와서 두 무릎 위에 놓았다.

"나는 이런 거 좋아해. 옛날 사진들. 종종 저녁이면 잔뜩 들고 와서 누워 몇 시간씩 이것저것 뒤적이며 생각해봐…. 꼼짝 않고…. 자, 이것 좀 봐. 당신 지루하지 않아?"

그녀 뒤에 웅크리고 누워 있던 앙투안이 궁금해서 몸을 일으키더니 편안하게 팔꿈치에 기대 누웠다. 그는 사진을 향해 숙인 라셀의 옆얼굴을 보았다. 뺨으로 내리뜬 속눈썹이 가느다란 눈 사이에 자황색으로 테를 두른 침착해진 모습이었다. 재빠르게 위로 틀어 올린 머리카락이 그에게는 역광으로 비쳐 보여 술 장식이 달린 거의 오렌지색이 나는 투구 같아 보였다. 그러나 그녀가 머리를 흔들자마자 관자놀이와 목 뒤에서 불꽃이 튀는 것처럼 보였다.

"이 사진이야, 내가 찾던 게. 이것 보여? 이 작은 무용가 말이야. 그게 나야. 그날에 내 무용복 양쪽 날개를 벽에 부딪쳐서 구겼기 때문에 야단맞아야 했어. 믿을 수 있어? 이 어깨 위까지 흘러내린 머리카락하며, 뾰족이 튀어나온 팔꿈치하며, 겨우 브이V 자로 파인 이 납작한 가슴하고 말이야. 보기 좋진 않지, 안 그래? 자, 이건 내가 벌써 삼학년이 되었을 때의 모습이야. 장딴지가 조금은 보기 좋아졌지. 이건 우리 반 애들이야. 우리가 평행봉에 매달려 있는 게 보이지? 내가 어디에 있는지 찾기나 하겠어? 그래, 그거야. 그리고 이쪽이 루이즈고. 누군지 모르지? 바로 그 유명한 발레리나 피티 벨라야. 나와 같은 반이었거든. 그 당시에는 그냥 루이즈라고 불렸어. 루이종이라고도 불렸었지. 나와 실력 경쟁을 했었지. 정맥염만 아니었다면 나도 오늘쯤 프리마 발레리나*가 되었을지도 몰라…. 이봐, 당신 이르슈 보고 싶어? 아, 그 사진 재미있어? 이거야. 어떻다고 생각해? 당신은 이르슈가 그렇게 늙었으리라고는 생각하지 못했었지? 하지만 오십대이면서도 아주 건강해. 끔찍한 사나이야!

* 여성 제1무용수를 말함.

이 목과 양어깨에 박힌 이 거대한 목덜미 좀 봐. 그 사람이 고개를 돌리면 온몸이 동시에 움직여. 그를 보면 첫눈에 글쎄, 뭐랄까, 간사한 마상馬商 아니면 조마사 같다고 할 수 있을 거야. 안 그래? 그의 딸은 항상 그에게 말했어. '나리, 당신은 노예상 같구려.' 그러면 그는 웃음을 터뜨리곤 했지. 배 속으로부터 나오는 호탕한 웃음을. 그래도 이 머리통, 이 큰 매부리코, 이 입가에 잡히는 주름 좀 봐. 못생겼어. 하지만 볼품없는 모습은 아니야. 그 눈은! 그 눈만 아니었다면 훨씬 더 깡패 같은 모습이었을 거야. 뭐라고 하면 좋을까, 자신만만한 모습, 모든 일을 할 준비가 되어 있는 모습, 난폭한 모습이잖아? 그렇지 않아? 난폭하고도 육감적인? 아! 그 사람은 얼마나 인생을 사랑하는지! 내가 아무리 그를 미워해도 소용없어. 어떤 종류의 개한테 사람이 '추해서 아름답다'라고 말하듯이 그런 말을 하고 싶게 만드는 사람이야. 당신은 그렇게 생각하지 않아?…여기 봐, 아빠야! 데리고 있던 직공들 사이에 있는 사람이 아빠야. 아빠는 늘 이러고 계셨어. 와이셔츠 바람에, 흰 턱수염을 기르고, 가위를 들고. 아빠는 헝겊 세 조각과 핀 네 개만 있으면 옷 한 벌을 만들어주셨어. 이건 아빠의 작업장에서 찍은 사진이야. 그 뒤에 헝겊을 걸쳐놓은 마네킹들이며 벽에 걸어놓은 모형 그림들 보이지? 아빠는 오페라 극장의 의상 담당자였어. 그래서 다른 사람들의 의상은 만들지 않았지. 아니 지금이라도 오페라 극장에서 일하는 사람들에게 괴페르트 영감에 대해서 어떻게 생각하느냐고 물어보면 다 알 거야. 어머니를 정신 병원에 보내야 했을 때 아빠는 나와 단둘이 살게 되었어. 아빠는, 가엾은 늙은이, 내가 아빠랑 함께 일하길 원했었지. 내게 자기 일터를 전수

할 수 있기를 원했었어. 돈을 많이 벌었거든. 그 증거로 나는 지금 아무 일 안 하고도 먹고살 수가 있어. 하지만 매일처럼 여배우들로 득시글거리는 작업장만 보고 산 여자애가 어떤지 당신은 알 수 있겠어? 나는 단지 한 가지 생각밖에 없었어. 발레리나가 된다는 생각. 아빠가 허락해주셨어. 아빠가 손수 나를 스타우브 어멈의 손에 맡겼지. 그리고 내가 곧잘 하는 것을 보자 아빠는 만족하셨어. 자주 내 앞날에 대한 얘기를 해주시곤 했어. 아, 지금의 내 꼴, 아무것도 아닌 내 꼴을 아빠가 보셨다면! 아, 있잖아, 내가 모든 것을 다 포기해야 했을 때 나는 무척이나 울었어. 일반적으로 여자들이란 야심이 없고 그저 되는대로 살아. 하지만 오페라 극장에 있던 우리들은 성공하려고 기어오르고, 투쟁하고, 그 투쟁에 곧 맛을 들이게 돼. 적어도 성공하기까지는. 그러니까 포기해야 했을 때, 남들처럼 평범하게 살아야만 했을 때, 미래에 야망을 갖지 못하게 되었을 때 참 끔찍하다는 생각이 들 수밖에! …이것, 이 사진들은 여행에서 찍은 사진들이야. 뒤죽박죽이야. 이건 어딘지 자세히는 모르겠지만 카르파티아산맥 어딘가에서 점심을 먹으며 찍은 거야. 이르슈가 사냥을 하러 갔었어. 이봐, 그 사람은 그때 긴 수염을 양쪽으로 기르고 있었어. 터키 황제 같은 모습이었지. 왕자가 그를 항상 마무드라고 불렀어. 내 뒤에 서 있는 구릿빛 얼굴을 한 사람 보여? 나중에 세르비아의 왕이 된 피에르 왕자야. 그 왕자가 여기 앞에 누워 있는 두 마리의 흰 사냥개를 나에게 주었어. 지금 당신처럼, 꼭 당신처럼 누워 있는…. 그리고 여기 웃고 있는 사람 말이야, 나와 닮은 것 같지 않아? 잘 봐. 아니야? 그래도 그가 내 오빠야. 응, 그 사람 말이야. 오빠는 아빠처럼 갈색 머리였어, 나는 어머니처럼 금발이었는데… 그래, 금발, 짙은 금발 말이야! 당신은 바보야! 그래, 당신이 원한다면 적갈색 머리라고 해두지. 하지만 정신적으로는 내가 아빠를 닮았고 오빠는 어머니를 닮은 데가 많았어. 자, 이 사진에서 더 자세히 볼 수 있어…. 어머니 사진은 나는 한 장도 없어. 아빠가 다 찢어버렸어. 아빠는 내게 어머니 이야기를 해준 적이 한 번도 없었어. 그리고 날 생탄 병원에 데리고 간 적도 없었고. 그렇지만 아빠는 거기에 일주일에 두 번씩, 구 년 동안 한 번도 빠지지 않고 찾아갔었어. 언젠가 간호사들이 내게 그 얘길 해주었어. 아빠는 어머니 앞에 앉아 한 시간 또는 그 이상 머물곤 했대. 아무 할 일도 없이. 왜냐하면 어머니가 아빠를 알아보지 못했으니까. 아빠든 누구든 아무도 알아보지 못했으니까. 하지만 아빠는 어머니를 사랑했어. 아빠는 어머니보다 나이가 훨씬 많았어. 아빠는 어머니 일 때문에 결코 마음의 평정을 회복하지 못하셨어. 어머니가 체포되었다고 사람들이 작업장으로 아빠를 데리러 왔던 날 저녁을 나는 지금도 생생하게 기억하고 있어. 그래, 루브르 박물관에서였어. 어머니가 판매대에 있던 물건을 훔쳤던 거야. 생각이나 할 수 있겠어? 오페라 극장의 의상 담당자인 괴페르트 부인이 그랬다니! 어머니의 소매 속에서 남자 양말이니 어린애 털옷이 나왔어! 곧 풀려났지. 도벽 환자라고 했었어. 당신은 뭔지 잘 알지? 그게 어머니 병의 시초였어…. 그런데 오빠는 어머니를 무척 좋아했어. 오빠는 오빠대로 끔찍한 사건들, 돈 문제들을 겪었지. 이르슈가 그 사건에 관여했었어. 하지만 오빠도 그 사고만 없었더라면 언젠가 어머니처럼 되었을 거야…. 그건, 놔둬…. 놔두라니까! 그건 내 사진이 아니라구! 그건… 어린애야. 죽은…. 그보다는 이걸 봐. 이건… 탕헤르의… 문에서… 아니야, 신경 쓸 거 없어, 이젠 끝났어. 글쎄, 나는 이젠 울지 않아…. 부바나의 평원이야. 시게바 원정대 캠프에서 찍은 거야. 그리고, 이게 나야, 시디벨아베스의 회교 사원 근처에서 찍은 거야. 저 뒤에 마라케시가 보여? …이것 봐, 이건 미숨미숨 아니면 동고 근처에서 찍은 거야. 이젠 잘 모르겠어. 이건 두 명의 젬므 추장이야. 이 사진을 찍으려고 애썼지. 식인종들이야. 그럼, 아직도 식인종이 있어…. 아, 이건 끔찍한 사진이야. 당신 눈에는 안 보여? 하지만 있어 여기, 이 작은 돌무더기 말이야. 이젠 알겠어? 그 밑에 여자가 하나 있어. 돌로 쳐 죽인 여자가! 끔찍한 일이야. 남편이 그 여자를 아무 이유도 없이 삼 년 동안 버렸다는 것을 상상해봐. 남편이 사라진 거야. 그 여자는 남편이 죽었다고 생각하고 재혼했어. 그런데 재혼한 지 이 년 뒤에 남편이 돌아왔어. 중혼이란 그 부족 사람들한테 대단한 죄였어. 그래서 사람들이 그 여자를 돌로 쳐 죽였어…. 이르슈는 그걸 보려고 날 억지로 메셰드까지 오게 했었어. 하지만 나는 미친 듯이 오백 미터 밖으로 도망갔었지. 나는 그 여자가 처형되던 날 아침에 마을로 끌려오는 것을 보았어. 그것만 보고도 병이 날 지경이었어. 그 사람은 그 광경을 모두 보았어. 제일 첫 줄에 앉으려고 애썼으니까…. 글쎄, 구덩이를 팠다나 봐. 아주 깊은 구덩이를. 그러고 나서 그 여자를 끌고 왔대. 그 여자 스스로가 아무 말 없이 구덩이에 들어가 누웠대. 믿을 수 있어? 그 여자는 아무 말도 안 했는데, 군중들이 아우성을 쳤어. 나는 멀리 있었는데도 군중들이 죽여라 하고 소리치는 걸 들을 수 있었어…. 그들의 대제사장이 시작했대. 먼저 판결문을 대제사장이 읽었어. 그러고 나서 대제사장이 제일 먼저 커다란 돌을 집더니 전력을 다해 구덩이 속으로 던졌어. 이르슈가 나중에 얘기해주었는데, 그 여자는 외마디 소리조차 지르지 않았대. 그런데 그것을 신호로 모든 사람들이 시작했어. 거기에는 커다란 돌 더미가 미리 준비되어 있었고, 각자가 돌 더미에서 돌을 하나씩 집어 구덩이 속에 던지는 거야. 이르슈는 내게 맹세코 자기는 안 던졌다고 했어. 구덩이가 가득 차게 되자 (이것 봐 불쑥 올라오기까지 했잖아.) 사람들이 소리를 지르면서 구덩이를 밟아댔고 그러고 나서 가버렸어. 그러자 이르슈가 나를 억지로 이곳으로 끌고 와서 자신을 찍게 했어. 내가 카메라를 가지고 있었거든. 나는 가서 보지 않을 수 없었어…. 이봐, 그 생각만 해도 내 가슴이 이렇게 뛰어. 그 여자는 그 밑에 있었던 거야…. 죽었어. 십중팔구는…. 아! 안 돼, 그건 안 돼!"

라셸의 어깨너머로 고개를 내밀고 사진을 보고 있던 앙투안에게는 벗은 사지가 뒤얽혀 있는 모습밖에는 다른 것을 알아볼 겨를이 없었다. 라셸이 갑자기 그의 눈에 손을 대고 앞을 가렸다. 그의 눈두덩이에 놓인 이 손바닥의 열기가 조금 전에 사랑을 나누며 자기의 흥분된 얼굴을 애인에게 보이지 않으려고 장난삼아 했던 몸짓, 지금보다는 덜 신경질적이었지만 그래도 똑같은 몸짓을 했던 것을 상기시켜 주었다. 그는 응석을 부리며 몸부림쳤다. 그러자 그녀는 함께 묶어놓은 한 묶음의 사진을 실내복 속에 감추며 벌떡 일어섰다.

그녀는 책상으로 달려가더니 웃으면서 사진 묶음을 어느 서랍에 넣고는 열쇠로 잠가버렸다….

"첫째로, 이건 내 것이 아니야" 하며 그녀가 말했다. "내겐 그걸 보여줄 권리가 없어."

"누구 건데?"

"이르슈 거."

그녀는 다시 앙투안 곁으로 와서 앉았다.

"이젠 당신 얌전할 거지, 응, 약속하지? 계속해볼까. 지루하지 않아? …자, 이것 봐, 이것도 여행 갔을 때 거야…. 생 클루의 숲으로 당나귀를 타고 갔을 때야. 이것 봐, 기모노 같은 긴 소매가 달린 옷을 입기 시작하던 때야. 내가 입은 옷 참 멋있지!…"

10

'나는 끊임없이 나 자신에게 거짓말을 하고 있다.' 퐁타냉 부인은 생각했다. '만일 내가 자신에게 솔직할 수만 있다면 더 바랄 것이 없을 텐데.'

거실 창가에 서서 그녀는 한동안 얇은 명주 망사의 커튼을 젖히지 않은 채 정원에서 제롬과 다니엘과 제니가 왔다 갔다 하는 모습을 바라보고 있었다.

'세상에서 가장 올바른 사람들조차 거짓 속에서 얼마나 편안하게 살고 있는가!' 부인은 생각했다. 그러나 흔히 웃음이 나오는 것을 억제할 수 없는 일이 일어나듯이 그녀는 때때로 행복감이 파도처럼 밀려오는 것을 억제할 수 없었다.

그녀는 창가를 떠나서 테라스로 나왔다. 주위의 사물을 구별해서 보려면 눈이 피곤해지는 그런 시간이었다. 하늘이 어른거렸고 창백한 별 몇 개가 벌써 하늘에 나타나기 시작했다. 퐁타냉 부인은 의자에 앉았다. 늘 눈에 익은 지평선을 잠시 쳐다보았다. 그리고 한숨을 쉬었다. 제롬이 지난 두 주일 동안 그러했듯이 계속 자기 곁에서 살지 않으리라는 것을 그녀는 잘 알고 있었다. 다시 찾은 이 가정이 일시적이라는 것도 잘 알고 있었다! 제롬이 자기를 대하는 태도나 조급하게 구는 애정 표시에서 두려움과 기쁨이 엇갈린 감정으로 지난날의 그를 다시 보는 것이 아니었을까? 그것이 바로, 남편이 변하지 않았으며, 항상 그랬듯이 곧 이곳을 떠나리라는 것을 알려주는 징조가 아닌가? 이미 제롬은 네덜란드에서 데려올 때의 늙고 의기소침한 제롬이 아니었으며, 난파당한 사람처럼 그녀에게 매달리던 제롬이 아니었다. 그는 자기와 마주 앉자마자 꾸중 들은 아이와 같은 태도를 보이면서도, 그리고 죽은 여자를 상기하고는 체념한 듯 그럴듯한 한숨을 내쉬면서도, 벌써 트렁크 속에서 여름옷을 꺼내서 자신도 모르게 젊어지기라도 한 듯한 외양을 꾸며 보았던 것이다. 바로 그날 아침만 해도 점심 먹기 전에 그에게 "클럽으로 제니를 데리러 갔다 오세요. 산책도 좀 할 겸." 하고 말했을 때 그는 그녀의 충고를 아무 관심 없이 따르는 척했었다. 그러나 부인은 그가 금방 일어서서 즉시 흰 플란넬 바지와 밝은색 웃옷을 입고 나서 상체를 우뚝 세우고 빠른 걸음으로 걸어가는 모습을 보았다. 부인은 그가 가면서 단춧구멍에 꽂으려고 길에 핀 재스민꽃을 꺾는 모습도 우연히 보았다.

그때 다니엘이 어머니가 혼자 있는 것을 보고 옆으로 왔다. 남편이 집으로 돌아온 뒤부터 퐁타냉 부인은 아들 앞에서 약간 거북함을 느끼고 있었다. 다니엘도 그 사실을 눈치채지 못한 것은 아니었다. 그래서 그는 메종을 더 자주 찾아왔고 어느 때보다 관심을 보이려고 노력했으며, 그럼으로써 자기가 많은 일들을 눈치채고 있지만 아무것도 반대하지 않는다는 것을 알려주고 싶어 했다.

그는 자기가 좋아하는 헝겊을 씌운 아주 낮은 안락의자에 길게 앉아서 담배를 피워 물며 어머니에게 미소를 지었다. (그 애의 두 손이며 행동이 얼마나 자기 아버지를 닮았는지!)

“얘야, 오늘 저녁에는 다시 떠나지 않겠지?”

“갈 거예요, 엄마. 내일 아침 일찍 약속이 있어요.”

그는 자기가 하는 일에 대해서 이야기하기 시작했는데 이런 일은 드물었다. 그는 개학에 맞추어서 『미학 교육』 잡지의 새 호를 준비하고 있었으며, 이번 호에서 유럽 화단의 가장 젊은 미술가들을 특집으로 다루는데 기사 내용을 위한 수많은 그림을 선택하는 일에 매우 흥미를 느끼고 있다고 했다. 그 뒤에 대화가 중단됐다.

이런 침묵을 뚫고 저녁의 속삭임이 요란스럽게 들려왔다. 그 소리 중에서도 테라스에서 제일 크게 들리는 소리는 숲의 개울에서 들려오는 귀뚜라미 울음소리였다. 이따금 전나무 사이로 불어오는 바람결에 뭔가 타는 냄새가 섞여 있었는데, 그것은 모래 위에서 섬유질의 나뭇잎들과 플라타너스 껍질을 태우는 냄새였다. 재빠르고 가벼운 날갯짓 소리를 내며 박쥐 한 마리가 날아와서 퐁타냉 부인의 머리카락을 스쳤다. 그녀는 가벼운 외마디 소리를 질렀다.

“너 일요일에는 여기 있겠니?” 그녀가 물었다.

“네. 내일 와서 이틀 동안 있겠어요.”

“네 친구를 점심에 초대했으면 좋을 걸 그랬다…. 내가 바로 어제 읍내에서 만났다." 그리고 그녀는 덧붙여 말했다. "참으로 성실하고 관대한 성격을 가진 애지! 우린 한동안 같이 걸었단다." 그건 그녀가 실제로 그렇게 생각했으며, 그녀가 앙투안에게서 보았던 좋은 점들이 자크에게도 있다고 생각했기 때문이고, 또한 다니엘을 즐겁게 해주기 위해서였다.

다니엘은 침울해졌다. 그는 제니가 자크와 숲을 산책했던 날 저녁에 이상하게 흥분했던 일을 상기했다.

'잘못 자란 영혼, 잘못 시작된 영혼, 균형을 잃은 영혼' 하며 그는 슬프게 생각했다. '명상과 고독과 독서 때문에 너무나 조숙해버린 아이…. 그러면서 인생에 대해 너무도 무지한 아이! 그 애에게 내가 무슨 일을 해줄 수 있을까? 이제 제니는 날 약간 경원하고 있다. 건강하기나 하다면 좋으련만! 소녀들의 신경이란! 그리고 그 낭만주의는! 자신이 이해받지 못한다고 느끼고 싶은 그 욕구, 자기 마음을 털어놓기를 항상 꺼려 하는 그 자세! 모든 것을 다 나쁘게만 생각하는 말 없는 자존심! 사춘기의 잔재가 아니고서야?'

다니엘은 자리를 옮겨 좀 더 어머니 가까이에 앉았다. 그리고 꺼림칙한 것이 없도록 하기 위해 이렇게 물었다.

"어머니, 자크가 어머니를 대하는 태도에서 느낀 것이 아무것도 없으세요? 제니를 대하는 태도에서 말이에요?"

"제니를 대하는 태도에서?" 하고 퐁타냉 부인이 아들의 말을 되풀이했다. 다니엘이 발설한 이 두 마디의 말은 갑자기 지금까지 마음속에 품고 있던 불안을 더욱 뚜렷한 것으로 만들었던 것이다. 불안? 어쩌면 불안이라기보다는 무엇이라고 분명히 꼬집어 말할 수는 없지만 부인의 지극히 민감한 감수성에 의해 전달된 막연한 느낌에 불과했는지도 모른다. 그러자 고통이 그녀의 가슴을 죄었다. 불타는 듯한 열정이 성령을 향한 그녀의 마음을 고귀하게 만들었다. '우리를 버리지 마시옵소서!' 하고 그녀는 기도드렸다.

정원에서 산책하고 있던 식구들이 돌아왔다.

"여보, 아무것도 걸치지 않았구려?" 제롬이 큰 소리로 말했다. "조심해요, 오늘 저녁은 다른 날보다 좀 더 쌀쌀한데."

그는 현관으로 들어가서 숄을 가지고 나와 아내의 어깨를 감싸주었다. 그러고 나서 제니가 식사 뒤에 즐겨 앉곤 하는 플라타너스 밑에 놓여 있던 긴 등나무 의자를 모래 위로 질질 끌고 오는 것을 보고는 달려가서 그녀를 도와 제자리에 놓았다.

그는 이 야생 새를 길들이기에 약간 힘이 들었다. 제니는 어린 시절을 어머니와 아주 가깝게 보냈기 때문에 어머니가 겪은 고통의 여파를 느꼈고, 아주 어려서부터 아버지에 대해 몹시 신랄한 비판을 가하고 있었다. 제롬은 변모된 제니, 거의 성숙한 여인이 된 제니를 다시 보고는 황홀해져서 온갖 친절과 조심성을 가지고 제니에게 세심한 배려를 해주었다. 제니 역시 아버지의 이런 태도에 무심하지는 않았다. 오늘은 정말 아버지와 딸이 마치 친구처럼 아무런 스스럼없이 이야기를 나누었다. 때문에 제롬은 매우 감동되어 있었다.

"여보, 오늘 저녁엔 당신의 장미에서 좋은 향기가 물씬 퍼져 나오는군" 하고 흔들의자에 몸을 맡긴 제롬이 말했다. "비둘기집의 디종*의 영광 같은 것은 마치 나무 전체가 하나의 꽃에 지

* 고풍이 창연한 프랑스의 역사적인 도시.

나지 않아."

다니엘은 이미 일어서 있었다.

"시간이 됐어요." 다니엘이 말했다. 그리고 어머니 곁으로 가서 이마에 입을 맞추었다.

그녀는 두 손 사이에 그의 얼굴을 감싸고는 잠시 아주 가까이에서 아들의 얼굴을 쳐다보았다. 그리고 낮은 소리로 말했다.

"나의 큰아들!"

"그래, 내가 역까지 바래다주지." 제롬이 제안했다. 아침에 산책을 해보았기 때문에 두 주일 동안 갇혀 살았던 이 정원에서 좀 벗어나고 싶은 충동을 느꼈던 것이다. "제니야, 넌 안 갈래?"

"저는 엄마랑 집에 있겠어요."

"자, 담배 한 대 주렴." 제롬이 아들의 팔을 끼며 말했다.

(제롬은 집에 돌아온 뒤부터 담배를 사기 위해 외출하고 싶지 않았기 때문에 담배를 안 피우고 있었다.)

퐁타냉 부인은 멀어져가는 두 사람을 물끄러미 바라보고 있었다. 그녀는 제롬의 목소리를 들었다.

"역에 나가면 오리앙 담배를 살 수 있겠지?" 그러고 나서 두 사나이는 전나무 숲 그늘 속으로 사라졌다.

제롬은 자기 아들인 이 멋진 젊은이의 팔을 꽉 꼈다. 모든 젊은이들은 그에게 얼마나 커다란 매력을 느끼게 하는가! 그러나 얼마나 아쉬움으로 그의 마음을 아프게 하는 매력인가! 그가 메종에 온 뒤로 이것이 그의 매일매일의 고통이었다. 제니를 보는 순간마다 그에게는 자신의 청춘에 대한 향수가 되살아나곤 했다. 바로 그날 아침만 해도 테니스 코트에서 얼마나 괴로워했던가! 밝은 시선을 가지고 있는 이 모든 젊은 남녀들, 경기를 하느라고 머리카락이 흩어져 있었고, 윗도리의 윗단추는 풀어놓은 채, 옷매무새가 헝클어져 있었으나 그 어느 것도 그들 젊음의 터질 듯한 매력을 변질시킬 수는 없었다. 온통 햇빛을 받고 있는 그 유연한 육체들, 그들이 흘리는 땀조차 신선하게 느껴지고 건강의 향기를 내뿜지 않았던가! 아! 그곳에 머물렀던 십 분 동안 그는 이미 자격을 상실한 자기 나이를 얼마나 처절하게 실감했던가! 이제는 시들어가고 추잡스러워 보이며 노년기의 냄새까지 풍기고 있는 자신과 매일매일 투쟁하고 있는 것이 얼마나 부끄럽고 가증스러웠던가! 이미 자신 속에서 시작된 최후의 붕괴의 이 모든 전조에 대항하는 이 투쟁! 그는 아들의 활력 있는 걸음걸이에, 자신의 마비된 걸음, 헐떡거리는 숨결, 아직 민첩하다는 것을 보여주려는 노력을 비교해보고는 갑자기 아들의 팔을 놓고 선망의 외마디 소리를 억제할 수 없었다.

"얘야, 내가 네 이십대를 다시 살 수 있다면 얼마나 좋겠니!"

제니가 자기와 함께 있겠다고 말했을 때 퐁타냉 부인은 아무런 반대도 하지 않았다.

"얘야, 피곤해 보이는구나." 둘이만 있게 되자 퐁타냉 부인이 말했다. "올라가서 눕지 않을래?"

"푸!" 하며 제니가 말했다. "밤이 너무 긴걸요."

"요즘 잠을 잘 못 자는가 보구나?"

"잘 잘 수가 없어요."

"왜 그러니, 얘야?"

퐁타냉 부인의 어조로 보아 그 말은 보통 가지고 있는 의미를 초월했다. 제니는 놀라서 어머니를 바라보았다. 그리고 어머니가 무슨 생각이 있어서 자기의 설명을 기다리고 있음을 순간적으로 알아차렸다. 본능적으로 제니는 어머니의 요구를 피하기로 결심했다. 그 이유는 무엇을 감추고 싶어서라기보다 남이 자기에게 해명을 요구하는 것 같은 때는 마음을 털어놓지 않는 성격 때문이었다.

퐁타냉 부인은 자신의 감정을 감추는 데는 서툴렀다. 그녀는 딸 쪽으로 몸을 돌려서 애정 어린 시선으로 둘 사이에 커다란 거리를 만들고 있는 제니의 굳어진 마음을 녹일 수 있기를 바라며 저녁의 어슴푸레함 속에서 솔직한 눈빛으로 딸을 바라보았다.

"오늘 저녁에 마침 우리 둘만 있기에 하는 말인데" 하고 부인은 마치 제롬의 귀가가 둘 사이의 밀접한 관계에 장애가 되었음을 사과하는 듯 비교적 간곡한 어조로 말을 이었다. "얘야, 네게 말하고 싶었던 것이 한 가지 있다…. 내가 어제 만났던 어린 티보에 관한 이야기인데…." 그녀는 말을 중단했다. 화제의 문턱까지는 솔직하게 접근했는데 더 이상 어떻게 이야기를 끌고 가야 할지 알 수 없었다. 그러나 몸을 앞으로 굽히고 있는 그녀의 근심스러운 듯한 모습은 하고자 하는 말의 뜻을 그대로 이어갔으며, 질문의 요점을 분명하게 했다.

제니는 아무 대답도 안 했다. 퐁타냉 부인은 서서히 상체를 다시 세우면서 이제 어둠이 깃들고 있는 정원을 바라보기 시작했다.

오 분이 흘렀다.

바람이 차가워졌다. 퐁타냉 부인은 제니가 오싹 떠는 것을 보는 듯했다.

"너 감기 들겠다. 들어가자." 그녀가 말했다.

부인의 목소리는 다시 평상시 어조를 되찾았다. 방금 이런 생각도 해보았다. 굳이 캐물어본들 무슨 소용이 있담? 다행히 어머니로서 할 말을 한 셈이고, 무슨 뜻인지 깨달은 것이 분명하니 앞으로의 일은 걱정이 없으리라.

모녀는 일어서서 한마디 말도 없이 현관을 가로질러 이제는 완전히 어두워진 계단을 올라갔다. 앞서 올라가던 퐁타냉 부인이 매일 저녁 하듯이 자기 딸을 포옹하려고 딸의 방 앞 층계참에 멈추어 섰다. 부인은 딸의 표정을 읽을 수는 없었지만 키스해줄 때 그 굳어진 육체의 저항을 느꼈다. 그래서 잠시 동안 연민의 몸짓으로 딸의 뺨을 자신의 뺨에 댄 채 가만히 있었다. 그러자 제니가 몸을 뒤로 빼려 했다. 퐁타냉 부인은 조심스럽게 뒤로 물러서서 자기 방 쪽으로 갔다. 그러나 부인은 제니가 자기 방문을 열지 않고 부인을 따라오는 것을 알아차렸다. 바로 그 순간에 부인은 자기 뒤에서 흥분한 어조로 딸이 단숨에 외치는 소리를 들었다.

"엄마, 그 사람이 너무 자주 온다고 생각하시면 덜 친절하게 대해주면 되잖아요!"

"누구 말이니?" 퐁타냉 부인이 돌아서며 말했다. "자크 말이니? 너무 자주 온다고? 하지만 보름 전부터 나는 그 애가 여기 온 걸 못 봤다!"

(사실 다니엘을 통해서 퐁타냉 씨의 귀가와 그 일로 그들 가정생활에 혼란이 일어났음을 알게 된 자크는 이 집 방문을 삼가려고 결심했다.) 더구나 제니가 클럽에 가는 일이 뜸해졌고

또 가더라도 되도록 자크를 피했으며 종종 그가 누군가와 시합하는 것을 기다려서 거의 그와 말을 하지 않고 달아나듯이 해왔기 때문에 보름 전부터 두 사람은 마주친 적이 별로 없었다.

제니는 일부러 어머니 방으로 들어왔다. 그녀는 문을 닫고 아무 말 없이 당돌한 태도를 취한 채 서 있었다.

퐁타냉 부인은 딸에 대해 커다란 연민을 느꼈다. 그리고 어떻게 하면 제니로 하여금 속내 이야기를 털어놓게 할 수 있을까 하는 생각만 했다.

"정말이지, 얘야, 나는 네가 무슨 말을 하는지 모르겠구나."

"아니 오빠는 왜 그 티보 형제들을 우리 집에 끌어들인 거지요?" 하고 제니가 열을 내며 또박또박 끊어 말했다. "오빠와 그 사람들 사이의 이해할 수 없는 우정만 없었더라면 모든 일은 일어나지 않았을 거예요!"

"그런데, 얘야, 무슨 일이 일어났단 말이니?" 하고 퐁타냉 부인이 물었다. 그러는 그녀의 심장은 몹시 고동치고 있었다.

제니가 발끈했다.

"아무 일도 없었어요. 내 말은 그런 뜻이 아니었어요! 하지만 오빠가, 그리고 엄마가 매일처럼 티보 형제를 집에 끌어들이지만 않았더라면, 나는… 나는…." 그녀의 목소리가 뚝 끊어졌다.

퐁타냉 부인은 용기를 내어 물었다.

"이것 봐라, 얘야, 내게 얘길 해주렴, 너는 그 애에게서… 무슨… 특별한 감정이라도 느낀 것 같다는 말이니?"

제니는 어머니의 질문이 채 끝나기를 기다리지도 않고 그렇다는 뜻으로 고개를 숙였다. 달빛이 환히 비치던 정원, 작은 문,

담에 드리운 자기 그림자, 자크의 무례한 행동을 다시 보는 것 같았다. 그러나 제니는 아직도 자나 깨나 자신의 머리를 떠나지 않는 그 끔찍한 순간의 기억을 말하지 않기로 단단히 결심했다. 그것은 결국 이렇게 마음속 깊게 간직해 둠으로써 자기에게는 그것을 무서운 것으로 생각한다든가 또는 단순한 감동으로 생각할 수 있는 자유가 보장되어 있는 것 같았다.

퐁타냉 부인은 결정적인 순간임을 느꼈다. 그리고 제니가 다시 침묵의 벽 속으로 빠져들도록 내버려두고 싶지 않았다. 이 가련한 부인은 떨리는 한 팔을 자기 뒤의 책상에 기대고는 온몸을 제니 쪽으로 기울이고 있었다. 부인은 열린 창문으로 새어 들어오는 희미한 빛으로 딸의 얼굴을 어렴풋이 볼 수 있었다.

"얘야" 하며 부인은 말을 계속했다. "만일에 너만… 너만 그렇지 않다면… 그다지 심각한 일은 아닐 것 같구나…."

이번에는 제니가 완강하게 몇 번 반복하며 아니라는 부정적인 고갯짓을 했다. 견딜 수 없는 불안감으로부터 해방된 퐁타냉 부인이 한숨을 내쉬었다.

"나는 처음부터 항상 그 티보 식구들을 증오했어요!" 제니가 느닷없이 외쳤다. 부인은 여태까지 딸의 그러한 목소리를 들어본 적이 없었다. "형은 거드름이나 피우는 야만적인 사람이고, 동생은…."

"그렇지 않단다." 퐁타냉 부인이 어둠 속에서 얼굴을 붉히며 딸의 말을 중단시켰다.

"…동생은 언제나 오빠의 나쁜 악마였어요!" 하고 제니 자신도 오래전부터 반박해온 예전의 악감정을 되새기며 이야기를 계속했다. "아, 엄마, 그 사람들을 변명하지 마세요. 엄마는 그 사람들을 좋아할 수 없어요. 엄마와는 너무도 다른 사람들이니까요! 정말이지, 엄마, 내가 잘못 생각하는 게 아니에요. 그 사람들은 우리와는 다른 족속의 사람들이에요! 그 사람들은… 나도 모르겠어요…. 그 사람들이 우리와 같은 생각을 하는 척할 때도 속아서는 안 돼요. 그건 항상 다른 방향에서, 다른 동기에서 그러는 거예요! 아, 그 족속들이란…" 제니는 주춤했다. "가증스러워요!" 하고 마침내 제니는 내뱉다시피 말했다. "가증스러워요!" 그리고 자기의 혼란된 생각에 이끌려 단숨에 말을 이었다. "나는 엄마한테 아무것도 숨기고 싶지 않아요. 절대로 안 그래요. 어렸을 때는 나쁜 감정도 가지고 있었던 것 같아요…. 자크한테 일종의 질투심을요. 나는 오빠가 그 사람에게 열중한 모습을 보기가 괴로웠어요! 그 사람은 오빠한테 어울리지 않는다고 생각했어요! 이기주의자에다가 오만한 사람이라고요! 그리고 무뚝뚝하고 짓궂고 버릇없이 컸다고요! 그의 입이니, 턱이니, 외모만 보더라도…. 나는 그 사람을 생각하지 않으려고 애썼어요! 그런데 그럴 수가 없었어요. 그 사람은 언제나 내게 상처 입히는 말을 했었는데, 나는 그 생각을 하면 화가 나곤 했어요! 그는 늘 집엘 왔어요. 남들은 그가 일부러 나에게 관심 있는 척한다고 했을 거예요! …하지만 그건 모두 옛날 일이에요. 내가 왜 자꾸 그 생각을 하는지 모르겠어요…. 그때부터 그를 좀 더 가까이 살펴볼 수가 있었어요. 특히 올해에는. 그리고 이번 달에도요. 이제는 그 사람을 다르게 생각하고 있어요. 나는 정확하게 판단하려고 애썼어요. 뭐니 뭐니 해도 그 사람의 장점이 뭔지 잘 알고 있어요. 엄마, 이 말도 하겠어요. 몇 번이나, 그래요, 몇 번이나, 무의식중에, 나도 역시, 내가… 끌리고 있다고 생각했던 적이 있었어요…. 하지만 아니에요, 아니에요! 그건 사실이 아니에요! 그 사람의 모든 것이 내겐 불쾌해요! 거의 모든 것이!"

퐁타냉 부인이 양보했다.

"자크에 관해서는 나는 잘 모르겠다. 그 애를 판단할 기회는 네가 더 많았지. 하지만 앙투안에 관해서라면 분명히 말할 수 있어…."

"하지만" 하며 제니가 성급하게 어머니의 말을 가로챘다. "자크에 대해서 내가 한 말은… 자크 역시 아주 훌륭한 장점들을 가지고 있다는 것을 부인한 적은 없어요!" 제니는 차츰 어조를 바꿔서 침착하게 말했다. "우선 그 사람이 하는 말은 모두 그가 아주 똑똑하다는 것을 나타내고 있어요. 나는 그 점은 인정해요. 이렇게까지 말할 수 있어요. 그의 성격은 비뚤어지지 않았어요. 그는 성실한 일뿐만 아니라 고귀한 일, 중요한 일도 할 수 있는 사람이에요. 엄마도 이젠 제가 그에 대해 화가 난 것은 아니란 것을 아시겠죠! 그리고, 이게 다가 아니에요. 내 생각엔" 하고 그녀는 신중하게 말을 선택하여 덧붙여 말했다. 그러는 동안 퐁타냉 부인은 놀란 나머지 주의를 집중해 딸을 관찰하고 있었다. "내 생각에 그는 높은, 아마도 아주 높은 운명에 부름받은 사람 같아요! 이렇게 엄마, 나는 옳게 생각하려고 노력하고 있어요! 이제는 그에게 그런 힘이 있다는 것을 확신할 수 있어요. 그래요, 그게 사람들이 천재라고 부르는 힘이에요, 그래요, 바로 천재예요!" 하고 되풀이하는 제니의 말투는 어머니가 그와는 반대로 생각하는 것 같아 보이지 않는데도 불구하고 거의 도발적이었다.

그러고 나서 갑자기 미친 듯이 격한 투로 소리쳤다.

"하지만 그 모든 게 아무 소용없어요. 그는 티보가家 성격을 가지고 있어요! 티보 식구예요! 나는 그 식구 모두 증오해요!"

어리둥절해진 퐁타냉 부인은 잠시 동안 아무 말 못 하고 가만히 있었다.

"한데… 제니…!" 마침내 부인이 낮은 소리로 말했다.

제니는 어머니의 어조에서 지난번 오빠의 시선 속에서 그렇게도 명백히 읽을 수 있었던 바로 그 생각을 알아챘다. 그러자 제니는 어린애처럼 어머니에게로 달려갔다. 그리고 어머니의 입을 한 손으로 막았다.

"아냐! 아냐! 그렇지 않아요! 그렇지 않다니까요!"

그러자 어머니가 그녀를 끌어당겨서 보호해주려는 듯이 양팔로 껴안는 동안에 제니는 이제까지 자신의 목구멍을 꼭 조이고 있던 마디가 갑자기 풀리기라도 한 듯 드디어 울음을 터뜨렸다. 그런 제니의 울음소리는 지난날 어린 시절 제니가 비탄에 잠겼을 때 끊임없이 이처럼 울부짖던 것과 꼭 같았다.

"엄마… 엄마… 엄마…."

퐁타냉 부인은 딸을 다정하게 가슴에 안고 진정시키려고 더듬더듬 이렇게 말했다.

"얘야… 두려워할 것 없다…. 울지 말아라…. 별생각도 다 하는구나!… 아무도 너에게 억지로… 다행히도 너는…." (부인은 두 어린 학생들이 가출했던 다음 날 단 한 번 만났던 티보 씨를 회상했다. 자기 서재에서 두 신부 사이에 있던 그 거대한 사나이의 모습이 눈에 선했다. 부인은 자크의 사랑에 동의하기를 부인하면서 제니의 사랑에 최대의 모욕을 가해오는 티보 씨를 상상했다.) "아, 다행히도 그건!… 네 자신을 비난할 건 조금도 없다…. 내가 그 애에게 얘기할게. 그 애가 이해하도록 해줄게…. 울지 말아라, 얘야… 모든 게 다 잊혀질 게다…. 이건 끝난 일이야, 끝났어…. 울지 마라…."

그러나 제니는 점점 더 큰 소리로 울었다. 왜냐하면 어머니의 말 한마디 한마디가 점점 더 그녀를 괴롭혔기 때문이다. 그리고 모녀는 어둠 속에서 서로 꼭 껴안은 채 오랫동안 서 있었다. 딸은 어머니의 두 팔에 안겨 자신의 고통을 달래고 있었고, 어머니는 가혹한 위안의 말을 계속 중얼거리고 있었다. 그러면서 두려움 때문에 두 눈을 크게 뜨고 있었다. 왜냐하면 부인은 자신의 평소의 통찰력으로 미루어 보아 제니 앞에 불가피한 운명이 전개되고 있다는 것, 그리고 자신의 두려움도, 애정도, 기도도 이제는 그 운명으로부터 딸을 끌어낼 수 없다는 것을 알고 있었기 때문이다. '성령을 향한 인간들의 끝없는 상승 속에서' 하고 생각하면서 그녀는 괴로워했다. '우리들 각자는 자기에게 약속된 길을 시련을 거듭하면서, 또 때로는 잘못을 거듭하면서 영원히 혼자 걸어가야 하는 것이다….'

아래층 문이 닫히는 소리가 나면서 현관의 타일 위에서 제롬의 발소리가 들리자 모녀는 소스라쳐 놀랐다. 그러자 제니는 엄마 품에서 빠져나와 한마디 말도 하지 않고, 이제 그녀 위에 떨어져 이 세상의 어느 누구도 그 중압감을 덜어줄 수 없는 절망에 짓눌려 비틀거리며 아무 말 않고 도망쳤다.

11

극장 앞에 세워진 거대한 광고가 거리를 어슬렁거리는 사람들의 걸음을 멈추게 했다.

미지의 아프리카

우올로프족, 세레르족,

폴베족, 문당족, 바기르미엔족

부락에로의 여행

"여덟시 삼십분이나 되어야 시작한단 말이야." 라셀이 한숨을 쉬며 말했다.

"그것 봐!"

유감스럽게도 장밋빛 방 안에서 둘이 있는 시간을 포기해야만 했던 앙투안은 적어도 단둘만이 있다는 환상에라도 사로잡혀볼까 해서 극장 맨 뒤 격자로 칸막이 된 관람석 좌석권을 샀다.

라셀이 매표구 근처에 있는 앙투안에게 다가왔다.

"내가 벌써 아주 멋있는 걸 발견했어." 그녀는 몇 장의 사진이 붙어 있는 극장 기둥 아래로 앙투안을 끌고 갔다. "이것 봐."

앙투안은 우선 설명문을 잘 읽어보았다. 메이요 카비 강가에서 조를 키질하고 있는 문당족 소녀. 벌거벗은 구릿빛 몸에 짚을 엮은 것을 허리띠처럼 두르고 있는 소녀 사진이었다. 그 아름다운 문당족 소녀는 일에 몰두한 얼굴로 상체는 키질하느라 뒤로 젖히고 오른쪽 다리에 몸의 중심을 두고 서 있었다. 그녀는 머리 위로 둥글게 쳐든 오른팔로 낟알이 가득 든 넓은 표주박을 기울여서, 무릎께에 왼손으로 들고 있는 나무 그릇 속으로 되도록 높은 곳에서 가늘게 쏟고 있었다. 그녀의 태도에는 어색한 느낌이라고는 조금도 없었다. 가볍게 뒤로 젖힌 머리며, 균형 잡힌 두 팔을 우아하게 굽힌 모습이며, 상체를 곧추세우고 있어서 탄탄한 어린 두 가슴을 들어 올려주는 모습이며, 허리에 잡힌 주름이며, 엉덩이에 힘을 주고 있는 모습이며, 발가락 끝만 땅바닥에 댄 왼쪽 다리를 앞으로 뻗은 자태며, 이 모든 조화는 자연스러웠고 노동으로 인해 생긴 조화였으며 감동적인 아름다움을 자아내고 있었다.

"아니, 이 애들 좀 봐!" 하고 라셀이 앙투안에게 열 명쯤 되는 어린 검둥이들이 어깨 위로 유선형 카누를 들고 있는 사진을 보여주며 다시 말했다. "이 꼬마 얼마나 아름다워! 우올로프족이야. 목에 그리-그리*를 달고 있고, 아프리카 사람들이 입는 푸른색 부부**를 입고, 머리에는 타르부크***를 쓰고 있잖아." 그날 저녁 라셀은 보통 때와는 달리 흥분해서 말하고 있었다. 그녀는 마치 얼굴의 근육이 자기도 모르는 사이에 수축되기나 한 듯이 입을 거의 벌리지 않은 채 미소를 지었고, 눈꺼풀이 갈라진 곳에서 열에 들뜬 시선이 흘러나오며 이제까지 앙투안이 한 번도 본 적이 없는 은빛 섬광을 발하고 있었다.

"우리 들어가." 그녀가 말했다.

* 아프리카 토인들이 몸에 달고 다니는 부적의 일종.
** 길게 늘어지는 상의의 일종.
*** 붉은 술이 달린 푸른색 두건의 일종.

"하지만 아직 십오 분이나 남았는걸!"

"그럼 어때." 라셀은 어린애처럼 초조해하며 대답했다. "들어가."

극장 안은 비어 있었다. 오케스트라석에 몇 명의 악사들이 악기를 준비하고 있었다. 앙투안은 좌석의 격자를 치워버렸다. 라셀은 앙투안에게 기대어 서 있었다.

"이 넥타이 좀 풀어." 라셀이 웃으며 말했다. "당신은 언제나 목매달아 죽으려다 목에 끈을 묶은 채 도망가는 꼴을 하고 있어!" 그는 약간 불쾌한 몸짓을 했다. "아!" 하며 그녀가 곧 중얼거렸다. "이 영화를 당신과 함께 보러 와서 참 기뻐!" 그녀는 두 손으로 앙투안의 얼굴을 쥐고는 자기 쪽으로 끌어당겼다. "그리고 당신이 수염을 깎아버린 뒤부터 내가 얼마나 당신을 사랑한다고!"

그녀는 외투와 모자와 장갑을 벗었다. 두 사람은 좌석에 앉았다. 옆 사람이 볼 수 없도록 되어 있는 각재 칸막이를 통해 두 사람은 몇몇 사람만이 왔다 갔다 하던 조용하고 먼지 많고 불그스름한 극장 안이 몇 분이 지나자 많은 사람들이 우글거리는 소란스러운 장소로 탈바꿈하는 것을 보고 있었다. 때때로 어떤 관악기가 내는 반음계 소리가 극장 안을 뒤덮곤 했다. 비정상적인 여름 더위에도 불구하고 구월 중순이 넘자 많은 파리 시민들이 휴가에서 돌아와 있었다. 해마다 라셀이 항상 새로움을 발견하며 좋아하던 그런 휴가철의 파리는 이미 아니었다.

"들어봐…." 하고 그녀가 말했다. 오케스트라는 「발퀴레」*에 나오는 봄의 노래를 연주하기 시작했다.

그녀는 바로 옆에 앉은 앙투안의 어깨에 머리를 올려놓고 있었다. 그는 라셀의 입술과 다문 이빨 너머로 바이올린 현의 이중 메아리 같은 음악을 듣고 있었다.

"당신, 쥐코 노래 들어본 적 있어? 테너 가수 쥐코 말이야?" 하고 그녀가 무심히 물었다.

"응, 왜?"

그녀는 계속 멍하니 공상에 잠겨 있었기 때문에 곧 대답하지 않았다. 마치 뒤늦게야 자기 생각을 감춰야겠다고 생각한 듯이 낮은 소리로 말했다.

"한때는 내 애인이었어." 그녀가 말했다.

앙투안은 라셀의 과거에 대해 강렬한 호기심을 갖고 있었다. 그러나 질투심은 전혀 없었다. 그녀가 '내 육체는 기억력이 없어'라고 고백했을 때 그는 라셀이 무슨 의미로 그 말을 했는지 너무나 잘 이해하고 있었다. 그러나 쥐코는… 앙투안은 「마이스터징거」** 3막에서 하얀 새틴의 꽉 끼는 재킷을 입고 나무 상자 위를 기어올라 가던 쥐코의 우스꽝스러운 모습을 상기했다. 금발의 가발을 썼어도 집시 모습이 드러나는 크고 뚱뚱한 사나이로 사랑의 이중창을 부를 때마다 한 손을 가슴에 얹곤 했었다. 앙투안은 라셀이 그토록 평범한 남자를 신뢰했던 것이 약간 원망스러웠다.

"그 사람이 이걸 부르는 것을 들었어?" 하며 그녀가 말을 이었다. 그녀는 손가락을 들고 허공에다 아랍식의 악절樂節을 그렸다. "내가 쥐코 이야기를 한 번도 안 했나?"

* 바그너의 악극으로 북유럽 신화에 나오는 전쟁의 처녀들. 용감한 전사자들의 영혼을 하늘나라로 인도한다.

** 바그너의 악극.

"안 했어."

그가 라셀의 얼굴을 그의 가슴에 안고 있었기 때문에 그녀를 바라보려면 눈만 내리뜨면 되었다. 그녀는 자신의 추억을 되살릴 때면 언제나 보여주곤 하던 쾌활한 표정은 짓지 않았다. 두 눈썹은 약간 찌푸려져 있었고 눈은 거의 내리뜨고 있었으며 입가는 약간 처져 있었다. '이 여자의 비통한 얼굴도 꽤 괜찮은데.' 하고 그는 생각했다. 드디어 그녀가 잠자코 있는 것을 알아차린 앙투안은 자신은 과거에 대해 전혀 개의치 않는다는 것을 다시 한번 확인시켜 주기 위해 이렇게 말했다.

"그래, 당신의 쥐코는 어떻게 된 거야?"

그녀는 움찔했다.

"뭐, 쥐코?" 하고 그녀는 힘없는 미소를 지으며 말했다. "사실이지, 쥐코는 별 볼 일 없었어. 첫사랑일 뿐이었어."

"그럼 나는?" 하고 그가 약간 힘주어 말했다.

"그야, 세 번째지 뭐." 하고 그녀는 눈썹 하나 까딱 않고 대답했다.

'쥐코와 이르슈와 나… 그 밖에도 또 있겠지?' 앙투안은 생각했다.

라셀은 점점 생기를 되찾으며 말을 계속했다.

"그럼, 얘기할까? …단순한 일이었다는 것을 알게 될 거야. 아빠가 돌아가신 직후였어. 오빠는 함부르크에서 일하고 있었어. 나는 오페라 극장에서 일했기 때문에 낮 동안엔 바빴지. 한데 춤추지 않는 저녁이 오면 나는 외로웠어. 열여덟 살 땐 다 그런 거야. 그런데 쥐코가 오래전부터 날 쫓아다녔어. 나는 그자가 보잘것없으며 건방진 사람이라고 생각했었어." 그녀는 약간 주저하다가 말을 이었다. "약간 바보스럽다고 생각했었어. 그래, 벌써 그때부터 내겐 그 사람이 약간 바보스럽게 보였어…. 한데 나는 그 사람이 난폭한 짐승이란 건 몰랐어!" 하고 그녀가 갑자기 내뱉었다.

그녀는 막 불이 꺼진 극장 안을 슬쩍 보았다.

"처음엔 뭐지?"

"뉴스야."

"그러고 나선?"

"스펙터클 영화. 형편없는 걸 거야."

"그럼 아프리카는?"

"맨 마지막이야."

"아, 좋아" 하고 그녀는 앙투안의 어깨에 향기 나는 그녀의 머리를 다시 얹었다. "뭐 볼만한 게 나오면 알려줘. 피곤하지 않아, 당신? 나는 참 편해!"

그는 라셀의 축축한 입이 약간 벌어진 것을 보았다. 두 사람의 입술이 포개졌다.

"그래 쥐코는?" 하고 앙투안은 다시 물었다.

그가 기대했던 것과는 달리 그녀는 미소를 짓지 않았다.

"지금 생각하면 내가 어떻게 모든 것을 다 참았는지 모르겠어. 나를 대하던 그 사람은! 마차꾼 같은 사내였어! 옛날에 오랑 지방에서 당나귀를 끌었었대…. 내 친구들이 날 야단쳤어. 내가 왜 그 사람과 함께 지냈는지 아무도 이해하지 못했으니까. 나도 지금 생각하면 이해할 수 없어…. 어떤 여자들은 매 맞기를 좋아한다는 말이 있기는 하지만…." 그녀는 잠시 입을 다물었다가 덧붙여 말했다. "아니야, 아마 나는 혼자가 되는 것이 두려웠던 것 같아.”

앙투안은 그날 저녁에 라셀의 목소리에 감도는 우울한 어조를 전에는 한 번도 들어본 기억이 없었다. 그는 마치 그녀를 안심시키려는 듯이 한 팔로 그녀를 안아주었다. 그러고 나서 그는 포옹을 풀었다. 그는 자신의 오만한 마음가짐의 일면인 이런 안이한 동정을 생각해보았다. 어쩌면 이런 것이 동생에 대한 그의 애정의 비밀이었을지도 모르며, 그리고 자신도 때때로—라셀을 만나기 전에도—이런 것이 자신이 누구를 사랑할 수 있는 유일한 방법이 아닌가 자문해보곤 했던 것이다.

“그러고 나선?” 하고 그는 다시 물었다.

“그러고 나선 그 사람이 날 떠났어. 당연하지.” 라셀은 조금도 아쉬워하는 기색 없이 말했다.

두 사람은 모두 입을 다물고 있다가 마침내 라셀이 이런 고백을 하기 전에는 정적이 필요하기라도 한 듯 낮은 목소리로 그녀가 덧붙였다.

“그때 나는 임신했었어.”

앙투안은 깜짝 놀랐다. 임신이라고? 불가능한 일이었다. 의사인 자기가 아직도 그… 흔적을 알아채지 못했단 말인가? 아니 도대체!

그의 멍청하고 불만스러워하는 시선 아래로 뉴스가 방영되고 있었다.

대연습

파리에르 씨가

독일 대사관 무관과 대화

정보국의 미래

단엽 비행기 라탐호의 착륙

총사령관에게 귀중한 정보를 제공.

공화국 대통령이 그 용감한 비행사 접견,

"오, 뭐 꼭 그 때문에 그 사람이 날 버린 건 아니었어." 라셀이 고쳐 말했다. "만일 내가 계속 그 사람의 빚을 갚아주었더라면…."

앙투안은 그녀의 방에서 보았던 갓난아이의 사진과 '이건 내 딸이야, 죽었어.' 하면서 그의 손에서 사진을 빼앗던 일을 상기했다.

그 순간에 그는 라셀의 고백을 듣고 놀란 것보다 오히려 그 자신의 직업상의 자부심 때문에 화가 났고 모욕감을 느꼈다.

"정말이야?" 그가 나지막하게 물었다. "당신이 아이를 낳은 적이 있어?" 그러고는 곧 신중한 미소를 지으며 "전부터 의심했었어."

"하지만 아무도 그걸 눈치채지 못하는데! 나는 연극 때문에 얼마나 애써 내 몸을 가꾸었다구!"

"의사잖아!" 하고 그는 어깨를 한 번 흠칫하며 대답했다.

그녀는 미소를 지었다. 앙투안의 통찰력이 대견스러웠다. 그녀는 몇 분 동안 말없이 있다가 축 처진 자세를 그대로 유지한 채 이야기를 계속했다.

"알겠어, 그 시절을 생각해보면, 내 온 생애의 황금기를 살았었구나 하는 생각이 들어. 나는 얼마나 오만했던지! 몸이 무거워져서 오페라 극장에 휴가를 신청해야만 했을 때 내가 어딜 갔었는지 알아? 노르망디에 갔었어! 시골 아주 작은 마을이었어. 거기에 오빠와 나를 키워준 늙은 가정부가 살고 있었어. 아, 거기서 얼마나 극진한 대접을 받았던지! 나는 원했다면 일생 거기 머물러 살 수 있었을 거야. 그랬어야 하는 건데. 단지, 글쎄, 무대에 한 번 발을 들여놓으면…. 나는 그게 잘하는 짓이라고 생각했어. 나는 딸을 유모에게 맡겨버렸어. 나는 아무런 두려움도 없었어. 그런데 여덟 달 뒤에… 나 역시 병이 났어" 하고 라셀은 잠시 침묵을 지키다가 한숨지었다. "출산한 뒤에 건강이 나빠졌어. 오페라 극장을 떠나야만 했어. 그리고 동시에 모든 것을 다 버려야 했어. 그리고 다시 혼자가 된 거야."

그는 몸을 굽혔다. 그녀는 울고 있지 않았다. 그녀는 두 눈을 크게 뜨고 천장을 바라보고 있었다. 그러나 천천히 그녀의 눈꺼풀이 눈물로 잔뜩 부풀었다. 그는 감히 키스해주겠다는 생각을 못했다. 그녀의 감동을 존중해주고 싶었기 때문이다. 그는 이제 막 들은 이야기를 다시 생각해보았다. 라셀과 함께 있으면 그는 매일 어떤 고정된 점에 이른다고 생각했으며, 그것을 축으로 그녀의 삶에 관한 총괄적인 평가를 할 수 있었다. 그러다가 다음 날이면 어떤 고백, 어떤 추억의 이야기, 어떤 단순한 암시가 그때까지 짐작 못 했던 새로운 관점을 열어주어서 그의 시선은 또다시 길을 잃게 되곤 했다.

그녀는 스스로 몸을 일으켜 머리를 매만지려고 한 팔을 들었다. 그러더니 흠칫 멈추었다. 그녀는 자기 손을 들어 화면을 가리켰다.

"오!" 하고 그녀가 소리쳤다. 두 눈에는 눈물이 글썽했다. 그러면서 말을 타고 도망가고 있는 한 처녀 뒤를 삼십여 명의 인디언들이 사냥개 떼처럼 쫓아가고 있는 장면을 멍청하게 쳐다보았다. 처녀는 바위를 기어 올라가서, 잠시 산등성이 위에서 모습을 드러내더니 깎아지른 경사를 기어 내려갔다. 그러고 나서 서슴지 않고 급류 속으로 몸을 던졌다. 그녀 뒤를 서른 마리의 말이 뛰어들더니 물거품의 소용돌이 속으로 사라졌다. 그러나 그녀는 반대편 강가에 닿아서 말에 박차를 가하며 계속 달렸다. 헛된 일이었다. 강탈범들이 그녀가 달려간 흔적을 찾아 그녀 뒤를 바짝 쫓고 있었다. 그녀는 이미 머리 위까지 날아온 올가미에 걸리려는 찰나였다. 그녀는 철교에 도달했다. 철교 아래로 급행열차 한 대가 돌풍처럼 달리고 있었다. 단숨에 그녀는 말안장에서 미끄러지더니 다리 난간을 넘어 허공 속으로 뛰어내렸다.

극장 안이 온통 숨을 죽이고 있었다.

바로 그 순간에 처녀가 전속력으로 달리는 기차 지붕 위에서, 머리는 헝클어지고 치마는 바람에 날리면서, 두 주먹을 허리에 대고 서 있는 모습이 나타났다. 다리 위에서는 인디언들이 카빈 소총으로 그녀를 겨냥했지만 헛된 일이었다.

"봤어?" 하고 라셀은 즐거워서 몸을 떨며 큰 소리로 말했다. "난 저런 거 아주 좋아해!"

그는 다시 그녀를 당겼다. 이번에는 자기 무릎에 그녀를 앉혔다. 그는 자기 아이처럼 그녀를 두 팔로 안았다. 가능하다면 그녀를 위로해주고 싶었고, 그들의 사랑 외의 모든 것을 잊게 해주고 싶었다. 그러나 아무 말도 안 했다. 그는 그녀의 목걸이를 만지작거렸다. 목걸이는 납빛의 회색 호박의 작은 구슬로 이어져 있었고, 그의 손가락 안에서 미지근해지면 끈질긴 향기를 풍겼다. 그래서 목걸이를 만진 지 이틀 뒤에도 갑자기 손바닥에서 그 냄새를 맡게 되는 일이 흔히 있었다. 그녀는 그가 앞섶 단추를 풀고 젖가슴에 뺨을 대도록 내버려두었다.

"들어와요!" 하고 그녀가 말했다.

자기 박스인 줄 알고 잘못 들어온 안내양이었다. 안내양은 재빨리 문을 닫았지만 앙투안의 품속에 있는 반라의 여인에게 호기심에 찬 시선을 던질 만한 여유는 있었다. 그는 뒤늦게 몸을 빼려고 움직였다.

라셀이 웃고 있었다.

"당신, 참 바보야! 저 여잔 아마 기다리고 있었을 거야…. 착한 여자야…."

그는 라셀의 말에, 그 어조에 너무 놀라서 얼굴 표정을 읽으려 했다. 그러나 라셀은 그의 어깨에 이마를 대고 있었다. 그래서 그는 그녀의 웃음, 비밀에 싸인 듯 낄낄거리는 거의 소리가 안 나는 이 웃음소리만을 들었다. 앙투안은 라셀의 웃음소리를 들을 때마다 언제나 거북스러움을 느끼곤 했다.

아직도 이따금 라셀이 간직하고 있는 듯이 보이는 이 모든 미지의 일들이 앙투안에게는 갈라진 심연과 같은 느낌을 불러일으키곤 했다. 거북함과 호기심이 섞인 이 감정에 비밀스러운 굴욕감이 더해져서 그의 마음을 더욱 복잡하게 만들곤 했다. 왜냐하면 그때까지는 의사의 입장에서 회의적인 미소와 노련한 암시로 남들을 놀라게 한 것은 앙투안 자신이었기 때문이다. 그러나 라셀과 함께 있으면 그 역할이 뒤바뀌었다. 앙투안은 지독한 풋내기임을 발견하게 되었고 스스로 인정하지는 않았지만 이 방면에서는 자신이 없다고 느끼고 있었다. 한번은 앙갚음하려고 병원에서 있었던 일에다가 간호사실에서 들은 이야기를 뒤섞어 꾸며보려고 무척 애쓴 적이 있었다. 그래서 라셀에게 굉장한 애정 사건을 꾸며내 이야기해주며 자기가 그 사건에 관계있다는 것을 암시했다. 그러나 그가 몇 마디 말도 하기 전에 그녀는 다정한 웃음으로 그의 말을 중단시켰다.

"그만해 둬, 그건 다 누굴 위해서 하는 말이야? 내가 있는 그대로의 당신을 사랑하지 않는다는 거야?" 그러자 그는 얼굴을 붉혔다. 어찌나 기분이 상했던지 다시는 그 이야기를 꺼내지 않았다.

둘 중 어느 누구도 침묵을 깰 생각을 못 하고 있는 사이에 중간 휴식 시간이 끝났다.

아프리카 영화를 상영한다는 예고를 했다. 극장 안이 어두워졌다. 오케스트라가 흑인 음악을 연주하기 시작했다.

그러자 라셀은 그에게서 떨어져 혼자 그 칸막이 관람석 가장자리에 가서 앉았다.

"영화가 잘 만들어지기나 했으면 좋겠는데." 라셀이 중얼거렸다.

화면에는 이곳저곳의 풍경이 소개되고 있었다. 거대한 나무들이 뒤얽혀 있는 열대산 칡에 의해 땅에 묶여 있으며, 그 아래로는 흐르지 않는 강. 익사한 한 마리의 황소 시체 모양 수면에 나타날 듯 말 듯하는 하마 한 마리. 얼굴 가장자리에만 흰 수염을 기르고 있어서 늙은 수병 같은 모습을 한 작고 까만 원숭이들이 모래 위에서 장난하고 있었다. 그러고 나서 작은 마을이 나타났다. 더위로 땅이 갈라진 텅 빈 마을 광장. 오두막집들과 생울타리들의 긴 행렬. 상체에는 아무것도 안 걸치고, 엉덩이 근육은 허리 옷 아래에서 팽팽해진 플르 부족 소녀들이 높은 절구통에 곡식을 빻고 있는 마당. 그 주위에서 어린 검둥이들이 먼지 속에 뒹굴고 있었다. 커다란 바구니를 들고 있는 여자들의 모습. 또 다른 여자들은 책상다리를 하고 앉아서 왼손에는 물레의 씨아를 쥐고 오른손으로는 나무 그릇 속에서 무명실이 감기고 있는 팽이 모양의 방추를 돌리며 실을 잣고 있었다.

라셸은 다리를 꼬고 앉아서 무릎에 한쪽 팔꿈치는 괴고, 턱을 손에 쥐고 머리를 앞으로 내민 자태로 두 눈을 화면에서 떼지 않았다. 앙투안은 그녀가 숨 쉬는 소리를 듣고 있었다. 때때로 고개를 움직이지 않고 그녀가 낮은 목소리로 말하곤 했다.

"이봐…. 저것 좀 봐…. 저것 좀 봐…."

영화는 황혼에 야자수가 빙 둘러 서 있는 광장에서 요란한 북소리에 맞추어 춤을 추는 장면으로 끝났다. 얼굴은 긴장되어 있고 육체는 기쁨에 떨고 있는 한 떼의 흑인들이, 아주 아름답고 도취해 있으며 땀으로 온몸이 번쩍거리는 거의 다 벗은 두 검둥이 주위에서 원을 이루고 있었다. 두 검둥이는 서로 쫓기도 하고, 서로 부딪치기도 하고, 떨어져 나가기도 하고, 이를 갈면서 서로에게 몸을 던지거나 율동적인 광란 속에 호전적이며 동시에 선정적으로 서로를 갈구하고 서로를 스치기도 했다. 왜냐하면 둘은 투쟁의 흥분과 사랑의 탐욕을 번갈아 나타내 보여주고 있었기 때문이다. 주위에 서 있는 검둥이들은 숨을 헐떡이며 기쁨으로 발을 굴렀고, 두 광란하는 주인공 주위에서 원을 점점 더 좁혀갔다. 그리고 쉬지 않고 손뼉과 북을 치면서 그 둘의 광란을 점점 더 절정에 이르게 했다. 극장의 오케스트라가 연주를 멈추었다. 무대 뒤에서 들려오는, 정확하게 박자 맞추어 치는 박수 소리가 화면에 놀랄 만한 생동감을 되살려주었다. 그리고 그 모든 광란에 들뜬 얼굴들에서 풍겨 나오고 있는 고통스러울 정도로 고조된 쾌락을 관객에게 훨씬 더 쉽게 전파시켜 주었다.

영화가 끝났다.

관객들이 극장을 빠져나갔다. 일하는 여자들이 빈 좌석들 위의 덮개를 펴고 있었다.

지쳐서 말이 없는 라셀은 일어설 결심을 못 하고 있었다. 그러다가 앙투안이 일어서서 외투를 펴서 내밀자 그녀는 일어서서 입술을 주었다. 두 사람은 한마디도 하지 않고 제일 마지막으로 극장을 나왔다. 극장 앞 대로에서 쾌락의 온갖 장소로 동시에 흩어지고 있는 군중 사이에 끼여, 벌써 몇 개의 가을잎이 빙빙 돌며 땅에 떨어지고 있고 네온으로 눈부신 온화한 밤에, 앙투안은 라셀의 팔짱을 끼고 이렇게 속삭였다. "집에 돌아가는 게 어때?" 그러자 라셀이 소리쳤다.

"오, 아직은 싫어. 우리 어디 가. 나 목말라." 그러고 나서 극장 기둥 아래 유리창을 보더니 몸을 돌려서 어린 검둥이 사진을 다시 보러 갔다. "아" 하고 라셀은 소리쳤다. "이 아이는 우리와 함께 카자망스강을 내려갔던 꼬마하고 놀랍게도 닮았어. 우올로프족이었어. 마마두 디엥이란 이름이었지."

"어디 가고 싶어?" 앙투안은 자기의 실망을 밖으로 드러내지 않고 물었다.

"아무 데나. 브리타니크에 갈까? 아니, 파크멜에 가면 어때? 걸어서 가. 그래, 파크멜에서 차가운 샤르트뢰즈* 한 잔 마시고 집에 돌아가." 그녀는 많은 약속을 암시하는 태도로 그에게 바짝 다가섰다.

"오늘 저녁에, 그 영화를 보고 나서 꼬마 마마두 생각을 하게 되니 좀 야릇해" 하며 그녀는 말을 계속했다. "저, 이르슈가 포경선 뒤에 앉아 있는 사진 보여줬었지? 그 사람이 식민지 병사의 모자를 쓴 부처 같다고 당신이 말했잖아? 그런데 그 사람이 기대고 있던, 흰색 윗도리를 입은 아주 까만 꼬마 생각나? 그 애가 마마두였어."

"누가 같은 애가 아니라고 말했어?" 하고 그는 친절하게 말했다.

그녀는 한동안 아무 대답 없이 있다가 몸을 떨었다.

"가엾은 꼬마. 그 애는 며칠 뒤에 우리가 보는 앞에서 먹혀버렸어. 그래, 수영하다가. 아냐, 그보다는 이르슈가… 이르슈는 마마두가 감히 내가 쏜 백로를 주우러 강 건너편을 수영해서 갈 용기가 없다고 우겼어. 나는 그 백로를 쏘았던 걸 얼마나 후회했는지 몰라! 그 꼬마가 가지러 가려고 했어. 물에 뛰어들어 수영했어. 우리는 잠자코 보고만 있었지…. 그런데 갑자기!… 아, 끔찍한 장면이었어! 단 몇 초 동안에 일어난 일이었어! 우리는 그 애가 하체를 덥석 물려 물 위로 몸이 솟구치는 것을 보았어…. 외치는 그 소리! …그런 경우에 이르슈는 아주 멋있었어. 그이는 그 순간에 꼬마가 가망 없다는 것을, 끔찍하게 고통당하리라는 것을 알아차렸어. 그는 겨냥했어. 그리고 꽝! 박이 깨지듯 아이의 머리가 깨져버렸어. 정말, 그게 더 나았을 거야, 안 그래? 하지만 나는 병이 날 것 같았어."

* 여러 가지 약초를 첨가한 리큐어의 일종.

라셀은 입을 다물고 앙투안의 품속으로 파고들었다.

"그다음 날, 나는 그 장소를 한 장 찍고 싶었어. 수면은 더할 나위 없이 고요했어. 차마 그런 일이 일어났으리라고는 생각도 할 수 없을 정도로…."

그녀의 목소리가 변했다. 또다시 오랫동안 입을 다물었다. 그러다가 다시 말을 계속했다.

"아! 이르슈에게는 인간의 생명이란 아무것도 아니야! 그래도 그 사람은 그 꼬마를 좋아했어! 그런데 그는 망설이지 않았어. 그런 사람이었어…. 그 사건 뒤에도 그는 덤덤했어. 나에게 백로를 갖다주는 사람에게 자기 자명종 시계를 주겠다고 약속했어. 나는 그러고 싶지 않았어. 그 사람은 날 보고 가만히 있으라고 했어. 글쎄, 그의 명령에 복종하지 않을 수 없었어…. 그래서 마침내 나는 바라던 백로를 가지게 되었어. 짐꾼 중 한 명이 그것을 가지러 갔었어. 그 사람은 꼬마보다 운이 좋았지." 그녀는 미소 지었다. "난 그 백로를 아직도 가지고 있어. 올겨울에는 작은 벨벳 모자에 달아서 썼어. 아주 예뻐."

앙투안은 아무 말도 안 했다.

"아, 당신이 거길 한 번도 못 갔던 건 참으로 유감스러워!" 하고 소리치며 그녀는 갑자기 그에게서 떨어져 나갔다.

그러나 그녀는 곧 후회하고 다시 그의 팔에 매달렸다.

"신경 쓸 거 없어, 당신은. 오늘 저녁 같은 날은 병이 날 것 같아. 확실히 열이 좀 있는 것 같아…. 프랑스에서는 숨이 막혀. 거기에서 살아야만 진짜 사는 거야! 당신이 안다면! 흑인들 사이에서 느끼는 백인들의 그 자유를! 여기서는 그 자유가 어떤 것인지 도저히 짐작할 수도 없어! 어떤 규칙도 어떤 규제도 없어! 남이 어떻게 생각할까는 조금도 신경 쓸 것조차 없어! 무슨 말인지 알겠어? 당신은 그게 뭔지 이해라도 할 수 있어? 어디에서나, 언제나, 당신이 자기 자신으로 있을 권리를 가지고 있는 거야. 당신이 여기서 당신 개 앞에서 자유로운 것처럼, 모든 흑인들 앞에서 자유로운 거야. 그러면서도 동시에 당신은 생각도 못 할 정도로 멋진, 재주와 뉘앙스로 가득 찬 사람들 사이에서 사는 거야! 당신 주위에는 다만 젊고 즐거운 미소들, 당신의 아주 하찮은 욕망까지 알아차리는 열정적인 시선들이 있을 뿐이야…. 하나 생각나는데… 이런 얘기 지루하지 않아, 당신? 어느 날, 아프리카의 어느 벽촌에서 하루의 일정이 끝나는 시간이었어. 이르슈는 여인들이 물을 뜨러 오는 어느 샘 근처에서 그 부락 족장과 이야기하고 있었지. 그때가 물 길러 오는 시간이었어. 우리는 아주 예쁜 두 계집애가 오는 것을 보았어. 그 계집애들은 둘이서 숫염소 가죽으로 만든 커다란 물 넣는 가죽 부대를 들고 있었어. '내 몸종들입니다'라고 족장이 우리에게 설명해주었어. 그 밖엔 아무 말도 안 했어. 그 늙은 추장은 알아챘던 거야. 바로 그날 저녁, 내가 이르슈랑 함께 있던 움막의 거적이 소리 없이 들춰졌어. 그 두 계집애가 미소를 짓고 있었어…. 말하자면, 아주 하찮은 욕망이…." 라셸은 말없이 몇 걸음 걷다가 다시 말을 계속했다. "참, 이런 일도 생각나. 이런 모든 것을 누구에게 말할 수 있다는 게 얼마나 내 마음을 홀가분하게 해주는지 몰라!…이런 일이야. 로메*에서였어. 바로 영화관에서의 일이야…. 저녁이면 모든 사람들이 다 극장엘 가거

* 토고의 수도.

든. 극장이라는 데가 카페의 테라스인데, 아주 밝게 불을 밝혀 놓아. 주위에는 상자에 심어놓은 나무들을 죽 둘러놓았고, 그리고 모든 불을 다 끄고 나서 영화가 시작돼. 관객들은 차가운 음료수를 홀짝거리지. 알겠어? 모든 식민지 사람들은 하얀 옷을 입고 앉아 있는데, 화면에서 흘러나오는 빛으로 희미하게 보이지. 그 뒤에는 그 주위를 빙 둘러서 놀라운 푸른색의 밤 속에, 유난히 반짝이는 별빛 아래에 토착민들이 있어. 소년 소녀들이 어둠 속에서 있는 거야. 얼굴은 거의 보이지 않지만 두 눈은 고양이 눈동자처럼 빛나면서 말이야. 얼마나 아름다운지! …그런데 손짓조차 할 필요가 없어! 그 매끄러운 얼굴 중의 한 명을 보면, 한순간 두 눈길이 부딪치면… 그뿐이야. 그러면 충분해. 몇 분 뒤에 일어서서 한번 돌아보지도 않고 가는 거야. 호텔로 가는 거야. 호텔의 문은 일부러 다 열어놓았어…. 나는 이층에 방을 얻었어…. 내가 옷을 벗자마자… 덧문을 긁는 소리가 나. 나는 불을 끄고 창문을 열어줘. 바로 그 흑인이야! 그 사람은 도마뱀처럼 벽을 기어 올라왔던 거야. 그는 아무 말 없이 자신의 작은 몸을 따라 윗도리를 벗어 내려. 나는 영원히 못 잊을 거야. 그 사람의 입술은 축축했어, 신선했어, 참신했어…"

'끔찍하군.' 하고 앙투안은 무의식적으로 생각했다. '검둥이라니…. 미리 신체 검사도 하지 않고….'

"아! 그들의 그 피부란!" 하며 라셀이 계속했다. "과일 껍질처럼 매끄러워! 여기에 있는 사람들은 그게 어떤지 상상조차 할 수 없어! 마치 이제 막 가루분으로 문지른 것처럼, 항상 비단결 같고 매끄럽고 건조한 피부야. 흠 하나 없고, 꺼칠한 느낌도 전혀 없고, 축축한 느낌도 없이 뜨거운 피부, 그러나 피부 속이 뜨거운 거야. 마치 모슬린 소매 아래로 열기의 뜨거움을 느끼는 것처럼 말이야. 무슨 뜻인지 알겠어? 마치 깃털 아래로 느껴지는 새의 더운 몸처럼 말이야! …그리고 그 피부를 보면, 그곳의 한낮의 태양 아래에서 보면, 햇빛이 어깨나 엉덩이를 스치는 걸 보면, 이 번쩍이는 갈색의 비단 위에 푸른빛이 떠 있어. 그걸 뭐라고 설명할 수가 없어. 마치 손에 감촉되지 않는 철의 가루 같다고나 할까, 아니면 끝없는 달빛의 반사 같다고 할까…. 그리고 그들의 시선은! 당신도 이미 그들의 시선이 얼마나 달콤한지는 보았지? 약간 갈색이 도는 그 흰자위 속에 눈동자가 재빨리 움직이고 있어…. 그리고… 어떻게 표현해야 할까…. 그곳에서는, 사랑은, 그래, 이곳과는 전혀 달라. 그곳에서는 사랑은 말없이 행해지는 행위야. 성스럽고도 동시에 자연스러운 행위야. 아주 무척 자연스러운. 사랑에 어떤, 어떤 생각을 곁들이는 일은 절대 없어. 그리고 이곳에서는 언제나 얼마쯤 숨어서 하는 행위인 쾌락의 추구가 그곳에서는 사는 것만큼이나 합법적인 행위야. 그리고 사는 것처럼, 사랑처럼 자연스럽고 신성해. 무슨 뜻인지 알겠어, 당신? …이르슈는 항상 이런 말을 했어. '유럽에는 당신네들에게 가치 있는 일들이 있습니다. 이곳은 우리들, 자유로운 인간들을 위한 곳입니다.' 아! 그건 그 사람이 흑인들을 좋아했기 때문이지!" 그녀는 웃기 시작했다. "그걸 내가 최초로 알아차리게 된 것이 어떻게 해서였는지 알아? 전에 혹시 말해준 일이 없었던가? 보르도의 식당에서였어. 그는 나와 마주 앉아 있었어. 우리는 이야기를 하고 있었지. 갑자기 그의 시선이 내 뒤에 고정되었어. 한순간의 일이었지만, 그 눈빛이란… 너무도 날카로워서 나는 갑자기 뒤를 돌아보았어. 거기엔 찬장 옆에서 오렌지 그릇을 들고 있는 열다섯쯤 되어 보이는 왕자처럼 아름다운 어린 검둥이가 있었어.” 그녀는 뭔가 숨기는 듯한 어조로 덧붙였다. “아마 그날 나 역시 그곳에 가고 싶다는 욕망을 느꼈었는지도 몰라….”

두 사람은 말없이 몇 걸음을 걸었다.

“내 꿈은” 하며 갑자기 그녀가 말을 계속했다. “늙은 뒤 내 꿈은…어떤 집을 하나 경영하는 거야…. 그래…. 화내지 마. 세상엔 별별 업종이 다 있는 거니까. 물론 나는 멋있는 집을 경영하고 싶어. 하지만 어쨌든 늙은이들 사이에서 늙고 싶지는 않아…. 항상 젊은이들, 젊고 자유롭고 정열적인 육체를 지닌 사람들을 내 주위에 두고 싶어…. 당신은 이해할 수 없지?”

두 사람은 파크멜에 다다랐다. 그리고 앙투안은 아무런 반응도 보이지 않았다. 반응을 보이려고 해도 뭐라고 말해야 할지 몰랐기 때문이다. 라셀의 기이한 경험들을 들을 때마다 그는 끊임없는 경탄에 사로잡히곤 했다. 부르주아 가정에서의 출생, 공부, 자신의 야망, 잘 조직된 앞날 등에 의해서 꼼짝없이 프랑스에 박혀 있는 자신이 그녀와는 너무도 다르게 느껴졌다! 물론 그도 자신을 얽어매는 많은 쇠사슬이 있나는 것을 잘 알고 있었지만, 그는 단 한순간도 그 쇠사슬을 끊어버리고자 한 적이 없었다. 그리고 그는 라셀이 좋아하는 모든 것, 그리고 그에게는 참으로 기이하게 여겨지는 것에 대해서, 가축이 집 주위를 맴돌며 집안의 안전을 위협하는 것에 대해서 그러하듯이 일종의 적의를 느꼈던 것이다.

진홍빛 커튼으로부터 흘러나오는 자줏빛 빛줄기만이 잠들

어 있는 것 같은 바 안에 사람이 있음을 드러내고 있었다. 문에 매달린 종이 울리면서 문이 열렸다. 더위와 먼지와 알코올 냄새로 꽉 차 있는 그 방 안 공기 속에 갑자기 찬바람이 밀려들어왔다.

사람이 무척 많았다. 춤을 추고 있었다.

라셀은 휴대품 맡기는 곳 근처에서 빈 식탁 하나를 찾아냈다. 그리고 어깨에 걸치고 있는 외투를 벗어버리기도 전에 잘게 부순 얼음과 함께 초록색 샤르트뢰즈 한 잔을 주문했다. 술잔이 그녀 앞에 놓이자마자 양 팔꿈치를 식탁에 놓고 눈을 내리감고는 입술을 두 개의 빨대에 댄 채 꼼짝도 않고 있었다.

“슬퍼?” 앙투안이 작은 소리로 물었다.

라셀은 계속 마시면서 잠시 얼굴을 들었다. 그리고 유쾌하게 앙투안을 향하여 미소 지었다.

그들 옆 식탁에서는 어린애 같은 얼굴에 적갈색 이를 드러낸 일본 사람 한 명이 공손한 태도로 권투 선수의 한 팔을 만져보고 있었다. 권투 선수 옆에 앉은 갈색 머리 여자는 부끄러워하지도 않고 그 팔을 식탁보 위에 펼쳐 보여주고 있었다.

“그럴래? 샤르트뢰즈 한 잔 더 주문해줘. 아까와 똑같은 걸로.” 빈 잔을 보이며 라셀이 말했다.

앙투안은 누군가의 손이 어깨를 살며시 스치는 것을 느꼈다.

“혹시나 했었어요.” 다정한 목소리가 말했다. “그래, 수염을 깎아버리셨나요?”

다니엘이 그들 앞에 서 있었다. 깨끗한 타원형 얼굴에 샹들리에 불빛을 환히 받고 있는 다니엘은 날씬한 몸을 약간 굽히고 있었으며, 장갑을 끼지 않은 두 손에는 광고용 부채를 들고 그것을 접었다가는 다시 용수철처럼 펴고는 했다. 거만한 태도로 미소를 띠고 있는 그 모습은 고무총을 시험해보고 있는 어린 다윗의 모습을 생각나게 했다.

앙투안은 그에게 라셀을 소개하며 "나도 형님처럼 했겠지요. 거짓말쟁이!"라고 말하던 다니엘의 표정을 상기했다. 그러나 이번에는 그런 생각을 해도 별로 떨떠름하게 여겨지지는 않았다. 그리고 다니엘이 라셀의 손에 키스하려고 몸을 굽히고 나서 그의 시선이 그녀의 쳐든 얼굴, 그녀의 팔, 복숭아꽃 색의 비단옷을 입어 더욱 희게 보이는 그녀의 목을 차례로 주시하는 것을 포착하고는 으쓱해졌다.

다니엘은 시선을 앙투안 쪽으로 돌렸다. 그러고서 라셀의 수완을 칭찬이라도 하듯이 그녀에게 미소를 보냈다.

"그래요, 정말" 하고 다니엘이 말했다. "깎은 게 훨씬 더 낫네요."

"살아만 있다면 훨씬 더 낫지" 하고 앙투안이 빈정대기를 즐기는 의과대학생의 어조로 그의 말을 인정했다. "하지만 만일에 자네도 나처럼 시체를 보는 일에 익숙하다면! 이틀만 지나면…."

라셀이 그의 말을 중단시키려고 식탁을 쳤다. 그녀는 앙투안이 의사라는 사실을 자주 잊고 있었다. 그녀는 앙투안 쪽으로 고개를 돌려서 잠시 쳐다보고는 중얼거렸다.

"내 의사 선생님!"

이렇게도 친숙한 이 모습이, 수술하던 날 밤에 갓도 없는 등불 아래에서 그녀가 보았던 그 사람이라니? 그토록 훌륭하고 영웅 같은 모습을 한, 영원히 그녀 손에 닿을 수 없어 보이던 그 사람이라는 사실이? 이제, 특히나 수염을 깎아버린 뒤에는, 그녀는 이 얼굴의 모든 돌출한 부분, 평평한 부분, 그의 아주 미세한 표정까지 얼마나 잘 알고 있는가! 면도를 하고 나니 볼이 살짝 들어간 부분이, 곧 근육의 느슨한 부분이 드러나 있었다. 그리고 부드러운 볼 때문에 턱의 딱딱함도 어느 정도 부드럽게 보였다. 이 턱뼈의 네모난 형태, 턱의 짧게 돌출한 모양을 그녀는 얼마나 잘 알고 있는가. 밤에는 맹인들처럼 더듬거리며 하도 여러 번 자기의 손바닥으로 만져보았기에 그 형태를 잘 알고 있었다. 그녀는 그걸 만지며 놀라서 말했었다. "당신 턱은 뱀 같아!" 그러나 수염이 없어진 이후 그녀가 가장 알 수 없는 것은 그의 길고 굴곡진 입 모양이었다. 그 모양은 아주 부드러우나 얼어붙은 듯하며, 양 가장자리가 위로 올라가는 일은 거의 없었고, 처지는 일도 드물었다. 마치 고대의 어떤 조각에서 볼 수 있는 것같이 거의 비인간적일 정도의 의지의 주름이 두 입술의 접합점에서 딱 멈추어 있었다. '의지력이 그렇게도 강할까?' 그녀는 스스로에게 묻곤 했다. 그녀는 고개를 숙였다. 그녀의 눈동자가 눈꺼풀의 이 끝에서 저 끝으로 장난스럽게 굴렀으며, 순간적으로 금빛의 섬광이 속눈썹 끝을 가볍게 스쳤다.

앙투안은 사랑받는 사나이의 행복한 미소를 띤 채 자기를 관찰하도록 내버려두었다. 그는 수염을 깎은 뒤부터 스스로에 대해 약간 다른 생각을 품게 되었다. 즉 자신의 무서운 시선에 전보다 훨씬 덜 집착하게 되었던 것이다. 그는 자신에게서 새로운 가능성을 발견했는데, 그 점이 무척 마음에 들었다. 더구나 몇 주일 전부터 그는 자신이 완전히 변모하고 있음을 느끼고 있었다. 라셀을 만나기 이전 그의 삶의 여러 사건들은 어둠 속에 묻혀 사라져버릴 정도였다. 그 사건들은 전에 일어난 일이었다. 그는 그 이상 분명하게 할 생각은 없었다. 무슨 일보다 먼저란 뜻인가? 변모하기 전이란 의미다. 왜냐하면 그는 정신적으로 변했기 때문이다. 부드러워졌다고 할까. 성숙해졌으며 더욱 젊어졌다. 그는 자기가 더욱 강해졌다고 반복하기를 좋아했다. 그런데 그것은 틀린 말이 아니었다. 어쩌면 전보다 덜 신중할지는 몰라도 자발적인 면에서는 더욱 강한 힘, 약동적인 면에서 훨씬 더 진실된 힘을 느꼈다. 그는 그 힘의 결과를 그의 일에서도 느낄 수 있었다. 처음에는 라셀과의 관계 때문에 그의 일이 한동안 혼란에 빠졌지만 갑자기 진전을 되찾게 되었고, 마치 힘차게 흐르는 강물처럼 그의 생활을 또다시 풍요롭게 만들었던 것이다.

"내 모습에 대해 그렇게 관심 가질 거 없어" 하며 앙투안은 다니엘에게 의자를 권했다. "우린 영화를 보고 오는 길이야. 아프리카 영화, 알고 있나?"

"당신은 유럽을 떠나본 적이 있으세요?" 하고 라셀이 물었다.

다니엘은 그 목소리의 울림에 놀랐다.

"없습니다, 부인."

"그러시다면" 하고 그녀는 그때 막 갖다놓은 샤르트뢰즈 잔에 새 빨대 두 개를 기다렸다는 듯이 꽂으며 이야기를 계속했다. "그걸 보러 가셔야 해요. 특히 짐꾼들의 석양 행렬이 볼만해요…. 안 그래요, 앙투안? 그리고 여인네들이 카누를 끌어당기는 모래 위에서 꼬마들이 놀고 있는 장면도 볼만하고요…."

“꼭 가보겠어요” 하고 다니엘이 그녀를 바라보며 말했다. 잠시 침묵이 흐르더니 그가 덧붙여 말했다. “아니타를 아세요?”

그녀는 모른다는 고갯짓을 했다.

“미국 흑인 여자로 거의 늘 바에 와 있어요. 참, 여기에서도 보이는군요. 마리 조제프 뒤에 흰옷을 입고요. 마리 조제프는 아시지요, 진주 목걸이를 한 키 큰 여자 말이에요.”

라셀은 일어서서 춤추는 커플들 너머로 커다란 모자 그늘에 가려진 엷은 황색 피부를 가진 여자의 옆모습을 보았다.

“흑인 여자가 아닌데요” 하고 실망을 감추지 못하며 그녀가 말했다. “혼혈아군요.”

다니엘이 슬며시 미소를 지으며 이렇게 말했다.

“죄송합니다, 부인.” 그는 말했다. 그러고 나서 앙투안 쪽으로 고개를 돌리며 물었다. “여긴 자주 오세요?”

앙투안은 그렇다고 대답하려다가 라셀이 옆에 있기 때문에 그만두었다.

“별로 안 와.” 그가 대답했다.

라셀은 마리 조제프와 춤추기 시작한 아니타를 보고 있었다. 그 미국 여자의 유연한 육체는 새의 깃털처럼 번쩍이는 하얀 새틴 드레스에 꽉 끼어 있어서 그 우윳빛의 번쩍임이 그녀의 긴 다리가 움직이는 데 따라 그 굴곡을 다 드러내 보여주었다.

“내일 메종으로 갈 거니?” 앙투안이 물었다.

“오늘 저녁에 거기서 오는 길이에요.” 다니엘이 대답했다. 다니엘은 자크에 관해서 이야기하고 싶었으나 유황빛의 숄을 걸치고 눈으로 누군가 찾고 있는 것 같은 스페인풍의 젊은 여인을 보고는 일어섰다. “실례합니다.” 하며 다니엘은 곧 자리를 떴다. 그는 그 숄 아래로 조심스럽게 한 팔을 넣고는 보스턴 춤을 추면서 그 젊은 여자를 악사들이 있는 구석으로 이끌고 갔다.

아니타는 춤을 멈추었다. 라셀은 그녀가 춤추는 사람들을 헤치고 아름다운 백조같이 평화롭고 우아한 자태로 바로 앙투안과 그녀가 앉아 있는 구석으로 오는 것을 보았다. 아니타가 앙투안의 의자를 스치고 라셀이 앉아 있는 긴 의자로 다가와서 핸드백에서 뭔가를 꺼내어 손바닥에 감추었다. 혼자 있다는 것을 알아차리더니(누가 보더라도 개의치 않았겠지만) 한쪽 다리를 의자 위에 놓고 재빨리 옷자락을 걷어 올렸다. 그리고 엉덩이에 주삿바늘을 꽂았다. 라셀은 비단 같은 흰빛들 사이에서 엷은 갈색 피부를 슬쩍 보았다. 그리고 눈꺼풀이 팔딱팔딱 뛰는 것을 억제할 수가 없었다. 아니타는 치맛자락을 다시 내렸다. 그리고 부드럽게 몸을 내맡기는 태도로 몸을 다시 곧추세웠다. 그러자 귓불에 고정시켜 놓은 진주 귀걸이 끝에 달린 수정이 그녀의 흑갈색 뺨 위로 반짝거렸다. 그녀는 천천히 여자친구에게로 돌아갔다.

라셀은 양 팔꿈치를 다시 식탁보 위에 놓았다. 그리고 거의 눈을 감은 채 천천히 차가운 술을 마셨다. 애무하는 듯한 바이올린 소리, 너무도 표현력이 강한 현의 긴 여운 때문에 그녀의 우울함은 신경질에까지 이르렀다.

앙투안이 그녀를 바라보고 있었다.

"루루*…." 그가 속삭였다.

라셀은 두 눈을 치켜뜨고 술잔의 부순 얼음 속에 남아 있는 초록색 술을 마지막 한 방울까지 다 마셨다. 그리고 뜻밖의 시선, 빈정거리며 무례한 시선으로 앙투안을 응시하며 물었다.

"당신은 한 번도… 흑인 여자를 본 적 없지, 안 그래?"

"없어." 하고 앙투안은 대담하게 고개를 가로저으며 대답했다.

그녀는 입을 다물었다. 그녀의 입술 위에는 야릇한 미소의 그림자가 어른거리는 듯했다.

"자, 가지." 하고 갑자기 라셀이 말했다.

그녀는 벌써 일어서서 밤의 축제 때 도미노 의복을 걸치듯 어두운색의 타프타** 외투를 걸쳤다. 그녀 뒤를 따라 입구의 회전문에 이른 앙투안은 라셀이 이를 악물고 내는 소리 없는 작은 그 웃음, 그에게 공포심을 불러일으키는 그 웃음소리를 다시 들었다.

12

제롬이 아직 파리에 살고 있었을 때 그는 옵세르바투아르가街 아파트 수위에게 자기 앞으로 온 편지를 중간에서 받아놓으라고 지시했었다. 그리고 이따금 자신이 수위실에 편지를 찾으러 오곤 했었다. 그러다가 제롬은 주소도 남겨놓지 않은 채 발을 끊었던 것이다. 그래서 이 년 동안 그의 앞으로 온 편지가 잔뜩 쌓이게 되었는데, 수위는 퐁타냉 씨가 메종 라피트에 다

* 라셀의 애칭.

** 견직물의 일종. 호박단, 태피터라고도 한다.

시 돌아온 것을 알자 다니엘에게 그 편지들을 수취인인 본인에게 전해주기를 부탁했다.

그 인쇄물 덩어리 속에서 제롬은 두 통의 오래된 편지를 발견하고 무척 놀랐다.

한 통은 여덟 달 전에 온 편지로 그의 앞으로 육천 몇백 프랑의 돈이 전해질 게 있음을 알리는 것이었다. 그 돈은 실패한 사업을 정리함으로써 생기게 된 것인데, 오래전부터 그는 그 돈을 받으리라는 희망을 포기하고 있었다.

그의 얼굴이 밝아졌다. 이 잔고의 도착은 그가 메종에 정착한 이래로 그의 마음을 짓누르던 불안을 말끔히 씻어주었다. 그 불안은 이제는 자신의 위치를 상실한 집안에서의 존재 때문에 생기기도 했을 뿐만 아니라, 그의 자존심을 괴롭히던 돈 걱정 때문에도 생겼던 것이다.

(이들 부부는 오 년 전부터 재산 분할을 해오고 있었다. 퐁타냉 부인은 이혼은 포기했으나 목사였던 그녀의 아버지에게서 유산으로 받은 얼마 안 되는 재산을 남편 손에서 떼어놓았다. 그때까지 그녀는 이미 상당액을 써버리기는 했지만 그 재산 덕분에 집도 처분하지 않았을 뿐만 아니라 자식들 교육을 위해 궁색하지 않게 쓰면서 그럭저럭 살아갈 수 있었다. 제롬은 아직까지는 자기 개인 재산을 완전히 탕진하지는 않아서 계속 사업을 하고 있었다. 노에미가 자기 멋대로 그를 끌고 다녔던 벨기에와 네덜란드에서 그는 증권 매매를 했고, 투기를 했고, 새로운 발명품에 출자도 했었다. 경박하기는 했으나 어느 면으로는 눈치가 빠른 데다가 모험심까지 곁들여 그는 때때로 수지맞는 사업에 돈을 걸기도 했다. 그는 그럭저럭 살아왔으며 되

도록 당당하게 살고 싶어 했다. 이따금 제니와 다니엘을 부양하는 데 자신도 기여하기 위해 아내의 계좌에다가 천 프랑짜리 지폐를 몇 장씩 보내줌으로써 자신의 불안한 마음을 진정시키는 기회를 가지기도 했었다. 그러나 외국에서 보낸 마지막 몇 달 동안에는 그의 상황이 위태롭게 되었다. 그 순간에 그는 자기 재산을 건드릴 수 없는 상황에 놓여 있었다. 테레즈가 암스테르담으로 갖다준 돈을 갚을 생각조차 못 했을 뿐 아니라 아내의 돈으로 살아갈 수밖에 없는 처지에 놓이게 되었다. 그 때문에 그는 괴로워했던 것이다. 무엇보다도 아내가 자기감정을 오해할 수도 있다는 생각 때문에 괴로웠고, 자기가 집에 돌아온 것이 경제적인 곤란 때문이라고 아내가 여길 수도 있으리라는 것이 괴로웠다.)

그래서 이 뜻밖의 돈이 제롬에게 약간이나마 위엄을 되찾아 주었다. 그는 마음이 홀가분해질 수 있게 되었다.

아내에게 이 소식을 어서 전하고 싶은 마음에 그는 두 번째 편지를 뜯으며 문께로 걸어가고 있었다. 겉봉의 형편없는 글씨를 보아서는 아무것도 상기시켜 주는 것이 없었다. 그러나 그는 깜짝 놀라서 우뚝 섰다.

선생님,

저에게 어떤 일이 생겼다는 것을 말씀드려야 하겠습니다. 이 사실은 저를 슬프게 하기보다는 오히려 그와는 반대입니다. 저는 그 때문에 아주 행복하게 생각하고 있습니다. 저는 지금까지 혼자 있다는 사실만으로도 많은 괴로움을 받았으니까요. 그렇지만 그 때문에 저는 일하던 집에서 쫓겨나 절망에 빠져 있습니다. 이런 상황에서 선생님께서 한 푼 없는 저를 내버려두시리라고는 생각하지 않습니다. 이제는 어떤 일자리도 구할 수가 없으며, 이 사실이 너무나도 명백해졌습니다. 그런데 제게는 삼십 프랑 십 수밖엔 없고 자식을 낳아 양육할 돈도 없습니다. 저는 마땅히 그래야만 하듯이 이 아이를 키우고 싶습니다.

그렇다고 제가 선생님을 비난하는 것은 아닙니다. 다만 바라건대 이 편지가 선생님께 꼭 닿아서 내일 아니면 모레, 적어도 목요일까지는 꼭 저를 구하러 와주셔야겠습니다. 그렇지 않으면 저는 어떻게 될까요?

선생님을 충실히 사랑하는 여인.

V. 르 가드 올림

처음에 제롬은 누군지 알지 못했다. '르 가드라고?' 그때 갑자기 생각이 떠올랐다. '빅토린… 크리크리*!'

그러자 그는 다시 자기 방으로 돌아와 의자에 앉아서 손가락 사이로 편지를 빙빙 돌리고 있었다. '내일 아니면 모레….' 그는 우편에 찍힌 소인을 보며 날짜를 계산해보았다. 이 편지가 그에게 보내진 지는 벌써 이 년이나 되었다! 가엾은 크리크리! 지금은 어떻게 되었을까? 그 당시에 자기의 대답이 없었던 것을 어떻게 생각했을까? 아기는 어떻게 되었고? 그는 여러 가지를 마음속으로 자문해보았다. 그러나 거기에는 전혀 마음속으로부터의 감동이 없었다. 그리고 자기도 모르게 딱하게 여기는 듯한 표정을 지은 것도 상투적인 것에 지나지 않았다. 그러

* 빅토린의 애칭.

는 동안에 수줍어하며 떨던 그 작은 육체, 순진한 두 눈, 어린애 같은 입 등의 여러 가지 추억이 점점 더 자세히 되살아나 그의 마음을 혼란스럽게 했다….

크리크리… 어쩌다가 그 아이를 알게 되었던가? 아! 노에미의 집에서였지. 브르타뉴에서 데리고 왔었어. 그러고 나서는 어떻게 되었지? 제롬은 그녀를 두 주일 동안 숨겨놓았던 그 교외의 호텔에 관해서는 아무 기억도 나지 않았다. 어째서 그녀를 떠나게 되었던가? …그보다는 이 년 뒤에 노에미가 발작했던 시기에 둘이 다시 만났던 일이 더 잘 기억에 떠올랐다. 그는 땅거미가 질 무렵에 하녀용 지붕밑방에 올라갔던 일, 그녀에게 살림을 차려주었던 리시팡스가街에 있는 가구 딸린 호텔 방이 다시 생각났다. 당시에 그는 새삼 그녀에게 열정을 다시 느끼게 되었는데, 그 열정은 두세 달 계속되었다. 어쩌면 더 계속되었던가?

제롬은 편지와 날짜를 다시 읽었다. 낯익은 체온이 그의 머리를 가득 채우고 그의 시야를 어지럽게 만들었다. 그는 일어서서 물을 한 잔 마신 다음 크리크리의 편지를 주머니에 넣었다. 그리고 은행에서 온 통지서를 쥐고는 그녀를 찾기 위해 나섰다.

한 시간 뒤에 그는 파리행 기차를 탔다.

아침 열시, 구월의 태양 아래, 생 라자르 역을 나오면서 그는 일종의 유쾌한 흥분 같은 것을 느꼈다. 그는 택시를 타고 은행으로 갔다. 이 창구 저 창구로 뛰어다니며 안절부절못했다. 그러나 영수증에 사인을 하고 나서 지갑에 지폐를 넣고 났을 때,

마침내 자기를 기다리고 있던 택시 속으로 뛰어들어 탈 수 있게 되었을 때, 제롬은 이번에는 지난 몇 주일 동안의 암흑으로부터 영원히 벗어나 새로운 삶을 시작하는 것 같은 느낌이 들었다.

그러자 이 수위실에서 저 수위실로 온통 파리 시가를 누비며 그는 그녀를 찾기 시작했다. 매우 복잡한 수소문인 데다가 처음에는 아무 효과도 없어 보였다. 그런데 오후 두시께 점심도 거른 채, 남들이 쥐쥐 아줌마라고도 부른다는 바르뱅 부인의 집에 이르렀다. 부인은 외출 중이었다. 그런데 수다스러운 어린 하녀가 르 가드 양을 잘 안다고 말하면서 '별명은 리네트 양'이라고 했다.

"그런데 그 아가씨가 방을 쓰고 있는 호텔에는요, 수요일밖에는 안 와요. 그날이 아가씨 외출 날이거든요."

제롬은 얼굴을 붉혔다. 그러나 이 이야기는 서광을 비추었다.

"잘 알고 있소" 하고 그는 그런 일을 잘 안다는 듯한 미소를 지으며 넌지시 말했다. "그렇기 때문에 내가 필요한 것은 그쪽 주소요."

두 사람은 친구 사이처럼 서로를 바라보았다. '참한 아가씨군' 하고 제롬은 돌연 생각했다. 그러나 그는 크리크리 말고는 다른 어떤 생각도 하고 싶지 않았다.

"스톡홀름가街에 있어요." 하고 마침내 하녀가 미소를 띠며 알려주었다.

제롬은 차를 타고 그곳으로 갔다. 그 집을 찾는 데는 그다지 시간이 걸리지 않았다. 지금 가슴에 스며드는 슬픔, 이미 그것과 싸우면서 스스로 그것을 인정하려고 하지 않던 슬픔이 오늘 아침부터 그에게 생기를 불어넣어 주던 모든 감정과 대체되어 가고 있었다.

환한 대낮인 밖으로부터 교묘히 단장해 놓은 그 집의 미광 속으로 급작스럽게 들어오게 되자 제롬은 갈피를 잡을 수가 없었다. 누군가가 그를 일본식 방으로 인도했다. 그러나 그 방에서 찾아볼 수 있는 일본적인 것이라고는 침대 머리의 벽에 펴서 걸어놓은 부채 한 개뿐이었다. 그는 모자를 든 채 경쾌한 자세로 서 있었다. 그가 눈을 돌린 쪽에 있던 거울이 그의 그런 모습을 가차 없이 비추고 있었다. 마침내 그는 소파의 맨 구석 자리에 가서 앉았다.

드디어 바람 소리를 내며 문이 열렸다. 엷은 보라색 윗도리를 입은 한 소녀가 나타나더니 흠칫 멈추어 섰다.

"아!…" 하고 소녀는 소스라쳤다. 제롬은 그 소녀가 방을 잘못 들어왔다고 생각했다. 그러나 소녀는 자신이 밀치고 들어왔던 문 쪽으로 뒷걸음질 치면서 더듬거렸다. "당신 아니세요?"

그때까지도 그는 소녀를 알아보기가 힘들었다.

"크리크리, 너냐?"

마치 제롬이 호주머니에서 무기를 꺼내는 것을 기다리기라도 한 듯이 리네트는 제롬에게서 눈을 떼지 않으며 팔을 침대로 뻗어서 침대 커버를 자기 쪽으로 끌어당겨 몸을 감쌌다.

"웬일이세요? 누가 당신을 보냈나요?" 그녀가 물었다.

그는 짧은 머리에 얼굴은 약간 부었고, 화장을 한 이 처녀의 얼굴에서 어린애 같던 크리크리의 표정은 찾아보려고 해도 찾아볼 수가 없었다. 예전 그녀의 신선한 농부 같은 목소리조차 다시 찾아볼 수 없었다.

"저한테서 뭘 원하시나요?" 그녀가 반문했다.

"크리크리, 나는 널 보러 왔어."

그는 부드럽게 말했다. 소녀는 제롬의 뜻을 오해하고 잠시 어쩔 줄을 모르고 있었다. 그러고 나서 그에게서 눈을 돌린 소녀는 이 사태에서 자신의 역할을 결심한 것 같아 보였다.

"원하신다면" 하고 소녀가 말했다.

그녀는 침대 커버로 여전히 몸을 감싸고 있었으나 가슴과 팔 부분은 약간 드러내며 소파에 다가와 앉았다.

"누가 선생님을 보냈나요?" 고개를 떨구며 그녀가 되풀이했다.

제롬은 그녀의 질문을 이해하지 못했다. 겁이 난 제롬은 선 채로 자기가 오랫동안 외국에 살다가 이제야 프랑스로 돌아왔으며, 지금 그녀의 편지를 보게 되었다는 사실을 설명했다.

"제 편지요?" 하고 그녀가 눈을 다시 뜨며 말했다.

그는 지난날과 다름없이 순수하고 회색빛이 감도는 그녀의 초록색 눈동자를 알아보았다. 제롬이 그녀에게 그 봉투를 내밀었더니 그녀는 봉투를 받아서 얼빠진 사람처럼 쳐다보았다.

"정말이군요!" 하고 그녀는 원망스러운 눈초리로 말했다. 손에 편지를 쥔 채, 오랫동안 그녀는 고개를 아래위로 흔들었다. "그렇지만!" 하며 그녀가 말을 이었다. "당신은 제게 답장조차 주시지 않았어요!"

"하지만 크리크리, 내가 네 편지를 받은 게 오늘 아침이었다니까!"

"괜찮아요. 하지만 제게 답장은 해주셨어야 했지요." 하고 완강하게 고개를 저으며 그녀가 말했다.

그는 인내심을 가지고 말을 계속했다.

"그 대신 내가 이렇게 왔지 않니." 그러고 나서 자못 궁금한 듯이 물었다. "말해줘, 아기는?"

그녀는 입술을 꼭 다문 채 침을 삼키고 나서 말을 하려다가 입을 다물었다. 두 눈에는 눈물이 글썽거렸다.

마침내 그녀는 말했다.

"애는 죽었어요. 조산이었어요."

제롬은 한숨을 내쉬었는데, 그 한숨은 안도의 한숨 비슷했다. 그는 자기를 응시하고 있는 리네트의 냉혹한 시선 앞에서 아무 말 없이 수치심과 굴욕을 느꼈다.

"이 모든 게 다 당신 때문에 일어났다는 것을 생각하면" 하고 리네트가 말했다. (그녀의 목소리는 시선보다는 덜 냉혹했다.) "저는 바람기 많은 애는 아니었어요. 당신도 잘 아시다시피! 두 번이나 저는 당신이 제게 하신 말을 모두 믿었어요. 두 번이나 저는 당신을 따라가려고 모든 것을 포기했어요! …아, 두 번째로 당신이 떠나셨을 때 전 얼마나 울었던지요!" 그녀는 계속 그를 바라보았다. 두 어깨를 들고, 입은 약간 삐쭉이며. 그녀의 눈은 눈물 때문에 더욱 초록색으로 보였다. 그는 초조해진 데다가 가슴이 터질 것만 같아 어떤 태도를 취해야 할지를 모르며 억지로 미소를 짓고 있었다. (미소를 짓고 있는 이 옆모습은 얼마나 다니엘의 미소와 흡사한가!)

그녀는 눈물을 닦은 다음 침착하면서도 당돌한 목소리로 물었다.

"아주머니께서는 안녕하신가요?"

제롬은 그녀가 노에미 이야기를 하고 있음을 알아차렸다. 그는 이곳에 오면서 크리크리를 격하게 만들 염려가 있고, 또 그때까지 자기가 구상했던 분명한 계획을 그르치게 될 마음의 상처와 근심을 그녀에게 불러일으킬 수도 있을 프티 뒤트레유 부인의 죽음에 관한 이야기는 입 밖에도 내지 않기로 결심했었다. 그래서 그는 달리 생각해보지도 않고 준비해두었던 거짓말을 했다.

"아주머니? 아주머니는 외국에서 무대에 서고 있어." 그러나 다음 말을 덧붙이는 데 약간의 마음의 동요를 억제해야 했다. "아주머니는 잘 있을 거다."

"무대에요?" 리네트는 공손히 제롬의 말을 되풀이했다.

두 사람은 입을 다물었다. 그녀는 제롬 쪽으로 몸을 돌리고는 무엇인가 기다리고 있는 것 같았다. 그녀는 가슴과 어깨를 좀 더 드러내 보이며 미소를 지었다.

"하지만 당신이 여기 오신 것은 그런 일 때문은 아니겠지요." 그녀가 말했다.

제롬은 자기가 약간의 신호만 보내면 리네트가 자기에게 응하리라는 것을 알고 있었다. 아! 그날 아침부터, 사냥 나온 사냥개처럼 온 파리 시가를 뒤지며 그로 하여금 이 여자를 찾게 만들었던 그 미칠 듯한 욕망은 흔적도 없이 사라져버렸다.

"다른 일 때문에 온 건 아니다." 그가 대답했다.

리네트는 놀란 것 같았으며 거의 상심한 듯했다.

"아시겠지만, 이곳에서는, 우리는… 단순한 방문을 받을 권리가 없어요…."

제롬이 재빨리 화제를 다른 곳으로 돌렸다.

"왜 머리를 짧게 잘랐니?"

"여기에선 이런 걸 좋아해요."

그는 예의상 미소를 지었다. 그리고 더 이상 할 말을 찾지 못했다. 그러나 그는 이곳을 떠날 결심을 하지 못하고 있었다. 그의 마음 깊은 곳에 숨어 있는 불만이 마치 이곳에서 완수해야 할 무슨 중요한 일이 남아 있기나 한 것처럼 그를 이 방에서 떠나지 못하도록 했다. 그런데 그 일이 무엇인가? 가엾은 크리크리…. 잘못은 이미 저질러졌다. 그러나 더 이상 어떻게 할 수가 없었다…. 더 이상 어찌할 수가 없다고?

이러한 침묵 때문에 약간 당황한 리네트는 원한 이전에 큰 호기심을 가지고 몰래 제롬을 관찰했다. 이 사람은 왜 다시 온 것일까? 그러니까 이 사람은 아직도 리네트를 약간은 사랑하고 있는 것일까? 이 질문이 그녀의 마음을 혼란에 빠뜨렸다. 그런데 갑자기 그에게서 다른 아이 하나를 더 낳을 수도 있다는 생각이 그녀의 뇌리를 언뜻 스쳐갔다. 그녀가 잃었던 모든 희망들이 갑자기 다시 솟아올랐다. 제롬의 아들, 다니엘의 동생, 자신의 아이, 다만 자신만이 차지할 아이…. 그녀는 땅에 주저앉아 제롬의 두 무릎을 껴안고 간청하는 얼굴로 그를 쳐다보면서 '당신의 아이를 가지고 싶어요!'라고 말하려고 했다. 하지만 그것은 일시적인 기분에 지나지 않았으며, 이제까지 애써 쌓아 올린 모든 장래를 다 망치는 셈이었다. 그녀는 눈에 뜨이지 않게 바르르 몸을 떨었다. 그리고 잠시 동안 두 눈은 불가능한 꿈에 사로잡힌 채 입을 꼭 다물고 속으로 말했다. '안 돼, 이런 건 모두 해서는 안 돼!'

"다니엘은요?" 그녀가 갑자기 말했다.

"누구? 다니엘, 내 아들 말이야?" 그러고는 어색하게 덧붙여 말했다. "너도 다니엘을 알고 있니?"

리네트는 그 이유를 잘 모르면서도 제롬이 다시 오게 된 것에 다니엘이 한몫을 해주었기를 희망하고 있었다. 그녀는 다니엘의 이름을 말한 것을 후회했다. 그래서 아무 말도 않기로 결심했다. 아버지와 아들에게 서로 어떤 관계, 뒤섞인 똑같은 연애 관계에 연루되어 있다는 것을 결코 알려서는 안 되는 것이다….

리네트는 어물어물 대답했다.

"그분을 아느냐고요? 모든 파리 사람들은 그분을 다 알고 있어요. 만난 적이 있어요."

제롬은 더욱 걱정스러워졌다. 그러나 그는 감히 '여기에서'라고는 물을 수가 없었다.

"어디에서?" 그가 물었다.

"여기저기에서요. 여러 술집에서요."

'그럼 그렇지!' 그는 생각했다. "그럴 줄 알았어. 그 애의 그런 생활 태도에 대해서 내가 어떻게 생각하는지는 벌써 그 애에게 말해주었지!"

리네트가 재빨리 말을 덧붙였다.

"오, 그건 예전의 일이에요…. 그분이 요즘도 그런 데를 여전히 드나드는지는 모르겠어요. 저와 마찬가지일 거예요. 이제 저는 얌전해요."

그는 리네트를 보고 있었지만 아무 대답도 안 했다. 그는 젊은 시절의 방종한 생활, 문란한 품행, 이 집, 악에 내맡겨진 이 여자를 생각하고는 진정으로 통탄해 마지않았다….

'왜 삶은 이렇게 돼먹었을까?' 하고 그는 생각했다. 그리고 갑자기 가슴이 답답해오고 후회스러운 느낌이 들었다.

리네트는 앞으로 자기가 지향하고 있는 미래에 대한 비전에 사로잡혀서 양말 끈을 잡아당겼다 놓았다 하며 부질없는 생각에 잠겨 있었다.

"그래요, 이제는 제 문제가 거의 해결되었어요. 그래서 이제는 당신을 원망하지 않아요…. 삼 년만 착실하게 일하면 파리와 작별이에요! 당신네들의 더럽고 비참한 파리는요!"

"왜 삼 년이야?"

"계산해보세요. 제가 이곳에 들어온 지 한 달이 채 되지 않았는데, 매일 수입으로 오륙십 프랑을 벌고 있어요. 일주일이면 사백 프랑이지요. 그러니까 삼 년 뒤면, 혹시 그보다 더 빠를지도 모르지만, 삼만 프랑을 벌게 될 거예요. 그날이 오면 끝이에요. 크리크리도, 리네트도 모든 것이. 빅토린은 자기가 번 돈이며, 나팔이며, 북이며 모두 챙겨 훌쩍 라니옹행 기차를 타는 거지요! 친구들이여, 안녕!"

리네트는 웃고 있었다.

'아니다, 나는 내 행위만큼 나쁜 사람은 그래도 아니다' 하고 제롬은 절망적인 확신을 가지고 거듭 생각했다. '아니야 그건 훨씬 더 복잡해. 나는 내 삶보다는 가치 있는 놈이야. 그런데 내가 없었다면. 이 어린것은…. 내가 없었더라면!' 그의 기억 저 밑바닥으로부터 또다시 성경 말씀이 떠올랐다. **죄악의 근원이 되는 자에게 화 있을진저!**

"부모님은 아직 살아계시니?" 제롬이 물었다.

아직은 불분명한 한 가지 생각, 물리쳐버리려고 애쓰던 그 생각이 천천히 그 내부에서 분명하게 드러나기 시작했다.

“아버지는 일 년 전에 생티브에서 돌아가셨어요.” 그녀는 말을 멈추고 성호를 그을까 말까 망설였다. 결국 그녀는 성호를 긋지 않았다. “이제는 아주머니 한 분밖에는 없어요. 아주머니는 교회 뒤 광장에 작은 집을 한 채 가지고 있어요. 당신은 페로기렉Perros-Guirec을 잘 모르시지요? 늙으신 아주머니의 유산 상속자는 사실 저밖에 없어요. 아주머니에게 재산이 있는 것은 아니지만 집은 한 채 있어요. 아주머니는 연금으로 생활하고 있어요. 일 년에 천 프랑 받고 있지요. 아주머니는 오랫동안 귀족 집안에서 일하셨어요. 그리고 아주머니는 의자 직공이니까 그 일로도 약간의 수입이 있어요…. 그래서” 하고 말하는 그녀의 표정은 밝아졌다. 그녀는 이야기를 계속했다. “쥐쥐 아줌마 말이 자본이 삼만 프랑만 있으면 저도 그 정도의 연금을 받을 수 있대요. 저는 여분의 돈을 벌기 위해 노력할 거예요. 우린 함께 살 거예요. 우린 늘 마음이 잘 통하니까요. 그리고 그곳에서는” 하며 그녀는 작은 비단 구두 속에서 발가락이 움직이는 모습을 바라보면서 깊은 한숨과 함께 결론적으로 말했다. “그곳에서는 아무도 저에 관해서 아무것도 몰라요. 모든 일은 끝이 나고 잊혀질 거예요!”

제롬이 일어섰다. 그의 생각이 발전하면서 그를 지배했다. 그는 방 안을 이리저리 왔다 갔다 했다. 너그러울 것…. 속죄할 것….

그는 리네트 앞에서 발을 멈추었다.

“그래, 당신은 브르타뉴 지방을 그렇게 좋아해?”

그녀는 ‘당신’이란 말을 듣고 너무 놀라서 곧 대답하지 못했다.

"그럼요!" 마침내 그녀가 대답했다.

"그렇다면 당신은 그곳으로 돌아가는 거요…. 그래요…. 내 말을 들어요."

그는 다시 걷기 시작했다. 응석받이 어린애의 초조감 같은 것이 그를 온통 사로잡았다. '그 일이 당장 행해지지 않는다면' 하고 그는 생각했다. '나는 더 이상 아무 관여도 않겠다.'

"내 말 좀 들어봐요." 하고 그는 숨 가쁜 목소리로 다시 말했다. "당신은 그곳으로 돌아가는 거요!" 그리고 그녀를 정면으로 쏘아보며 내뱉었다. "오늘 저녁에!"

그녀는 웃었다.

"제가요?"

"당신 말이오."

"오늘 저녁에요?"

"그렇소."

"페로로요?"

"페로에."

그녀는 웃음을 그쳤다. 머리를 숙이고 악의에 찬 표정으로 그를 뚫어지게 바라보았다. 무슨 이유 때문에 이제 와서 자신을 조롱하는 것인가? 어째서 그 문제에 대해서 농담을 하는 것인가?

"만일 당신이, 당신 아주머니처럼, 일 년에 천 프랑만 있다면…." 하고 그가 말을 시작했다.

그는 미소를 지었다. 그의 미소에는 악의가 전혀 없었다. 천 프랑이라니, 저이는 무슨 말을 하고 있는 것일까? 그녀는 찬찬히 천 프랑이면 한 달에 얼마인지 열둘로 나누어보았다.

그는 웃음을 거두더니 이야기를 계속했다.

"당신 마을 공증인 이름이 뭐지요?"

"공증인이라니요? 누구 말인가요? 베닉 씨요?"

제롬은 몸을 뒤로 젖혔다.

"그렇다면 크리크리, 매년 구월 일일에 베닉 씨가 나에게서 받은 천 프랑을 당신에게 전해줄 것을 내 명예를 걸고 맹세하오. 그리고 올해분은 여기 있소" 하며 그는 지갑을 열었다. "그리고 당신이 그곳에서 생활을 시작하기 위한 천 프랑이 여기 더 있소. 받으시오."

그녀는 두 눈을 뜨고 입술을 깨물면서 아무 말도 안 했다. 돈은 그곳에, 그녀의 눈 아래, 그녀의 손 닿는 곳에 있었다…. 그녀의 마음속에는 아직 그러한 순진함이 남아 있었기 때문에 놀라지 않을 수 없었다. 그렇다고 의심쩍어 하는 눈치는 아니었다. 드디어 리네트는 제롬이 끈질기게 내밀고 있는 지폐를 받아 쥐었다. 그녀는 그 돈을 할 수 있는 데까지 작게 접어서 양말 속에 감추었다. 그러고는 무슨 말을 해야 할지를 몰라 제롬을 바라보았다. 그에게 키스할 생각조차 하지 못했다. 그녀는 자기 위치가 어떠했었는지도, 조금 전까지만 해도 서로의 입장이 어떠했는지도 다 잊어버렸다. 그는 뒤트레유 부인의 친구인 제롬 선생님이 되어 있었다. 처음 만났을 때처럼 그는 그녀를 주눅 들게 했다.

"한 가지 조건이 있어요." 그가 말을 덧붙였다. "그건 당신이 오늘 저녁에 떠난다는 조건입니다."

리네트는 당황했다.

"오늘 저녁에요? 오늘이요? 아, 선생님, 그건 안 돼요! 그건 불가능해요!"

그는 실행을 하루 늦추느니보다는 차라리 자기의 선행을 포기하는 쪽을 택하겠다는 심정이었다.

"바로 오늘 저녁에, 내 앞에서."

그녀는 그가 양보하지 않으리라는 것을 재빨리 알아차렸다. 그래서 발끈했다. 오늘 저녁이라고? 그건 말도 안 되는 소리다! 우선 지금이 일할 시간이 아닌가. 게다가 호텔에서의 일은 어쩌고? 그리고 방을 함께 쓰고 있는 여자 친구는 어쩌고? 쥐쥐 아줌마는? 또 세탁소에 맡겨놓은 세탁물들은 어쩌고? 우선 이곳에서 자신을 그렇게 떠나도록 놔주지 않을 테니까…. 그녀는 끈끈이 막대기에 걸린 참새처럼 미칠 것만 같았다.

"제가 선생님께 로즈 부인을 불러다 드리겠어요." 마침내 그녀는 말로 당해낼 수 없게 되자 두 눈에 눈물을 글썽거리며 외쳤다. "그러면 불가능한 일이라는 것을 잘 아시게 될 거예요! 무엇보다도 내 쪽에서 그러고 싶지 않아요!"

"가, 어서 갔다 와."

제롬은 열띤 입씨름을 각오하고 있었다. 그래서 언성을 높일 준비를 하고 있었다. 그는 로즈 부인의 상냥한 미소에 놀랐다.

"아니, 잘 알겠어요" 하며 그녀는 즉각 경찰의 함정을 냄새 맡고 대답했다. "이곳의 모든 여인들은 자유롭답니다. 우리는 그들을 붙잡아두지 않아요." 그녀는 리네트 쪽으로 몸을 돌려서 단호한 말투로, 자신의 포동포동한 손바닥을 치면서 말했다. "얘야, 어서 가서 옷을 입고 오렴. 선생님께서 기다리신다는 것을 잘 알면서."

어리둥절해진 리네트는 두 손을 마주 잡았다. 그리고 제롬과 여주인을 번갈아 바라보고 있었다. 굵은 두 줄기의 눈물이 그녀의 화장을 지우고 있었다. 그녀의 머릿속에서는 모순된 잡다한 생각들이 뒤얽혀 있었다. 무력하기도 했고 화도 났으며, 또 몹시 놀랍기도 했다. 제롬이 밉기까지 했다. 그녀는 양말 속에 감춘 지폐 두 장 이야기를 하지 말라는 귀띔을 제롬에게 해주지 않고 그 방을 나가는 것이 망설여지기도 했다. 로즈 부인은 몹시 화가 난 듯 온통 얼굴이 붉어져서 리네트의 팔을 잡고는 그녀를 계단 쪽으로 밀었다.

"아가씨, 말 좀 들어요!" ("다시는 여기에 발도 들여놓을 생각하지 마. 이 끄나풀아!" 하고 그녀에게 낮은 목소리로 말했다.)

삼십 분 뒤에 택시 한 대가 리네트가 살고 있는 호텔 앞에 제롬과 리네트를 내려놓았다.

이제 그녀는 울고 있지 않았다. 모든 것이 자신의 의지에 따라 이루어진 것이 아닌 만큼 출발하느라고 허둥대는 데 이색한 느낌이 들지 않았다. 그러나 때때로 그녀는 노래의 후렴처럼 이런 말을 되풀이하고 있었다.

"삼 년 뒤에라면 좋아요…. 하지만 당장은 싫어요!"

제롬은 아무 대답 없이 그녀의 손을 토닥거려 주었다. 그는 아주 낮은 목소리로 "오늘 저녁, 바로, 바로 오늘 저녁에." 하고 되풀이했다. 그는 그 일에 방해되는 모든 것을 파괴할 수 있는 힘이 자신에게 있음을 느꼈다. 그러나 그 힘의 한계를 이미 너무도 잘 알고 있었다. 지체할 시간이 없었다.

그는 이달 치 방세 계산서와 기차 시간표를 가지고 오도록 했다. 19시 15분발 기차가 있었다.

리네트는 제롬에게 장롱 아래에서 낡고 검은 트렁크를 꺼내는 일을 도와달라고 했다. 트렁크에는 몇 가지 물건들이 둘둘 말린 채 처박혀 있었다.

"제가 직장에 나갔을 때 의상들이에요." 그녀가 말했다.

그 순간 제롬은 니콜이 암스테르담의 여인숙에 남겨두고 왔던 노에미의 옷들을 상기했다. 그는 의자에 앉아서 리네트를 자기 무릎 위에 끌어당겨 앉혔다. 그리고 차분하게, 그러나 그의 말의 마지막이 떨릴 정도로 열성을 띠고 그녀에게 창녀 시절의 의상을 버릴 것과 이런 생활을 청산하고 소박하고 순수했던 옛날로 완전히 되돌아갈 것을 권고했다.

리네트는 얌전히 그의 말을 듣고 있었다. 이런 말은 그녀의 마음속에 아주 옛날 자기 자신의 일부를 엿보게 해주었다. '게다가' 하며 그녀는 생각하지 않을 수 없었다. '이 옷들을, 집에 가서 입는다? 미사에서? 사람들이 나를 어떻게 생각할까?' 저금한 돈을 그렇게 많이 낭비하게 했던 레이스 달린 속옷들이며, 이 요란한 옷들을 남에게 주거나 내버릴 결심을 할 수가 없었을 것이다. 그러나 그녀는 방을 함께 쓰는 친구에게 이백 프랑의 빚이 있었다. 떠난다는 문제가 있은 뒤로 그 빚은 리네트에게 조금도 걱정스럽지가 않았다. 그러니까 이 물건들을 그 친구에게 남겨줌으로써 그녀는 제롬에게서 몇 푼 더 뜯어내지 않고도 빚을 갚게 된 셈이다. 모든 일이 잘 되어가고 있었다.

구겨진 검은 서지* 옷을 다시 입는다는 생각이 들자마자 그녀는 마치 가면무도회에라도 나가는 것처럼 손뼉을 쳤다. 그녀는 참지 못하고 뛰어내렸다. 그리고 신경질적인 웃음을 터뜨렸다. 그 웃음은 흐느껴 울 때처럼 그녀의 온몸을 들먹였다.

제롬은 그녀가 옷을 입는 동안 거북해할까 봐 돌아섰다. 그는 창문으로 다가가서 작은 안뜰의 담을 물끄러미 바라보고 있었다.

'나는 적어도 남들이 생각하고 있는 것보다는 좋은 놈이야.' 제롬은 생각했다. 그가 보기에 자신의 선행은 지난날의 잘못을 속죄하는 것이나 다름없었다. 지금까지는 그 잘못이 죄가 된다고 솔직히 시인한 적이 한 번도 없었다.

그런데 그의 마음의 평정을 찾기에는 아직도 무엇인가가 부족했다. 고개를 돌리지 않고 그는 큰 소리로 말했다.

"이제는 날 원망하지 않는다고 말해줘요!"

"오, 원망 안 해요!"

"말해줘요. 용서한다고 말해줘요." 그녀는 감히 아무 말도 못했다. "친절하게 대해줘요" 하고 제롬은 계속 밖을 바라보며 간청하다시피 했다. "한마디만 해줘요."

그녀는 곰곰이 생각하다가 이렇게 말했다.

"물론… 저는 선생님을 용서해요."

"고마워."

그의 두 눈에 눈물이 핑 돌았다. 그는 보편적인 조화 속으로 다시 들어가는 것 같았고, 자기를 상실하고 있던 오랜 세월 끝에 청산하고 마음의 평화를 되찾은 것 같은 느낌이 들었다. 아

* 주로 교복에 사용되는 능직으로 짠 옷감.

래층 어느 창가에서 검은방울새 한 마리가 울고 있었다. '나는 착한 놈이다.' 다시 한번 제롬은 생각했다. '사람들은 나를 나쁜 놈이라고 생각한다. 그들은 아무것도 모른다. 나는 내 삶보다는 더 가치 있는 놈이다.' 그의 마음은 무어라 형언할 수 없는 다정스러움과 연민으로 넘쳐흘렀다.

"가엾은 크리크리." 그가 중얼거렸다.

그가 돌아섰다. 리네트는 이미 검은 스웨터의 앞 단추를 막 채운 뒤였다. 그녀는 머리를 뒤로 잡아맸다. 화장을 지워버린 그녀의 얼굴에는 젊음이 되살아났다. 그녀는 육 년 전 노에미가 브르타뉴에서 데리고 왔던 겁 많고 고집 센 작은 하녀로 되돌아왔다.

제롬은 더 이상 참지 못하고 그녀에게 가서 허리를 한 팔로 안았다. '나는 착한 놈이다, 사람들이 생각하는 것보다는 더 좋은 놈이다.' 그는 마치 후렴처럼 속으로 되뇌었다. 그의 손가락은 자동적으로 그녀의 치마 단추를 끄르며 한편 입술을 그녀의 이마에 얹고 온정이 넘치는 키스를 해주었다.

리네트는 몸을 떨었다. 전보다는 약간 덜 수줍어했다. 그러나 제롬은 그녀를 꽉 껴안았다.

"어머나" 하고 그녀가 한숨을 쉬며 말했다. "선생님, 여전히 그 화장수를 쓰시는군요, 아세요? 레모네이드 냄새가 나는…." 그녀는 미소를 지었다. 입술을 내밀고 두 눈을 감았다.

이것이 그녀가 제공할 수 있는 유일한 감사의 표시가 아니었을까? 그리고 이것은 제롬으로서는 이 신비로운 감격의 순간에, 그의 영혼에 가득 차 있는 이 종교적인 동정심을 남김없이 표현할 수 있는 유일한 행위가 아니었을까?

두 사람이 몽파르나스 정거장에 도착했을 때 기차는 홈에 들어와 있었다. 기차에 붙은 라니옹이라는 글자를 보고 나서야 리네트는 현실을 완전히 의식했다. 그래, 이것은 '속임수'가 아니었다. 그녀는 몇 년 동안 꾸어오던 그 꿈을 달성한 것이었다. 그런데 이토록 슬픈 이유는 무엇일까?

제롬은 그녀를 위해 자리를 잡아주었다. 그리고 두 사람은 기차간에서 서성거렸다. 두 사람은 더 이상 아무 말도 안 했다. 리네트는 무엇인가를, 누군가를 생각하고 있었다…. 그러나 그녀는 침묵을 깰 생각은 없었다. 그리고 제롬 역시 남모를 근심에 싸여 있는 것 같았다. 왜냐하면 그는 몇 번이나 무슨 말인가를 하려고 그녀 쪽으로 몸을 돌렸다가는 입을 다물곤 했던 것이다. 마침내 그녀를 보지 않고 그가 고백했다.

"내가 네게 진실을 말하지 않았단다. 크리크리, 프티 뒤트레유 부인은 죽었어."

그녀는 더 이상 자세한 이야기를 묻지 않았다. 그러나 울기 시작했다. 이 말 없는 슬픔이 제롬을 흐뭇하게 해주었다. '우린 선한 사람이기도 하지.' 하고 그는 흐뭇해하며 생각했다.

두 사람은 기차 출발 시간까지 아무 말도 나누지 않았다. 경우에 따라서 리네트는 아주 하찮은 꼬투리를 잡아 돈을 돌려주고 호텔로 돌아가서 로즈 부인에게 다시 고용해달라고 빌었을지도 모른다. 한편 출발 시간을 기다리느라고 신경이 날카로워진 제롬은 리네트를 구출했다는 것에 대해 더 이상 아무런 기쁨도 느끼지 못했다.

마침내 기차가 움직이기 시작하자 리네트는 용기를 다해서 문으로 몸을 내밀며 말했다.

"선생님, 다니엘에게 안부를 전해주셨으면…."

철커덕거리는 소리 때문에 그녀가 하는 말을 듣지 못했다. 그가 아무 말도 못 들었음을 그녀는 잘 알 수 있었다. 그녀의 입이 떨리기 시작했고 가슴에 대고 있던 손이 꽉 쥐어졌다. 그녀가 떠나게 된 것을 보고 다행스럽게 여긴 제롬은 미소를 지으며 멋지게 모자를 흔들었다.

그는 새로운 생각이 떠오르자 몹시 초조해졌다. 그는 첫차를 타고 메종 라피트로 돌아가서 아내의 발아래 몸을 던지고 모든 것을, 거의 모든 것을 다 고백하겠다는 생각을 했던 것이다.

'그러고 나서' 하고 그는 담배에 불을 붙이며 성큼성큼 걸어서 역을 나서며 생각했다. '매년 보낼 연금에 관해서도 테레즈가 알고 있는 편이 더 낫지. 정확한 사람이니 틀림없이 그렇게 할 거야.'

13

앙투안은 일주일에 몇 번씩 라셸을 찾아와 함께 저녁을 먹으러 나가곤 했다.

어느 날 저녁, 라셸은 막 나가려는 순간 거울로 다가가서 핸드백에서 콤팩트를 꺼내다가 접혀진 종이 한 장을 떨어뜨렸다. 앙투안이 그것을 주웠다.

"아? 고마워."

앙투안은 그녀의 목소리에서 약간 당황해하는 것을 알아챘다. 바로 그 순간에 그녀도 그의 생각을 눈치챘다.

"왜 그래?" 하고 그녀는 농담 삼아 말했다. "도대체 뭘 생각하는 거야? 읽어봐! 기차 시간표야."

그는 종이를 내밀쳤다. 그러자 그녀는 그것을 핸드백에 다시 넣었다. 그러나 즉시 그가 물었다.

"여행 떠날 거야?"

이번에는 그녀의 속눈썹이 무의식적으로 떨리더니 미소가 일그러지는 것이 너무도 명백했다.

"라셀?"

그녀는 더 이상 미소 짓지 않았다. '아' 하고 앙투안은 갑작스러운 고통을 느끼며 생각했다. '싫어…. 나는 아무리 잠깐 동안이라도 그녀가 없는 건 못 참을 거야!'

그는 라셀에게로 가서 그녀의 팔에 손을 얹었다. 라셀은 울음을 터뜨리며 그의 가슴에 얼굴을 묻었다.

"아니 왜 그래? …왜 그래?" 앙투안은 더듬거리며 물었다.

라셀은 단속적인 말로 서둘러 대답했다.

"아무것도, 아무것도 아니야. 신경이 날카로워졌나 봐. 들어봐, 아무것도 아닌 걸 알게 될 거야. 글쎄, 게라로지에르에 있는 어린것의 무덤을 생각하다 보니까 그랬나 봐. 그런데 너무나 오랫동안 가보지 못했어. 이번에는 꼭 가보아야겠어. 무슨 말인지 알겠지? 그런데 내가 당신을 어리둥절하게 했군! 용서해줘." 그러다가 갑자기 앙투안을 양팔에 꽉 껴안으며 그녀는 신음하듯이 말했다. "나의 사랑, 그래 당신이 날 그렇게 좋아해, 응? 만일에… 그럼 아주 불행해질 거야? 만일에, 언제고…."

"입 닥쳐" 하고 앙투안은 중얼거리듯 말했다. 그는 자신의 삶 속에서 라셀이 차지하고 있는 위치를 헤아려보면서 새삼 놀랐다. 그는 머뭇거리며 덧붙였다. "며칠이나… 여길 떠나 있을 거야?"

라셸은 그에게서 빠져나왔다. 그리고 웃으려고 애쓰며 화장대 앞으로 뛰어가서 눈가의 화장을 고쳤다.

"이렇게 울다니 참 바보 같지." 그녀는 말했다. "참, 바로 오늘 저녁 같은 때였어. 저녁 먹으러 가려는 참이었어. 나는 친구들과—당신이 모르는 친구들이야—내 방에 있었어. 초인종 소리가 났어. 전보 한 장. '**아기가 아픔. 중태임. 빨리 오기 바람.**' 나는 즉시 알아차렸어. 나는 입은 그대로, 금박이 박힌 얇은 망사 모자를 쓰고 샌들을 신은 채로 역으로 달려갔어. 첫차를 탔지. 그 여행, 밤새도록 혼자서, 떨면서…. 미치지 않고 어떻게 그곳에 도착했을까?" 그녀는 앙투안 쪽으로 몸을 돌렸다. "조금만 기다려줘, 얼굴을 좀 말려야겠어. 그게 더 좋겠어." 갑자기 그녀의 얼굴에 생기가 돌았다. "이봐, 당신 그럴 수 있을까? 나하고 같이 거기엘 가면 어떨까 해서! 이봐, 이틀이면 족해. 토요일 하루와 일요일 하루, 우리는 루앙이나 코드벡까지 가서 하룻밤 자고 이튿날 차를 하나 전세 내서 게라로지에르의 묘지에 가는 거야. 소풍도 할 겸 단둘이 가면 얼마나 좋을까! 당신은 그렇게 생각하지 않아?"

구월의 마지막 토요일 화창한 오후에 두 사람은 거의 텅 빈 기차를 타고 출발했다. 그들이 탄 기차간에는 단둘뿐이었다.

이틀 동안 쉴 수 있고 단둘이 함께 보낼 수 있다는 사실에 몹시 흥분한 앙투안은 벌써 긴장이 풀렸고 시선은 더욱 생기가 돌았으며, 싱글싱글 웃으면서 개구쟁이처럼 가만히 있지 못하고 짐 놓는 그물 선반에 얹어놓은 라셀의 짐보따리에 대해 농담을 하기도 하고, 그녀를 좀 더 탐욕스럽게 바라보기 위해 그녀 옆에 앉기를 거절하기도 했다.

"그대로 둬" 하고 라셀이 말했다. 그때 앙투안은 창문의 블라인드를 내리려고 다시 일어서려는 참이었다. "햇빛 때문에 내가 녹아버리지는 않을 테니까."

"아냐, 하지만 당신이 햇빛을 받고 있으면 내 눈이 부셔 장님이 될 것 같은걸!" 그건 사실이었다. 햇빛이 그녀의 얼굴 전체를 감싸고, 그녀의 머리카락을 타는 듯 붉게 물들이면 그녀를 오래 바라보는 것이 눈을 피로하게 만들었다.

"우리는 아직까지 한 번도 같이 여행해본 적이 없어" 하며 앙투안이 말했다. "그 생각 해본 적 있어?"

그녀는 미소를 지으려다 말았다. 양옆으로 약간 잡아당겨진 그녀의 입에서 무엇인가 뜨겁고 강한 의지력이 엿보였다. 그는 몸을 앞으로 숙였다.

"왜 그래?"

"아무것도 아냐…. 단지 이 여행이…."

그는 이 여행의 목적을 자기 본위로 잊고 있었음을 생각하면서 입을 다물었다. 그러나 그녀가 설명했다.

"어딜 떠난다는 것은 언제나 날 불안하게 해. 달려가는 저 풍경들…. 결국 다 미지의 것들이지!" 그녀의 두 눈은 멀어져가는 수평선에 잠시 머물러 있었다. "이런 기차들, 이런 배들을 나는 너무나 많이 타보았어!" 그리고서 그녀의 얼굴은 어두워졌다.

앙투안은 그녀 곁으로 가서 길게 의자에 누웠다. 그리고 그녀의 옷자락에 머리를 얹었다.

"Umbilicus sicut crater eburneus"* 하고 앙투안은 중얼거렸다. 그러고 나서 잠시 침묵을 지키다가 라셸의 생각이 딴 곳에 있다는 것을 알아차린 그는 이렇게 물었다. "무슨 생각을 하고 있어?"

"아무 생각 안 해." 그녀는 애써 흥겹다는 표정을 지으려 했다. "초등학교 선생 같은 당신 넥타이 생각을 하고 있어!" 그녀는 옷 속으로 손가락을 넣고 큰 소리로 말했다. "당신은 그래, 여행을 떠나면서도 넥타이를 좀 느슨하게, 좀 자유롭게 맬 줄도 모른단 말이야!" 그녀는 기지개를 켜며 다시 미소를 지었다. "우리 둘뿐이라니, 정말 운이 좋아! …얘기 좀 해봐! 아무 얘기나 해줘."

그는 웃었다.

"언제나 이야기하는 건 당신이면서 그래! 나야, 내 환자들, 시험들…. 내게 뭐 얘깃거리가 있을 수 있겠어? 나는 항상 흙둔덕 속에 살고 있는 두더지처럼 지내왔어. 나를 내 구멍으로부터 나오게 해주고 세상을 바라보게 해준 게 바로 당신이야!"

아직까지 그녀 앞에서 이런 고백을 한 적은 한 번도 없었다. 그녀는 몸을 숙여서 자기 무릎 위에 놓인 사랑스러운 머리를 두 손으로 잡고 바라보았다.

"정말이야? 그게 정말이야?"

"이것 봐" 하며 그는 꼼짝도 않고 말을 계속했다. "우리 내년 여름은 파리에만 줄곧 있지 않도록 하자구."

"응."

* '너의 배꼽은 상아로 된 둥근 잔 같고'라는 뜻의 라틴어.

"올해엔 휴가를 신청하지 않았어. 두 주일 정도 휴가를 얻어 볼 거야."

"알겠어."

"어쩌면 세 주일을."

"알겠어."

"우리 같이 가자구. 아무 데나… 어때?"

"그래."

"원한다면 산으로 가도록 하지. 보주산맥으로. 또는 스위스로. 아니면 그보다 더 먼 데는 어때?"

라셀은 무슨 생각에 잠긴 것 같았다.

"뭘 생각하고 있어?" 그가 물었다.

"옳아, 스위스로, 그래."

"아니면 이탈리아의 호숫가로 가든지."

"그건 싫어!"

"왜? 이탈리아의 호숫가를 좋아하지 않아?"

"싫어."

여전히 의자에 누워서 기차의 흔들림에 몸을 맡기고 있던 앙투안은 라셀의 말에 동의했다.

"그럼 좋아, 우리 딴 데로 가지…. 당신 맘에 드는 데로." 그러나 잠시 뒤에 그가 맥없이 다시 말을 꺼냈다. "왜 이탈리아의 호숫가가 싫은 거지?"

라셀은 손가락 끝으로 앙투안의 이마며 눈꺼풀이며 그의 뺨처럼 약간 파인 관자놀이 등을 매만지고 있었다. 그녀는 대답하지 않았다. 그는 시선을 떨구었다. 그러나 졸고 있는 그의 뇌리에서는 같은 생각이 떠나지 않았다.

"왜 이탈리아의 호숫가를 싫어하는지를 내게 말하고 싶지 않은 거지?"

그녀는 슬며시 화를 내며 말했다.

"거기서 아롱이 죽었으니까! 내 오빠 말이야, 알겠어? 팔란 차에서였어."

그는 자기가 집요하게 물은 것을 후회했다. 하지만 또 덧붙여 말했다.

"거기서 살았나?"

"오! 아니야. 여행 중이었어. 신혼여행." 그녀는 눈살을 찌푸렸다. 그러더니 잠시 뒤에 앙투안의 생각을 알아차렸다는 듯이 이렇게 중얼거렸다. "하지만 벌써 나는 온갖 종류의 죽음을 다 보았어…."

"올케와는 사이가 틀어졌어?" 하고 그가 물었다. "올케 이야긴 한 번도 한 적이 없으니 말이야."

기차가 멈췄다. 그녀는 일어서서 창문 쪽으로 몸을 굽혔다. 그러나 앙투안의 질문은 들은 것 같았다. 몸을 돌리며 이렇게 말했기 때문이다.

"뭐라고? 어느 올케 말이야? 클라라?"

"당신 오빠의 아내 말이야. 오빠가 신혼여행 중에 죽었다면서."

"그 여자도 오빠와 함께 죽었어. 내가 말해주었는데…. 아니야?" 그녀는 계속 밖을 내다보고 있었다. "둘이 호수에 빠져 죽었어. 무슨 일이 있었는지는 아무도 몰라." 그녀는 머뭇거리며 말했다. "아무도. 아마도 이르슈 말고는."

"이르슈?" 하고 앙투안은 한쪽 팔꿈치에 기대어 몸을 일으키며 말했다. “그도 그 두 사람과 함께 거기에 있었어? 그러면… 당신도 역시?”

“아, 오늘은 그 이야기 하지 말아줘” 하고 그녀는 다시 자리에 와 앉으며 간청했다. “내 가방 좀 집어줘. 배고파?” 그녀는 동글납작한 초콜릿을 껍질을 벗겨 이빨 사이에 물고는 그대로 앙투안에게 주었다. 그도 웃으며 장난에 따랐다.

“이렇게 먹는 게 더 맛있어” 하고 그녀는 탐욕스러운 윙크를 하며 말했다. 그러고는 느닷없이 뜻밖의 이야기를 계속했다. “클라라는 이르슈의 딸이었어. 이젠 알겠어? 내가 이르슈를 알게 된 건 그 딸을 통해서였어. 내가 이런 얘기 해주지 않았던가?”

앙투안은 그렇다는 고갯짓을 했다. 그러나 더 이상 묻는 것을 자제하며 이제까지 자기가 주워들은 사실들과 이 이야기를 연결시켜 보려고 애썼다. 그러나 라셀은 앙투안이 질문하기를 그치면 항상 그랬듯이 금방 다시 이야기를 시작했다.

“당신, 클라라의 사진을 본 적이 없어? 내가 나중에 보여줄게. 내 친구였어. 저학년 때 알게 된 친구야. 하지만 그 애는 오페라 극장에는 일 년밖에는 있지 않았어. 건강이 좋지 않았어. 그리고 아마도 이르슈가 자기 옆에 데리고 있고 싶어 했기 때문일지도 몰라. 그건 아주 가능한 일이야. …난 그 애와 퍽 친했고, 일요일이면 뇌이의 승마 연습장에 그 애를 만나러 가곤 했어. 그래서 그 애와 함께 내가 첫 승마 교습을 받게 되었던 거야. 그러다가 나중에는 우리 셋이서 함께 승마를 하곤 했지.”

“셋이라니, 누구?”

“클라라와 이르슈와 나 말이야. 부활절 뒤로는 나는 일주일에 세 번씩 아침 여섯시면 그 둘을 데리러 가곤 했어. 여덟시에는 오페라 극장에 돌아가 있어야만 했거든. 그 시간이면 숲은 우리들 차지였고 아주 멋있었어." 라셸은 잠시 말을 중단했다. 앙투안은 의자에 팔꿈치를 기댄 채 꼼짝 않고 그녀를 바라보고 있었다. "아주 괴짜였어" 하고 자기 추억의 실마리를 쫓아가며 그녀는 이야기를 계속했다. "아주 용감하고 아주 착한, 매력적인 애였지. 약간 불량소녀 같은 매력이 있었어. 때로는 자기 아버지의 무서운 눈초리를 가진. 그 시절에 제일 친한 친구였어. 아롱이 그 애에게 반한 건 몇 년 됐었어. 오빠는 언제고 그 애와 결혼할 일념으로 일을 했었지. 클라라는 원하지 않았었어. 물론 이르슈도 반대했고. 마침내 그 애가 갑자기 결심을 했어. 나는 처음엔 왜 그랬는지 이해할 수가 없었어. 더구나 약혼 시절까지만 해도 나는 아무것도 눈치채지 못했어. 내가 알게 되었을 때는 이미 무슨 말을 하기엔 너무 늦은 때였어." 하며 라셸은 잠시 말을 중단했다. "그러다가 두 사람이 결혼한 지 삼 주일 뒤에 나는 이르슈한테서 팔란차로 오라는 전보를 받았어. 나는 이르슈가 두 사람을 만나러 간 사실을 모르고 있었어. 그러나 그 사람이 거기에 있다는 것을 알았을 때 나는 비극이 벌어질 것을 직감했어! 사실 그건 비밀도 아니었어. 사람들은 클라라의 목 주위에 피하일혈皮下溢血의 흔적이 있다는 것을 다 보았으니까. 그이가 그 애를 목 졸랐을 게 틀림없어."

"누구, 그이라니?"

"아롱. 그 애의 남편 말이야. 그날 저녁에 아롱은 혼자 호수를 산책하려고 보트를 빌렸어. 이르슈는 오빠가 하는 대로 내버려뒀어. 그는 자기 나름대로 그게 이롭다고 생각했어. 아마도 그 나름의 이유가 있었겠지. 그 사람은 아롱이 자살하려 한다는 것을 알고 있었어. 그리고 클라라도 눈치채고 있었어. 왜냐하면 그는 이르슈가 잠시 경계를 소홀히하는 틈을 타서 막 떠나려는 보트에 올라탔으니까. 적어도 내가 나중에 조금씩 추측하게 된 사실은 그랬던 것 같아. 왜냐하면 이르슈는…" 하며 그녀는 몸을 떨었다. "그 사람은 속을 알 수 없는 사람이야." 그녀는 또박또박 말했다.

그러고 나서 그녀가 다시 입을 다물자 앙투안이 물었다.

"한데 왜 자살을?"

"아롱은 항상 그 얘길 했었어. 괴벽이었어, 어릴 때부터. 그 때문에 나는 감히 오빠에게 아무 말도 할 수 없었어. 또 그래서 결혼하도록 내버려뒀던 거야. 아!" 하며 그녀는 심히 고통스러운 어조로 말했다. "그 일이 있은 뒤에 가만히 있었던 나 자신을 얼마나 나무랐는지 몰라! 아마도, 만일 내가 얘길 했었다면, 그랬다면…." 그러고는 마치 앙투안이 그녀 자신의 양심의 가책을 덜어줄 수나 있다는 듯이 그를 바라보며 말했다. "나는 그들의 비밀을 우연히 알게 됐었어. 그래, 하지만 그랬다고 그 비밀을 아롱에게 알려줄 만한 이유가 될 수 있었겠어? 안 그래? 오빠는 만일 클라라가 자기랑 결혼해주지 않으면 자살해버리겠다고 몇 번이나 말했었거든! 내가 만일 우연히 알게 된 사실을 오빠에게 알려주었다면 오빤 자살해버렸을 거야. 당신은 그렇게 생각하지 않아?"

앙투안은 대답할 수가 없었다. 그가 라셀의 말을 되받아 물었다.

"우연이라니?"

"오, 전적으로 우연한 일이었어. 어느 날 아침에 나는 승마하러 숲에 가려고 클라라와 이르슈를 데리러 갔었어. 나는 곧장 클라라의 방으로 올라갔어. 그 방에 다가가는데, 싸우는 소리를 들었어. 나는 달려갔지…. 문이 반쯤 열려 있었어. 그 애는 블라우스도 입지 않았고 두 팔을 그대로 드러내고 있었어. 승마용 스커트만 입은 채 몸부림치고 있었어. 내가 문을 미는 순간에 그 애가 의자에서 채찍을 잡는 것을 보았어. 그러고는 휙! 이르슈의 얼굴 가운데로 채찍이 날아갔어!"

"자기 아버지를?"

"그렇다니까! 아, 솔직히 말하지만 그 일이 있은 뒤에 나는 몇 번이나 그 일에 대해서 다시 생각해보았는지 몰라!" 하고 그녀는 가슴에 맺혔던 기쁨을 터뜨리기나 하듯이 소리쳤다. "나는 이르슈의 그 얼굴을 자주 되살려 생각해보곤 했었지! 그 창백한 얼굴! 그 채찍 자국은 점점 더 짙어졌어! 아! 그 사람 또한 남을 치기를 좋아했지. 쳐도 몹시 세게 치곤 했어! 그런데 그땐 쯧! 쯧! 채찍을 그 사람이 맞은 거야."

"하지만… 무엇 때문에?"

"그런데 나는 그날 아침에 무슨 일이 있었는지 정확하게 알지 못해. 클라라는 아마 약혼한 뒤로는 몸을 허락하지 않았을 것임이 틀림없어. 그 순간에 그런 생각이 떠올랐어. 나는 전부터 나를 놀라게 했던 몇 가지 일들을 상기해보았어. 그랬더니 어느 순간에, 나는 짐작할 수 있게 되었어. 훤히 알게 되었어…. 이르슈는 나에게 한마디 말도 없이 점잖게 그 방을 나갔어. 그는 내가 아무 이야기도 하지 않으리라는 것을 확신하는 태도였어. 그의 생각이 옳았어. 나는 클라라에게 질문을 퍼부었어.

클라라는 모든 것을 다 털어놓았어. 그러나 그 애는 내게 맹세했어. 그건 본심이었던 것이 틀림없어. 분명 진정이었어. 그 애는 영원히 다 끝났다고, 바로 그 모든 것으로부터 도피하기 위해서 결혼하겠다고 맹세했어. 이르슈로부터 도망간다는 걸까? 아니면 자기의… 열정으로부터 도망간다는 걸까? 그날 바로 그런 걸 자문해보았어야 하는 건데. 클라라가 그에 대해 이야기하는 어조만 보더라도 전혀 끝난 일이 아니란 것을 알아차렸어야 했던 건데!" 라셀은 잠시 뒤에 낮은 목소리로 덧붙였다. "한 여자가 한 남자에 대해서 그런 종류의 증오심을 가지고 말한다는 것은 아직도 그 남자를 열렬히 사랑한다는 증거야!"

그녀는 잠시 고개를 숙이고 바닥을 내려다보며 또다시 생각에 잠겼다. 그러더니 다시 이야기를 계속했다.

"그런 뒤에도 나는 여러 가지 증거를 볼 수 있었어. 신혼여행 중에…클라라가… 무슨 말인지 알겠어? 이탈리아로 이르슈를 부른 게 클라라였으니까! …그 뒤엔 나는 자세한 것을 알 수 없어. 하지만 아롱이 그 두 사람의 관계를 알게 된 건 분명해. 아니었다면 오빠가 물에 빠져 죽으려 했을 리가 없어…. 내가 아직도 잘 알 수 없는 사실은 클라라의 의도야. 왜 그 애는 남편의 보트에 탔던 걸까? 남편이 자살하는 걸 막으려고? 아니면 남편과 함께 죽으려고? 둘 중 한 가지 이유 때문이었을 거라고 추측할 수 있겠지. 한밤중에, 호수 가운데에서, 그 보트 안에서 마주 보며 어땠을까? 나는 무슨 일이 있었던 걸까를 백 번도 더 자문해보았어. 그 애가 냉소적으로 모든 걸 다 털어놓았을까? 그 애는 충분히 그럴 수 있는 애였어…. 클라라가 죽으면 그 일이 계속되지 않으리라는 확신을 가지기 위해 아롱은 그 애를 죽이고 싶어 했을까? …다음 날에 빈 보트만 발견되었어. 그리고 며칠 뒤에 둘이 엉겨 있는 시체도…. 그런데 그 모든 사건 중에서 제일 이상한 일은, 산책하던 날 저녁, 우체국이 닫히기 전에, 그러니까 시체를 수색하는 일이 시작되기도 전에 이르슈가 내게 오라고 전보를 쳤다는 사실이야!" 잠시 동안 생각에 잠겼다가 그녀는 계속했다. "참, 당신도 그 당시의 신문에서 그 이야기를 읽었는지 모르겠어. 당신에게야 별로 관심거리가 아니겠지만 이탈리아 경찰이 조사를 했어. 프랑스 경찰도 그 사건에 관여했었고. 파리에서 아롱이 살던 아파트와 내 아파트가 수색당했어. 하지만 수수께끼의 실마리가 될 만한 건 아무것도 찾지 못했어…. 내가 그들보다는 더 많이 알고 있지!"

"그런데 당신의 이르슈는 한 번도 혐의를 받지 않았어?"

라셸은 재빨리 몸을 일으켜 세웠다.

"그래" 하고 그녀는 분명하게 대답했다. "나의 이르슈는 한 번도 혐의를 받지 않았어!"

그녀의 목소리, 앙투안을 쳐다보는 그녀의 시선 속에는 무엇인가 도발적인 데가 있었다. 그러나 앙투안은 신경 쓰지 않았다. 왜냐하면 흔히 그녀가 자기의 지나간 생활을 이야기할 때면 약간 도발적인 어조로 말하곤 했기 때문이다. 그것은 마치 그들이 처음 만나던 날 저녁에 그녀를 그토록 강하게 압도했던 이 사나이를 놀라게 하는 일이 그녀에게는 즐거움으로 느껴지기라도 하는 것 같았다.

"이르슈는 한 번도 혐의를 받지 않았어" 하고 그녀는 비아냥거리듯 다른 어조로 되풀이했다. "하지만 그는 그해에는 프랑스로 돌아오지 않는 게 더 신중한 일이라고 생각했었어!"

"그러면 당신은 분명히 그녀가, 그 남자의 딸이 신혼여행 중에…."

"그만" 하면서 그녀는 언제나 둘 사이에 이르슈가 문제될 때면 보여주는 열정으로 그에게 몸을 내던졌다. 그리고 강압적인 입맞춤으로 앙투안의 입을 막아버렸다. "아, 당신은 다른 사람들과는 달라!" 하면서 라셀은 그의 품속에 파고들었다. "당신은 착해, 당신은 관대해! 당신은 정직해! 아, 여보, 내가 당신을 얼마나 사랑한다고!" 그 이야기를 줄곧 생각하고 있던 앙투안이 계속 질문을 하려는 듯 보이자 그녀가 되풀이했다. "그만, 그만…. 그 얘긴 너무 내 신경을 건드려. 나는 모든 걸 다 잊고 싶어. 되도록 오랫동안…. 나를 꼭 안아줘, 애무해줘…. 그래, 날 안고 흔들어줘, 내가 잊을 수 있도록 흔들어줘…."

앙투안은 두 팔로 그녀를 꽉 껴안았다. 그러자 갑자기 그의 마음속 깊은 곳으로부터 무의식적으로 모험을 하고 싶은 욕구가 새로운 본능처럼 솟구쳤다. 이 규칙적인 생활로부터 도피하고, 모든 것을 새로 다시 시작하고, 위험을 무릅써보고, 그가 그렇게도 자랑스럽게 학구적인 목적들을 위해 썼던 이 힘을 자유롭고 목적도 없는 행위를 위해서 써보고 싶은 욕구!

"우리 둘이서 함께 떠나면 어떨까? 내 말을 들어봐. 멀리서, 아주 먼 데서, 둘의 삶을 새로 시작한다면…. 당신은 내가 무슨 일을 할 수 있는지를 모르고 있어!"

"당신이?" 하고 그녀는 웃으며 말했다.

그녀는 그에게 입술을 내밀었다. 흥분으로부터 깨어난 앙투안은 자기가 농담 삼아 그런 말을 했음을 믿게 하려고 슬쩍 웃어 보였다.

"내가 얼마나 당신을 사랑하고 있다고!" 하고 라셸은 아주 가까이에서 그를 바라보면서 근심스러운 얼굴을 하고 말했다. 앙투안은 그녀가 이런 모습을 한 이유를 나중에서야 깨달았다.

앙투안은 루앙시市를 알고 있었다. 그의 친가 쪽이 노르망디 출신인 데다가 티보 씨는 아직도 루앙시에 아주 가까운 친척을 여럿 두고 있었기 때문이다. 게다가 앙투안은 팔 년 전에 이곳에서 군 복무를 한 적이 있었다.

저녁도 먹기 전에 라셸은 그를 따라서 다리들이 있는 반대편, 군인들투성이의 외곽 지역, 끝없는 병영의 담을 따라 걸어야만 했다. "의무실이야!" 하고 앙투안은 신이 나서 라셸에게 불이 켜져 있는 한 건물을 가리키며 외쳤다. "저기, 두 번째 창문이 보여? 사무실이야. 그 안에서 아무 일도 하지 않고, 책도 읽을 겨를 없이, 두서너 명의 놈팡이 병사들과 실연당한 몇몇 병사들을 보살피느라 허구한 날들을 보냈지!" 그는 악의 없이 웃으며 이렇게 말했다. "안 그래? 지금 나는 참 행복한 편이야!"

라셸은 아무 대답도 하지 않고 그보다 앞서 걸어갔다. 앙투안은 울먹울먹하는 그녀의 모습을 보지 못했다.

어느 극장 앞에 〈미지의 아프리카〉를 상영한다는 간판이 붙어 있었다. 앙투안이 라셸에게 간판을 가리켰다. 그녀는 고개를 저었다. 그러고는 그를 호텔 쪽으로 이끌고 갔다.

저녁 먹는 동안 내내 앙투안은 그녀를 웃기려 했으나 헛일이었다. 그리고 그는 이 여행의 목적을 생각하면서 자신의 이와 같은 경솔함에 약간 미안한 생각이 들었다.

그러나 둘이 방에 들어가자마자 라셀은 목에 매달렸다.

"날 원망해선 안 돼." 그녀가 말했다.

"뭘 말이야?"

"우리 여행 망친 걸 말이야."

그는 반박하려 했다. 그녀는 다시 앙투안을 꽉 껴안고는 마치 자신에게 말하듯 되풀이했다.

"아, 당신을 얼마나 사랑하고 있다고!"

다음 날 두 사람은 일찍 코드벡에 도착했다.

더위가 더욱 기승을 부렸다. 강은 매우 넓게, 눈부신 안개 속을 흘러가고 있었다. 앙투안은 마차를 전세 내주는 작은 호텔까지 짐을 질질 끌고 갔다. 그들이 부탁한 마차가 시간보다 훨씬 먼저, 그들이 점심을 먹고 있는 창문 앞에 와서 대기하고 있었다. 라셀은 후식을 먹는 둥 마는 둥 했다. 그녀는 몸소 모든 짐을 마차에 싣고 나서, 자기가 가야 할 길을 마부에게 자세히 설명해주었다. 그러고는 즐거운 듯이 그 낡은 사륜마차에 올라탔다.

이 여행이 괴로운 순간이 다가오면 올수록 라셀은 점점 흥분을 감추지 못하는 것 같았다. 길을 따라 보이는 풍경도 그녀의 마음을 설레게 했다. 그녀는 오르막길들, 내리막길들, 언덕들, 작은 마을의 이곳저곳들을 환히 알고 있었다. 모든 것이 그녀를 놀라게 했다. 마치 이 마을을 한 번도 떠나보지 않은 사람 같아 보였다.

"아니야, 하지만 저것 좀 봐! 저 암탉들! 저 늙고 병든 닭이 햇볕에 몸을 굽고 있는 꼴 좀 봐! 저 담은 돌멩이로 지탱하고 있네! 여긴 조금도 발전하지 않았어! 그것 봐, 내가 전에 말해 주었지, 정말 시골이라고!"

언덕 위로 게라로지에르의 작은 교회를 중심으로 여기저기 흩어져 있는 지붕들이 보이기 시작하자 라셀은 마차 위에서 똑바로 일어섰다. 그녀의 얼굴은 마치 자기 고향이나 되찾은 듯이 환해졌다.

"묘지는 마을에서 떨어진 왼쪽에 있어. 저 포플러 나무들 뒤에. 잠깐, 당신도 보게 될 거야…. 이 마을을 천천히 가로질러 가주세요." 그들이 게라로지에르 마을의 최초의 집을 지나가게 되자 그녀가 마부에게 말했다.

풀이 무성한 마당 한가운데 숨어 있고, 검은 줄이 쳐져 있고 초가지붕이 덮인 하얀 집의 정면이 사과나무들을 통해서 반짝이고 있었다. 덧문들은 닫혀 있었다. 그들은 두 그루의 주목나무 사이에 있는 슬레이트 지붕 앞을 지나갔다.

"마을 사무소야" 하고 라셀은 기뻐서 어쩔 줄 모르며 말했다. "조금도 변하지 않았어! 저기에서 출생 신고 등을 했어…. 저기, 더 뒤가 보여? 유모가 살던 집이야. 좋은 분들이었지. 이 마을을 떠났어. 안 그랬다면 나는 그 늙은 부인에게 인사하러 갔을 텐데…. 아니, 나는 이 집에서 지낸 적이 있어. 내가 이곳에 올 때는 그들 집에 묵곤 했는데, 나에게 침대를 하나 빌려주곤 했어. 나는 그 사람들과 같이 식사도 했어. 또 그 사람들의 사투리를 듣고 웃곤 했었지. 그 사람들은 날 무슨 동물원의 동물처럼 바라보곤 했어. 아주머니들은 내 파자마 때문에 내가 잠자리에 드는 걸 보러 왔었지. 이 마을의 미개발 상태는 믿지 못할 정도야! 하지만 착한 사람들이지. 애기가 죽었을 때는 모두들 나를 퍽이나 친절하게 대해줬어! 그 뒤에 나는 이 사람들에게 이것저것 보내주었지. 설탕에 절인 과일들, 모자에 장식할 리본들, 신부님한테는 리큐어 술 등." 라셀은 다시 일어섰다. "묘지는 저기 언덕을 지나면 있어. 잘 보면 움푹 파인 평지에 무덤들이 보일 거야. 아니, 여기에 손 좀 대봐. 내 심장이 왜 이렇게 뛰는지 알아? 나는 여기 올 때마다 그 가엾은 것의 무덤이 없어졌을까 봐 겁나. 왜냐하면 우리가 이 묘지의 영구 사용료를 내지 않았기 때문이야. 모두들 우리에게 이 지방에서는 그런 거 내는 게 아니라고들 말해주었거든. 그런데 그러고 싶지 않아도, 나는 여기 올 때마다, '혹시 그 무덤 파버렸으면 어쩌지?' 하는 생각이 들곤 해. 그들에게 그럴 권리는 있거든! …아저씨, 오솔길 앞에서 멈추세요. 문까지는 우리 걸어서 갈 테니까…. 어서 와, 빨리!"

그녀는 마차 밖으로 뛰어내려 서둘러 철문 쪽으로 갔다. 철문을 열고 비쭉이 보이는 담장 뒤로 사라졌다가 금세 다시 나와서 앙투안에게 소리쳤다.

"여기 아직도 그대로 있어!"

온통 기쁨으로 가득 찬 그녀의 얼굴을 태양빛이 환히 비추고 있었다. 그녀는 또다시 사라졌다.

앙투안은 라셀에게로 갔다. 그녀는 두 개의 담이 마주친 모서리에 풀이 무성하게 자란 구석에서 양손을 허리에 대고 버티고 서 있었다. 쐐기풀들 사이에서 여기저기 울타리 흔적이 드러나 보였다.

"그대로 있기는 한데, 이 꼴 좀 봐! 아, 가엾은 아기, 이제 곧 네 무덤도 잘 손질될 거다! 그리고 그들에게 묘지를 관리해 달라고 해마다 이십 프랑씩 보낼 거다!"

그러고 나서 앙투안 쪽으로 몸을 돌리고는 마치 자신의 변덕스러움을 용서해달라는 듯 약간 주저하며 말했다.

"당신, 모자 좀 벗지 않을래?"

앙투안은 얼굴을 붉히며 모자를 벗었다.

"내 가엾은 아가" 하고 그녀는 갑자기 말했다. 그녀는 앙투안의 어깨에 한 손을 얹었다. 두 눈에는 눈물이 글썽했다. "난 아이가 죽는 것조차 보지 못했어." 그녀는 낮은 소리로 말했다. "내가 도착했을 때는 이미 너무 늦었었어. 작은 천사, 정말 작은 천사였어. 창백한…." 곧 그녀는 눈물을 닦고 미소를 지었다. "내가 당신한테 너무나 이상한 여행을 시켰지, 안 그래? 옛날 일이지만 마음을 흔들어놓기는 여전한걸. 할 일이 있다는 건 다행한 일이야. 생각을 안 하게 해주거든…. 이리 와."

마차로 되돌아가야만 했다. 마부가 거들어주겠다는 것도 마다하고 무덤까지 보따리들을 날라 왔다. 라셸이 풀밭에 무릎을 꿇고 보따리를 손수 풀었다. 그녀는 질서 정연하게 옆에 있는 편편한 돌 위에 삽 하나, 풀 베는 낫 하나, 나무 망치 하나를 가지런히 놓았고 그런 뒤에 하얗고 푸른 장식용 구슬이 달린 화환이 들어 있는 커다란 상자를 꺼내놓았다.

"그게 왜 그리 무거웠던지 이제야 알겠군." 앙투안이 미소를 지으며 말했다.

라셸은 훌쩍 다시 일어났다.

"빈정거리지만 말고 날 좀 도와줘. 웃옷을 벗어…. 자, 낫을 잡아. 온통 퍼져 있는 이 잡초들을 베고 뽑아내야 돼. 이봐, 그 밑에 무덤을 표시해주는 벽돌들이 나와야 한다고…. 가엾은 아

가. 그 애 관은 크지 않았어. 무겁지도 않았고! …그건 이리 줘! 지난번 화환의 남은 조각이야. 이 문구는 낡은 것이야. '사랑하는 딸에게 바친다.' 쥐코가 가지고 왔었어. 나는 이미 일 년 전부터 그 사람을 만나지 않고 있었지만 그래도 알려주긴 했었어. 알겠어? 그래도 그 사람 예의는 훌륭했어. 여기까지 상복을 입고 왔었으니까. 나는 퍽 다행스러웠어. 장례식을 하는 데 덜 외로울 수 있었으니까. 참 바보 같기도 했지! …잠깐, 그건 십자가야. 세워 둬. 조금 있다가 단단히 박아놓을 거니까."

풀을 헤치다가 앙투안은 섬뜩해졌다. 처음에는 록산 라셀 괴페르트라는 이름이 다 드러나 보이지 않았다. 이름의 첫 부분이 지워져 여자 친구의 이름만 읽게 되었던 것이다. 그는 잠시 생각에 잠겨 있었다.

"자 그럼" 하고 라셀이 말했다. "일을 시작하지! 이쪽에서부터 시작하는 게 좋겠어."

앙투안은 결연히 일에 몰두했다. 그는 무슨 일이든 철저히 하는 성격이었다. 와이셔츠 바람으로 낫과 삽으로 일하던 앙투안은 얼마 안 가서 일꾼처럼 땀을 흘렸다.

"화환들은" 하고 그녀가 말했다. "나한테 줘, 내가 닦을 거야…. 아니, 화환 하나가 없어졌어! 좀 찾아봐줄래? 이르슈가 보낸 제일 이쁜 거였는데! 도자기로 만든 꽃이었어! 아니, 이건 좀 너무한데!"

앙투안은 재미있어 하며 그녀를 바라보았다. 모자도 안 쓰고 헝클어진 머리카락을 햇빛에 반짝이고 있고, 화가 나서 조롱하는 듯한 입 모양을 하고는 치마를 치켜든 채, 소매를 팔꿈치까지 걷어붙이고서 그녀는 그 묘지의 모든 무덤을 조사하며 화가 나서 투덜거리는가 하면 사방팔방을 뛰어다니고 있었다.

"도둑놈들! 빌려달라면 빌려줄 수도 있었을 텐데!"

그녀는 실망해서 다시 돌아왔다.

"난 그 화환을 얼마나 좋아했다고! 그들은 그걸로 장신구를 만들었을 거야. 그 사람들은 그렇게 미개하다니까! …하지만" 하며 그녀는 마법에 홀린 듯 마음의 진정을 되찾자 이야기를 계속했다. "저기에서 노란 모래를 발견했어. 아주 예쁘게 만들 수 있을 거야."

십오 분이 지나고 또 십오 분이 지남에 따라 그 작은 무덤은 새로운 모습으로 변화했다. 다시 나무 망치로 단단히 박아 세워놓은 십자가가 완전히 풀이 뽑힌 사각형의 벽돌로 된 발판 위에 우뚝 서 있게 되었다. 그리고 그 주위에 만들어놓은 모래를 깐 좁은 길이 이 무덤의 잘 손질된 모습을 나타내주었다.

두 사람은 수평선에 구름이 끼기 시작하는 것을 알아차리지 못했기 때문에 첫 빗방울을 맞고 놀랐다. 폭우가 올 듯 계곡 위로 구름이 잔뜩 몰려 있었다. 하늘이 어두워지자 돌들이 더욱 하얗게 보였고 풀은 더욱 푸르게 보였다.

"서둘러야겠어!" 하고 라셀이 소리쳤다. 그녀는 무덤을 향해서 모성적인 미소를 띠었다. "일을 아주 잘했어" 하고 그녀가 중얼거렸다. "무슨 별장의 작은 정원처럼 되었네!"

앙투안은 담 모퉁이에서 장미나무의 늘어진 가지 끝에 아침노을 빛깔의 장미 두 송이가 바람에 흔들리는 것을 보았다. 그는 작별 인사로 그 꽃을 어린 록산에게 바칠 생각을 했다. 그러나 자존심 때문에 그러지 못했다. 그는 이 로맨틱한 제스처를 어머니에게 맡기는 것이 더 나을 듯해서 그 꽃 두 송이를 따서 라셀에게 내밀었다.

그녀는 그 꽃을 받자 황급히 자기 가슴에 꽂았다.

"고마워" 하고 그녀가 말했다. "하지만 어서 가. 모자가 못쓰게 되겠어." 그러고는 뒤도 돌아보지 않고, 벌써 비에 젖기 시작한 치마를 양손으로 치켜들고 마차 쪽으로 뛰어갔다.

마부는 말을 수레에서 풀어 생울타리가 움푹 들어가 있는 곳에서 말과 함께 비를 피하고 있었다. 앙투안과 라셀은 덮개 아래 마차 깊숙이 피해 들어갔다. 그리고 습기 찬 가죽 냄새가 물씬 나는 투박한 앞치마를 무릎에 펴놓았다. 그녀는 이 갑작스러운 소나기에 흥이 나서, 또한 의무를 완수했다는 것이 흐뭇해서 웃음을 터뜨렸다.

비는 소나기에 지나지 않았다. 벌써 빗발이 약해졌고 구름은 동쪽으로 이동하고 있었다. 얼마 안 있어 수증기로 깨끗해진 대기를 뚫고 눈부신 석양이 다시 나타났다. 마부가 마차에 말을 매기 시작했다. 한 떼의 젖은 거위들을 몰며 꼬마들이 그 뒤를 따라가고 있었다. 아홉 살 또는 열 살쯤 되어 보이는, 그중 가장 어린 녀석이 마차 발판 위에 올라서서 어린 목소리로 말했다.

"사랑이 좋은가요, 신사 숙녀 여러분?" 그러고 나서 나막신을 철버덕거리며 도망갔다.

라셀이 웃음을 터뜨렸다.

"미개하다고?" 하며 앙투안이 말했다. "어린 세대는 앞날이 유망한데!"

마침내 마차는 떠날 준비가 되었다. 그러나 코드벡행 기차를 타기에는 너무 늦었다. 연결선을 탈 수 있는 가장 가까운 역으로 직접 가야만 했다. 앙투안은 월요일 아침 근무를 누구에게 대신해달라고 부탁하고 싶지 않았기에 그날 밤 안으로 파리에 돌아가야만 했다.

생 투앙라누에서 저녁을 먹기 위해 마차를 멈추었다. 일요일 저녁의 여인숙 식당은 술꾼으로 가득 차 있었다. 새로 온 손님들은 뒷방으로 안내되었다.

저녁 먹는 동안에 두 사람은 말이 없었다. 라셸은 더 이상 농담을 하지 않았다. 그녀는 무슨 생각에 잠겨 있었다. 그녀는 장례식 날에 똑같은 시간에 비슷하게 생긴 마차로—어쩌면 바로 그 마차였는지도 모른다—이곳에 왔던 일을 회상하고 있었다. 그러나 그때는 테너 가수와 함께였다. 그녀는 특히 식당에 들어와 앉자마자 그 둘 사이에 있었던 싸움을 생각하고 있었다. 그리고 어떻게 쥐코가 그녀에게 달려들어 이 빵 반죽 그릇 앞에서 그녀의 뺨을 때렸던지를 생각하고 있었다. 그리고 그날 밤에 여관방에서 다시 그에게 몸을 주었던 일을 생각하고 있었다. 그 뒤로 넉 달 동안 그녀가 어떻게 그의 바보스런 짓과 난폭한 행동은 참았었나도…. 그러나 그녀는 그 일로 그를 조금도 원망하지 않았다. 바로 오늘 저녁에도 그녀는 그의 생각을, 그가 뺨을 때리던 일조차 육감적인 추억으로 생각하고 있었다. 그러나 그 이야기는 앙투안에게 하지 않았다. 그녀는 아직까지 앙투안에게 테너 가수가 자기를 심하게 구타했다는 것을 고백한 적이 없었다.

그리고 어둠 속에서 또 다른 생각이, 훨씬 더 가슴 아픈 생각이 불쑥 떠올랐다. 그리고 자기가 이런 옛 생각을 그렇게도 오랫동안 하고 있는 것이 가슴 아픈 생각으로부터 도망가기 위해서였음을 알게 되었다.

라셀은 일어섰다.

"우리 역까지 걸어갈까?" 하고 그녀가 제안했다. "기차는 열한시에나 떠나거든. 마부더러 짐을 싣고 오라고 하면 되지."

"이 한밤중에 진흙탕 길을 팔 킬로미터나 걷겠다고?"

"안 될 거 뭐 있어?"

"이것 봐, 돌았군!"

"아" 하고 그녀는 탄식했다. "난 기진맥진해지겠지, 꼴좋겠군!" 앙투안이 말했다. 라셀은 더 이상 고집부리지 않고 마차를 향해서 그의 뒤를 따라갔다.

밖은 완전히 캄캄해졌다. 서늘한 바람이 불고 있었다

마차에 앉자마자 그녀는 양산으로 마부의 등을 툭 쳤다.

"천천히 가요, 시간이 많이 있으니까." 그녀는 앙투안에게 몸을 꼭 기대고는 속삭였다. "날씨가 참 좋아, 기분도 아주 좋고…."

몇 분 뒤에 그는 자기에게 기대고 있는 그녀의 뺨을 만져주고 싶은 생각이 들었다. 그녀의 뺨이 눈물로 젖어 있는 것을 알아차렸다.

"신경이 날카로워져서 그래" 하고 라셀은 얼굴을 그에게서 떼며 설명했다. 그러더니 그의 품속으로 더욱 파고들며 말했다. "아, 나를 붙들어줘, 나를 당신 곁에 있도록 지켜줘!"

두 사람은 서로를 꽉 껴안고 아무 말 없이 그대로 있었다. 나무들과 집들이 마차의 등불에 비쳐서 잠시 유령처럼 우뚝 선 채 드러나 보이다가 어둠 속에 사라지곤 했다. 그들의 머리 위로 창공이 빛나고 있었다. 앙투안의 어깨에 내맡겨진 라셀의 머리가 마차의 덜컹거림에 따라 흔들리고 있었다. 그리고 이따금 앙투안을 꼭 껴안기 위해서 온 상체를 다 들고는 한숨지으며 이렇게 말했다.

"내가 당신을 얼마나 사랑한다고!"

접속역transit station의 플랫폼에서 파리행 기차를 기다리는 사람은 두 사람뿐이었다. 그들은 차양 아래에 피해 있었다. 라셀은 아무 말 없이 앙투안의 팔을 붙잡고 있었다.

역의 승무원들이 손에 각등을 흔들며 어둠 속에서 뛰고 있었다. 젖은 보도 위에 그 불빛이 반사되었다.

"특급 열차입니다! 뒤로 물러서십시오!"

시커먼 동체에 환한 창문이 나란히 나 있는 특급 열차가 회오리바람을 일으키듯, 그 주위에 날릴 수 있는 것은 모두 날리면서, 숨 쉬는 공기마저 빼앗는 듯 쏜살같이 지나갔다. 곧 다시 조용해졌다. 그러더니 갑자기 두 사람의 머리 위에서 연약하고 신경을 자극하는 듯한 콧소리 같은 벨소리가 급행열차의 도착을 알렸다.

급행은 삼십 초 동안 정차했다. 두 사람은 찻간을 고를 시간도 없어서 아무 차에나 올라탔다. 그들이 탄 칸에는 이미 세 사람이 자고 있었다. 전등에는 푸른 천의 갓이 씌워져 있었다. 라셀은 모자를 벗고 하나 남은 구석 자리에 풀썩 주저앉았다. 앙투안은 그녀 옆에 앉았다. 그러나 라셀은 그에게 기대지 않고 검은 유리창에 이마를 대었다.

대낮에는 오렌지빛이 돌고 장밋빛 비슷해지기까지 하는 그녀의 머리카락이 어슴푸레한 기차간 안에서는 무엇이라고 정확히 꼬집어 말할 수 없는 빛깔이 되었다. 그 머리카락은 빛을 발산하는 흐르는 물질 같기도 했고, 금속성의 비단 같기도 했으며, 실처럼 된 유리 같기도 했다. 그리고 인燐처럼 빛나는 하얀 뺨은 그녀의 피부를 비현실적인 모습으로 보이게 했다. 그녀의 한 손이 의자 위에 놓여 있었다. 앙투안은 그 손을 잡았다. 그는 라셀이 떠는 것을 느낄 수 있었다. 낮은 목소리로 앙투안이 물어보았다. 그녀는 아무 대답 없이 열에 들뜬 듯 그의 손을 꽉 잡으면서 얼굴을 더욱 반대편으로 돌렸다. 그는 그녀의 마음속에 무슨 일이 일어나고 있는지 이해할 수 없었다. 그날 오후 묘지에서 라셀의 태도를 상기해보았다. 비교적 유쾌하게 끝낸 이 여행의 결과가 신경 발작적인 혼란일 수 있단 말인가? 그는 이런저런 추측을 해보았다.

기차가 도착해서 같이 탔던 승객들이 부스스 일어나 등불의 갓을 치웠을 때 앙투안은 그녀가 집요하게 고개를 내려뜨리고 있는 것을 발견했다.

그는 그녀에게 아무것도 묻지 않고 군중 속으로 그녀를 따라갔다.

그러나 택시를 타자 그는 라셀의 두 손목을 잡았다.

"무슨 일이야?"

"아무 일도 아니야."

"라셀, 무슨 일이야?"

"날 내버려둬…. 잘 알잖아, 이젠 끝났어."

"아니야. 나는 당신이 가도록 내버려두지 않겠어. 내게도 권리가 있어…. 무슨 일이야?"

그녀는 눈물로 범벅이 된 얼굴을 들고는 절망적으로 그를 보면서 한마디 한마디 힘주어 말했다.

"당신한테 말할 수가 없어" 하고 그녀는 끝까지 자제할 힘이 없어 그에게 몸을 던지며 말했다. "아, 절대로 내겐 그럴 힘이 없을 거야. 절대로, 절대로!"

바로 그 순간에 그는 자신의 행복이 끝나가고 있으며, 라셀이 그를 떠나리라는 것, 그를 혼자 내버려두리라는 것, 그리고 이제는 별수 없으며, 정말로 어쩔 도리가 없다는 것을 알았다. 그는 그 이유를 알기 훨씬 전부터, 그 일로 괴로워하기 전부터, 마치 오래전부터 이렇게 될 것을 준비라도 하고 있었던 듯이 그녀가 아무 말도 하지 않았는데도 그렇다는 사실을 알고 있었다.

두 사람은 아무 말도 나누지 않은 채 알제가街의 아파트 계단을 올라가서 라셀의 아파트에 들어갔다.

그녀는 잠깐 동안 앙투안을 장밋빛 방에 혼자 남겨놓았다. 그는 방의 구석에 있는 침대며, 화장대며, 이제는 자기 것이 되어버린 방 안을 둘러보면서 멍하니 서 있었다. 그녀가 다시 방으로 돌아왔다. 외투를 벗어놓고 왔다. 그는 라셀이 금빛 속눈썹 밑으로 눈동자를 감추고, 입은 이상야릇하게 옆으로 오므린 채 다시 방으로 들어와 문을 닫고 앞으로 걸어오는 모습을 바라보고 있었다.

앙투안은 모든 용기를 다 잃었다. 라셀 쪽으로 한 발 다가서서 더듬거리며 말했다.

"하지만 그건 사실이 아니지? 그렇지?… 날 떠나려는 것은 아니겠지?"

그러자 라셀은 자리에 앉았다. 그리고 지친 목소리로 중간중간 끊으며 걱정할 것 없으며, 자기는 사업차 긴 여행을 해야 하는데 그것은 벨기에령 콩고로 가는 여행이라고 말했다. 그러고 나서 설명하기 시작했다. 그녀의 아버지의 유산이, 곧 그녀의 전 재산이 이르슈를 통해서 어느 기름 공장에 투자되어 있는데, 이제까지는 사업이 번창하여 상당한 수입이 있었다는 것이다. 그런데 공장의 사장 두 명 중 한 사람이 얼마 전에 죽었다는 것, 최근에 들은 소식으로는 현재의 사장이 브뤼셀의 굵직한 상인들과 결탁하여 킨샤사에 공장을 막 세웠다는 것이다. 다시 말하면 그 공장과 같은 계통의 경쟁 공장을 세우고는 라셀의 공장을 망하게 하려고 온갖 수단과 방법을 가리지 않는다는 것이다.(그녀는 이야기를 하면서 좀 확신 있어 보였다.) 문제가 정치적인 세부 문제로 더 복잡해지고 있다는 것이다. 그밀러 집안사람들은 벨기에 정부의 지지를 받고 있으므로 이렇게 멀리 있어서는 라셀이 누구를 믿고 일을 맡길 수가 없다는 것이다. 그런데 그녀의 유일한 재산이, 그녀의 경제적 안정이, 그녀의 모든 장래가 위험에 처해졌다는 것이다. 그녀는 이것저것 생각해보고 방책을 모색해보았다는 것이다. 이르슈는 이집트에 살고 있어서 이제 콩고와는 통하지 못하는 처지라, 유일한 해결책은 그녀가 그곳에 가서 기름 공장을 재정비하든지 아니면 밀러에게 적당한 값으로 팔든지 하는 일뿐이라는 것이다.

창백해지고 눈썹을 찌푸린 채 냉정을 되찾은 앙투안은 그녀의 말을 조용히 들으며 그녀를 바라보고 있었다.

"한데" 하고 마침내 용기를 내어 그가 말했다. "그 일은 빠른 시일 안에 해결될 수 있겠지…?"

"그럴 수 있기도 하고 없기도 해."

"뭐? 한 달?… 그보다 더 오래? 두 달?" 그의 목소리는 떨리고 있었다.

"세 달?"

"응."

"혹은 더 빠를 수도 있겠지?"

"오, 안 돼! 거길 가는 데만도 벌써 한 달은 걸려!"

"그럼 만약 우리가 거기에 갈 사람을 구할 수 있다면? 믿을 만한 사람을?"

그녀는 어깨를 으쓱했다.

"믿을 만한 사람이라고? 네 주일이 걸려야 연락이 되는 곳인데? 모든 공모자들을 다 매수하려고 단단히 준비하고 있는 경쟁자들이 있는 판에?"

그 말이 너무도 옳았기 때문에 그는 더 이상 고집부리지 않았다. 사실 처음부터 그가 하고 싶은 말은 '언제?'라는 말 한마디뿐이었다. 그 밖의 다른 모든 질문은 모두 그보다는 뒤에 나오는 말인 셈이었다. 그는 그녀 쪽으로 몸을 움직였다. 그리고 실천가의 긴장된 얼굴과는 너무도 대조적인 가냘픈 목소리로 중얼거렸다.

"루루…. 이렇게, 당장, 떠나는 것은 아니겠지? …응?"

"당장은 아니야…. 하지만 곧이야." 그녀는 솔직히 말했다.

그의 몸이 뻣뻣해졌다.

"언제?"

"모든 준비가 다 되면. 언제인지는 말할 수 없어."

잠시 침묵이 흘렀다. 그러는 동안에 두 사람의 의지가 흔들렸다. 앙투안은 라셀의 황폐해진 얼굴에서 그녀가 기진맥진해 있음을 읽을 수 있었다. 그리고 그 자신 역시 이제는 모든 긴장이 풀어져갔다. 그는 그녀에게 다가가서 또다시 간청했다.

"그건 사실이 아니지? 당신… 떠나지 않을 거지?"

그녀는 앙투안을 두 팔로 꽉 껴안았다. 그러고는 비틀거리며 그를 침대 쪽으로 끌고 갔다. 두 사람은 침대 위에 쓰러졌다.

"말하지 마" 하고 그녀가 속삭였다. "내게 아무것도 묻지 마. 그 일에 대해서는 이젠 단 한마디도, 절대로 단 한마디도 더 하지 마. 그랬다간 나는 아무 예고 없이 당장 떠나버릴 거야!"

그는 체념하고 입을 다물었다. 그러고 나서 그녀의 흩어진 머리카락 속에 자기 얼굴을 파묻고 울기 시작했다.

14

라셀은 잘 견디었다. 그로부터 한 달 동안 그녀는 모든 새로운 질문을 피했다. 앙투안의 눈에서 어떤 걱정스러운 시선을 눈치채면 그녀는 고개를 돌렸다. 그 한 달은 고통스럽기만 했다. 두 사람은 계속해서 생활을 같이해나갔다. 그러나 그들의 모든 행위, 모든 생각은 고통 속에서 메아리쳤다.

그녀가 떠난다는 이야기를 들은 다음 날부터 앙투안은 자신의 정신력에 호소했다. 그러나 그것은 헛된 일이었다. 그는 자신이 그토록 괴로워하는 것에 스스로 놀랐으며, 그 고통에 무력한 자신을 또한 부끄럽게 여겼다. 가슴을 찌르는 의구심이 그의 마음을 스쳐가곤 했다. '내가 정말…?' 그러다가도 이내

'아무도 눈치채지 말아야 할 텐데!' 다행히도 자신의 활동적인 생활에 사로잡혀 있는 그는 매일 아침 병원의 마당을 가로질러 가면서 무슨 부적처럼 의사로서의 하루 일과를 해낼 힘을 되찾곤 했다. 환자들 앞에 있을 때면 그들만을 생각했다. 그러나 그가 자신을 되찾을 기회만 생기면, 회진과 회진 사이에, 또는 식사 중에 (티보 씨는 파리에 돌아와 있었으며, 시월부터는 파리에서의 가족생활이 시작되었다.) 어찌할 수 없는 실망이, 그의 마음속에 항상 감돌고 있는 절망감이 갑자기 그를 사로잡아 그를 방심한 인간, 쉽게 화내는 인간으로 만들곤 했다. 마치 그때까지 자신이 그렇게도 자랑스럽게 생각했던 그의 모든 힘이 이제는 화를 내는 일 말고는 다른 형태로 표출될 수 없게 된 것 같았다.

그는 라셀 곁에서 저녁과 밤 시간을 보냈다. 그러나 전과 같이 즐겁지는 못했다. 그들이 나누는 이야기도 그들의 침묵도 여러 가지 비밀에 의해 서먹서먹하기만 했다. 그리고 그들의 포옹도 두 사람이 서로를 향해 가지고 있는 이 원망스러운 갈증을 꺼주지 못한 채 그들을 순식간에 지치게 만들곤 했다.

십일월 초 어느 날 저녁에 앙투안이 알제가街에 도착했을 때 그녀의 집 문이 열려 있고, 현관의 벽은 말끔히 치워진 채 마룻바닥에 있던 융단도 없어진 것을 즉시 알았다…. 그는 아파트 안으로 뛰어 들어갔다. 가구를 치운 방에서는 소리가 반향되었고, 규방이 있던 곳은 불필요한 방구석에 지나지 않았다….

부엌에서 무슨 소리가 났다. 그는 험상궂은 표정으로 부엌으로 뛰어갔다. 여자 수위가 무릎을 꿇고 헌 옷가지를 쌓아놓은 더미를 뒤지고 있었다. 앙투안은 자기 앞으로 보낸 편지를 그 수위가 내밀자 빼앗다시피 낚아챘다. 첫 줄을 읽으면서부터 심장이 고동을 치기 시작했다. 그래, 라셸이 아직은 파리를 떠나지 않았어. 그녀는 이웃 호텔에서 그를 기다리고 있으며, 다음 날 저녁에야 르 아브르행 기차를 탈 것이다. 그 순간 그는 병원을 쉬고 라셸을 배 타는 데까지 데려다줄 구실을 생각했다.

다음 날 그는 하는 일마다 망치며 하루를 보냈다. 마침내 저녁 여섯시가 되어서 모든 것에 대책이 서고 대신할 것도 확실해지자 그는 드디어 떠날 수 있었다.

그는 역에서 라셸을 만났다. 그녀는 창백하고 나이 들어 보였으며, 그가 본 적이 없는 양복을 입고 있었다. 그리고 피라미드처럼 쌓인 새 트렁크들을 수하물로 부치고 있었다.

다음 날 아침, 르 아브르의 어느 호텔에서 앙투안은 극도로 흥분된 신경을 진정시키려고 열탕에서 목욕을 하다가 문득 무엇인가 머리에 떠오르는 것이 있었다. 그는 마치 벼락에 얻어맞기라도 한 듯이 소스라쳐 놀랐다. 라셸의 가방 위에 쓰인 R. H.*라는 글자가 생각났던 것이다.

그는 대뜸 탕에서 뛰어나와 방문을 밀었다.

"당신… 당신 이르슈를 만나러 가는구나!"

그의 아연실색하는 모습에 라셸은 상냥하게 미소 지었다.

"응." 그녀는 말했다. 그 목소리가 어찌나 작았던지 그에게는 한숨 소리만이 들릴 뿐이었다. 그러나 그는 그녀가 자백의 표

* '라셸 이르슈'의 머리글자.

시로 눈꺼풀을 내리깔고 머리를 두 번 끄덕이는 모습을 보았다.

그는 거기에 놓여 있던 의자에 앉았다. 몇 초가 지났다. 그의 입에서는 한마디 비난의 말도 나오지 않았다. 그 순간에 그의 어깨를 축 처지게 만든 것은 슬픔이나 질투가 아니라 그의 무력함, 그들의 무책임, 그리고 삶 자체의 중압감이었다.

그는 몸서리치면서 옷도 걸치지 않고 있는 자신의 몸이 땀으로 흠뻑 젖어 있음을 알아차렸다.

“당신, 감기 들겠어.” 그녀가 말했다. 그때까지도 두 사람은 서로 할 말을 찾지 못했다.

앙투안은 자기가 무엇을 하고 있는지 의식하지 못하며 몸을 닦고 옷을 입기 시작했다. 그녀는 그가 뛰어들어 왔을 때 그대로의 모습으로 손톱 솔을 손가락 사이에 끼고 라디에이터에 몸을 기댄 채 서 있었다. 둘 다 괴로워하고 있었다. 그러나 어쨌든 두 사람 모두 일종의 안도감을 느꼈다. 한 달 전부터 앙투안은 자기가 모든 것을 다 알고 있지 못한다는 느낌을 몇 번이나 가졌었던가! 적어도 이제는 현실이 자기 앞에 완벽하게 드러났다. 그리고 라셸은 라셸대로 자신의 거짓말에 대한 복잡한 강박 관념으로부터 벗어나 나름대로의 주관이 서는 것을 스스로 느끼고 있었으며, 무엇인가가 홀가분해짐을 느끼고 있었다.

마침내 그녀가 침묵을 깼다.

“아마 내가 당신한테 거짓말했던 게 잘못이었을지 몰라.” 라셸이 말했다. 그녀의 사랑스러운 얼굴에는 회한의 빛은 조금도 없고 연민의 빛만이 나타나 있었다. “사람들은 질투심에다가 그렇게도 어리석고 잘못된 고정 관념을 가지고 있어…. 아무튼 분명히 말하지만 내가 거짓말을 한 것은 당신을 위해서였어. 덜 괴롭게 해주려고. 그리고 나는 그 거짓말 때문에 더욱 불행했었어. 이제는 당신에게 모든 것을 다 말하고 떠나게 되어 다행스러워."

그는 아무 대답도 하지 않았다. 그러나 옷을 입다가 그만두고 다시 의자에 앉았다.

"그래" 하며 그녀가 이야기를 계속했다. "이르슈가 날 다시 불러서 떠나는 거야."

라셸은 다시 입을 다물었다. 그러나 그가 말하려 하지 않는 것을 보자 그토록 오랫동안 숨겨야만 했던 그 모든 것들이 새삼 밀려들어, 그녀는 다시 말을 시작했다.

"당신은 착해. 아무 말 안 해줘서 고마워. 나는 무슨 말을 할 수 있을지 다 잘 알고 있어. 지난 여덟 주일 내내 나는 혼자서 몸부림쳤어! 지금 내가 하는 일은 미친 짓이지만 아무것도 날 막을 수는 없어…. 당신은 아프리카가 나를 유혹한다고 생각하겠지. 아! 그건 정말 확실한 이야기야. 아프리카가 어찌나 나를 유혹하는지 어떤 날에는 거기 가고 싶어서 병이 날 지경이야! 하지만 뭐니 뭐니 해도 그것만으로는 불충분했을 거야…. 그럼 당신은 내가 이익 때문에 이런다고 생각하겠지. 그것 역시 옳아. 이르슈는 나와 결혼할 거야. 그이는 부자야, 아주 부자야. 그리고 내 나이에는 누가 뭐라고 해도 결혼이 중요해. 일생을 그늘에서 산다는 것은 고통스러운 일이야…. 하지만 그것 때문만도 아니야. 아니야, 정말, 나는 이런 계산들을 초월하고 있어. 유태인, 반유태인 여자가 초월할 수 있는 한은. 그 증거로 당신 또한 부자이고, 아니면 적어도 앞으로 부자가 될 거지만 내일

나와 결혼하자고 하더라도 나는 내 출발을 변경하지 않을 거라는 사실이야.

내가 당신 마음을 아프게 하고 있지. 하지만 내 말 좀 들어줘, 용기를 내, 당신한테 얘길 다 할 수 있어서 후련해. 그리고 당신을 위해서도 모든 걸 다 알고 있는 편이 더 나을 거야. 나는 자살할 생각도 했었어. 모르핀으로. 빨리 끝장내고 시끄럽지 않고 고통도 없으니까. 나는 그걸 구했었어. 어제 파리를 떠나기 전에 나는 그걸 버렸어. 나는 살고 싶은 거야. 알다시피 절대 나는 진짜로 죽고 싶은 적은 없었어. …내가 그 사람 얘길 할 때마다 당신은 한 번도 그 사람에 대해서 질투하지 않았어. 당신은 옳았어. 어떻게 질투를 느끼겠어? 잘 알겠지만, 그 사람이 당신에 대해서 질투를 느껴야 했을 거야! 나는 당신을 사랑해, 당신을. 이제까지 그 누구도 이렇게 사랑한 적이 없었어. 그리고 나는 그 사람을 증오해. 나는 그렇게밖에 말할 수가 없지 않아? 나는 그를 증오해. 그 사람은 인간이 아니야. 그 사람은… 뭔지 모르겠어! 나는 그 사람을 증오하고 그 사람이 무서워. 그 사람은 날 지독히도 때렸어! 앞으로도 또 날 때릴 거야. 어쩌면 날 죽일지도 몰라…. 그 사람은 질투가 심해! 전에 한번은 상아 해안*에서 짐꾼 한 명에게 날 목 졸라 죽이라고 돈을 준 적이 있었어. 왜였는지 알아? 왜냐하면 어느 날 밤에 내가 자는 방으로 그의 보이가 나를 찾아왔었다고 믿었기 때문이야. 그 사람은 무슨 짓이든 다 할 수 있어!"

"그 사람은 무슨 짓이든 할 수 있어" 하고 그녀는 음울한 목

* 코트디부아르.

소리로 되풀이했다. "하지만 아무도 그를 거역할 수가 없어…. 들어봐. 아직까지 내가 차마 당신한테 말하지 못했던 게 하나 있어. 저, 팔란차에서, 그 비극이 일어난 뒤에, 내가 그 사람이 불러서 거길 갔었다고 했지? 일이 시작된 게 거기에서였어! 하지만 나는 전부터 모든 것을 예감하고 있었어. 나는 그 사람 앞에서는 겁이 나서 죽을 지경이었어. 어느 날은 그 사람이 날 위해 끓여준 탕약을 마실 용기가 없었어. 왜냐하면 그 약을 내게 갖다주며 아주 이상한 미소를 지었기 때문이었어. 그런데도 불구하고… 당신은 이해할 수 있어? 아! 당신은 이 사나이의 매력이 어떤 것인지 상상도 할 수 없을 거야!"

앙투안은 또다시 소름이 끼쳤다. 라셸이 그의 어깨에 실내 가운을 던져주었다. 그리고 맥이 풀린 목소리로 이야기를 계속했다.

"오, 그 사람은 나를 협박할 필요도 없었고 나를 힘으로 소유할 필요도 없었어. 그저 기다리기만 하면 되었던 거야. 그 사람은 그 사실을 잘 알고 있었어. 자기의 능력이 어떤지를 잘 알고 있었어. 바로 내가 그 사람의 방을 두드리러 갔었어! 그런데 그 사람은 이틀째 밤이 되어서야 문을 열어주었어…. 그러자 나는 그 사람과 함께 떠나기 위해서 모든 걸 다 내버리고 말았어. 나는 프랑스로 다시 돌아오지 않았어. 나는 그 사람 뒤를 마치 개처럼, 그림자처럼 쫓아다녔어. 이 년 동안, 아니 거의 삼 년 동안 나는 피곤도, 위험도, 매질도, 모욕도, 감옥까지도 모든 것을 다 참았어. 그래, 감옥까지도! 삼 년 동안 나는 단 하루도 다음 날의 걱정으로 떨지 않은 날이 없었지! 어떤 때는 몇 주일 동안 밖엘 못 나가고 숨어 있지 않으면 안 될 때도 있었어…. 테살로

니키에서는 큰 스캔들이 있었지. 터키 경찰이 온 힘을 기울여 우리를 추적했어. 국경까지 가는 데 이름을 다섯 번이나 바꿔야 했었어! 언제나 품행에 관한 사건이었어. 런던의 교외에서 그 사람은 한 가족 전체를 매수하는 방법을 찾았었어. 군인을 상대하는 처녀가 하나 있었고 그녀의 두 여동생과 어린 남동생 하나…. 그 사람은 그걸 mixed grill이라고 불렀었지…. 어느 날 경찰이 집을 포위하고 우리를 체포했어. 내가 뭐라고 말할 수 있었겠어? 우리는 석 달 동안 미결에서 살았어. 그러나 그 사람이 와서 우리를 풀어주도록 했었어…. 아, 나는 그 모든 걸 다 말하자면 한이 없어! 그 모든 꼴을 나는 보았고 참았다니까!"

"당신은 '이제 왜 저 여자가 그를 떠났는지 알겠군' 하고 생각하겠지. 그런데 그건 사실이 아니야. 내가 그 사람을 떠난 게 아니었어! 나는 당신한테 거짓말을 했어. 내가 자진해서 떠날 수는 없었을 거야. 그 사람이 날 쫓아버렸던 거야! 그리고 그 사람은 웃고 있었어! 내게 이렇게 말했어. '꺼져버려, 그리고 언제고 내가 원하면 너는 다시 올 것이다.' 나는 그 사람 얼굴에 침을 뱉었어…. 그런데 진실을 알고 싶어? 내가 여기로 다시 돌아온 뒤로 나는 그 사람 생각밖에는 아무 생각도 할 수 없었어! 나는 기다리고 또 기다렸어. 그런데 이제 마침내 그 사람이 날 부르고 있어! …이젠 왜 내가 떠나는지 알겠지?"

라셀은 일어서서 앙투안 옆으로 와서 무릎을 꿇고 그의 무릎에 이마를 얹고 울었다.

그는 흐느낌으로 흔들리는 그녀 목 뒤를 바라보고 있었다. 두 사람은 모두 떨고 있었다.

라셀은 두 눈을 감고 중얼거렸다.

"내가 당신을 얼마나 사랑한다고…."

하루 종일 두 사람은 묵계라도 한 듯 더 이상 아무 얘기도 나누지 않았다. 얘기를 나누어보았자 무슨 소용이 있었겠는가? 점심 먹는 동안 둘은 서로 마주 앉을 수밖에 없었기 때문에, 똑같은 생각으로 혼란되어서 두 사람의 시선이 몇 번 부딪쳤다. 그러나 결심이라도 한 듯 서로를 피하곤 했다. 바라보았자 무슨 소용이 있었겠는가?

그녀는 별로 중요하지 않은 몇 가지 물건을 살 게 있었다. 그녀는 물건 사는 데 많은 시간을 허비하며 그 일에 관심이 많은 척했다. 대양의 바람이 몰고 온 질풍 같은 비가 거리에 들이치며 집들 위로 휙휙 불어닥쳤다. 앙투안은 저녁 먹을 시간이 되기까지 이 상점에서 저 상점으로 순순히 그녀 뒤를 따라다녔다. 그녀는 오스탕드로부터 오는 화물과 여객을 함께 나르는 선박인 로마니아호를 타고 여행할 예정이었기에 선박에 좌석을 예약할 필요도 없었다. 로마니아호는 새벽 다섯시에 르 아브르항에 도착했다가 정박은 하지 않고 한 시간 뒤에 다시 출항할 예정이었다. 이르슈는 카사블랑카에서 그녀를 기다리고 있었다. 벨기에령 콩고 이야기는 단 한마디도 사실이 아니었다.

두 사람은 마지막 밤을 보내기 위해 호텔 방에서 단둘이 마주하게 될 그 순간에 대해 똑같은 두려움을 느끼며 저녁 식사 시간을 길게 끌었다. 두 사람이 우연히 들어간 식당은 사람과 불빛과 소음으로 가득 찬 커다란 홀이었으며 경양식 집이기도 하고 카바레이기도 하고 당구장이기도 했다. 담배 연기와 당구공 부딪치는 소리와 우울한 왈츠 소리 속에서 저녁 시간을 보낼 수 있는 곳이었다. 열시께 한 떼의 이탈리아 순회 악사들이 무대에 불쑥 나타났다. 열두 명쯤 되는 그들은 붉은 웃옷에 흰 바지를 입고 모자의 술이 어깨까지 늘어진 나폴리의 낚시꾼 모자를 쓰고 있었다. 바이올린, 기타, 탬버린, 캐스터네츠 등 모두들 한 가지 악기들을 들고 연주하면서 목청껏 노래 불렀고 악귀처럼 날뛰었다. 앙투안과 라셸은 이들 어릿광대들을 고맙게 생각하며 바라보았다. 잠시나마 고민에 지친 자신들의 주의를 이들에게 기울일 수 있어서 다행스럽게 여겼다. 그러다가 광대들이 모자를 돌리며 돈을 걷고 나서 마지막 노래를 끝내고 나자 두 사람에게는 고통이 배로 커지는 것 같았다. 그러자 둘은 일어서서 소나기를 맞으며 떨면서 호텔로 돌아왔다.

자정이었다. 라셸은 세시에 깨워달라고 말해놓았다.

짧은 밤이었다. 십일월의 굵은 빗줄기가 발코니 위로 끊임없이 쏟아졌다. 두 사람은 마치 고통에 빠진 두 어린애처럼 서로 꼭 껴안고는 한마디 말도 없이, 욕망도 못 느끼며 그 밤을 보냈다.

단 한 번 앙투안이 물었다.

"추워?"

그녀는 사지를 바들바들 떨고 있었다.

"아니" 하고 그녀는 더욱 그에게 파고들었다. 마치 아직도 그가 자기를 보호해줄 수 있고, 그녀 자신으로부터 그녀를 구해줄 수 있는 것처럼. "나는 무서워…."

그는 아무 대답도 안 했다. 이젠 아무것도 이해할 수 없었기 때문에 지쳐 있었다.

문을 두드리는 소리가 나자 그녀는 마지막 포옹으로부터 도망치듯 침대 밖으로 뛰쳐나왔다. 그는 그렇게 해준 그녀가 고마웠다. 두 사람의 의지력은 서로서로 도와가며 강해지려고 애쓰고 있었다.

두 사람은 말없이 옷을 입었다. 둘 다 냉정한 척했으며, 자질구레한 일을 도와주면서 둘이 함께 살았던 버릇을 끝까지 연장시키고 있었다. 그는 짐이 꽉 찬 트렁크를 그녀가 잠그는 것을 도우려고 트렁크 위에 올라탔다. 그러는 동안에 그녀는 양탄자 위에 무릎을 꿇고 앉아서 트렁크의 열쇠를 잠갔다. 마침내 모든 준비가 끝났다. 하찮은 말 한마디조차 나눌 것이 없었다. 움직일 일거리 하나 남지 않았다. 그녀가 침대에 이불을 말아놓은 다음에 여행용 모자를 쓰고, 베일을 핀으로 고정시켜 놓았다. 장갑을 끼고 핸드백을 잠그고 난 뒤에도 자동차가 도착하려면 아직 몇 분 더 기다려야 했다. 그녀는 문께에 있는 낮은 의자에 앉아서 갑자기 추위를 느꼈다. 이를 덜덜 떨지 않으려고 꽉 물고는 고개를 내려뜨리고 두 팔로 무릎을 감싸 안았다. 그러자 그 역시 무슨 말을 해야 할지, 어떻게 해야 할지 모르며, 감히 그녀 곁으로 다가가지도 못하고, 양손을 늘어뜨린 채 가장 큰 트렁크에 걸터앉았다. 잔인하고 어떤 일의 전조와도 같은 침묵 속에서 몇 초가 지났다. 만일 두 사람이 몇 초 뒤에는 다 끝이 난다는 확신을 가지지 않았다면, 쓰러지지 않고는 참을 수 없는 끔찍스럽고도 고통스러운 순간이었다. 라셀은 슬라브족의 관례가 생각났다. 그곳에서는 어떤 사랑받는 사람이 아주 긴 여행을 떠나려고 할 때는 모든 사람이 떠날 그 사람 주위에 빙 둘러앉아서 잠시 명상에 잠긴다고 했다. 그녀는 자신의 생각을 큰 소리로 말할까 했으나 목소리에 자신이 없었다.

복도에서 짐을 가지러 오는 사람들의 발소리가 나는 것을 들었을 때 그녀는 갑자기 고개를 들면서 온몸을 그가 있는 쪽으로 돌렸다. 그때 그녀의 시선 속에는 너무나 강한 절망과 공포와 애정의 빛이 감돌았기에 그는 두 팔을 벌렸다.

"루루!"

그러나 문이 열리면서 사나이들이 방으로 들어왔다.

라셀은 일어섰다. 그에게 작별 인사를 하기 위해서 그녀는 증인들이 오기를 기다렸던 것 같았다. 그녀는 한 발을 앞으로 내며 앙투안 앞에 섰다. 그는 라셀을 포옹하고 싶지 않았다. 일단 포옹을 하면 그는 그녀가 떠나도록 팔을 풀어줄 수 없었을 것이다. 그는 마지막으로 그녀의 뜨겁고 말랑말랑하며 딸꾹질하는 입을 자기 입술에 느꼈다. 그는 그녀가 중얼거리는 것을 짐작으로 알아챘다.

"안녕, 내 사랑."

그녀는 재빨리 몸을 빼더니 활짝 열린 문을 통해 어두운 복도 쪽으로 뒤도 돌아보지 않고 사라졌다. 그동안에 그는 양손을 비비 꼬면서 그 자리에 서 있었다. 그는 일종의 놀라움 외에 다른 감정은 전혀 느끼지 못했다.

그녀는 그에게 자기를 배까지 전송하지 않겠다고 맹세하도록 했었다. 그러나 그가 등대 밑 방파제의 북쪽 끝에서 로마니아호가 출항하는 것을 보는 것은 합의가 되었다. 자동차가 떠나는 소리를 듣자마자 그는 초인종을 눌러서 자기 짐을 역의 수하물 보관소로 보내라고 지시했다. 그는 이 방에 다시 돌아오고 싶지 않았던 것이다. 그러고는 어둠이 내린 밖으로 뛰쳐나갔다.

도시는 죽은 듯이 고요했다. 그리고 안개에 파묻혀 있었다. 기분 나쁜 구름이 아직도 도시 위를 덮치고 있었다. 다른 구름들이 수평선에 뭉쳐 있었다. 서로 겹치려 하는 이 두 구름 덩이 사이로 창백한 한 조각의 하늘이 녹아내리는 듯했다.

앙투안은 길도 모르면서 무턱대고 걸어갔다. 어느 가로등 아래에서 도시의 지도를 펴보려고 그는 돌풍과 싸웠다. 그러다가 안개 속에서 길을 잃기는 했지만 파도 소리와 멀리서 들려오는 뱃고동 소리를 길잡이로 삼아 외투 자락을 정강이에 달라붙게 하는 바람을 헤치면서, 진흙으로 미끄러운 땅을 가로질러 갔다. 그리고 시멘트가 엉망이 되어 있는 부두에 접어들었다.

방파제는 바다로 뻗어나감에 따라 좁아졌다. 오른쪽에서는 끝없는 대양의 거대한 물결 소리가 철썩거리고 있었고, 왼쪽에서는 항구의 독에 갇혀 있는 물에서 어렴풋한 파도 소리만 들려왔다. 어디서 오는지는 모르지만 점점 더 분명하게 안개를 경보해주는 쉰 나팔 소리가 하늘을 가득 채우고 있었다. 휘! 휘! 휘!

앙투안은 십 분쯤 걸었는데도 아무도 만나지 못했다. 그는 자기 바로 위로 그때까지 안개로 가려졌던 등대 불빛을 알아볼 수 있었다. 그는 방파제 끝에 다다랐다.

그는 플랫폼으로 인도하는 계단 입구에 멈추어 섰다. 그리고 자기가 있는 곳의 위치를 알려고 했다. 그의 주위에는 바람과 파도가 뒤섞인 바닷소리만이 있을 뿐이었다. 바로 자기 앞에서 뿌연 불빛이 동쪽을 가리키고 있었다. 그쪽에서 아마도 남들을 위해 겨울 해가 뜨겠지. 그의 발께에 화강암으로 만든 계단이 보이지 않는 물의 심연 속으로 내려가고 있었다. 몸을 구부려도 방파제에 부딪치는 파도 소리를 들을 수 없었다. 그러나 아주 가까이 자기 아래에서 긴 한숨 소리 다음에 맥없는 흐느낌이 뒤따르는 파도의 규칙적인 숨소리를 들을 수 있었다.

그가 느끼지도 못하는 사이 시간이 흘렀다. 점차로 사방에서 살아 있는 세계로부터 그를 떼어놓고 있는 이 안개를 통해 좀 더 밝은 빛이 새어 들어왔다. 이제 그는 남쪽 방파제의 등댓불이 반짝이는 것을 볼 수 있었다. 자기가 있는 쪽 등댓불과 건너편 등대 사이의 은빛 나는 공간에서 눈을 뗄 수가 없었다. 왜냐하면 그리로, 이 두 등대 사이로 **그녀**의 모습이 불쑥 나타날 테니까.

갑자기 그가 몸을 돌리고 있는 쪽의 왼편으로부터 아침 해가 떠오르며 만들어놓은 둥근 햇무리 가운데로 그림자 하나가 불쑥 나타났다. 좁고 높은 덩어리가 우윳빛 대기 속에서 눈에 뜨이게 어떤 형체를 이루면서 점점 커지더니 하나의 선박이 되었다. 그것은 뒤에 어둡고 낮은 깃털 장식을 끌며 불빛이 여기저기에서 반짝이는 퇴색하고 거대한 배의 형체였다.

로마니아호는 수로를 잡으려고 선회했다.

두 주먹으로 철의 난간을 꽉 쥐고, 얼굴에 빗줄기를 맞으면서 앙투안은 기계적으로 다리들과 돛대들과 배의 굴뚝들을 세어보았다…. 라셀! 그녀가 거기 있었다. 몇백 미터 밖에, 어쩌면 자기처럼 몸을 내밀고, 자기를 향해 몸을 기울이고는, 자기를 보지는 못하지만 눈물로 앞이 가려진 두 눈을 자기를 향해 고정시키고 있을지도 몰랐다. 서로를 향해 다시 한번 내밀고 있는 그들의 모든 상처받은 사랑은 그들에게 마지막 이별의 몸짓이 줄 수 있는 위로를 주기에도 무기력했다. 앙투안의 머리

위에 있는 등대의 긴 등불만이 무표정한 덩어리 위에 간헐적인 애무를 던질 수 있었다. 그 덩어리는, 마치 비밀처럼, 두 시선이 마지막으로 애써 결합하려는 것을 아랑곳도 하지 않고 안개 속으로 자취를 감추어버렸다.

앙투안은 눈물 한 방울 흘리지 않고 멍해진 채 다시 떠날 생각도 못 하고 오랫동안 그곳에 머물러 있었다. 안개 주의보 경적에 길들어버린 그의 두 귀는 찌르는 듯한 경적의 호소 소리조차 듣지 못했다.

마침내 그는 시계를 보았다. 그리고 시내로 되돌아왔다. 그는 추워서 몸이 얼어 있었다. 걸음을 재촉했다. 물웅덩이가 있는 것도 아랑곳하지 않고 철벅거리며 지나갔다. 항구 앞의 조선소에는 붉은 등이 켜져 있었다. 솜 같은 대기 속에 망치 소리가 둔탁하게 들려왔다. 만조로 인해 파도가 들이치는 해안 뒤에는 환상적인 도시가 우뚝 서 있었다. 모래를 실은 마차 대열이 자갈밭 길을 가로질러 외치는 소리와 채찍질 소리를 내며 지나가고 있었다. 너무도 긴 침묵 뒤라서 이 소란스러움은 앙투안에게 위안이 되었다 규석 위로 삐걱거리며 구르는 쇠바퀴 소리를 들으려고 그는 발을 멈추었다.

문득 자기가 탈 기차가 열시에나 떠난다는 생각이 들었다. 그는 세 시간 동안이나 기다려야 한다는 사실을 한 번도 염두에 두지 않았었다. 라셸의 출발과 함께 모든 예정이 중단되어버린 것이다. 어떻게 될 것인가? 아무 계획 없는 극도로 공허한 이 세 시간이 그의 슬픔을 어찌나 더 깊게 만들었던지 그는 더 이상 버티지 못하고 울타리에 등을 기대고 서서 울었다.

그는 무턱대고 곧장 앞으로 다시 걸었다.

거리에 생기가 돌기 시작했다. 샘가에서 머리가 헝클어진 조무래기 아이들이 물장난을 치고 있었다. 트럭들이 도로를 꽉 채우며 둑 쪽으로 시끄러운 소리를 내며 지나갔다. 앙투안은 자기가 어디로 가고 있는지조차도 모르고 오랫동안 걸었다. 날이 밝았다. 그는 라셀과 함께 묵었던 호텔이 있는 광장의 꽃 진열대 앞에 있었다. 어제저녁에 식사하러 가기 전에 그가 라셀에게 국화 한 다발을 사주려고 했던 곳이 바로 여기였다. 그러나 사지는 않았다. 두 사람은 묵계로 자신들이 그렇게도 힘겹게 자제하고 있던 이 슬픔을 더욱 악화시키고 그들의 의지력을 파괴시킬 어떠한 행위도, 어떠한 말도 이별의 순간까지 피하기로 작정했기 때문이다.

그때 그는 호텔 사무실에 가서 수하물 보관증을 찾아야겠다는 사실을 상기했다. 그리고 다시 한번 그 방을 보고 싶다는 욕망이 솟구쳤다. 그 침대도…. 그러나 그 방은 이미 딴 손님이 들어 있었다. 조금 전 두 여자 손님에게 방을 주었다는 것이다.

실망한 앙투안은 호텔 계단을 다시 내려와서 어느 작은 공원을 방황하다가 둘이 함께 걸었던 길을 따라 나폴리 악단의 노래를 들었던 경양식 집으로 갔다. 그는 그곳에 들어가고 싶은 욕망을 느꼈다.

그는 둘이 식사를 했던 식탁, 두 사람의 시중을 들었던 보이가 있나 하고 두리번거렸다. 그러나 엊저녁에 본 듯한 것이라고는 아무것도 눈에 띄지 않았다. 그림 유리창을 통해 들어오는 환한 햇빛이 그 쾌락의 장소를 더럽고 얼음장 같은 넓은 헛간으로 변하게 했다. 식탁들 위에는 의자들이 올려져 있었다.

악사들이 있던 단은—악보대는 쓰러져 있고 첼로는 검은 관 속에 누워 있었으며, 초 먹인 헝겊으로 씌워놓은 피아노는 마치 후피 동물의 비늘처럼 꺼칠한 가죽 같았다—이 먼지투성이 속에서 시체를 실은 뗏목처럼 떠 있었다.

"실례하겠습니다, 손님."

보이 하나가 두 식탁 아래를 쓸려고 왔다. 앙투안은 두 다리를 의자에 얹고 빗자루가 왔다 갔다 하는 모습을 멍하니 바라보고 있었다. 술병 뚜껑 하나, 성냥 두 개비, 오렌지…. 아니다, 귤껍질 하나…. 바람이 실내로 휙 불어와서 쓰레기를 날려 보냈다. 보이가 기침을 했다. 앙투안은 정신이 번쩍 들었다. 기차 시간이 지난 것이 아닐까? 그는 일어서며 벽시계를 찾았다. 아, 자신이 여기에 온 지 겨우 칠 분밖에 지나지 않았다.

다시 앉을까? 아니다. 그는 그곳을 나왔다. 일단 기차를 타고 나면 이처럼 괴롭지는 않으리라는 생각이 얼핏 들어 그는 마차를 집어타고 피난처를 구하듯이 역으로 갔다.

그러나 역에 가서 짐을 부치고 나자 또다시 기다려야 했다. 그것도 한 시간 이상이나!

그는 다시 걷기 시작했다. 마치 쫓기는 사람처럼 부둣가를 빨리 걸었다. '나한테서 뭘 원하는 거야?' 하고 멈추어놓은 기관차 위에서 그를 바라보고 있는 어느 기관사를 쏘아보며 그는 생각했다. 그는 몸을 돌렸다. 한 떼의 잡부들이 자기를 유심히 바라보고 있다는 것을 알았다.

그러자 그는 다시 몸을 추스르고는, 되돌아와서 대합실의 문을 열고 들어와 의자에 털썩 주저앉았다. 썰렁하고 어두운 대합실 안에는 앙투안밖에는 아무도 없었다. 대합실 유리문에 기대어 주저앉은 노파 한 명이 회색 머리를 흔들면서 어린애를 재우고 있었다. 그 노파는 앳된, 그러나 울림이 없는 목소리로 예전에 유모가 지즈에게 자주 불러주던 애절한 그 노래를 부르고 있었다.

-홍-합-주우-러
가는 일은 이제는 지긋지긋해요, 엄-마…

그의 두 눈은 눈물로 가득했다. 아무것도 듣고 싶지 않고, 아무것도 보고 싶지 않았다!

그는 두 손으로 얼굴을 감쌌다. 그러나 곧 라셀이 곁에 있는 것처럼 느껴졌다. 그날 밤에 라셀의 목걸이를 만졌기에 그의 손에는 아직도 그 호박의 향기가 남아 있었다! 그는 자기 가슴에 그녀 어깨의 둥근 육체를 느꼈고, 입술에 그녀의 미지근한 결을 느꼈다! …어찌나 격렬한 충격이었던지 그는 고개를 뒤로 젖혔다. 그리고 두 손을 펼쳐서 의자의 손잡이를 꽉 쥔 채 의자 등에 얼굴을 대고 꼼짝도 하지 않았다. 라셀이 한 말이 생각났다. '나는 자살하려고 생각했었어….' 그래, 끝장내는 거다…. 자살, 이렇게 끔찍한 고통에서 빠져나갈 수 있는 유일한 길이다…. 계획하지 않은 자살, 거의 동의 없는 자살, 올무에 걸린 듯 심하게 죄어오는 이 고통이 절정에 이르기 전에 어떻게든 도망가기 위한 자살!

갑자기 그는 소스라쳤다. 벌떡 일어섰다. 오는 것을 보지 못했던 한 사나이가 그의 팔을 건드렸던 것이다. 그는 반사적인 행동으로 그 사나이를 밀치고 주먹으로 한 대 갈길 뻔했다.

"아니 왜 그러시오?" 그 사내가 말했다.

사내는 개찰하는 늙은이였다.

"저… 파리행 기차는?" 하고 앙투안이 더듬거렸다.

"삼번 선이요."

앙투안은 몽유병자 같은 눈으로 사나이를 응시했다. 그리고 맥없이 걸어서 홀 쪽으로 갔다.

"시간은 넉넉해요, 기차가 아직 편성되지 않았으니까!" 하고 사나이가 소리쳤다. 앙투안이 노인의 시야에서 사라지기도 전에 문에 부딪치자 노인은 어깨를 으쓱했다.

"그러면서 힘깨나 쓰는 척하는군!" 하고 그는 투덜거렸다.

1922년 7월-1923년 7월

작품 해설

정지영

3부 「아름다운 계절La belle saison」

「아름다운 계절」은 젊은 주인공들의 인생에 커다란 영향을 미치게 될 중요한 사건들로 구성되어 있다. 곧 자크의 고등사범학교 합격, 다니엘과 아버지의 예전 애인인 리네트와의 만남, 앙투안의 수술, 정신적으로 그의 일생에 커다란 변화를 가져다줄 라셸과의 애정 사건이 이 소설의 주류를 이룬다.

「소년원」으로부터 오 년이라는 세월이 흘렀다. 고등사범학교의 합격 발표를 보러 가는 자크는 "언제나 시험, 시험뿐이니. 그런데 나는 벌써 스무 살인데," 하고 앙투안에게 호소한다. 이런 것으로 미루어 보아 오 년 동안 자크는 고등사범학교 입학시험 준비를 위해 공부했다는 것을 알 수 있다.

입학 시험에서 삼등이라는 좋은 성적으로 합격했다는 것을 알고도 자크는 아무런 기쁨도 느끼지 못한다. "내가 합격한다면 내가 정말로 행복해질 수 있을까?" 하고 자크는 자문한다. "그들(아버지와 형)만큼은 아닐 거야"라고 자답하는데, 그는 '모든 것으로부터! 톱니바퀴'로부터 도망가고 싶다는 생각을 이미 가지고 있었다. 이것은 자크가 다니엘에게서 빌려 읽었던 앙드레 지드의 『지상의 양식』이 동기가 되었다고 볼 수 있다. 기성 도덕관념으로부터 해방을 부르짖고 있는 『지상의 양식』

이 다니엘에게는 화가로서의 자유분방한 생활을 변호해주는 구심점이 될 수 있었다. 그러나 자크의 경우에는 톱니바퀴 같은 사회 구조에서 탈출하도록 선동하게 된다. 사회의 규범 속에서 엘리트로서 출세 가도를 걸어간다는 것은 자크에게는 생리에 맞지 않는 일로 여겨졌다. 그에게는, 뚜렷한 직업을 가지고 정신적으로 안정된 생활을 영위하려고 하는 앙투안이나 다니엘이 속된 인간으로밖에는 보이지 않는다. 자크의 마음속에 흐르고 있는 이와 같은 의식 구조는「1914년 여름」에서 자크가 죽을 때까지 일관되고 있다.

자크가 시험에 합격하자 다니엘이 이끌고 간 곳은 카페 파크멜이다. 이곳에 관한 묘사는 1914년 이전의 파리 유흥가의 일면을 엿보게 해준다. 소설의 줄거리는 여기에서 약간의 굴절이 생긴다.

그러나 이야기가 다시 앙투안을 중심으로 전개되면서 사건 하나하나가 흥미로워진다. 티보 씨의 비서인 샬르 씨의 양녀 데데트가 자동차 사고를 당했을 때 임시로 마련된 수술대에서 성공적으로 수술을 마친 앙투안은 주위의 찬사를 받으며 의사로서의 지위를 확고히 한다. 수술 도중에 도와준 이웃의 아름다운 여인 라셸과 사귀게 됨으로써 일밖에 모르던 앙투안은 차츰 인간미를 지니게 된다.

한편 티보가家와 퐁타냉가家 모두 메종 라피트에 별장을 가지고 있어서 자크는 그곳에서 친구와 만나곤 했는데, 어느 날 산책 도중에 다니엘의 누이동생인 제니에게 사랑을 고백한다. 자크의 고백 때문이라기보다는 자신도 모르게 자크에게 품고 있는 감정에 당황한 나머지 제니는 그 사랑을 거절한다.

자크와 제니의 서투른 풋사랑과 대조를 이루는 것이 앙투안과 라셀의 정신과 육체가 혼연일치하는 원숙한 애정 생활이다. 앙투안은 사회적인 지위 따위에는 아랑곳없이, 인간으로서 대등한 입장에서 라셀을 사랑하기 때문에, 부르주아 가정에서 자란 엘리트라는 특권 의식마저도 떨쳐버린다. 그의 수염에 관한 이야기가 몇 번 되풀이되는데, 그가 수염을 깎고 지금까지 숨겨져 있던 입언저리를 자연스럽게 내보인 것은 그의 의식의 변화를 상징한다 하겠다.

앙투안은 라셀의 육체가 풍만하고 아름답다고 생각했으며 전혀 다른 세계의 인간인 그녀를 이해하려고 노력한다. 이렇게 함으로써 정신과 육체의 일치를 희구했다고 볼 수 있다. 이런 점은 제멋대로 여자를 다루는 다니엘의 사랑과는 다른 것이다. 앙투안에게는 라셀과의 사랑을 통해서 인간의 복잡성을 아는 계기가 마련되었고, 동시에 그로서는 자신의 인간성을 폭넓게 하는 활력소를 얻은 셈이다.

앙투안은 앞으로의 사건들을 의식하지 못한 채 라셀과 동거하고 있다. 그는 수수께끼 같은 라셀의 과거에 대해 차츰 불안을 느낀다. 그리고 점차 라셀의 과거를 알게 된다. 그녀에게는 어린아이가 하나 있었는데 곧 죽었다는 것, 그리고 어쩔 수 없이 끌려다니던 남자가 하나 있었는데 라셀은 아직도 그에게 어떤 매력과 향수 같은 것을 느끼고 있다는 사실을 알게 된다. 마침내 라셀은 앙투안을 떠나 다시 아프리카로 향한다. 그녀와 작별하는 전후 장면은 지극히 감상적인 묘사라고 하겠다. 앙투안이 파리로 돌아왔을 때 자크는 이미 다시 가출해버린 뒤였다. 앙투안은 아버지에게서 아무런 설명도 듣지 못한다. 자크가 이번에는 자살하기 위해서 집을 나갔다는 생각에 사로잡혀 티보 씨는 몹시 침통해한다.

미행에서 만든 책들

1	소설	마르셀 프루스트	최미경	**쾌락과 나날**
2	시	조르주 바타유	권지현	**아르캉젤리크**
3	소설	유리 올레샤	김성일	**리옴빠**
4	시	월리스 스티븐스	정하연	**하모니엄**
5	소설	나카지마 아쓰시	박은정	**빛과 바람과 꿈**
6	시	요제프 어틸러	진경애	**너무 아프다**
7	시	플로르벨라 이스팡카	김지은	**누구의 것도 아닌 나**
8	소설	카트린 퀴세	권지현	**데이비드 호크니의 인생**
9	르포	스티그 다게르만	이유진	**독일의 가을**
10	동화	거트루드 스타인	신혜빈	**세상은 둥글다**
11	산문	미시마 유키오	강방화·손정임	**문장독본**
12	소설	마르셀 프루스트	최미경	**익명의 발신인**
13	시	E. E. 커밍스	송혜리	**내 심장이 항상 열려 있기를**
14	시	E. E. 커밍스	송혜리	**세상이 더 푸르러진다면**
15	산문	데라야마 슈지	손정임	**가출 예찬**
16	칼럼	에릭 사티	박윤신	**사티 에릭 사티**
17	산문	뤽 다르덴	조은미	**인간의 일에 대하여**
18	르포	존 스타인벡·로버트 카파	허승철	**러시아 저널**
19	소설	윌리엄 포크너	신혜빈	**나이츠 갬빗**
20	산문	미시마 유키오	손정임·강방화	**소설독본**
21	소설	조르주 로덴바흐	임민지	**죽음의 도시 브뤼주**
22	시	프랭크 오하라	송혜리	**점심 시집**
23	산문	브론테 자매	김자영·이수진	**벨기에 에세이**
24	소설	뱅자맹 콩스탕	이수진	**아돌프 / 세실**
25	산문	안드레이 플라토노프	윤영순	**전쟁 산문**
26	소설	안토니 포고렐스키 외	김경준	**난 지금 잠에서 깼다**
27	소설	모리 오가이	전양주	**청년**
28	소설	알베르틴 사라쟁	이수진	**복사뼈**
29	산문	페르난두 페소아	김지은	**이명의 탄생**
30	산문	가타야마 히로코	손정임	**등화절**
31	산문	고바야시 히데오	유은경·이재창	**비평가의 책 읽기**

32	소설	조르주 바타유	유기환	**마담 에드와르다 / 나의 어머니 / 시체**
33	시론	라헬 베스팔로프	이세진	**일리아스에 대하여**
34	시	하트 크레인	손혜숙	**다리**
35	산문	다니자키 준이치로	이한정	**문장독본**
36	소설	로제 마르탱 뒤 가르	정지영	**티보가 사람들(전 11권)**

한국 문학

1	시	김성호	**로로**
2	시	유기환	**당신이 꽃 옆에 서기 전에는**

로제 마르탱 뒤 가르(Roger Martin du Gard, 1881-1958)는 예술의 중흥기인 '벨 에포크'에서 전란과 이념의 시대로 이행하는 20세기의 역사의 한복판에서 활동한 작가이다. 1881년 파리 근교의 뇌이쉬르센에서 태어났다. 페늘롱 중학교를 졸업하고, 국립 고문서 학교에서 공부했다. 마르탱 뒤 가르는 이곳에서 면밀한 자료 수집, 과학적 논리 전개, 객관적 문장력 등의 훈련을 쌓았다.
1908년에 장편소설『생성』을 발표하면서 문단에 데뷔한 그는 1913년『장 바루아』를 발표하면서 두각을 나타내기 시작했다. 그 뒤로『오래된 프랑스』,『아프리카의 비화』 등의 소설과『를뢰 영감의 유언』 등의 희곡 작품들을 발표했다.
1920년부터 대하소설『티보가 사람들』을 집필하기 시작했으며, 그중 1936년에 발표된「1914년 여름」으로 이듬해 노벨문학상을 수상했다. 그리고「에필로그」는 1940년에 발표했다.『티보가 사람들』의 완성 뒤로 전원에 칩거하며 제2차 세계대전을 다룬 제2의 대하소설『모모르 중령의 수기』를 집필하였으며, 이 작품을 자신이 죽은 뒤에 출판할 것을 조건으로 국립도서관에 맡겼다. 1958년 8월 벨렘에서 사망했다.
로제 마르탱 뒤 가르의 대표작『티보가 사람들』은 1, 2차 양차 세계대전 사이에 위치한 작가가 참혹한 전쟁의 소용돌이 속에서도 20세기의 역사를 웅장한 인간 벽화로 그려낸 대작이다. 총 여덟 편의 연작 소설로 이루어진 이 작품은 신과 인간, 예술과 이념에 대한 작가의 고찰을 고스란히 보여주면서 영원히 해소되지 않을 인간 본원의 갈등을 그리고 있다.
알베르 카뮈는 로제 마르탱 뒤 가르를 "영원한 현대인으로 남을 작가", 앙드레 지드는 "20년 후에야 진정한 평가를 받을 작가"라는 찬사를 보냈다.

옮긴이 정지영은 1937년 함경북도 회령에서 출생하였다. 서울대 불문과 및 동 대학원을 졸업하고 프랑스 그르노블 대학에서 문학박사 학위를 받았다. 서울대 불문과 교수를 역임하였고, 현재 같은 과 명예교수로 있다. 저서로는『프라임 불한사전』이 있고, 주요 논문으로는『티보가 사람들』에 대한 다수의 논문을 비롯「까뮈의『이방인』에 쓰인 자유 간접 화법」,「빅토르 위고의 시의 형식」 등이 있다.『티보가 사람들』을 국내에 처음 완역하여 소개했다.

티보가 사람들
3부 아름다운 계절

로제 마르탱 뒤 가르
정지영 옮김

초판 1쇄 발행 2025년 10월 31일

펴낸곳 미행
출판등록 제2020-000047호
전화 070-4045-7249
메일 mihaenghouse@gmail.com
인쇄 제책 영신사

ISBN 979-11-92004-34-1 04860
979-11-92004-31-0 (세트)